国家社科基金
后期资助项目

中国晚清新小说伦理叙事研究

赵 华 著

人民文学出版社

图书在版编目(CIP)数据

中国晚清新小说伦理叙事研究／赵华著. -- 北京：人民文学出版社，2024
(国家社科基金后期资助项目)
ISBN 978-7-02-018683-9

Ⅰ.①中… Ⅱ.①赵… Ⅲ.①古典小说-小说研究-中国-清后期 Ⅳ.
①I207.41

中国国家版本馆 CIP 数据核字(2024)第 108205 号

责任编辑　徐文凯
美术编辑　吴　慧
责任印制　张　娜

出版发行　人民文学出版社
社　　址　北京市朝内大街 166 号
邮政编码　100705

印　　刷　北京建宏印刷有限公司
经　　销　全国新华书店等

字　　数　286 千字
开　　本　710 毫米×1000 毫米　1/16
印　　张　17.25　插页 2
版　　次　2024 年 10 月北京第 1 版
印　　次　2024 年 10 月第 1 次印刷

书　　号　978-7-02-018683-9
定　　价　108.00 元

如有印装质量问题，请与本社图书销售中心调换。电话：01065233595

国家社科基金后期资助项目
出 版 说 明

　　后期资助项目是国家社科基金设立的一类重要项目,旨在鼓励广大社科研究者潜心治学,支持基础研究多出优秀成果。它是经过严格评审,从接近完成的科研成果中遴选立项的。为扩大后期资助项目的影响,更好地推动学术发展,促进成果转化,全国哲学社会科学工作办公室按照"统一设计、统一标识、统一版式、形成系列"的总体要求,组织出版国家社科基金后期资助项目成果。

全国哲学社会科学工作办公室

目 录

绪论 ··· 1
  一、晚清新小说概念 ··· 1
  二、晚清新小说伦理叙事研究缘起 ······································· 6
  三、晚清新小说研究现状和选题意义 ··································· 15
  四、晚清新小说伦理叙事研究思路和方法 ···························· 30

第一章 晚清新小说的兴起 ·· 34
  第一节 晚清伦理变革 ·· 34
    一、中国传统伦理观 ··· 34
    二、晚清"道德革命" ··· 38
  第二节 晚清小说的新变 ··· 43
    一、"时新小说"征文活动 ··· 43
    二、《新小说》杂志的创办 ··· 50

第二章 晚清新小说与夫妇伦理 ·· 58
  第一节 从专制婚姻到婚姻自由 ·· 60
    一、婚姻自由的社会思潮 ··· 60
    二、晚清新小说婚姻自由的伦理诉求 ··································· 67
    三、晚清新小说婚姻自由叙述形式 ······································ 74
  第二节 从夫尊妻卑到夫妇平等 ·· 80
    一、夫为妻纲：禁狱中的囚徒 ··· 81
    二、从一而终：妻子的贞节 ·· 85
    三、求学与自养：夫妇平等之路 ·· 90
  第三节 妻子的理想人格 ··· 96
    一、雌伏的贤妻 ··· 96
    二、"雄飞"的女豪杰 ··· 103
    三、以国为夫、移情于国 ··· 108

1

第三章　晚清新小说与父子伦理 114

第一节　对传统父为子纲的伦理批判 115
一、批判思潮的涌现 115
二、晚清新小说对父为子纲的质疑与解构 119
三、呼告与行动：苏曼殊对父权的抗争 124

第二节　非孝与父慈的抗衡 130
一、非孝思潮 130
二、"父不父则子不子" 135
三、慈父的建构与凸显 140

第三节　从父之子到国之民 146
一、子承父志：从父到子爱国利群思想的递呈 147
二、子报父仇：从家仇到国恨 153

第四章　晚清新小说与君臣伦理 160

第一节　从君主专制到民主共和 161
一、对君主专制的批判 162
二、立宪思潮的涌现 169
三、由革命而共和 176

第二节　从忠君到爱国 184
一、对忠君观念的批判 185
二、国家思想的张扬 192
三、从忠君到爱国的伦理转向 199

第三节　从臣民到国民 207
一、对臣民奴性的批判 208
二、国民意识的树立 215

第五章　晚清新小说与兄弟、朋友伦理 224

第一节　晚清新小说与兄弟伦理 225
一、兄弟手足之情和"长幼有序" 226
二、同胞想象：兄弟之情的政治化 233

第二节　晚清新小说与朋友伦理 241
一、朋友之间的私人情义 242
二、合群和爱国 249

结语 257

参考文献 263

绪 论

一、晚清新小说概念

目前学界关于晚清新小说的概念说法不一。晚清新小说处于传统小说向现代小说的转型期,所以在时间的上限和下限问题上有不同的界定。李欧梵在著作《现代性的追求》中设置了"清末文学"一个章节,其标题是"清末文学(1895—1911)",也就是说李欧梵所指的清末文学是1895—1911年间发生的文学,作为文学体裁之一的清末小说自然也应当在这个时间范围内。李欧梵的说法影响很大,尤其是时间下限的定位是很多研究清末或者晚清小说的学者普遍采用的说法。王德威在《被压抑的现代性——晚清小说新论》中说:"我所谓的晚清文学,指的是太平天国前后,以至宣统逊位的六十年。"[①]文章认为1898—1911年是晚清文学发展的高潮,其时间下限和李欧梵的说法一致,但是时间上限却大大提前了。王德威这样划分的一个重要理由就是19世纪以来的狎邪小说所开拓的情欲主体想象上对其后的文学影响深远。韩南在《中国近代小说的兴起》使用了新小说的概念,对新小说的时间上限作了描述:"《新小说》从1902年至1903年以连载形式发表了梁启超本人作的《新中国未来记》,该作品被公认为'新小说'的第一部作品,晚清时期大部分著名小说都是从1903年开始以连载形式刊出的,有几部就发表在梁启超的杂志上。"[②]韩南的这段表述里有两个重要的时间点,一是1902年"新小说"出现的起点,一是1903年大量新小说开始出现,但是从逻辑上推断新小说的出现时间应当为新小说概念厘定的时间上限。黄锦珠在《甲午之役与晚清小说界》论文中高度评价了1895年傅兰雅举办

[①] [美]王德威:《被压抑的现代性——晚清小说新论·导论》,北京:北京大学出版社2005年版,第1页。

[②] [美]韩南:《中国近代小说的兴起》,上海:上海教育出版社2004年版,第147页。

的时新小说征文活动,认为晚清小说应该从1895年开始算起。夏晓虹在《晚清"新小说"辨义》中提出了新小说的时间上限具体到1902年《新民丛报》第20号刊发的《〈新小说〉第一号》,其理由是这篇文章所言"新小说之意境"中的"新"是形容词,与目前相对于旧小说而言的新小说中的"新"字同义。在一般的期刊论文和博硕论文中,大部分把新小说的时间界定在1902—1911年。

1902年11月《新小说》杂志的创办是中国第一份公开向社会征稿的小说专刊,而且在其创刊号上梁启超发表《论小说与群治之关系》,提出影响深远的"小说界革命",是中国小说史的里程碑事件,基于此,本书将1902年《新小说》杂志的创办作为晚清新小说的起点。虽然《新小说》杂志在1906年7月停刊,但是由其引领的具有新质特点的小说不断涌现,所以不能把《新小说》杂志的停刊作为新小说的时间下限。本书研究内容是以传伦五伦为视角分析晚清新小说伦叙事特点,晚清新小说是《新小说》杂志创办下的文学产物,积极响应"小说界革命"的"新民"号召,表现出针砭时弊、批判旧道德、重建新道德的伦理诉求,产生广泛的社会影响,与晚清伦理变革思潮同构互动,共同推动晚清中国伦理从传统到现代的转型。1912年1月中华民国临时政府成立,这既是国家政体由君主专制向民主共和的转变,也是晚清中国伦理变革的重要成果,在其过程中晚清新小说对君主专制、忠君思想的批判和对民主共和与国家思想的张扬功不可没。1912年2月宣统皇帝宣布退位,君臣之伦走向解体,意味着传统五伦价值体系的坍塌,忠君伦理失去现实的指向性,"忠"之德也转向了忠于国家和人民的伦理建构。这既是晚清新小说伦理叙事和伦理变革思潮共同作用的重要成效,也促成了其后小说伦理叙事和伦理变革诉求内容的转向。即1912年是一个重要时间节点,以此作为晚清中国新小说伦理叙事研究的时间下限更有利于分析晚清新小说叙事与伦理变革的关系,也有利于客观评价晚清新小说伦理叙事的文学史地位和历史意义。基于此,本书所言"晚清新小说"是指1902年《新小说》杂志创办以来所创作和翻译的小说,其时间下限到1912年2月清帝宣统退位。晚清新小说的突出特点是内容上针砭时弊、重塑新民以"维新吾国",语言上浅易通俗,叙事不拘于以情节为中心。与传统小说相比,晚清新小说不仅在内容和形式上有很大的突破,而且随着现代传媒的发展,除了单行本小说外,期刊小说、日报小说也大量涌现,晚清新小说借助于现代传媒的传播力量获得了前所未有的影响力,同时现代传媒的时效性、公共性、大众化等特点也进一步促进了晚清新小说对社会现实问题的关注和对民间大众声音的表达。

  晚清新小说突破了传统小说人物性格表现的丰富性和故事叙述的生动性,更注重与当下社会现实、时代舆论导向的互动,有意识承担现代伦理价值的宣传、教化功用,表现出鲜明的时论性特点。晚清印刷业尤其是报刊的发展与繁荣,加速了社会信息在公众的传播,也为小说家提供了丰厚的创作素材。李伯元曾自称其弹词小说《庚子国变弹词》(1901)是"是书取材于中西报纸者,十之四五;得诸朋辈传述者,十之三四,其为作书人思想所得,取资辅佐者,不过十之一二耳",并认为"小说体裁,自应尔尔"①。吴趼人在《二十年目睹之怪现状》(1903)中记叙了二百多桩光怪陆离的非常态"现状",以批判世风民情日下、伦理道德沦丧的社会现实。而其所谓"目睹"者,实际上并不都是作者亲眼目睹,据包天笑回忆说,当他问及吴趼人这个问题时,吴趼人给他"瞧一本手钞册子,很象日记一般,里面抄写的,都是每次听得朋友们所谈的怪怪奇奇的故事,也有从笔记上抄下来的,也有从报纸上剪下来的,杂乱无章的成了一巨册",并笑说"所谓目睹者,都是从这里来的呀",然后将这些搜集而来的材料进行整理,"要用一个贯穿之法,大概写社会小说的,都是如此的吧"②。李伯元、吴趼人的小说取材方法,是晚清小说家所普遍采用的。这种将报刊新闻与小说的结合,不仅使新小说满足了读者猎奇的审美心理,而且使新小说具有贴近时代的特点。

  同时,晚清新小说大量采用人物长篇累牍的演说、呼告,或者人物之间唇枪舌剑的论辩,或者叙述人点评式的宗旨阐释,甚至叙述人充当解说人直接对人物或事件发表长篇大论等,使小说呈现出强烈的论说色彩。陈平原评价新小说家时说:"作家不是为故事找教训,而是为'议论'而编故事——在作家眼中,那几句精彩的宏论远比一大篇曲折动人的故事来得重要。因而很可能是开篇即'提出问题',然后在故事的展开中逐步'解决问题'。目的十分明确,没有半点犹豫,真的做小说如做论文。"③杨联芬也表达了类似的观点:"讲大道理、激发爱国心,这是晚清小说的基本主题。强烈的国家危机感和急切的启蒙意愿,使小说难免变得不像小说了。中国小说从来没有像在晚清时那样获得那么崇高的声誉和拥有那么广泛的受众。但是,这

---

① 李伯元:《庚子国变弹词·例言》,魏绍昌编:《李伯元研究资料》,上海:上海古籍出版社1980年版,第295页。
② 包天笑:《钏影楼笔记》,魏绍昌编:《李伯元研究资料》,上海:上海古籍出版社1980年版,第30页。
③ 陈平原:《中国小说叙事模式的转变》,上海:上海人民出版社1988年版,第190页。

是以晚清小说的'非小说化'为代价的。"①陈平原和杨联芬的这番评价,概括了晚清新小说叙事的典型特征。晚清新小说被视为宣传思想、重塑新民的重要手段,作家试图通过对小说读者的影响以变革社会,最终实现救亡图存、强国保种的时代任务。

基于救亡启蒙的需要,晚清新小说在内容与形式上都表现出有别于传统小说的新质。而这种时论性和论说性的特点也导致了对小说工具性的过于推崇,甚至小说人物不过是文本进行洋洋洒洒的宏论需要而存在的,这也造成了晚清新小说普遍性的艺术水平不高。尽管如此,以牺牲艺术为代价的晚清新小说毕竟推动了现代自由、平等、民主、权利等价值观念在中国的传播,对中国传统伦理文化的现代转型发挥了重要的促进作用。吴士余在《中国文化与小说思维》中说:"中国传统文化的主体精神是伦理本位文化,其文化思维的主体图式也相应呈现为聚向伦理中心的思维结构。"②任何生命个体都无法超越其生存的文化环境而置自己于真空之中,伦理型的中国传统文化不仅影响了小说创作的伦理取向,还影响了读者的价值判断标准。无论是有意识或是无意识,小说与伦理的纠缠由来已久,中国传统小说向来具有忠孝节义伦理教化的功能。晚清新小说在"小说界革命"的号召和影响下,创造性地继承了中国"文以载道"的传统,自觉地承担了"新民"之"新道德""新风俗"现代伦理建构的历史使命,对"五四"新文学的发展走向也产生了重要影响。

需要说明的是,晚清翻译小说也是新小说的重要组成部分。夏晓虹认为:"'新小说'不仅指向国人的自著,也包含了翻译作品。"③这一观点是在分析域外文学对新小说诞生的重要作用的基础上得出的结论,具有很强的说服力。赵稀方利用赛义德的"理论旅行"分析翻译文学,认为翻译文学是"中国文化的一部分"④。在这种翻译文学观的统摄下,赵稀方分析了中国新时期以来的翻译文学,在梳理翻译文学史的同时也呈现出新时期话语建构的过程。在翻译界,随着译介学理论的提出和影响,越来越多的专家认为翻译文学应当属于译语文学,是民族文学的一个组成部分,比如谢天振、王

---

① 杨联芬:《晚清至五四:中国文学现代性的发生》,北京:北京大学出版社 2003 年版,第 78 页。
② 吴士余:《中国文化与小说思维》,上海:三联书店 2000 年版,第 80 页。
③ 夏晓虹:《晚清"新小说"辨义》,《文学评论》2017 年第 6 期。
④ 赵稀方:《二十世纪中国翻译文学史·新时期卷》,天津:百花文艺出版社 2009 年版,第 1 页。

向远、张南峰等。谢天振还认为"翻译文学不可能等同于外国文学",并提出要"恢复翻译文学在中国现代文学史上的地位"的观点①。事实上,晚清中国翻译小说数量巨大,据徐念慈对1907年的小说出版统计"则著作者十不得一二,翻译者十常居八九"②。而且晚清翻译者在对国外文学介绍翻译的时候,普遍采用意译、合译甚至大量删改、重写的方式进行,翻译者把自己的主观意图和情感渗透在翻译的作品中,翻译者进行文学翻译选择的时候也大都具有很强的价值指向性。可以说,晚清翻译小说对西方现代观念的输入发挥了巨大作用,积极参与了晚清思潮变革和社会发展,具有重要的文化意义和历史价值,是研究晚清新小说伦理叙事不可或缺的重要组成部分。

弄清楚晚清新小说的概念还要明白其与"时新小说"、近代文学、谴责小说几个概念的关系。简单地说,"时新小说"是由1895年英国来华传教士傅兰雅举办的"时新小说"有奖征文活动而得名,新小说是1902年《新小说》杂志创办下的产物。新小说和"时新小说"都具有针砭时弊、重视小说教化的功能。作为两个独立的概念,二者其不同是在小说诞生的时间上,有前后之分;在小说叙事具体表现形态上,有单一和丰富之分;在对中国小说发展的影响力上,有大小之分。关于晚清新小说与近代小说概念的关系,虽然在时间的上下限上对于两个概念的界定都存在不同说法,尚未达成完全一致的意见,但一般来说,近代小说所指称小说的时间范围要大于晚清新小说,比如韩南在《近代小说的兴起》一书中,将近代小说的时间界定在1819—1913,而其提到的新小说的时间起点是1902年,显然比新小说时间指代的范围广,或者说晚清新小说是近代小说的一部分。关于晚清新小说与谴责小说观念的关系,前者相对于传统旧小说而言表现出内容和形式上的突破和创新,某一段时间内具有这种特质的小说被称为新小说。言外之意,这段时间内也存在旧小说的可能。谴责小说的概念是鲁迅最早提出来的,主要是指晚清社会讽刺小说,鲁迅关于谴责小说的阐释对学界研究和评价晚清小说产生了重要而深远的影响。毋庸置疑,谴责小说是一种小说类别命名,类同于晚清历史小说、政治小说、醒世小说、伦理小说等诸多说法。由于对同一时期小说所命名概念的标准不同,新小说和谴责小说所包括的小说篇目有时会出现交叉和重叠,比如通常所说的四大谴责小说《官场现形记》《二十年目睹之怪现状》《老残游记》《孽海花》属于晚清新小说,但有

---

① 谢天振:《为"弃儿"找归宿——翻译在文学史中的地位》,《上海文论》,1989年第6期。
② 觉我(徐念慈):《余之小说观》,陈平原、夏晓虹编:《二十世纪中国小说理论资料》(第1卷),北京:北京大学出版社1989年版,第311页。

的晚清新小说比如林纾的《美洲童子万里寻亲记》、梁启超的《新中国未来记》、蔡元培的《新纪元》和鲁迅的《斯巴达之魂》等则不是谴责小说。

二、晚清新小说伦理叙事研究缘起

在做山东省社科规划课题《兄弟伦理与中国现当代小说——从鲁迅〈弟兄〉到余华〈兄弟〉》时，笔者就时时感慨中国小说与伦理的复杂关联：伦理文化已经积淀为一种集体无意识，对中国小说家的创作心理和思维惯性产生巨大影响，甚至成为小说叙事中一个挥之不去的"精神幽灵"，而小说家对于伦理道德所进行的主动参与和积极建构又丰富了伦理文化内涵，并通过小说的阅读效应推动伦理文化的适时性发展。尤其在研究鲁迅及其他"五四"时期作家的伦理思想时，"五四"新文化运动狂飙突进的伦理革命姿态与同时代小说创作中的伦理诉求呈现出相映成趣的现象，成为"五四"时期社会革命和文化建构的重要组成部分。任何一种意识层面的文化或文学艺术，作为发展链条上的一个环节，不会像政治制度或经济制度在某种革命下戛然而止，必然会有发展过程中的承转特性。如果进一步追根溯源，"五四"时期的新文化运动何以发生？"五四"时期小说伦理叙事何以形成？小说叙事与伦理发展在"五四"之前有着怎样的关系？带着诸如此类的问题梳理、研究文学史的时候，研究的目光自然就首先关注到晚清这一历史时期。

王德威曾经说过："没有晚清，何来'五四'？"[①]这种鲜明的立场以反问的句式表达给文学研究界带来强烈震撼和极大反响的同时，也引发了学界对晚清文学的空前关注。而实际上国内现代文学研究者钱理群、陈平原、黄子平早在20世纪80年代中期就提出"二十世纪中国文学"的命题[②]，主张把二十世纪中国文学作为一个不可分割的有机整体进行研究，打通了中国近代、现代、当代文学研究的格局，晚清文学开始进入了中国现代文学研究的视域。1989年，陈平原、夏晓虹主编的《二十世纪中国小说理论资料·第一卷》(1897—1916)和陈平原的专著《二十世纪中国小说史·第一卷》(1897—1916)由北京大学出版社出版，这意味着"二十世纪"的文学观已从理论的呼吁发展到实践的操作。其后，以"二十世纪"命名的文学编著不断

---

① [美]王德威：《想像中国的方法：历史·小说·叙事》，北京：三联书店1998年版，第3页。
② 黄子平、陈平原、钱理群：《论"二十世纪中国文学"》，《文学评论》1985年第5期。

出现,诸如谢冕、李杨主编的《20世纪中国文学丛书》(1993)、孔凡今主编的《二十世纪中国文学史》(1997)、王晓明主编的《二十世纪中国文学史论》(1997)等。即便是古典文学研究的权威人士章培恒教授,在比较了20世纪初期文学与"五四"新文学的异同之后,也认为:"在20世纪初至文学革命前这一阶段的文学中,已经各各存在着与其相通的因素。所以,把它视为新文学的酝酿期而列入现代文学的范畴似乎是适宜的。"①以上诸多的现象和表述都共同凸显一个历史存在:晚清与"五四"尤其是晚清伦理变革与"五四"新文化运动有着无法切断和无法回避的思想文化、文学叙事的血缘关系,这也是当下学界基本达成的一个共识。既然晚清与"五四"有着诸多的内在关联性,那么以文学伦理批评的视角观照、分析中国现代小说的思路去研究晚清新小说叙事,在理论上应该行得通。

研究晚清新小说伦理叙事不仅在理论上具有可行性,而且从小说的发展历程和晚清新小说的文学事实来看也具有学术探究的必要性。可以说,小说与伦理关系密切由来已久。小说从萌发至成熟,伦理思想一直如影相随。时至晚清,小说叙事仍然呈现出强烈的伦理诉求。

如果我们把小说的源头上溯到《山海经》里讲述的神怪故事②,我们就会从《山海经》所蕴蓄的伦理精神和道德理想找到伦理叙事的生长点。大禹治水、精卫填海、夸父追日等叙事中的英雄行为承载了初民对富于自我牺牲与勇于担当的品格建构和伦理取向,黄帝与蚩尤之战潜隐着正义与邪恶的伦理道德模式,即便十日生成和运行秩序的神话,也是富有"人伦意味的"天道规范③。《西山经》还记载:"(丹穴之山)有鸟焉,其状如鸡,五采而文,名曰凤凰。首文曰德,翼文曰义,背文曰礼,膺文曰仁,腹文曰信。是鸟也,饮食自然,自歌自舞,见则天下安宁。"神鸟凤凰的想象更是一种仁义道德的化身,所到之处则是天下安宁的和谐生存图景,而仁、义、礼、信等则被后世进一步发挥成为我国伦理秩序"五常"的重要内容。这种原始质朴的神话传说传达伦理观念的声音虽然是微弱的,但对整个民族的文化心理、思维和审美却产生了深远影响,经过不断的重述与历代的改造,随着人情世故

---

① 章培恒:《关于中国现代文学的开端——兼及"近代文学问题"》,《复旦学报》(社会科学版)2001年第2期。
② 清初纪昀将《山海经》移至《四库全书》子部的小说家类,并称《山海经》是"小说之祖""小说之最古者"。从《山海经》对神怪内容的讲述以及《山海经》对后世志怪小说的影响来说,这种看法是有道理的。鲁迅在《中国小说史略》将《山海经》作为开篇之作。
③ 杨义:《中国古典小说史论》,北京:人民出版社1998年版,第53页。

的不断渗透,其伦理色彩日趋强化和体系化。小说萌发于具有伦理说教意味的远古神话,注定了与生俱来的伦理胎记;神话呈现的伦理精神积淀而成一种集体无意识代代承袭并不断丰富发展。

小说经历漫长的发展到魏晋南北朝时期已初具规模,形成两大类别:志怪小说与志人小说,代表性作品分别是东晋干宝的《搜神记》和南朝宋刘义庆的《世说新语》。虽然魏晋南北朝时期随着以老庄思想为主体的玄学崛起,儒学已失去了昔日的辉煌,但传统的伦理精神并没有消失,依然影响着小说的创作,只是渗入了更多佛道善恶福祸、因果报应等诸多文化元素。《搜神记》中《三王墓》展示了一个子报父仇的血亲复仇伦理故事和慷慨赴义的侠客英雄形象;《董永》不仅叙写了汉代人董永为了安葬父亲卖身为奴的故事,而且董永的至诚孝行感动天帝,并在天帝派来的织女帮助下偿还了债务;《丁氏新妇》中丁氏新妇不堪受虐上吊而死之后化为鬼神惩恶扬善;《河间郡男女》中相爱男女以情动天地得以死而复生两相厮守。《世说新语》在对东汉末年至魏晋人物逸闻轶事的记录中,不仅津津乐道于孝、仁、义、礼、信等伦理标准,而且将《德行》放置于三十六类目之首。东晋末年吴郡人陈遗是个至孝之子,因为母亲喜欢吃"焦饭",所以每逢煮饭时就储存焦饭。在沪渎开战时还没来得及将焦饭送给母亲便随军出征,在兵败、很多人饿死的情况下,只有陈遗靠着随身带着的焦饭而存活下来(《德行第一·四五》)。东汉荀巨伯远道探望生病的朋友,恰巧碰上胡兵攻打郡城。在生命危急关头,荀巨伯对朋友不离不弃,宁愿以自己的性命代替朋友的性命。这种重情重义的人格魅力最终感化胡兵撤军而回,整个郡城也得以保全(《德行第一·九》)。《世说新语》中伦理价值的劝善导向不仅在故事的叙述中得以彰显,而且同样体现在对人物的评价中,三国时会稽郡人贺循因为禀性清纯、见识高深、言行合乎礼,所以是国内优秀的人才(《言语第二·三四》)。陈仲弓在太丘县任职时,用恩德安抚强者,用仁爱抚慰弱者,这种仁德治理赢得远近人的称颂(《政事第三·三》)。可见,无论是描绘鬼异神怪世界的《搜神记》,还是记录人物轶闻琐事的《世说新语》,都不仅共同指向了伦理道德的教化,而且还借用佛道善赏恶罚的形而上力量,使传统伦理披上了宗教信仰的外衣更加权威化、合法化。如果说儒家伦理的实践是依靠人的道德内化而成为自觉行为,而佛道思想的渗入又使人出于对行善得福的向往和作恶生祸的恐惧而走向带着沉重精神枷锁的伦理之路。

唐代传奇的出现标志着我国小说发展到了一个成熟的阶段。从此,小说不仅成为作家一种有意识的文学创作活动,而且成为一种独立的文学样式。唐传奇虽然情节奇特怪异,但其充满人间情感趣味的故事叙述,曲折地反映了唐代复杂的社会生活和世态人情,显明地折射出唐人的伦理观念和价值理想。李朝威的《柳毅传》叙述了落第儒生柳毅代龙女传书并终成眷属的故事,不仅人神两界相交相恋的虚幻想象颠覆了唐朝注重门阀等级的婚姻观念,柳毅助人于危难的义举而得道成仙的善果凸显出行善得福的传统道德教化,而且,有恩必报以身相许的龙女形象的塑造承载着报恩伦理文化内涵的建构。蒋防的《霍小玉传》叙述了痴情女子霍小玉遭遇遗弃之后抑郁而死并化作厉鬼惩罚负心汉李益的故事。妓女与文士才子的悲欢离合以致始乱终弃的爱情(婚姻)模式,有其深刻的社会、文化背景。如果说妓女与文士的特殊爱恋违背了礼教婚制从一开始就意味着以悲剧谢幕,而豪侠黄衫客的出场,既是出于对霍小玉的同情,更是源于对李益背信弃义的道德谴责;如果说李益先山盟海誓后移情别恋是完成了对门第择婚观念从叛逆到皈依的转变,那么黄衫客则勇于冲决世俗,剥离了霍小玉妓女的特殊身份,感动于霍小玉的痴情真爱,其行为方式和价值取向,一定意义上说,代表了唐代文人士子渴望打破门第观念寻找真爱的开明性爱伦理观念,这种思想在《李娃传》进一步张扬和深化。李公佐的《谢晓娥传》走出鬼妖神怪的世界,指向民间血亲复仇的故事。民女谢晓娥是一个女扮男装报杀父、杀夫之仇的节烈女和杂处佣保之间自保其身的贞洁女。作者塑造这一人物形象的目的已在文中加以说明:"如小娥,足以儆天下逆道乱常之心,足以观天下贞夫孝妇之节。余备详前事,发明隐文,暗与冥会,符于人心。知善不录,非《春秋》之义也,故作传以旌美之。"

  宋元话本小说,"不但体裁不同,文章上也起了改革,用的是白话,所以实在是小说史上的一大变迁"①。采用白话语言形式的宋元话本小说,更加通俗易懂,受到市民的普遍欢迎而广为流传,也对后世小说创作影响深远。对此,陈乃乾《〈三国志平话〉跋》中作了具体的描述:"我国宋元之间,市井间每有演说话者,演说古今惊听之事。杂以诨语,以博笑噱;托之因果,以寓劝惩,大抵与今之说书者相似。惟昔人以话为主,今人以书为主。今之说话人弹唱《玉蜻蜓》《珍珠塔》等,皆以前人已撰成之小说为依据,而穿插演述之。昔之说话人,则各运匠心,随时生发,惟各守其家数师承而已。书贾或

---

① 鲁迅:《中国小说的历史的变迁》,《鲁迅全集》第 9 卷,北京:人民文学出版社 2005 年版,第 329 页。

取说话人所说者,刻成书本,是为某种平话。"①"演说话者"的有意迎合、听者市井细民的反馈、书本的刻成,三者形成了良好的互动。可见,宋元话本不仅能反映更为广阔的社会生活,而且其注重"托之因果,以寓劝惩"的道德教化功能,也为我们研究宋元时期的伦理观念提供了很多弥足珍贵的信息。《志诚张主管》用对比的方法叙述了北宋东京汴州开封府界开线铺的张员外与其主管张胜的故事:开线铺的张员外,年过六旬,恋财贪色遭致祸患,几乎做了失乡之鬼,而忠厚本分的张主管坚守礼节抗拒了小夫人的诱惑而超然无累。对于张主管"非礼勿动"的道德操守,小说结尾以诗赞曰:"谁不贪财不爱淫?始终难染正心人。少年得似张主管,鬼祸人非两不侵。"《错斩崔宁》叙述刘贵因酒后戏言,不仅自己枉丢了性命,还连累无辜崔宁蒙难。结尾仍以诗评曰:"善恶无分总丧躯,只因戏语酿灾危。劝君出语须诚实,口舌从来是祸基。"如果说《错斩崔宁》与《志诚张主管》表现出了宋元时期以诚处事的伦理建构的努力,而《快嘴李翠莲》则展示了宋元时期女性的道德行为规范。小说主人公李翠莲直言快语,虽然婚姻是门当户对,遵循父母之命媒妁之言,但因为敢于发河东狮吼之声、鸣不平之事而被夫家休掉。当下女性主义认为李翠莲是一个女性自我意识觉醒的典型代表,这种分析显然剥离了小说创作的时代背景,违逆了话本的初衷。从故事的结尾来看,李翠莲终为婆家、娘家所不容而削发做师姑,话本以李翠莲被世俗放逐的结局警戒世人、宣传着温柔少言的女德女教。《梁公九谏武则天》写的是唐代武则天欲贬太子李显为庐陵王、而立自己的侄子武三思为王,以成就武家的天下。梁国公狄仁杰九次进谏劝阻,刚正不阿,临危而不惧,最终使武则天改变主意。在理学盛行的宋元时期,话本往往寓劝诫于娱乐之中,具有强烈的情感煽动力和伦理教化功能,南宋末年罗烨在《舌耕叙引·小说开辟》中云:"说国贼怀奸从佞,遣愚夫等辈生嗔;说忠臣负屈啣冤,铁心肠也须下泪;说鬼怪令羽士心寒胆战,论闺怨遣佳人绿惨红愁;说人头厮挺,令羽士快心;言两阵对圆,使雄夫壮志;谈吕相青云得路,遣才人着意群书;演霜林白日升天,教隐士如初学道;喧发迹话,使寒士发愤;讲负心底,令奸汉包羞。"②

明初至清中期小说是我国古典小说发展的最高和最后阶段,小说取

---

① 陈乃乾《〈三国志平话〉跋》,转引自《陈汝衡曲艺文选》,北京:中国曲艺出版社1985年版,第51页。
② 罗烨:《舌耕叙引·小说开辟》,《醉翁谈录》,沈阳:辽宁教育出版社1998年版,第4页。

得了辉煌的成就,不仅小说家队伍庞大,小说数量多,而且名作多,样式齐全。尤其是文人的强力加盟,大大提高了小说创作的质量和影响力。冯梦龙编纂的《喻世明言》(即《古今小说》)、《警世通言》、《醒世恒言》(即"三言")与凌濛初的《初刻拍案惊奇》《二刻拍案惊奇》(即"二拍"),标志着我国白话短篇小说的整理与创作走向了高峰。还出现了誉满海内外的长篇章回小说即"四大名著":罗贯中的《三国演义》、施耐庵的《水浒传》、吴承恩的《西游记》和曹雪芹的《红楼梦》。另外还有影响深远的蒲松龄的文言短篇小说集《聊斋志异》、吴敬梓的长篇讽刺小说《儒林外史》以及被称为"天下第一奇书"的兰陵笑笑生的世情小说《金瓶梅》等等。显然,这些小说也都渗入了小说家伦理教化的创作意图并表现出了强烈的道德说教色彩。冯梦龙曾在《醒世恒言·序》为小说集命名为"三言"解释说:"明者,取其可以导愚也;通者,取其可以适俗也;恒则习之而不厌,传之而可久。三刻殊名,其义一耳。"显然,作者创作小说为的是醒世觉人的教化目的,其小说教化仍指向忠孝节义的伦理道德内容。相对于经史而言,小说与其伦理说教主旨殊途同归,而小说的优点是以更通俗的语言和情感强烈的感染力进行宣传,这种思想《警世通言序》中有明确表白:"六经、《论语》、《孟子》,谭者纷如,归于令人为忠臣,为孝子,为贤牧,为良友,为义夫,为节妇,为树德之士,为积善之家,如是而已。经书著其理,史传述其事,其揆一也。……而通俗演义一种,遂足以佐经书史传之穷。……说孝而孝,说忠而忠,说节义而节义。"凌濛初也一再强调小说创作的伦理教化意图,在《拍案惊奇·凡例》中说:"是编主于劝戒,故每回之中,三致意焉,观者自得之,不能一一标出。"在《二刻拍案惊奇》卷十二中详细解释了小说家创作的良苦用心:"从来说的书,不过谈些风月,述些异闻,图个好听。最有益的,论些世情,说些因果,等听了的触着心里,把平日邪路念头化将转来。这个就是说书的一片道学心肠,却从不曾讲着道学。"小说以好听、动人的方式,在不动声色的潜移默化中悦人性情,发挥着劝善弃恶的效能。《羊角哀舍命全交》中舍命为义的羊角哀与左伯桃,《宋小官团圆破毡笠》中矢志守节的刘宜春,《三孝廉让产立高名》中以孝悌闻名于朝野的许家三兄弟等,无论是人物形象,还是故事情节和穿插的以诗代议,都传达着编者或作者的价值取向,成为伦理道德的载体。《三国演义》《水浒传》中的忠义思想,《西游记》《金瓶梅》中的惩恶扬善和因果报说,《红楼梦》正本第六十九回回末总批评价尤三姐道:"看三姐梦中相叙一段,真有孝子悌弟义士忠臣之概,我不禁泪流一斗,湿地三尺。"①蒲松龄在《聊斋志异》之《陈锡九》篇中叙述书生陈锡九因至孝而获天帝赏赐黄金万斤的故事后,有感而发曰:"善莫大于孝,鬼神通之,理固宜然。"诸如此类,比比皆是。通过以上所述,无论是文本故事内涵、人物形象塑造,还是小说家的创作目的、读者的评价标准,都指向了伦理道德的意义场域。

晚清小说呈现出空前繁荣的局面,不仅小说数量之多,而且种类非常丰富,按题材有历史小说、社会小说、家庭小说、侦探小说、冒险小说、政治小说、醒世小说、言情小说等;按照篇章形式有传统章回小说、现代体制小说;按照字数多少有短篇小说、长篇小说;按照语言载体有文言小说、白话小说;另外还有弹词小说、笔记小说、传奇小说等。有学者统计,晚清小说的标示有202种②,据笔者对文献史料的爬梳,发现晚清小说诸多分类中以"伦理"或"道德"字眼标示的小说共有十篇,见下表③。

晚清以"伦理"或"道德"标示的小说

小说名称	作者/译者	出版机构/刊物	初次出版/刊出时间	分类标题	备注
《美洲童子万里寻亲记》	林纾	上海商务印书馆	1904年	伦理小说	1905年再版,1906年三版,1914年四版
《英孝子火山报仇录》	林纾	中国商务印书馆	1905年	伦理小说	1906年再版
《一束缘》	中国商务印书馆编译所	中国商务印书馆	1905年	道德小说	1906年再版,1913年三版
《爱与心》		教育世界	1906年	心理伦理小说	译者不详

---

① 俞平伯辑:《脂砚斋红楼梦辑评》,北京:中华书局1960年版,第497页。
② 陈大康:《关于"晚清"小说的标示》,《明清小说研究》2004年第2期。
③ 此表的统计材料来自刘永文编著的《晚清小说目录》和陈大康编著的《中国近代小说编年》。

（续表）

小说名称	作者/译者	出版机构/刊物	初次出版/刊出时间	分类标题	备注
《双孝子噀血酬恩记》	林纾 魏易	上海商务印书馆	1907年	伦理小说	1914年再版
《孝女耐儿传》	林纾	上海商务印书馆	1908年	伦理小说	1915年四版
《卖药童》	徐傅霖	小说月报	1911年	伦理小说	
《火花斧》	共谊	小说月报	1911年	伦理小说	
《冯尚义》		京华日报	第3121号	道德小说	作者不详。此报不见报头，不见日期，故只写序号
《青年美谈》	意君	竞业旬报	1909年	德育小说	

  在晚清小说分类中，伦理小说数量虽然不算很多，但其影响深远，比如国学大师吴宓在1912年曾将《一柬缘》列入自修课程①；再比如林纾翻译的三部伦理小说不断再版，而且《美洲童子万里寻亲记》曾一度成为学部审定宣讲用书。林译伦理小说既体现了"孝""亲"传统伦理观念，也体现了批判君主专制、实行君主立宪的社会变革时期新伦理思想。不管哪种伦理思想，林纾翻译小说初衷都是为了开启民智、改良社会和救国保种，正如林纾1913年对自己小说翻译的回顾："余老矣，羁旅燕京十有四年，译外国史及小说可九十六种，而小说为多。其中皆名人救世之言，余稍微渲染，求合于

---

① 吴宓：《吴宓日记1910—1915》，北京：三联书店1998年版，第253页。

中国之可行者。"①

　　值得注意的是,不标示"伦理"或"道德"的其他类型晚清小说也呈现出强烈的伦理表达愿望,尤其是晚清新小说在伦理建构上进行了积极的呼吁。1902年《新小说》报社在《新民丛报》十四号宣传作为文学报的《新小说》时,就公开发表其办报宗旨是"专在借小说家言,以发起国民政治思想,激厉其爱国精神。一切淫猥鄙野之言,有伤德育者,在所必摒"②。晚清新小说虽门类繁多,但在《新小说》报刊的号召下大都成为"德育"的载体。可以说,批判传统纲常伦理、建构平等与自由的人伦秩序,是晚清新小说言说的重要内容。比如"闺秀救国小说"《女娲石》借花血党首领秦爱浓指出:"我国伦理,最重家庭。有了一些三纲五常,便压制得妇女丝毫不能自由……我党第一要斩尽奴根,最忌的是媚外,最重的是自尊独立……我国最尊敬的是君父,便是独夫民贼,专制暴虐,也要服服帖帖,做个死奴忠鬼,这是我党最切齿的。"(第七回)"社会小说"《黄女祸》开宗明义就说:"这部小说,是表一个女英雄处在暗无天日世界,醉心爱国,后来结得一位爱国的男儿,拼将热血,共济寸艰,……乃得最后一社会平等的幸福。……于是以情感情,又结到许多有情的奇男子,奇女人,大家同撑持他那共和国的事。……有诗为证:风毛雨血惨无边,黑暗阴霾三百年。民质岂甘终奴隶,国魂无奈溺腥膻。大鞭铁骑空天地,莫倚铜驼泣蓟燕。君固有情侬更烈,收回故国看山川。""教育小说"《学界镜》还赋予伦理道德丰富和具体的内涵:"愿他们都能有点道德,可以称得上有国民资格。"吴趼人作为晚清有重要地位和影响力的报人、小说家,曾有感于世事而曰:"是故发大誓愿,将编撰译历史小说,以为教科之助。历史云者,非徒记其事实之谓也,旌善惩恶之意实寓焉。……历史小说而外,如社会小说、家庭小说及科学、冒险等,或奇言之,或正言之,务使导之以入于道德范围之内。……庶几借小说之趣味之情感,为德育之一助云尔。"③这段激情洋溢的誓愿,既是吴趼人小说创作实践的指导思想,也概括了门类繁多的晚清小说叙事的伦理取向。

　　晚清文学场景和文化立场为晚清新小说伦理叙事研究提供了坚实的事实基础和大量的文本依据。或者说,对晚清新小说伦理叙事研究不仅具有一种学理上的可能性,而且还具有很强的现实可操作性。如果说现代学者

---

① 林纾:《〈深谷美人〉叙》,钱谷融编:《林琴南书话》,杭州:浙江人民出版社1999年版,第112页。
② 新小说报社:《中国唯一之文学报〈新小说〉》,《新民丛报》1902年7月15日。
③ 吴沃尧:《〈月月小说〉序》,《月月小说》第一年第1号(1906)。

14

打通中国古代文学与现代文学的努力和笔者对中国现代小说的伦理叙事研究启示了笔者晚清新小说伦理叙事研究的思路，那么晚清新小说强烈的伦理诉求又使笔者坚定了对研究对象选择的信心。

三、晚清新小说研究现状和选题意义

晚清新小说自产生以来，报刊杂志就发表了相关评价文章，但"五四"之前对晚清新小说的研究成果数量不多。1920年代胡适的文章《五十年来中国之文学》发表和鲁迅的著作《中国小说史略》面世，从文学史的角度充分肯定了晚清新小说的地位和价值，正式揭开了晚清新小说系统性、学理性研究的序幕。迄今为止，晚清新小说研究获得较大成绩，主要体现在以下三个方面：

第一，文献整理。

文献整理已初具规模，无论是小说书目辑录、小说作品整理还是研究资料汇编，都做了大量卓有成效的工作。1908年徐念慈的《丁未年小说界发行书目调查表》发表，文章辑录了1907年发行的创作小说120种，翻译小说近400种，是对晚清小说书目的最早整理。20世纪30年代又有孙楷第的《中国通俗小说书目》和阿英辑录的《晚清小说目》，分别收录晚清小说30多种和1107种。1990年代江苏社科院明清小说研究中心编的《中国通俗小说总目提要》出版，其所收录的创作小说，从唐代至1839年共有白话通俗小说502部，从1840至1911年出现了662部，仅1901至1911年的小说数量就高达529部。在编排上，以著者年代先后为序排列，书末附有按注音字母次序编排的书名索引和著者姓名和别号索引，而且每一条书目由书名、作者生平、版本状况、内容提要和回目五个部分组成。2002年4月日本学者樽本照雄编的《新编增补清末民初小说目录》由齐鲁书社出版，这是在对之前出版的《清末民初小说目录》修订的基础上完成的，补充了陆续发现的若干资料，书目中所列小说，均按汉语拼音音序排列列入某部，然后再按一般汉语拼音音序检字法查找，在书末又做了"著译编者索引"，而且还将创作小说与翻译小说分清，推翻了阿英所提出的晚清小说"翻译多于创作"的结论。可以说，《新编清末民初小说目录》的出版使晚清新小说的文献整理工作获得突破性进展。2002年12月华东师大教授陈大康编的《中国近代小说编年》由华东师范大学出版社出版，统计的小说数目大大增加，仅1903至

1911年间的小说就多达2377部,其中通俗小说是1422部,文言小说有13部,翻译小说942部。2008年11月上海师大教授刘永文编的《晚清小说目录》由上海古籍出版社出版,为晚清小说研究提供了丰富的文献信息。这些文献整理具有重要的史料价值,产生了广泛的学术影响,有力地推动了晚清文学研究和中国小说史研究的发展。

在小说作品整理方面,阿英编纂的《中国近代反侵略文学集》在1957年到1960年分五集出版,每集都是由多卷本组成。全书的编写体例是按诗歌、小说、散文等文体进行的,收录了反映鸦片战争、中法战争、甲午中日战争、庚子事变和华工在美国遭受迫害及反禁约运动的二十九篇小说。20世纪60年代初中华书局出版了阿英编纂的九卷本《晚清小说丛钞》,其中小说部分共四卷,收入小说作品二十二篇,既不重录之前的丛书《中国近代反侵略文学集》所列作品,也不录选习常易见的小说作品比如晚清四大谴责小说,为晚清小说研究提供了珍贵资料。王孝廉等八人主编的《晚清小说大系》1984年由台湾广雅出版有限公司出版,收录晚清小说作品七十八篇,精装三十七册,以创作小说为主,兼有翻译小说。《中国近代文学大系》(1840—1919)根据近代文学的特点,分门别类,共设十二专集,分三十卷编纂,包括《文学理论集》2卷、《小说集》7卷、《散文集》4卷、《诗词集》2卷、《戏剧集》2卷、《笔记文学集》2卷、《俗文学集》2卷、《民间文学集》1卷、《书信日记集》2卷、《少数民族文学集》1卷、《翻译文学集》3卷、《史科索引集》2卷。可以看出,《小说集》的篇幅占《大系》全书篇幅的四分之一,是《大系》的核心部分。该《大系》历时十年精心准备,在1996年由上海书店全部出齐。1988年到1997年,江西百花洲文艺出版社出版了六辑八十卷、近四千万字的目前规模最为宏大的小说作品丛书——《中国近代小说大系》,其所收作品不仅从时间跨度、种数、作家人数等方面都超越了此前的系列作品丛书,而且每卷卷首都有"本卷说明",说明此次整理所依据的底本和参照本,便于读者比较和考查。其他比较重要的小说作品丛书还有春风文艺出版社出版的《中国近代珍稀本小说》、大众文艺出版社出版的《中国近代孤本小说集成》和中国文联出版公司出版的《清末民初小说书系》等。新世纪晚清小说珍贵历史文献的重大新发现当属2006年美国伯克利加州大学东亚图书馆发现了1895年英国来华传教士傅兰雅发起的时新小说有奖征文的应征小说原始手稿150篇,这批被岁月湮没百年之久而且许多学者一直苦苦寻找未果的小说作品终于浮出历史地表,2011年上海古籍出版社将这批小说结集取名为《清末时新小说集》(全书十四册)影印出版,为晚清新小说研究开辟了一个新天地,无疑是学术界一件可喜可贺之大事。

研究资料汇编方面,阿英和魏绍昌作出了重大贡献。阿英的《晚清文学丛钞·小说戏曲研究卷》辑录了1872年到辛亥革命前后中国小说的研究资料,比较全面地反映了晚清小说研究、评论的状况。魏绍昌1950年代中期开始致力于晚清小说资料的搜集、整理工作,20世纪60年代至80年代初就以一人之力完成了四大谴责小说作家作品的专题研究资料汇编——《老残游记资料》《孽海花资料》《吴趼人研究资料》和《李伯元研究资料》,在晚清小说研究领域开创了作家作品研究资料编纂的先河,对晚清小说研究者具有重大参考价值和启迪作用。随着晚清小说研究的发展,基础资料的整理不断得以丰富:中国社科院文研所近代文学研究室主编的《中国近代文学论文集·小说卷(1919—1949)》和《中国近代文学论文集·小说卷(1949—1979)》分别在1988和1983年出版,收录1949—1979年间近代文学研究近二百篇有代表性的重要论文;陈平原、夏晓虹编纂的《二十世纪中国小说理论资料(1897—1916)》在1989年出版,按编年顺序收录了1897—1916年间三百篇左右的小说研究资料,为晚清新小说研究者提供了富有研究价值的文论原始资料,进一步夯实了晚清新小说研究的文献基础。

第二,宏观研究。

一些学者从宏观角度出发,通过中西思想文化传统、社会历史、经济状况的纵横比较研究,探讨晚清新小说的特点和意义。20世纪20年代鲁迅《中国小说史略》出版,结束了中国小说长期无史的状况,这也是第一部将晚清小说纳入小说史书写的专著。这部小说史共由二十八篇组成,在内容上晚清小说只占一篇,但其小说研究的框架体系,尤其是关于谴责小说产生的社会原因和思想艺术特征的论述——"戊戌政变既不成,越二年即庚子岁而有义和团之变,群乃知政府不足与图治,顿有掊击之意矣。其在小说,则揭发伏藏,显其弊恶,而于时政,严加纠弹,或更扩充,并及风俗。虽命意在于匡世,似与讽刺小说同伦,而辞气浮露,笔无藏锋,甚且过甚其辞,以合时人嗜好,则其度量技术之相去亦远矣,故别谓之谴责小说"[①],对晚清新小说研究的发展产生了深远影响。

把晚清新小说作为一个历史现象,放置于广阔的时代背景上进行考察和评价的重要论著还有胡适《五十年来中国之文学》、陈子展的《最近三十

[①] 鲁迅:《中国小说史略》,《鲁迅全集》(第九卷),北京:人民出版社2005年版,第291页。

年中国文学史》、阿英的《晚清小说史》、陈平原的《20世纪中国小说史》(第一卷)、欧阳健的《晚清小说史》、武润婷的《中国近代小说演变史》以及台湾学者孟瑶的《中国小说史》等。比如陈子展的《最近三十年中国文学史》论及1898—1928年间的文学现象，分诗歌、词曲、小说、古文等文体进行叙述，指出包括晚清小说在内的近代文学有着共同特色就是反抗传统。1937年阿英的《晚清小说史》由商务印书馆初版，第一次以晚清小说为独立研究对象进行专门、系统的考察和分析，指出晚清小说是中国小说史上一个最繁荣的阶段并分析其社会、时代原因，不仅开启了中国断代小说史的先河，而且还高屋建瓴地从小说发展史的角度分析了晚清小说与中国古典小说的不同和互通以及所受西洋小说的影响。陈平原的《20世纪中国小说史》(第一卷)讨论的是1897—1916年间的小说现象，指出"正是这古今小说、中外小说第一次碰撞爆发的火花，照亮了艺术上相当粗糙的新小说，使其获得某种后代作品很难企及的特殊的历史价值。这种'历史价值'的一个侧面，……除了政治思潮的推动以及各种文化因素或明或暗的刺激外，新小说发展的内在动力主要来自域外小说与传统文学(不只是章回小说或文言小说)"[1]，并且在主体意识、情节类型、小说题材、叙事方式等方面分析了域外小说对新小说的影响以及新小说对中国传统文学的承传，更为关注社会关系中的文学自身的问题，改变了以往文学史写作中以文学中的社会问题为主题的学术思路。

中国文学的现代性问题曾是学界最为关注的论题之一，国内较早关注这一论题的学者有严家炎、黄子平、陈平原、钱理群等。1980年代初严家炎就在《鲁迅小说的历史地位》一文中从文学的现代化角度来研究鲁迅小说，1980年代中期黄子平、陈平原、钱理群发表文章《论"二十世纪中国文学"》，指出中国文学现代化的起点应当提前到1898年，其后以现代性作为论题的研究成果大量涌现，从不同的视角展现了晚清新小说现代性的本质元素，诸如刘纳的《嬗变——辛亥革命时期至五四时期的中国文学》、王一川的《中国现代性体验的发生——清末民初文化转型与文学》、杨联芬的《晚清至五四：中国文学现代性的发生》、陈平原的《中国现代小说的起点——清末民初小说研究》、郭延礼的《中国前现代文学的转型》等。

国外较早关注晚清新小说现代性论题的是美籍华裔学者李欧梵，写作

---

[1] 陈平原：《20世纪中国小说史》(第一卷)，北京：北京大学出版社1989年版，第9页。

于1970年代初的文章《追求现代性(1895—1927)》分析了晚清文学的现代形态①。1980年代前期李欧梵承担费正清主编的《剑桥中华民国史》文学部分的撰写时,就直接以"现代性的追求"作为标题对1895—1927年间的文学展开论述,这一部分虽然是将之前的文章《追求现代性(1895—1927)》稍加修改,但其观点更为鲜明、论断更为果敢:"中国现代文学可以上溯到晚清时期,特别是自1895至1911年的16年,在这段时间里,一些'现代'特征变得越来越明显。"②就李欧梵论述的晚清文学对象来说,实际上主要是指晚清新小说,晚清时期的散文、诗歌并没有在论述范围之内。美籍华裔学者王德威在《被压抑的现代性——没有晚清,何来五四?》和《被压抑的现代性——晚清小说的重新评价》两篇文章中提出了"晚清文学现代性"的理论观点,与李欧梵观点相似的是,王德威也认为中国作家将文化现代化的努力发端于晚清,但王德威论及的晚清文学是以太平天国前后至宣统逊位六十年间的狭邪小说、科幻乌托邦故事、公案侠义传奇、谴责小说为研究对象③,打破了"四大小说"或"新小说"式的论述。王德威还立足于现代性问题分析了晚清与五四的内在联系:"五四其实是晚清以来对中国现代性追求的收煞——极匆促而窄化的收煞,而非开端",进一步提出"没有晚清,何来五四"④,也就是说,晚清小说在具体的文学实践和文学生产的诸多方面都显示出现代性的多种可能,但在五四开始的新文学建构中,晚清小说被建构成新文学的他者,晚清小说丰富多样、充满活力的现代性被压抑了,而要正确认识五四文学,必须对晚清小说的现代性予以重新评价。王德威"晚清文学的现代性"观点在其论著《被压抑的现代性——晚清小说新论》得以系统的表达和深入的分析,该论著以英文形式在1997年由斯坦福大学出版,2005年翻译成中文由北京大学出版社出版。王德威对晚清小说的研究在学术界产生极大

---

① 这篇文章收录在李欧梵文化评论精选集《现代性的追求》之第三辑"中国文学的现代化之路"里,在这个集子的序言里,李欧梵自述第三辑"中国文学的现代化之路"中的两篇文章(一是《追求现代性(1895—1927)》,一是《走向革命之路(1927—1949)》)写于1970年代初期。详见李欧梵:《现代性的追求·序言》,北京:三联书店2000年版,第2页。
② [美]李欧梵:《文学的趋势Ⅰ:对现代性的追求1895—1927》,费正清:《剑桥中华民国史》(上),北京:中国社会科学出版社1994年版,第507页。
③ [美]王德威:《被压抑的现代性—晚清小说的重新评价》,《批评空间的开创——二十世纪中国文学研究》,上海:东方出版中心1998年版,第123页。
④ [美]王德威:《被压抑的现代性——没有晚清,何来五四?》,《想像中国的方法——历史·小说·叙事》,北京:三联书店1998年版,第16—17页。

反响,把晚清新小说研究推向了一个新的高度。

晚清新小说研究在主题表现、人物形象塑造和语言建构等方面也取得了很大发展,仅就"中国知网中文期刊库"关于新世纪以来的研究资料发现:对此关注的学术论文大量涌现,而且学术思维更加活跃,诸如在主题表现方面研究的论文有贺根民的《晚清小说的群体关怀》、张淑蓉的《儿女柔情与英雄侠义——晚清〈第一侠义奇女传〉的情侠观透视》、胡全章的《晚清乌托邦小说的主题特征》、宋大琦的《晚清小说家眼中的立宪运动》、刘永丽的《清末民初通俗小说中的上海书写》等。在人物形象塑造方面的研究主要集中在留学生、女性、知识分子三大类群体,分别有 4 篇、7 篇、2 篇论文。对留学生人物形象研究的论文有姜荣刚的《晚清留学生与中国现代小说观的萌蘖》、汤克勤的《论转型视野下晚清留学生小说家和晚清小说中的留学生形象》、邓大情和刘思彤的《晚清小说中的留学生形象》、鲁毅《论清末民初小说中"英雌"形象嬗变的双重维度》等;对女性人物形象研究的论文有冯鸽的《清末新小说中的"女豪杰"》、乔以钢和刘堃的《晚清"女国民"话语及其女性想像》、林晨的《晚清末期的文学行旅与女性形象》、周乐诗《清末小说中的女权乌托邦》、程亚丽的《"美女闹革命":晚清小说"女革命者"形象考论》、朱秀梅的《"我"的出走与回归——晚清新小说女性形象分析》、雷霖的《"男降女不降":晚清女性——国祖话语与战争小说中的女性形象》等;对知识分子人物形象分析的论文有贺根民的《知识分子的边缘化和晚清小说队伍的嬗变》、汤克勤的《从底层的士到现代知识分子——论传统小说家的身分变化及其小说史意义》。在晚清小说语言方面的研究也有了新的收获,诸如论文有王佳琴的《文学语言与现代小说的"雅俗"突围》、何云涛的《论晚清"新小说"的文体特征与语体建构》、邓伟的《试论晚清"新小说"的白话语言建构》等。

随着叙事学研究的发展,晚清新小说的叙事特征也逐渐进入了研究者的学术视野,陈平原在这方面做出了开拓性的工作,获得了卓越的成绩。《中国小说叙事模式的转变》是陈平原的博士论文,略加修改后 1988 年由上海人民出版社出版。1990 年台湾久大文化公司推出了该书的繁体版。新世纪以来,北京大学出版社又多次再版。陈平原在论著中从叙事时间、叙事角度、叙事结构方面分析了中国 1898—1927 年间的小说文体特征,指出晚清小说的叙事模式具体表现在:"采用连贯叙述、倒装叙述、交错叙述等多种叙事时间;全知叙事、限制叙事(第一人称、第三人称)、纯客观叙事等多种叙事角度;以情节为中心、以性格为中心、以背景为中心等多种叙事结构。"①陈平原的这种探索,不仅是学界第一次系统地研究晚清新小说形式的有益尝试,还标志着中国小说叙事研究在兴起之后的深入。美国学者韩南《中国近代小说的兴起》2004 年由上海教育出版社出版,从小说叙事研究入手讨论了 1819—1913 年的小说。韩南在论著中分析晚清小说叙事特性是叙事者声口的变化,其具体表现是出现了"个人化的说书人""虚拟的作者"和"弱化的叙事者"。韩南还给予吴趼人很高评价,认为:"吴趼人是晚清小说家中在技巧方面最富实验精神者。他在时间顺序、结局,尤其是叙事者的位置、性格、身份方面最富创获。"②和陈平原相比,韩南大量关注 19 世纪中国小说的创造性实验,20 世纪初期的晚清新小说文本分析所占比例则相对较小。

在对晚清新小说进行深度挖掘的同时,晚清新小说研究广度的拓展也获得了长足发展,尤其是新世纪以来出现了跨学科的研究趋向,诸如栾梅健的著作《前工业文明与中国文学》(2000),以经济基础决定上层建筑为理论基石,深入考究和系统梳理了社会经济对晚清新小说的影响;袁进的学术论文《试论晚清小说读者的变化》(2001),从接受学的角度切入晚清新小说的分析;王燕的著作《晚清小说期刊史》(2002),从传播媒介的视角探讨了晚清新小说的发展;刘永文的学术论文《西方传教士与晚清小说》(2003),则论述了西方传教士在中国的办报、征文、译书、兴学等活动对晚清新小说产生的影响;陈大康的学术论文《论晚清小说的书价》(2005),从图书市场的视角分析了晚清新小说的生存状态;徐明的硕士论文《晚清商业小说研究》(2008),以现代商业理念反观晚清新小说,分析了晚清小说中所呈现的工商现代化诸如股票、彩票、期货以及现代经营管理方式。这些研究异彩纷呈,大有百家争鸣之状,都具有重要的学术意义。

第三,个案分析。

对晚清具体作家作品或某现象的研究,陈平原、夏晓虹编的《二十世纪中国小说理论资料》(1897—1916 年)中已经收录了诸如署名平等阁主人的《〈新中国未来记〉第三回总批》(1902)、署名自由花的《〈自由结婚〉弁言》(1903)、俞佩兰的《〈女狱花〉叙》(1904)、署名二我的《〈黄绣球〉评语》等文章,虽然篇幅短小,却涉及到小说的思想、语言、结构等问题。胡适在《文

---

① 陈平原:《中国小说叙事模式的转变》,北京:北京大学出版社 2010 年版,第 4 页。
② [美]韩南:《中国近代小说的兴起》,上海:上海教育出版社 2004 年版,第 169—170 页。

学改良刍议》(1917)中曾论及吴趼人,认为吴趼人的白话小说描写了当时社会情状,"其足与世界'第一流'文学比较而无愧色"①。但1949年前的作家作品研究,主要集中在晚清四大小说家和谴责小说上。如前所述,晚清十年的通俗小说创作多达五百余部,随着史料的不断挖掘和学术观念的不断更新,建国后尤其是新时期以来,除了晚清四大小说家和谴责小说研究的纵深发展外,越来越多的作家作品进入研究者的视野,而且研究方法有新的开拓并带来一系列学术话题,主要表现如下:

1. 学术视野更为开阔。

学术视野的开阔具体表现为研究对象不断扩大和研究课题更加丰富多样。晚清四大小说家和谴责小说继续受到关注并进入一个多元性、开放性、学术性的新阶段,诸如刘德隆的《刘鹗散论》(1998)、刘瑜的《刘鹗及〈老残游记〉研究》(1998)及台湾李瑞腾先生的《〈老残游记〉意象研究》,不仅提供了许多珍贵的史料、发表了许多新见,全面研究了《老残游记》思想意蕴和艺术特色,还深入探讨了与《老残游记》相关的问题——太谷学派、刘鹗的治黄理想、《老残游记》与禅等。魏绍昌的《晚清四大小说家考》(1993),既对李伯元、吴趼人、刘鹗、曾朴等作了新的考证,也有论者对旧资料多年探讨研究的新得。

陆士谔是晚清最多产的小说家,但对陆士谔的研究长期处于非常萧条甚至哑声的状态。从"中国知网"期刊统计数据来看,从建国直至1980年代中期,没有一篇文章谈及陆士谔。时至1985年,东方望在《谈武侠小说和侦探小说》(刊载于《读书》1985年第7期)分析武侠小说时,才谈到了小说家陆士谔,但只是提到了陆士谔民国初年的小说,至于小说题目论者也记不起来了。时隔三年后傅大光在《变革的时代 变革的文学——全国第四次近代文学学术讨论会综述》(刊载于《读书》1988年第6期)中才强调了陆士谔的小说地位,结合晚清"新政"指出陆士谔的《新三国》《新水浒》两部小说"反映了当时的时代和表达了作者的理想和追求,在改革小说中有一定的代表性"。对陆士谔研究进入快速发展的时期是新世纪以后,"中国知网"期刊统计数据显示,关于陆士谔研究的论文发表数量从2000年的4篇迅猛发展到2001年的15篇、2002年的17篇,2010年达到高峰——51篇,2013年有所下降,有34篇。期间出现了全面系统研究陆士谔生平经历、小说创作、文学思想等的专著——田若虹的《陆士谔研究》(岳麓书社2002年

---

① 胡适:《文学改良刍议》,《新青年》1917年1月1日。

出版)和《陆士谔小说考》(上海三联书店2005年出版)。除陆士谔之外,晚清其他小说家诸如包天笑、李涵秋、黄小配、徐念慈、连梦青、黄世仲等人的研究也越来越得到广泛关注和深入探讨。

1949年以来关于晚清四大谴责小说《官场现形记》《二十年目睹之怪现状》《老残游记》《孽海花》的研究,在论文数量方面分别依次是:34、14、182、71篇(在"中国知网"期刊上输入篇名所得)。这些论文所涉及的论题包罗万象,有对学界权威论断进行质疑并提出新见的,如王学钧的《〈官场现形记〉与晚清"新政"及鲁迅的误解》和《鲁迅对〈老残游记〉的误解》两篇文章,前篇文章认为鲁迅对《官场现形记》的创作意图及主题判断有误,论者从《官场现形记》的连载起始时间、庚子事变后李伯元的心态,再结合小说文本,推出这样的结论:小说并不是如鲁迅所说是因庚子事变的刺激为迎合"时人嗜好"满足于"谴责"或"谩骂"而作,而是为了揭露专制政体是"新政"腐败的总根源,呼应了当时"专制政体为大众之公敌"的政治启蒙目的;后一篇文章指出鲁迅将《老残游记》视为谴责小说存在着解读的误区,并进一步分析鲁迅对《老残游记》的这种误解,源于鲁迅对谴责小说,概念的建构方法和推衍性运用。我们知道,王学钧所反对的鲁迅观点是鲁迅在《中国小说史略》里提出来的,对于谴责小说,国内中国文学史教材乃至许多研究性论著迄今都承袭鲁迅在这部小说史中所推出的论断。王学钧能发人之所未见,论证严谨缜密,其敢于求真、大胆开拓的学术创新精神值得学人学习。有对小说主题进行深度挖掘的,如刘堃的《晚清的女性教化与女性想象——以〈孽海花〉为中心》、余皓的《〈老残游记〉中的音乐描述及其意义》;有对小说创作方法和艺术特点进行分析的,如陈今的《〈老残游记〉对西方侦探小说创作手法的借鉴》、李华与何志平的《论〈孽海花〉艺术形式的矛盾性》等;也有把小说放置于世界性的文化视野中进行考察的,如宋运娜的《由〈老残游记〉看小说艺术从古典向现代的转变》、宋莉华的《传统与现代之间:从〈孽海花〉看晚清小说中的异域书写》等。

许多研究薄弱的作品、鲜为人知的作家也得到了重视,比如吴趼人的《新石头记》,1949年后相当长一段时间无人问津,但1989—2013年已有16篇文章从主题思想、文化意蕴、时空表述等多个侧面进行了深入探讨。梁启超的《新中国未来记》1949年后第一次进入学者的研究视野是以1983年《求索》杂志刊载了王鉴清的《陈天华〈狮子吼〉批驳梁启超〈新中国未来记〉》为标志,仅在知网期刊篇名栏内输入小说名搜索的文章就有20篇,散见于其他论著的相关评论也很多,期间欧阳健给予了很高评价,认为《新中国未来记》是晚清新小说的开山之作。其他的如碧荷馆主人的《新纪元》、荒江钓叟的《月球殖民地小说》、旅生的《痴人说梦记》、符霖的《禽海石》、颐琐的《黄绣球》、海天独啸子的《女娲石》、王妙如的《女狱花》等都得到不同程度的学术挖掘,值得一提的是传教士小说研究也呈现出良好的发展态势。

2. 研究方法灵活多样。

研究方法的选择,意味着研究者什么样的学术视野和思维方式,也决定着论题的深度和广度。晚清新小说研究既采用传统文学研究的路径,也注意借鉴现代研究方法。这种灵活多样研究方法的运用,有利于多角度、多层次地进行晚清新小说研究。

个案研究和细读式研究相结合。细读式研究是个案研究的基础,研究者通过作品细读进入文学场景、生成文学感受进而提出新见。比如段怀清的《最长的一夜:论〈老残游记〉的整体性》是对具体作品《老残游记》的个案研究,但其观点的提出依据是建立在文本细读基础之上的。段怀清结合小说中前二十回的"自叙",指出"自叙"中所说的为"家世""家国""社会""种教"而"哭泣"的感情是作者撰写《老残游记》的精神情感缘起,这种感情也统摄着作品中的人物、故事、情节并与之保持着统一关系,同时弥漫于文本的字里行间。紧接着,段怀清结合《老残游记》中王小玉唱大鼓、玙姑与黄龙子二人"光照"琴瑟、黄龙子有关"北拳南革"的议论预言、泰山斗姥宫逸云释佛等场景进行阐释。然后,分析了"老残"与作者、文本、小说人物以及叙事和抒情之间浑然一体的关系。段怀清认为,《老残游记》审美形态的整体性是"由该小说文本在主题、人物、语言以及艺术技巧诸多方面的内在平衡与外在平衡所共同构建出来的一种叙述效果"①。诸如此类的学术论文很多,此处不再一一例举。文本细读是文学界一种传统研究方法,但1985年以来随着西方理论学说的不断引进、新方法新理念的不断盛行,在古代文学和现当代文学研究领域,文本细读逐渐被忽视,对文学史的理论研究也逐渐取代了具体作家作品的分析。相对而言,晚清新小说研究比较薄弱,随着文献的整理,某些认为已经散失的晚清文学作品走出尘封的历史,作家的资料也在不断充实、完善,这种情况使晚清新小说研究者借鉴了古代文学和现当代文学研究者对作品分析时采用的细读式研究方法,呈现出精

---

① 段怀清:《最长的一夜:论〈老残游记〉的整体性》,《浙江大学学报》(人文社会科学版) 2006 年第 11 期。

彩的文本分析和有价值的学术信息。

个案研究和比较研究相结合。比较研究是文学研究常用而且有效的一种方法,通过作家作品的比较凸显比较对象的特点或揭示现象背后规律性的内容。比如耿传明的文章《人心之变与文学之变——〈孽海花〉、〈广陵潮〉与晚清社会心态的变异》,结合晚清社会状况和作家的生平阅历、文化品位以及作品的成书过程、具体内容,指出:"《孽海花》主要表现的是社会精英阶层的心态转换,而《广陵潮》则集中表现的是内地民间社会的历史变迁。《孽海花》对历史的表现带有传统史传文学的特点,表现出某种新旧杂糅性。《广陵潮》具有一种原发的自然的民间立场和民间视角,其作品以言情为主线形象地展现清末民初的民俗风情以及其在时代冲击下的演进和蜕变。"通过这种文学现象的比较,论者推出一个结论:"作家对政治、社会主题的关注,是近代小说由'传统'转向'现代'的开端。①"再比如胡全章的文章《晚清言情小说中的双璧——〈禽海石〉与〈恨海〉之比较》,主要从两个方面展开分析比较:一,在小说的主题意蕴而言,虽然《禽海石》和《恨海》都表达了个人幸福与国家安危休戚相关的主题意蕴,具有相似的时代精神特征,但就深层主题意蕴来说,前者批判了传统婚姻伦理观念,后者却宣扬了以"忠孝节义"为核心的传统道德。如果从思想倾向的进步性去衡量这两部小说,前者的成就就在后者之上。二,在叙事和文体方面,《禽海石》和《恨海》都具有开拓性贡献,具体表现是:前者对第一人称叙事方法的成功驾驭,后者在文本中大量运用内心叙事。通过这两个方面的比较,胡全章认为:"《禽海石》的文学价值和文学史意义当不在《恨海》之下",二者同为"晚清言情小说中的双璧"②。从文学接受史来说,小说《禽海石》及其作者符霖长期备受冷落、忽视,胡全章用个案研究和比较研究的方法,将《禽海石》与身为晚清四大小说之一的作者吴趼人的有重大影响的作品《恨海》并置、分析,不仅突破了单篇作品分析的局限,而且对小说《禽海石》来说,深化了研究,提升了文学地位。

晚清新小说研究也在不断尝试着引进新的理论和概念,运用新的研究方法拓展研究领域。有的借用现代叙事学的方法研究小说的形式技巧,就个案分析而言,中国知网期刊显示1996—2013年的相关研究成果共有25

---

① 耿传明:《人心之变与文学之变——〈孽海花〉、〈广陵潮〉与晚清社会心态的变异》,《大连大学学报》2008年第1期。
② 胡全章:《晚清言情小说中的双璧——〈禽海石〉与〈恨海〉之比较》,《聊城大学学报(社会科学版)》2005年第4期。

篇,论及的研究对象就具体作品而言,既有著名小说如《老残游记》《孽海花》《黑籍冤魂》,也有基本处于研究盲区的小说如《邻女语》《月球殖民地小说》《新党升官发财记》等;涉及的晚清小说类型有写情小说、谴责小说、历史小说、政治小说、狭邪小说等。论述的叙事视角也不尽相同,比如杨彬的《叙事:在模式与效果之间——论〈老残游记〉的叙事艺术》一文,认为《老残游记》采用的是单人物限知角度来叙事;王德威的《"头"的故事:历史·身体·创伤叙事》一文,认为《邻女语》的最大叙事特色是一则则前后互不相属的故事串联而成;方国武的《空间化的批判性书写——晚清谴责小说叙事结构》一文,认为《官场现形记》《二十年目睹之怪现状》《老残游记》和《孽海花》采用的是空间化的叙事结构模式。有的借用传播学的研究方法分析晚清小说,如宋莉华的《近代石印术的普及与通俗小说的传播》一文,认为作为技术因素的石印术在中国的普及对中国通俗小说尤其是晚清新小说的传播和读者面的扩大起着关键性作用。有的以女性主义批评方法研究晚清小说,如魏文哲的《〈女狱花〉与〈女娲石〉:晚清激进女权主义文本》一文,分析了小说中沙雪梅暴力对抗男性的激进姿态和金瑶瑟们"灭四贼"的偏激女权宣言。其他诸如人类学、形象学、语言学等研究方法都可以在晚清新小说研究中看到踪迹。

3.一系列的学术话题。

对于个案研究指涉较多的话题是晚清新小说的现代性、叙事特征、文化意蕴、女性形象、"他者"书写等,其中以现代性话题最为集中,并由此波及其他,比如王敦的《从晚清小说〈新石头记〉第一回看时空表述的现代重构》一文,在对吴趼人小说《新石头记》第一回细读分析的基础上指出:贾宝玉穿越古典时空走进晚清大都会上海并在梦境中参观了未来中国,而晚清上海是一个由新闻、小说、出版业和现代知识话语所组成的现代时空社会,通过小说的想象性叙事贾宝玉被变成一个活跃在现代时空的现代主体。毫无疑问,小说关于贾宝玉上海体验的叙述是一种现代时空体验的传达;同时关于贾宝玉这种时空穿越的小说叙事,也是晚清小说叙事性形式的积极实验。也就是说,论者在探讨作品的现代性话题时,也涉及了作品的叙事形式。比如陈联芬的《〈孽海花〉与中国历史小说模式的现代转变》一文,论证了《孽海花》历史叙事的现代性体现在"风俗史"的叙述方式和摆脱了对历史与正统道德观念的依赖而表达当代人的情绪、当代人的历史感受,小说这种叙事话语的主体意识和人文精神正是

"中国文学由古典迈向现代的可贵的转变"①。论者在论述作品历史叙事现代性的同时,也兼及吴趼人与林纾历史小说的叙事特点、傅彩云女性人物形象的分析以及通过金雯青与傅彩云的关系对复杂人性的挖掘。再比如任冬梅的《科幻乌托邦:现实的与想象的——〈月球殖民地小说〉和现代时空观的转变》一文,论述了《月球殖民地小说》所呈现出来的新的时空观念和对未来中国的想象,参与了中国现代性的创造,同时西方物质、文化对中国的渗透、影响过程也昭然在字里行间。

在西风东渐的晚清社会,涌现了为数不少的关于异国想象的小说创作,诸如梁启超的《新中国未来记》、曾朴的《孽海花》、尘子的《洪水祸》、岭南羽衣女士的《东欧女豪杰》等。可惜的是,晚清小说研究对这一话题却长期基本无人问津。随着文学研究对形象学研究方法的引进,对晚清小说中异国形象进行分析的文章也开始出现,比赵焕冲的《〈新中国未来记〉中的异域形象》(刊载于《东南传播》2006年第2期)、吴燕的《〈孽海花〉中异国故事的叙事学读解》和《翻译的相异性——1910—1920〈小说月报〉对"异域"的言说》(分别刊载于《贵州文史丛刊》2007年第1期和《暨南学报》哲学社会科学版2008年第1期)、宋莉华的《传统与现代之间:从〈孽海花〉看晚清小说中的异域书写》(刊载于《文学遗产》2008年第1期)、邹小娟的《二十世纪初中国"科幻小说"中的西方形象——以荒江钓叟〈月球殖民地〉为中心》(刊载于《海南师范大学学报》社会科学版2013年第2期)。按照比较文学形象学研究的思路——"研究一国文学中异国形象的生成、流变,即异国形象是如何被想象、被塑造出来,又是如何传播的,继而分析异国形象产生的深层社会文化背景,发现折射在他者身上的自我形象"②,上述论文已经做出了积极探索,比如宋莉华分析了《孽海花》关于日本、德国、俄国的想象性呈现,认为这种小说叙事或许无助于读者了解当时西方社会的真实情形,但追问小说建构想象的方式及历史语境,却为考察晚清社会生活形态、意识形态和文化形态提供了具有可读性的文本。邹小娟分析了小说《月球殖民地》中西方人物和西方器物形象特点,认为作者是为了批判病态的中国社会、以"为我所用"的文化心理模式自觉地有选择地来塑造"西方形象"的。吴燕分析清末民初重要小说杂志《小说月报》异域言说的论题时,所沿

---

① 杨联芬:《〈孽海花〉与中国历史小说模式的现代转变》,四川师范大学学报(社会科学版)2002年第7期。
② 张志彪:《比较文学形象学理论与实践 以中国文学中的日本形象为例》,北京:民族出版社2007年版,第1页。

循的核心思路就是：以欧美为代表的文化他者呈现出一种什么样的"形象"，而这种"形象"又是如何被建构以及如何被生产与被消费的。另外，陈泉的硕士论文《晚清中国的日本想象(1895—1911)——以小说为路径》和杨理沛的博士论文《1910年代中国叙事文本中的西方形象研究》也都对中国视域中异国想象的话题作了深入的专题论述。

随着学术视野的不断开阔和研究方法的不断突破，晚清新小说研究的诸多话题也有了富有成效的推进，比如晚清新小说与中国传统之间的关系、晚清新小说与西方文学的关系、晚清新小说与"五四"小说的关系、晚清新小说与传教士之间的关系、晚清新小说与现代传媒的关系、晚清新小说的兴起与流变问题等。

由上可知，晚清新小说研究取得了相当可观的成绩，文献的整理和不断完善为本成果研究提供了必要前提，晚清新小说的内部结构、外部因素、主题情调、美学趣味以及具体个案的分析、整体发展的评价等也对本成果研究有着重要的参照意义。诸如关于晚清新小说与伦理的探讨，有些专著在论及晚清某部作品或某人物形象时表现出了伦理判断的倾向，诸如杨联芬的《晚清至五四：中国文学现代性的发生》(2003)、赖芳伶的《清末小说与社会政治变迁(1895—1911)》(1994)、(美)王德威《晚清小说新论》(2003)等。也有些学术文章在内容上呈现出不同程度或方向的伦理意蕴，诸如：谢飘云、陈鹏飞的《伦理判断与政治判断的融合和倾斜——试论曾朴小说〈孽海花〉的审美方式》(《华东师范大学学报》哲学社会科学版1997第4期)、赵德利的《血亲伦理悲剧的世纪建构——二十世纪家族小说论之一》(《青海社会科学》2000年第9期)、郑燕喆的《与"礼"抗争 让"爱"做主——试论近代言情小说中的伦理观念》(《广西电业》2004年第1期)、李奇志的《论清末民初小说中的"英雌"想象》(《中南民族大学学报》2007年第4期)、马兵的《从"朝圣者"到"经济人"——论晚清民初通俗小说的伦理维度》(《齐鲁学刊》2010年第6期)以及郑丽丽的博士论文《清末新小说中的新"中国"想象》(2009)等。这些虽然是章节式或片段式零星的晚清新小说伦理叙事研究，却为本成果研究打下了良好基础。

另外，需要提及的是赵兴勤的专著《古代小说与伦理》(1992)和蒋小波的博士论文《最后之觉悟——现代伦理转型与二十世纪中国文学》(2001)。前者结合时代背景探讨了小说中伦理制约下的人物模式、伦理规范对情节结构的渗透、义利观的变迁、婚姻伦理的演变等方面，从先秦寓言式小说到明清小说，较为系统地梳理了小说中的伦理表现及伦理道德对小说产生的影响；后者论述了中国伦理精神的现代转型及其与二十世纪中国文学的因果关系，可谓是对《古代小说与伦理》所运用的伦理批评方法的一种呼应，而且不仅探讨了时代伦理精神对该时代文学的影响，还剖析了二十世纪中国文学对中国伦理精神转型的主动参与和创造。但蒋小波的论文只是梳理了从"五四"新文学、延安文学到"文革"文学、新时期文学的发展脉络，仍没有论及晚清小说。赵兴勤和蒋小波虽然没有把晚清新小说纳入伦理叙事研究的对象，却给笔者研究晚清新小说以很大启发。

总之，晚清新小说伦理叙事研究获得了一定进展，但从目前所搜集的资料来看，笔者尚未发现有文章或专著从整体上系统地论述，其局限和缺憾也非常明显：一方面往往只顾及到重要作家、作品，而忽略了大量的艺术上虽然比较粗糙但急于"发表政见、商榷国计"的作品，从而使伦理批评缺乏伦理变革文化场域的依托，最终导致小说的伦理建构失去意义。另一方面，小说不是一个孤立的社会存在，它与社会的关系非常密切，尤其是晚清小说家，"意识的以小说作为了武器，不断对政府和一切社会恶现象抨击"[1]，可以说，晚清新小说对社会的参与是前所未有的。而仅仅将社会文化作为小说背景的批评方法，往往忽略了小说在晚清伦理变革社会思潮中的能动姿态，人为地断裂小说与社会关联中的互动性，也最终遮蔽了小说所提供的珍贵史料价值和思想认识价值。

基于此，本书在借鉴已有研究成果的基础上，力图还原晚清新小说的历史语境，系统地探讨晚清新小说与伦理变革之间的关系（其中既包括晚清道德革命对晚清新小说所产生的影响，即晚清涌动的伦理变革思潮对小说家的思想认识所产生的影响，并内化为小说家的创作动机，进而影响小说内容的叙述和形式的表达；也包括晚清新小说的伦理诉求对晚清伦理变革思潮的影响，即晚清小说家有意识地通过小说批判传统纲常、建构新的伦理价值体系，不仅其本身是社会伦理变革力量中的重要一维，而且因为报刊、书局等现代传媒的出现促进了小说的传播速度和范围，现代伦理观也得以进一步宣传，增强了晚清伦理变革的声势和加快了伦理变革的进程），以客观评价晚清新小说伦理叙事的历史意义和文学史地位。

---

[1] 阿英：《晚清小说史》，南京：江苏文艺出版社2009年版，第4页。

四、晚清新小说伦理叙事研究思路和方法

　　以伦理为本位的中国传统文化,是晚清新小说发生的重要文化背景。救亡图存的迫切需要使晚清出现了几千年来未有之大变局,是晚清小说家所处的时代背景。20世纪初的"道德革命"和"小说界革命",极大地影响了小说的走向,不仅提高了小说的地位,也大大刺激了小说家对社会变革的参与欲望。晚清新小说继续张扬"文以载道"的伦理教化功能,但"道"的内容因为时代的需要发生了裂变,一种以救国强国为宗旨的新的伦理道德体系逐步建立。任何一种变革都不是无源之水、无本之木,晚清伦理变革思潮和小说新的伦理诉求亦然。自觉承担"新民"启蒙任务的晚清新小说,为了吸引读者、达到叙述效果,在内容和形式上都表现出了不同于传统小说的叙事特点。因此,本课题拟将晚清新小说作为一个整体进行考察,通过对晚清大量小说文本与报刊时论文章及当时伦理论著的阅读、爬梳,以期发现晚清伦理变革对传统伦理发生了怎样的突破?在晚清伦理变革思潮中,晚清新小说又充当了什么历史角色?晚清新小说与伦理变革的互动又对"五四"新文化运动狂飙突进的伦理革命产生了怎样的影响?基于这样的研究目标,本论文思路如下:

　　首先,采用历时性角度切入晚清新小说的研究,包括回顾小说伦理叙事的历史,分析晚清新小说伦理叙事的现实语境。从小说萌芽之始,小说就与伦理发生着密切的联系,一部中国发展小说史,可谓是一部中国伦理变迁史。晚清新小说不仅没有逸出这种小说与伦理相纠结的运动轨迹,而且主动承担起"新民"思想启蒙的时代使命,小说的伦理教化功能得以空前强化。

　　其次,在对晚清新小说与伦理变革的互动进行共时性分析时,通过对小说文本的全面考察,选取夫妇伦理、父子伦理、君臣伦理三个方面作为论述的对象。这三个方面既是晚清新小说关注比较多的,也是晚清道德革命的主要内容。一方面从新的伦理道德体系考察晚清伦理变革对传统的突破,另一方面从创作意图、文本叙述等方面考察晚清新小说的伦理建构与伦理思潮发生了怎样的关系。

　　最后,晚清新小说与伦理变革的互动,极大地冲击了传统三纲观念,使清末民初的社会道德发生了明显变化,不仅为"五四"新文化运动做了思想和理论上的准备,而且对"五四"新文学产生了重要影响。在从传统走向现

绪　论

代的社会和文学转型中,晚清新小说的伦理叙事有着不可忽视的历史地位和作用。

　　为了研究的顺利进行和预期目标的达成,本论文主要采用伦理批评的研究方法,兼用文史互证的方法。

　　伦理批评是本书采用的最主要的研究方法。这种文学批评方法,在中国和西方的文学批评史中"都是兴起最早而又影响深远的一种批评形态。……它以一定的道德意识及其由之而形成的伦理关系作为规范来评价作品是否合乎道德,从而以善、恶为基本范畴来决定对批评对象的取舍或评定其高下得失"①。文学反映一定时代的道德生活与伦理秩序,以伦理学的视角分析文学成为一种常态的存在,伦理批评也成为不同时代、不同区域而广为运用的文学批评范式。孔子提出"诗可以兴,可以观,可以群,可以怨。迩之事父,远之事君"(《论语·阳货》),较早以伦理批评的方法概括《诗经》的内容,这一文学思想对整个中国文学发展史都产生了重大而深远的影响。汉人毛亨作《毛诗大序》又指出:"正得失,动天地,感鬼神,莫近于诗。先王以是经夫妇,成孝敬,厚人伦,美教化,移风俗。"唐宋以后,"文以载道"的观点又把文学的伦理教化功能推向古代正统文学思想的核心位置,成为文学创作和批评的重要标准。时至清代,顾炎武还大力张扬:"文之不可绝于天地间者,曰明道也,纪政事也,察民隐也,乐道人之善也。"(《日知录·文须有益天下》)梁启超的"新民说",仍没有跳出伦理批评思维的窠臼。"虽然'五四'文学革命试图以反抗'文以载道'开辟文学新局面,但最终不过是以知识分子的精英道德和政治社会的革命道德取代传统社会的纲常伦理与帝王道德"②。在西方,苏格拉底、柏拉图、亚里士多德等对文学的评价,都非常注重文学的道德因素。苏格拉底非常强调文学家和作品的道德价值,他评判诗人的标准就是伦理学意义上的善。柏拉图从道德的角度指责诗人的伤风败俗,提出把诗人逐出理想国。亚里士多德继承了他的老师柏拉图伦理批评的文艺思想,在他的文学批评名著《论诗》中,以道德标准将诗人进行分类:"较为严肃的诗人摹仿高尚的行为和高尚的人的行为,而较为平庸粗俗之辈则摹仿那些鄙劣的人的行为。"③

　　伦理批评作为一种历史久远的批评形态,虽然文学与伦理的关系探讨

---

① 童庆炳:《文学理论教程》,北京:高等教育出版社1992年版,第467页。
② 周保欣:《伦理文化与文学"中国性"的生成》,《人文杂志》2009年第4期。
③ 亚里士多德:《论诗》,《亚里士多德全集》第9卷,北京:中国人民大学出版社1994年版,第646页。

是其贯穿始终的议题,但因为道德内涵与标准的地域和时代的差异性,伦理批评在内容上也呈现出明显的多样性。同时,从方法论意义上来讲,伦理批评本身又是涵盖多种批评流派的批评,呈现出多元化和动态、开放发展的特点。20世纪80年代以来,随着叙事学的发展和现代伦理观念的生成,在叙事学领域与伦理学领域关于文学的本质、功能等方面展开对话与合作的语境下,伦理批评逐渐走向了叙事伦理批评的新道路。较早有意识地把小说的叙述形式和过程纳入道德判断体系的是美国学者W.C.布斯的文学批评专著《小说修辞学》(1961),他认为:"当人的行动被赋予形式,创造出一部艺术作品的时候,创造出来的形式就永远脱离不了人的意义,其中包括每个人行动时就暗含于其中的道德判断。"[1]法国哲学家保罗·利科的《时间与叙事》(1983、1984、1985)和《从文本到行动》(1986)以及美国学者詹姆斯·费伦的《阅读叙事》(1989)、《作为修辞的叙事》(1996)、亚当·桑查瑞·纽顿的《叙事伦理》(1995),都对叙事伦理的理论建构产生了重要影响。在中国,伦理批评的叙事伦理转向稍晚于西方,1996年王鸿生承担的国家社科基金项目《叙事与价值》,已经表明中国在文学批评领域叙事伦理研究方法运用的开始。1999年上海文艺出版社出版了刘小枫的《沉重的肉身——现代性伦理的叙事纬语》,是汉语学界研究现代性叙事伦理的第一部著作。目前运用叙事伦理批评的方法来考量小说在中国现当代文学领域已经取得一定成就,不仅有著名评论家和学者刘小枫、王鸿生、谢有顺、李建军等的理论提倡和批评实践,诸如谢有顺的《铁凝的叙事伦理》(2003)、《中国小说的叙事伦理》(2005)与杨红旗的《伦理批评的一种可能性——论小说评论中的"叙事伦理"话语》(2006)等,还有诸多博士论文涉入且呈逐年增加的态势:2004年有东北师范大学张艳梅的《海派市民小说与现代伦理叙事》;2006年有南京师范大学陈留生的《传统伦理与五四作家人格及其文学创作》;2007年有两篇,吉林大学吕海琛的《解构与重建——十七年文学中的伦理嬗变》和山东师范大学李海燕的《世纪之交:现代性伦理与大陆长篇商界小说研究》;2008年有华中师范大学孙红震的《解放区文学的革命伦理阐释》;2009年有两篇,吉林大学郝军启的《1980年代小说的家庭伦理叙事》和华东师范大学冷嘉的《家庭、革命与伦理重建》。在巨大理论和批评实践的攻势下,鲁迅、老舍、汪曾祺、王安忆等诸多作家都进入了研究者的伦理批评视野。而且2008年新华出版社出版了吴茂国的《现代小说叙事伦

---

[1] [美]W.C.布斯:《小说修辞学》,北京:北京大学出版社1987年版,第441页。

理》,可谓是中国叙事伦理批评成长过程中的一大硕果。近年来文学批评运用叙事伦理方法进行学术研究所获得的成果大量增加,既有对叙事文本的细读,也有叙事理论的研究和建构,叙事伦理批评方法不断得以深化和丰富,呈现出良好的学术发展势头。

总之,叙事伦理批评虽然是西方舶来品,但这种批评方法将小说的叙事形式、叙事技巧、叙述过程和小说的影响纳入伦理批评的范畴,拓展了传统伦理批评只注重小说文本伦理内涵阐释的视野,不仅挖掘小说故事的伦理主题,还探讨小说叙事形式的伦理意蕴和叙述过程的伦理精神以及小说传播的文化意义,从小说的内部研究和外部研究、小说叙事的自律和他律、小说的生成和传播与接受等多维度展开分析,对小说相关的诸多叙事元素进行立体研究和价值追问,无疑为小说叙事和研究提供了很大的空间和可能。叙事伦理批评是传统文学伦理批评发展的一种现在形态,它同当下学界文学批评中的生态伦理、女性伦理、经济伦理等都同属于伦理批评的范畴,只是在不同的层面探讨人类社会、人类与自然关系的一种策略或方法。基于此,本书仍采用伦理批评这一传统说法,但显然借鉴了叙事学的话语资源和思维方式,将小说叙事形式、叙事技巧、叙述过程和小说的传播等诸多要素纳入研究对象,以深入分析晚清新小说叙事和同时代伦理变革的关系以及客观评价晚清新伦理叙事的特点、文学价值和历史意义。

伦理批评的方法,是利用跨学科分析问题的视角阐释小说的伦理世界。除此之外,本书还拟采用文史互证的方法即以文证史、互相发明的研究方法,将小说伦理叙事与史书典籍、地方志等进行比较、印证。一方面,从晚清新小说对社会伦理生活的反映,探讨晚清新小说叙事对伦理变革思潮反映的广度和深度,为中国伦理史研究提供有价值的参考,以便对晚清历史有更全面、透彻的认识和把握,也进一步丰富晚清新小说的研究方法。另一方面,从文献史料的层面来论证新小说所产生的伦理效应、小说伦理诉求与伦理变革思潮的关系。同时,也是极为重要的,能使本成果的分析、论证在文本材料和历史语境的规约下进行,既能客观阐释晚清新小说的伦理诉求,也有利于从小说视角逼近晚清伦理真相,以避免过度阐释和轻率推论。

第一章　晚清新小说的兴起

第一节　晚清伦理变革

一、中国传统伦理观

我国伦理思想源远流长，《孟子·滕文公上》曰："当尧之时，天下犹未平。洪水横流，泛滥于天下。草木畅茂，禽兽繁殖。五谷不登，禽兽逼人，兽蹄鸟迹之道，交于中国。尧独忧之，举舜而敷治焉。舜使益掌火，益烈山泽而焚之，禽兽逃匿。……后稷教民稼穑，树艺五谷。五谷熟而民人育。人之有道也，饱食暖衣，逸居而无教，则近于禽兽。圣人有忧之，使契为司徒，教以人伦。"蔡元培也说："伦理界之通例，非先有学说以为实行道德之标准，实伦理之现象，早流行于社会，而后有学者观察之、研究之、组织之，以成为学说也。在我国唐虞三代间，实践之道德，渐归纳为理想。虽未成学理之体制，而后世种种学说，滥觞于是矣。"①虽然我国伦理思想具体源于何时，目前学界也难以达成共识。但已有文献证明，我国殷商时期就有了孝之道德观念，《尚书·无逸》记载殷高宗武丁为去世的父亲守制的情形："其在高宗……作其即位，乃或亮阴，三年不言。"至周代，伦理道德更是上升到了制度的层面。王国维先生曾经精辟地论道："周之制度典礼，实为道德而设，而制度典礼之专及大夫士以上者，亦未始不为民而设也。周之制度典礼，乃道德之器械。"②在西周，天命神学的外衣下实质上包藏的是一种针对人间的道德律令。在西周的铜器铭文中，道德观念已经坚固地树立起来，诸如西周前期铜器铭文中有"敬德""正德""雕德""秉德"等几种，中、后期有"孔

---

① 蔡元培：《中国伦理学史》，北京：商务印书馆2004年版，第4页。
② 王国维：《观堂集林·殷周制度论》，北京：中华书局1959年版，第477页。

德""安德""胡德""烈德""介德""懿德""明德""若德""首德""元德""哲德"等等①。《尚书·周书·多方》曰:"惟我周王,灵承于旅,克堪用德,惟典神天。"《诗经·周颂·维天之命》曰:"维天之命,於穆不已。于乎不显,文王之德纯。"这种道德的倾向在铜器铭文、《尚书》《诗经》等资料中都有广泛而明确的反映。至春秋战国时期,已经建立了相当完备的伦理体系,提出了"慈""孝""友""恭"等概念,对中国伦理思想的发展产生了重要影响。

在中国伦理思想发展过程中,中国传统社会又将人与人之间的关系主要分为夫妇、父子、君臣、兄弟、朋友五种,即常说的五伦。《尚书·舜典》记载,虞舜曾对司徒契曰:"契,百姓不亲,五品不逊。汝作司徒,敬敷五教,在宽。"马融注:"五教,五品之教。"郑玄注:"五品,父母兄弟子也。"《左传·文公十八年》对此作了详细的解释:"舜臣尧,举八恺使主后土,以揆百事,莫不时序,地平天成。举八元,使布教于四方,父义、母慈、兄友、弟共(恭)、子孝,内平外成。"舜认真推行尧的"五教"德政,天下太平兴亡。尧舜时代没有明确的五伦概念,但已经具备了五伦的雏形,指向父、母、兄、弟、子家庭内部的伦理关系。春秋后期,周礼崩坏,诸侯争霸,社会动荡不安,孔子将君臣关系视为重要的社会关系,丰富了伦理体系。《论语·颜渊》中孔子曰:"君君,臣臣,父父,子子。"据《礼记·中庸》记载孔子曾以"五达道"划分人伦:"天下之达道五:君臣也,父子也,夫妇也,昆弟也,朋友也。"《孟子·滕文公上》也对"人伦"做了具体阐释:"父子有亲,君臣有义,夫妇有别,长幼有序,朋友有信。"可以说,孟子继承了孔子尊君孝亲的思想,赋予"五教"以新的内容。从此,父子、君臣、夫妇、兄弟、朋友作为五伦的内容固定下来并成为伦理体系的核心,强有力地影响、支配了中国人的道德生活,其他人伦秩序则照此推衍出去,诸如师生比父子、堂兄、表兄比兄弟等。孟子提出"五伦说"之后,又强化了其中君臣、父子、夫妇三种关系的重要性。《孟子·公孙丑下》曰:"内则父子,外则君臣,人之大伦也。"《孟子·万章上》又曰:"男女居室,人之大伦也。"这种"人之大伦"的思想在《荀子·天论》被表述为:"若夫君臣之义、父子之亲、夫妇之别,则日切磋而不舍也。"显然,经过儒家学派的整理,君臣、父子、夫妇三种关系被凸显出来,但最初并没有主从之分、尊卑之别。

秦汉以后,三伦观念发展成为"三纲说",不仅具备了传统礼教的权威性,而且由原来交互性的平等关系畸变为单向度、绝对化的主从关系。《春

---

① 杜乃松:《西周铜器铭文中的"德"字》,《故宫博物院院刊》1981年第2期。

秋繁露·基义》曰:"阴者阳之合,妻者夫之合,子者父之合,臣者君之合。物莫无合,而合各有阴阳……君臣、父子、夫妇之义,皆取诸阴阳之道。阴阳有别,故君臣、父子、夫妇便有差等,前者为主、后者次,前主动、后顺从。是故仁义制度之数,尽取于天。天为君而覆露之,地为臣而持载之;阳为夫而生之,阴为妇而助之;春为父而生之,夏为子而养之。王道之三纲,可求于天",而且"天不变,道亦不变"。董仲舒进一步发挥了韩非子的伦理观念,从天人感应说以阳尊阴卑比附人伦世界,论述了君臣、父子、夫妇之间主从关系的合理性和永恒性,提出"三纲"说。关于"三纲"的内容,《白虎通义·三纲六纪》作了具体的解释:"三纲者,何谓也?谓君臣、父子、夫妇也。六纪者,谓诸父、兄弟、族人、诸舅、师长、朋友也。故君为臣纲,夫为妻纲。"虽然西汉末年的《礼纬·含文嘉》提出了"君为臣纲,父为子纲,夫为妻纲",但三纲一词最早是董仲舒提出来的,经过东汉官书《白虎通义》的论证和倡导,三纲之说迅速流行并成为伦理生活不敢僭越的禁忌。宋代理学家又把三纲上升到"天理"的高度,巩固了君权、父权、夫权的绝对支配地位,《朱子语类》曰:"未有这事,先有这理。如未有君臣,已先有君臣之理;未有父子,已先有父子之理。"

明清时期,随着经济、文化的发展,虽然出现了不满宋明理学的批判声音,产生了具有启蒙主义倾向的新思想,诸如李贽否定男尊女卑的观点:"故谓人,有男女则可,谓见有男女岂可乎?谓见有长短则可,谓男子之见尽长,女子之间尽短,又岂可乎?"(《焚书·答以女人学道为见短书》)不仅如此,李贽还提出夫妇应该是平等的:"故吾究物始,而见夫妇之为造端也。是故但言夫妇二者而已,更不言一。"(《焚书·夫妇论》)黄宗羲反对把君臣等同父子关系,主张父子之间应是非常融洽的平等关系,而君臣是互助的平等关系——"治天下犹曳大木然,前者唱邪,后者唱许。君与臣,共曳木之人也",君臣相处之道是:"君使臣以礼,臣事君以忠。"(《明夷待访录·原臣》)但新思想的烛光毕竟是极其微弱的,三纲编织的伦理思想依然有国家法律和世俗民风的强大支撑,官方政府的褒奖也起了极大的推波助澜的作用,愚忠、愚孝、愚贞的悲剧不断上演,而悲剧的行为主体却表现出殉道者的无上荣耀,"这种'愚'不仅体现在受动主体(臣、子、妻)被驯化为绝对服从的奴隶,更体现在以道德的名义对生命进行残酷的摧残"[1]。比如《吴孝子墓志铭》中就记载了一个迂腐近乎自残的愚孝故事:"孝子吴翁,讳浚,字潮

---

[1] 杨铮铮:《传统"五伦"的现代建构》,《湖南师范大学社会科学学报》2009年第3期。

源,号素斋,世居山阴利乐村。……及长,修身表俗,务厚人道,常瀹肱剂父病。父死,侍母寝,足不至闺闼,冬燠衾,几四十年如一日。"①《清史稿·列女传》中记载了一个愚昧可笑的节妇故事:"季斌敏聘妻蔺,……斌敏未婚卒,蔺年十八,矢不嫁。居二年,闻有媒妁至,截右耳,逾三日,又截左耳。其父舂以告季氏,迎以归。女事姑甚孝,为夫补行丧服。丧终,归诀父母,谓当死从夫,父母力劝喻之。女复还,见姑,言笑如平时,即夕饮毒死。启箧封所割两耳,识曰'全归'。"②诸如此类荒诞不经的伦理场景在地方志中也可以找到很多,明清浓厚的三纲思想严重戕害了生命,使人性异化、扭曲,这也是晚清伦理变革批判的主要内容。

还需要提及的是,在从五伦到三纲的畸变过程中,五伦的排序也不尽相同。在一定意义上说,关于伦理观念和人们伦理方式最深刻、最集中的表现还应当为人伦顺序的变化。《周易·序卦》曾经对人伦关系的产生过程做过这样的系统论述:"有天地然后有万物,有万物然后有男女,有男女然后有夫妇,有夫妇然后有父子,有父子然后有君臣,有君臣然后有上下,有上下然后礼义有所措。"而孟子和荀子根据时代的需要对五伦顺序作了调整,《孟子·滕文公上》中的"五伦说",又将父子关系排置于五伦之首,夫妇关系位于第三。《荀子·王制》曰:"君臣、父子、兄弟、夫妇,始则终,终则始,与天地同理,与万世同久,夫是之谓大本。"在荀子的伦理思想中,君臣则是五伦之第一,夫妇关于则位居兄弟之后。在君主专制的传统社会,荀子所序列的先后顺序成为社会主流的伦理意识,即先君臣,次父子,再兄弟,然后是夫妇,最后为朋友。相比较而言,《周易·序卦》从社会发展的角度对人际关系的发展进程做了探讨和梳理,虽然只涉及夫妇、父子、君臣三种伦理关系,但就其自然发生的顺序来看,先有夫妇,然后是父子、君臣关系。后来,关于人伦的内涵不断丰富,出现了四伦、五伦之说甚至十种关系的称谓,对其顺序也出现了多样化的演变。

清初毛奇龄在《四书賸言》曾对人伦排序的演变作了这样的描述和分析:"盖古经极重名实,犹是君臣、父子诸伦,而名实不苟,偶有称举,必各为区目。如《管子》称'六亲',是父母、兄弟、妻子。卫石碏称'六顺',是君义、臣行、父慈、子孝、兄爱、弟敬。《王制》称'七教',是父子、兄弟、夫妇、君臣、长幼、朋友、宾客。《礼运》称'十义',是父慈、子孝、兄良、弟悌、夫义、妇

---

① 徐渭:《徐渭集》第2册,北京:中华书局1983年版,第637—638页。
② 中国文史出版社编:《清史稿》(下),《二十五史》卷十五,北京:中国文史出版社2003年版,第2543页。

听、长惠、幼顺、君仁、臣忠。齐晏婴称'十礼',是君令、臣恭、父慈、子孝、兄爱、弟敬、夫和、妻柔、姑义、妇听。祭统称'十伦',是君臣、父子、贵贱、亲疏、爵赏、夫妇、政事、长幼、上下。《白虎通》称'三纲六纪',是君臣、父子、夫妇、兄弟、诸父、族人、诸舅、师长、朋友。虽朝三暮四,总此物数,而'十伦'非'十义','五道'非'五常',《中庸》'三德'断非《洪范》之'三德'。"

章太炎在1928年对传统蒙学《三字经》进行修订时进一步阐发和明确了:"五伦者,始夫妇,父子先,君臣后,次兄弟,及朋友,当顺叙,勿违负。"从阴阳男女两性结为夫妇生儿育女,然后衍生出父子家庭关系,再由父子之义延及君臣国家关系,再依据亲疏远近而推出兄弟与朋友关系。这种逻辑排序与《周易·序卦》中的排列极为相似,既遵循了自然生成法则,又重视血亲亲情,相当准确地体现了中国伦理系统特点。基于此,本论文结构安排依次是晚清新小说夫妇伦理叙事、晚清新小说父子伦理叙事、晚清新小说君臣伦理叙事、晚清新小说兄弟伦理叙事和晚清新小说朋友伦理叙事。

二、晚清"道德革命"

1902年2月《新民丛报》创刊,"本报告白"表明了其办刊主旨:"本报取《大学》新民之意,以为欲维新吾国,先维新吾民,中国所以不振由于国民公德缺乏,智慧不开,故本报专对此病而药治之,务采中西道德以为德育之方针,广罗政学理论以为智育之原本。"①这份由梁启超主编的综合性半月刊的创刊"告白",实际上也是梁启超新民思想的告白:新民是新国的基础和前提,要创建新的国家,离不开新国民的培育,而以新道德改造国民性是培育新国民的重要途径。面对国民素质不高、觉悟底下的社会现实,梁启超大声疾呼"道德革命":

> 今日正当过渡时代,青黄不接,前哲深微之义,或湮没而未彰,而流俗相传简单之道德,势不足以范围今后之人心。……苟不及今急急斟酌古今中外,发明一种新道德者而提倡之。吾恐今后智育愈盛,则德育愈衰,泰西物质文明尽输入中国,而四万万人,且相率而为禽兽也。呜呼!道德革命之论,吾知必为举国之所诟病,顾吾特恨吾才之不逮耳,若夫与一世之流俗人挑战决斗,吾所不惧,吾所不辞。世有以热诚之心爱群爱国爱真理者乎?吾愿为之执鞭,以研究此问题也。②

---

① "本报告白",《新民丛报》1902年2月8日。
② 梁启超:《新民说·论公德》,《新民丛报》1902年3月10日。

这是梁启超1902年在《新民丛报》创刊号开始连载的《新民说》中的一段话。梁启超在对中国旧伦理和泰西新伦理进行比较后,指出中国传统五伦导致爱群、爱国之公德缺失和"完全人格"的不足,在此逻辑前提下,提出了"道德革命"这一振聋发聩的口号,接着又从国家思想、权利、义务、自由等方面提出了对传统道德进行改造的措施。近代中国史上,梁启超敢于冒天下之大不韪第一个明确提出了以"维新吾民"为诉求、以"维新吾国"为宗旨的"道德革命"论,标志着晚清已经开始了伦理观念的深层次变革,其后报刊杂志、书籍等对传统伦理批判和新伦理建构的呼声形成了声势浩大的伦理变革思潮,这股思潮到"五四"新文化运动时期发展到了高峰。

从洋务运动到戊戌变法再到"五四"新文化运动,近代中国社会文化走过了一个由浅入深的变革历程。实际上,这种变革不仅仅是一种器物或制度的单层次、替换性运动,相伴而生的还有思想观念的变迁。具体地说,任何一种行为的转向,都以思想观念的变化作为前提。作为深层次文化变革的现代伦理观念的建构不是肇始于"五四"新文化运动,而是在洋务运动时期已经渐次展开,经历了酝酿和涌动,到晚清发生了观念的剧变,呈现了进程的纵深发展。

1840年鸦片战争爆发,英国用坚船利炮打开了天朝帝国闭关锁国的大门,接踵而至的是西方列强在中国大地上大肆烧杀抢占。中国国家主权逐步丧失、领土不断遭致瓜分,百姓民不聊生,列强的入侵把近代中国推向了亡国灭种的边缘,同时也把西方的现代文化输向了中国,给禁闭已久的中国人以睁眼看世界的机会。魏源是中国第一个"睁眼看世界"的人,在中外的比较中,他提出了"师夷长技以制夷"的强国富民策略。于是,中国开始了与西方现代文化的接触和碰撞。鸦片战争给中国人最直接、最深刻的感受是西方器物的优越性:"彼之大炮远及十里内外,若我炮不能及彼,彼炮先已及我,是器不良也。彼之放炮如内地之放排枪,连声不断。我放一炮后,须辗转移时,再放一炮,是技不熟也。"[1]"西洋诸国以火器为长技,欲求制驭对方,必须尽其所长,方足夺其所恃。"[2]在"师夷长技以制夷"的思想指导下,晚清开始了向西方学习器物的洋务运动。虽然这次运动的指导思想是"中体西用",即所谓"以中国之伦常名教为原本,辅以诸国富强之术",但从洋务派与顽固派的论战中,也可以看出传统伦理权威已经遭到质疑。顽固

---

[1] 林则徐:《致姚春木、王冬寿书》,《林则徐诗文选注》,上海:上海古籍出版社1978年版,第243页。
[2] 李鸿章:《李文忠公全集·奏稿》卷七,第63页。

派认为坚持纲常伦理为立国、治国之根本,反对向西方学习现代科技和文化。山东道监察御史张盛藻上奏曰:"朝廷命官,必用科甲正途者,为其读孔孟之书,学尧舜之道明体达用,规模宏远也。何必令其习为机巧,专明制造轮船、洋枪之理乎?若以自强而论,则朝廷之强,莫若整纪纲,……臣民之强,则惟气节一端耳。"①1867年3月20日,同治皇帝的老师倭仁也上奏曰:"立国之本,尚礼仪不尚权谋;根本之图,在人心不在技艺。"②倭仁的观点得到了顽固守旧的徐桐、李鸿藻、翁同龢等人的支持。而总理衙门大臣奕䜣则坚持空谈义理不能制敌:"仅以忠信为甲胄,礼义为干橹,谓可折冲樽俎,足以制敌之命,臣等实未敢信。"③户部侍郎文祥、大学士桂良、两江总督曾国藩、闽浙总督左宗棠、直隶总督李鸿章以及湖广总督张之洞等,也意识到为了挽救民族危机不能再固守"祖宗之法",应当学习和引进西方先进的物质文明。1894年中日甲午战争北洋海军的覆灭,击碎了洋务派通过器物变革以图富图强的梦想。19世纪60—90年代轰轰烈烈的洋务运动虽然失败了,但它产生的历史意义却是深远、重大的。不仅打破了"夷夏之防"的传统文化观念,还揭开了近代中国大变局的序幕。虽然此时还没有触及传统伦理的核心纲常的内容,但随着对"器物""技艺"的重视,纲常礼仪为立国之本的地位已经发生了动摇。同时,洋务派创办新式学堂、派遣出国留学生,培养了大批新型知识分子;洋务派附设的翻译机构对西方书籍的翻译出版,尤其是有关西方历史和现状的译著,极大地影响了近代知识分子的文化价值观念。

　　洋务运动引领了近代中国变革的潮流,而且以康有为、梁启超为代表的维新派还从洋务运动的失败中总结教训,发动了一场旨在救亡图存的政治制度变革运动。从1895年公车上书以来,维新派人士积极设立学会、兴办新式学堂、创办报刊,宣传维新变法思想。1898年即戊戌年6月11日,光绪帝颁布诏书宣布变法,采纳了康有为等人的建议,先后颁布了一系列变法条令,但变法遭到以慈禧太后为首的顽固派的竭力反对。1898年9月21日,慈禧发动政变,囚禁光绪帝。随后,康有为、梁启超逃亡海外,谭嗣同等戊戌六君子被害,光绪颁布的新政仅维持一百零三天,戊戌变法以失败而告终。戊戌变法虽然夭折了,但1901—1911年制度层次的社会变革并没有停

---

① 《筹办夷务始末(同治朝)》卷47,北京:中华书局1979年版,第15—16页。
② 倭仁:《同治六年二月十五日大学士倭仁折》,《洋务运动》(二),上海:上海人民出版社1961年版,第30页。
③ 《筹办夷务始末(同治朝)》卷48,北京:中华书局1979年版,第3—4页。

止。事实上,晚清中国的政治改革思想与伦理变革观念几乎是同时发生和并行发展的,在戊戌变法之前,严复、康有为、梁启超、谭嗣同等人已经意识到传统伦理道德的弊端。

早在1886年,康有为就已经在《康子内外篇·人我篇》中写道:"中国之俗,尊君卑臣,重男轻女,崇良抑贱……至于今日,臣下跪服畏威而不敢言,妇人卑抑不学而无所识。臣妇之道,抑之极矣,此恐非义理之至也,亦风气使然耳。物理抑之甚者必伸,吾谓百年之后必变三者,君不尊,臣不卑,男女轻重同,良贱齐一。"①1888年,康有为在《实理公法全书》中又分析论述道:"男为女纲,妇受制于其夫"的夫妇关系"与几何公理不合,无益人道";子女"无自主之权,身为父母所有",则"与实理更多不合";至于"君主权威无限",则"更大背几何公理"②。依据康有为的解释,文中反复出现的"实理"或"公理",指的是个人要有自主之权、人与人之间要平等的标准和原则。康有为在接触西学、返观中国传统文化的过程中,已经触及到传统伦理的核心内容——"三纲"。虽然康有为较早对"三纲"表示出质疑,但由于这些手稿当时没有出版面世,产生的影响相对较小。稍后的严复则公然表达对纲常伦理的不满,成为重要的舆论导向。1895年2月4日—5日,严复在天津《直报》发表《论世变之亟》,文章分析西方胜于中国的原因是:"中国最重三纲,而西人首明平等;中国亲亲,而西人尚贤;中国以孝治天下,而西人以公治天下;中国尊主,而西人隆民。"1895年3月13日—14日,严复在天津《直报》又发表《辟韩》,文章更加言辞犀利地揭示:"秦以来之为君,正所谓大盗窃国耳。……质而论之其十八九皆所以坏民之力,散民之心,漓民之德者也。斯民也,固斯天下之真主也。国者斯民之公产也,王侯将相者,通国之公仆隶也。"谭嗣同在1896年写成的《仁学》中,对"三纲"展开更为猛烈的批判:"三纲之慑人,足以破其胆,而杀其灵魂。……独夫民贼,固甚乐三纲之名,一切刑律制度皆依此为率,取便已故也。"同时,谭嗣同还提出以西方的"自由""平等"进行改造中国传统伦理:"西人悯中国之愚于三纲也,亟劝中国称天而治:以天纲人,世法平等,则人人不失自主之权,可扫除三纲畸轻畸重之弊矣。"③在戊戌变法时期,针对张之洞《劝学篇》中的维护纲纪

---

① 康有为:《康子内外篇·人我篇》,《康有为全集》第1集,上海:上海古籍出版社1987年版,第189—190页。
② 康有为:《实理公法全书》,《康有为全集》第1集,上海:上海古籍出版社1987年版,第283、286、289页。
③ 谭嗣同:《仁学》,《谭嗣同全集》,北京:中华书局1998年版,第348、349、351页。

之说,何启、胡礼垣从"三纲"的危害予以回击和驳斥:"大道之颓,世风之坏,即在于此。何则?君臣不言义而言纲,则君可以无罪而杀其臣,而直言敢谏之风绝矣;父子不言亲而言纲,则父可以无罪而杀其子,则克谐允若之风绝矣;夫妇不言爱而言纲,则夫可以无罪而杀其妇,而伉俪相庄之风绝矣。由是……勇威怯,众暴寡,贵凌贱,富欺贫,莫不从三纲之说而推。是化中国为蛮貊者,三纲之说也。"①

戊戌变法夭折后,流亡到日本的梁启超置身于一新兴异邦之中,目睹、亲历了明治维新之后日本的朝气勃然,广泛阅览了大量西学书籍,他对中国现状有了更深的体认,在1901年完成的《过渡时代论》中总结、概述道:"今日之中国,过渡时代之中国也。……故今日中国之现状,实如驾一扁舟,初离海岸线,而放于中流,即俗语所谓两头不到岸之时也。语其大者,则人民既愤独夫民贼愚民专制之政,而未能组织新政体以代之,是政治上之过渡时代也;士子既鄙考据词章、庸恶陋劣之学,而未能开辟新学界以代之,是学问上之过渡时代也;社会既厌三纲压抑、虚文缛节之俗,而未能研究新道德以代之,是理想风俗上之过渡时代也。"②对于"过渡时代"的种种问题,梁启超提出了诸多解决方案,他在1902年《新民说》中提出的"道德革命"就是在这种情况下生成的,这不失为解决"三纲压抑"问题而开出的一剂猛药,标志着梁启超由对制度层面的文化变革到深层次的道德观念的文化变革的关注,也揭开了近代中国伦理思想现代化进程中的重要一页。

需要说明的是,晚清道德革命又被称为"三纲革命",其原因主要是:一,在晚清道德革命的进程中,道德批判的主要矛头指向的是中国传统伦理道德的核心——三纲,无论是对妇女贞节的不满,还是对传统忠孝的否定,以及由此生发的种种道德指责,都是针对夫妇、父子、君臣关系中不对等的伦理价值体系而进行的。1907年8月31日,《新世纪》发表了署名为"真"的文章《三纲革命》,不仅理性地详述了三纲革命的具体内容,还将晚清发生的道德革命准确地称之为"三纲革命"。二,在伦理批判思潮的裹挟下,晚清夫妇关系、父子关系、君臣关系都受到强烈震撼,尤其是随着大清皇帝的退位,君臣伦理最终走向了解体,传统的五伦价值体系坍塌为残缺不全的四伦。"在中国近代伦理道德变迁史上,最大的事件无疑是这一时期的道

---

① 何启、胡礼垣:《劝学篇书后》,《新政真诠》,沈阳:辽宁人民出版社1994年版,第354页。
② 梁启超:《过渡时代论》,《清议报》1901年6月26日。

德革命"①。在晚清流行的教育救国、实业救国、科学救国等诸多思潮中,道德救国是其重要一维,诚如梁启超在《新民说》中所言:"重视道德与蔑视道德,乃国之存亡所由系也。"所以,晚清伦理变革不仅是中国道德变迁史的大事,还关系到国家的安危存亡,这种社会思潮必然会在关注社会的晚清新小说中有所反映。也正因为如此,本书将晚清新小说与夫妇、父子、君臣伦理作为重点分析对象,进而梳理出晚清新小说与伦理变革关系的历史轨迹。

第二节 晚清小说的新变

一、"时新小说"征文活动

1895年英国来华传教士傅兰雅举办"时新小说"有奖征文活动,从征文广告的刊登到获奖人员名单的公布,历时将近一年,共收稿件162份,其小说理念、小说内容和形式都对晚清新小说的兴起产生了重要影响。周欣平在《清末时新小说集·序言》中对傅兰雅倡导的这次竞赛活动给予了高度评价:"傅兰雅举办的这次时新小说有奖征文比赛成功地促成了一批新小说的问世。它们摆脱了旧小说的模式,从而引导了晚清时期新小说创作取向。"②美国学者韩南甚至将这次活动出现的"时新小说"称之为"新小说前的新小说"③,强调了其不同于中国传统小说的新的元素。

傅兰雅为"时新小说"有奖竞赛设计的广告题为《求著时新小说启》,具体内容如下:

> 窃以感动人心、变易风俗,莫如小说。推行广速,传之不久,辄能家喻户晓,气息不难为之一变。今中华积弊最重大者有三端:一鸦片,一时文,一缠足。若不设法更改,终非富强之兆。兹欲请中华人士愿本国典盛者,撰著新趣小说,合显此三事之大害,并祛各弊之妙法,立案演说,结构成篇,贯传为部。使人阅之,心为感动,力为割除。辞句以浅明为要,语意以趣雅为宗。虽妇人幼子,皆能得而明之。述事物取近今易有,切莫抄袭旧套。立意毋尚希奇古怪,免使骇目惊心。限七月底满期

---

① 张锡勤、柴文华:《中国伦理道德变迁史稿》(下卷),北京:人民出版社2008年版,第170页。
② 周欣平:《清末时新小说集·序言》第一册,上海:上海古籍出版社2011年版,第9页。
③ [美]韩南:《中国近代小说的兴起》,上海:上海教育出版社2004年版,第147页。

收齐,细心评取。首名酬洋五十元,次名三十元,三名二十元,四名十六元,五名十四元,六名十二元,七名八元。果有佳作,足劝人心,亦当印行问世。并拟请其常撰同类之书,以为恒业。凡撰成者,包好弥封,外填名姓,送至上海三马路格致书室收入,发给收条。出案发洋,亦在斯处。英国儒士傅兰雅谨启。①

这是《求著时新小说启》在1895年5月25日在《申报》上刊发的广告内容。为了扩大征文影响,这则征文广告后来又在1895年5月28、30日和6月4、8日的《申报》上刊登了四次,并于同年6月和7月分别先后刊登在《万国公报》第七十七卷、《中西教会报》复刊第七册上。针对不同的读者群,时新小说的征文广告还刊登在1895年5月25日的英文《中国记事》(Chinese Recorder)上,题为"有奖中国小说"(Chinese Prize Stories),具体内容表述也略有不同:

总金额一百五十元,分为七等奖,由鄙人提供给创作最好的道德小说的中国人,小说必须对鸦片、时文和缠足的弊端有生动的描绘,并提出革除这些弊病的切实可行的办法。希望学生、教师和在华各传教士机构的牧师多能看到附带的广告,踊跃参加这次比赛;由此,一些真正有趣和有价值的、文理通顺易懂的、用基督教语气而不是单单用伦理语气写作的小说将会产生,它们将会满足长期的需求,成为风行帝国受欢迎的读物。②

无论是中文广告还是英文广告,傅兰雅都规定了小说具有革除鸦片、时文和缠足三大社会弊端的创作主题和使用浅明易懂的通俗语言。从现存的148篇征文来看,大多数是用白话或方言写成的,在文体上有的虽然名为小说,实际上是歌谣、箴言、议论文。不过这些征文在选材上,都指向了对"三弊"时习的揭露和批判,有的还提出了促进国家兴盛富强的改革办法。比如署名为冷眼热肠人的《五更钟》,第一回就写道:"世上人无论是聪明是愚拙,倘如叫他作无益有害之事,必定是不肯作的;竟料不到有几件事明明无益,明明有害,竟作了千百年,少亦作了数百年,再少也作了数十年,其中愚拙之人固然无数,就是聪明人也不知几千万万,竟无一人肯倡言于众,劝人改图变计;又无一人独异于众人如此作法,我偏不如此作法,其故何哉?予尝遍

---

① [美]韩南:《中国近代小说的兴起》,上海:上海教育出版社2004年版,第158页。
② [美]韩南:《中国近代小说的兴起》,上海:上海教育出版社2004年版,第158—159页。

观地球之大,周历亚细亚,一洲之遥,独我中国十八省的人民,有三件无益有害之事,作得孜孜有味。十八省以外,如东三省、蒙古、新疆、青海、西藏、金川各处,虽亦是我中国之疆域,其人民却未尝作此三件无益有害之事,何以十八省素称华夏之地,反迷而不悟如此! 看官,你道这三件事果系何事? 一是男人作八股,一是女人裹小脚,一是不拘男女吃鸦片烟。这三件事,除得我中国人肯作,外国人皆不肯作,并且笑我们中国人不该作。我中国人作这三件事也只得内地十八省的人,关外边疆之地,归我中国皇帝管的地方大得狠,还有十八省几倍大,人民也必定不少,男人何尝像内地里人作八股,女人何尝像内地里人裹小脚,又何尝像内地里人吃(十个有六个吃)鸦片烟? 可见得我中国人不作这三件事也不妨事,我今将近年一番故事说与大众听,便知这三件事实实无益,实实有害,自己可以不作,并且可以劝人不作。却不好将三件事一齐说,只得先从鸦片烟说起。"接着小说围绕"三弊"危害,叙述了林则徐禁烟、精通八股文知县希献廷不知如何断案、水灾时希夫人因小脚不便逃难的故事。宋永泉的《启蒙志要》除了揭示"三弊"之害,还给出了整治良策,作者认为要革除顽疾,就要捐建书院、启蒙男女,使之眼界高广,并建议建立禁烟局对吸烟者强制戒烟。

毫无疑问,傅兰雅的这次征文活动,催生了一批为革除时弊、劝化人心、改良社会而作的时新小说,推动了小说创作的发展。从征文广告可以看出,傅兰雅为小说征文活动做了很多工作,尤其是利用当时著名的报刊《申报》和《万国公报》,产生了很大的社会影响,从全国山东、广东、湖北、福建、上海、安徽、河北、山西等从北到南、从沿海到内地等十多个省地收到162份征文。除了《清末时新小说集》所收录的148篇外,还有詹熙的《醒世新编》、西泠散人的《新辑熙朝快史》也是响应这次征文竞赛或受其影响而作的小说。詹熙在《醒世新编·自序》中就介绍了这篇小说的写作缘由:"英国儒士傅兰雅谓:'中国所以不能自强者,一时文,二鸦片,三女子缠足。'欲人著为小说,俾阅者易于解脱,广为劝戒。余大为感动,于二礼拜中成此一书。"根据作者的自序,这篇小说修订后在1897年出版。小说以浙东西溪村魏氏家族的兴衰为主线,通过魏氏家族祖孙三代人的命运沉浮、魏家塾师孔先生对八股时文的态度转变以及小脚女人阿莲、陈玉娥、潘赛金、赵姨娘和大脚女人劳氏、雪花、玉英的不同遭遇,形象地揭露了时文、鸦片、女子缠足的危害。小说最后展望了一个桃花源式的美好图景:西溪村设西学馆、开银矿、男子弃鸦片和时文,女子放脚做工,"不数年,西溪村远近村民学成各学,遂各出资本,大兴制造。不数年,遂成巨富。于是人蓄奇材,道无乞丐"(第三十一回)。西泠散人《新辑熙朝快史》1895年12月在香港出版,全书采用传统的章回体,共十二回。据姚达兑考证,这篇小说改编自傅兰雅征文参赛稿件朱正初的《新趣小说》①。小说内容在序言中就已经表明:"是书以时文三弊为经,以康林二人为维。"主要叙述了康济时和其同乡好友林棋勤勉求学、勤政为官的故事,康济时智勇超人、兴利除弊,积极寻找富国良策并上书朝廷仿行西法改革时政、操练军队。其为官一方,政清颂理,获朝廷赏识、百姓威服。康济时实则是作者理想中的济世英雄,担当着治愈时弊、富强中国的历史重任,小说第一回就赋予了康济时救世的象征意义:杭州某孝廉愤慨世事,痛恨鸦片、时文、缠足时病,但空有一副劝化世人、挽回风化的救世热肠,梦中经觉世老人指点要转世投胎后才能得志握权救治世人时病,后转世而生,即康济时。小说随着人物活动的展开,不仅批判"三弊"之害,还揭示了官场的腐败和社会的黑暗,主张通过革除时弊、兴办洋务走富民强国之路。

经过仔细审阅筛选,1896年3月18日傅兰雅在《万国公报》第86期和《申报》上刊登"时新小说出案",公布了评奖标准、参赛情况和获奖结果,具体内容如下:

> 本馆前出告白,求著时新小说,以鸦片、时文、缠足三弊为主,立案演说,穿插成编。仿诸章回小说,前后贯连,意在刊行问世,劝化人心,知所改革,虽妇人孺子亦可观感而化。故用意务求趣雅,出语亦期显明;述事须近情理,描摹要臻恳至。当蒙远近诸君揣摩成稿者,凡一百六十二卷,本馆穷百日之力,逐卷批阅,皆有命意。然或立意偏畸,述烟弊太重,说文弊则轻;或演案希奇,事多不近情理;或述事虚幻,情景每取梦寐;或出语浅俗,言多土白;甚至词意淫污,事涉狎秽,动曰妓寮,动曰婢妾,仍不失淫词小说之故套,殊违劝人为善之体例,何可以经妇孺之耳目哉?更有歌词满篇,俚句道情者,虽足以感人,然非小说体格,故以违式论。又有通篇长论,调谐文艺者,文字固佳,惟非本馆所求,仍以违式论。然既蒙诸君俯允所请,惠我佳章,足见盛情有辅劝善之至意,若过吹求,殊拂雅教。今特遴选体格颇精者七卷,仍照前议,酬以润资。

---

① 姚达兑:《从〈新趣小说〉到〈熙朝快史〉——其作者略考和文本改编》,《中国现代文学丛刊》2013年第11期。姚达兑还论述了《熙朝快史》并非受傅兰雅征文活动影响而作,而是直接改编自傅兰雅征文稿件朱正初的作品《新趣小说》。笔者认为,从小说故事内容和小说序言看,小说抨击"三弊"的创作主旨非常明确,而恰恰是改编自《新趣小说》的事实,再次证明了作者对傅兰雅小说理念的认同。

余卷可取尚多,若尽弃置,有辜诸君心血,余心亦觉难安。故于定格外,复添取十名有三,共加赠洋五十元。庶作者有以谅我焉。姓氏润资列后……①

傅兰雅在1896年3月第26期的《中国记事》上也谈到了这批中文有奖征文：

> 中文有奖小说结束了。有不少于162位作者参加了竞赛,其中155人讨论了鸦片、缠足和八股文这三种弊病,有的写了4—6卷。我对诸多参赛者所费的时间、心力与金钱毫无回报而深感不安,所以又增加了13名获奖者,他们分享另加的50元奖金。这样,奖金共达200元。优等奖名单在《申报》上公布,162个人名及解说也已经发布,并在《万国公报》和《传教士评论》上公布。另外还会转寄到教会所在地。至少有一半征文的作者和教会学校或大学有关。总体来说,这些小说达到了所期望的水平。……这次征文大赛中也有人写出了确实值得出版的小说,希望今年年底能够出版其中一些,以便为读者提供有道德和教育意义的消遣读物。②

从以上两则关于评奖结果的叙评来看,傅兰雅虽然指出了某些参赛作品的不足之处,但从总体上肯定了征文"达到了所期望的水平",尤其满意的是征文大多数能够针砭"三弊",具有"道德和教育意义"。基于此,傅兰雅打算择期出版一些。遗憾的是,由于种种原因,这些征文不仅没能如愿公开出版,而且其原始手稿也湮没于历史,任凭研究者百般搜寻却始终不见踪迹,成为文坛一谜,以致有学者推测应征的162篇手稿可能全部佚失,于是无不惋惜地感叹:"如果它们还存在,单单从这个数字来看,它们会给当时的小说界开辟怎样的一个新天地。"③2006年11月12日,美国伯克利加州大学东亚图书馆终于在两个尘封已久的纸箱内发现了这批"时新小说"的原始手稿,除5篇小说已经佚失外,其余148篇小说收录在周欣平主编的影印本《清末时新小说集》中。这个小说集共有14册,已由上海古籍出版社于2011年1月出版。经历一百多年的尘封,这些原始手稿终于浮出历史地表,它带给研究者的虽然不如预期中的震撼,但为正确评价傅兰雅这次"时新小说"征文活动提供了强有力的文本证明。

---

① [美]韩南:《中国近代小说的兴起》,上海:上海教育出版社2004年版,第161页。
② 周欣平:《清末时新小说集》(第一册),上海:上海古籍出版社2011年版。
③ [美]韩南:《中国近代小说的兴起》,上海:上海教育出版社2004年版,第149页。

首先，傅兰雅在《求著时新小说启》和《时新小说出案启》等广告中倡导"时新小说"创作，是中国小说观念演进脉络中的重要一环。

傅兰雅小说征文活动倡导"时新小说"创作，不仅首次提出了"时新小说"和"新趣小说"的小说名词，还强调小说创作语言"以浅明为要"，内容上"述事物取近今易有，切莫抄袭旧套"，在内容和形式上都表现出了强烈的变革精神。纵观傅兰雅所处的中国小说环境，文言小说依然保持着传统小说的风格，即便通俗小说也只是满足读者的娱乐要求而远离现实社会生活。虽然从傅兰雅对征文的评论看，一些作品还带有明显的传统小说的痕迹，但是作品对时弊的社会批判显示晚清小说已经出现新的端倪。虽然19世纪后期傅兰雅不是小说征文的第一人，但是其小说征文影响比之前的要广泛，更为重要的是傅兰雅这次能征文活动把小说提升到"变易风俗"的意义，而且要求对"三弊"提出解决办法，指出"若不设法更改，终非富强之兆"，即把小说作为承当探索国富民强之方法的工具。傅兰雅的小说征文对梁启超的小说观有没有产生影响，目前还没有资料可以证明，但是我们在比较之后就会发现其背后隐含着中国小说观念的演进脉络。梁启超写于1897年的《变法通议·幼学》中论及说部时曾说："今宜专用俚语，广著群书，上之可以借阐圣教，下之可以杂述史事，近之可以激发国耻，远之可以旁及彝情，乃至宦途丑态，试场恶趣，鸦片顽癖，缠足虐刑，皆可穷极异形，振厉末俗，其为补益岂有量耶！"[①]在小说语言、选材、意义上，可以明显看到两者小说观内在的一致性。1902年梁启超在《新小说》杂志上发表《论小说与群治之关系》中明确提出了"改良群治"和"新民"的"小说界革命"，也与傅兰雅将小说视为变革社会、改良民风的工具是一脉相通的。梁启超的"小说界革命"说响应者众多，1904年冷血将创办的小说杂志命名为《新新小说》，侠民在《新新小说·叙例》中还表述了对"新"的变革内容的理解和对小说不断创新变革的美好期望："向顷所谓新者，曾几何时，皆土鸡瓦狗视之；而现顷代起之新，自后人视之，亦将如今之视昔也。使无现顷之新，则向顷之新，或五十步而止矣；使无后来之新，则现顷之新，或百步而止矣。吾非敢谓《新新小说》之果有以优于去岁出现之《新小说》也，吾惟望是编乙册之新于甲，丙册之新于乙；吾更望继是编而起者之尤有以新之也，则其有裨于人群岂浅鲜哉。"[②]1906年4月29号，《新新小说》在《新党发财记》的广告

---

① 梁启超：《变法通议·幼学》，《饮冰室合集》专集之一，北京：中华书局1989年版，第54页。
② 侠民：《新新小说·叙例》，陈平原、夏晓虹编：《二十世纪中国小说理论资料》（第1卷），北京：北京大学出版社1989年版，第124—125页。

中还这样进行宣传:"小说一书亦有关风化,未可谓为说部而忽之也。至能切中时弊,警觉劝导而能造福社会者,莫如《新党升官发财记》,是书于形式上之维新描写情状宛然若揭,使读者或惊或怒或歌或泣,洞悉世态之炎凉,人心之险诈。至笔墨之条畅犹其余事,真警世之钟也。"①不仅晚清杂志善用"新"字标识变革精神,而且晚清以"新"字命名的小说也非常多,其中日报小说有44篇,单行本小说有64篇。② 可以说,傅兰雅小说变革的呼声虽然微弱,但却是中国小说观念演进脉络中不可或缺的一环。

其次,傅兰雅的征文广告及其参赛文稿强化了小说"醒世"和"觉世"的教化功能,为小说针砭时弊的创作取向作了有益的启示。

傅兰雅认为小说具有"感动人心、变易风俗"的教化功能,于是他针对当时中国社会最严重的鸦片、时文、缠足三大积弊,提出"若不设法更改,终非富强之兆",因此他"欲请中华人士愿本国兴盛者,撰著新趣小说,合显此三事之大害,并祛各弊之妙法,立案演说,结构成编,贯穿为部,使人阅之心为感动,力为革除"。虽然小说的教化作用不是傅兰雅的首倡,诸如之前的冯梦龙、凌濛初等人都提出过类似观点,冯梦龙甚至直接将小说集起名为《喻世明言》《警世通言》和《醒世恒言》以彰显小说的教化色彩。译者蠡勺居士在附于其1872年翻译出版的小说《昕夕闲谈》序文中还表现出"感动人心、变易风俗"的小说观:"若夫小说,则妆点雕饰,遂成奇观,嘻笑怒骂,无非至文,使人注目视之,倾耳听之,而不觉其津津甚有味,孳孳然而不厌也,则其感人也必易,而其入人也必深矣。"③但在傅兰雅看来,小说已不仅仅能移风易俗,还能针砭、革除时弊,成为社会改革和国家富强的有力武器。事实上,在"时新小说"的162篇征文里,如傅兰雅所言,就有"155人讨论了鸦片、缠足和八股文这三种弊病"。其中某些篇章也提出了"祛各弊之妙法",诸如沈立喆在征文《时新小说》里提出革除三弊的根本之计是向西方学习:"为国之要,在于因时变通;变通之要,不外持其源本。源本者,仿佛西人式样也。"方中魁在征文《游亚记》里提出革除三弊的方案是改变政体:"予谓中国现今之亟务,当以开设议院为首。"钟清源在征文《梦治三癫小说》里将革除三弊的希望寄托于皇帝:"欲除三害,一举而三善皆得者,惟我皇上而已。""桃源徒子"在征文《法戒录》中还触及到了科举制度:"不以时

---

① "新新小说新党发财记广告",《时报》1906年4月29号。
② 数字来源于刘永文编的《晚清小说目录》"日报小说索引"和"单行本小说索引",上海:上海古籍出版社2008年版。
③ 黄霖:《中国历代小说论著选》(上册),南昌:江西人民出版社1985年版,第621页。

文取士,不以时文课读,凡清明传世之稿,均收之以付一炬。"这些征文针砭时弊,关心国事,积极探索社会变革的路径,在本质上有异于传统小说惩恶扬善的说教主题。詹熙的《醒世新编》是应傅兰雅小说征文而创作的,由于种种原因没有投稿,但除了1901年由上海书局出版外,1908年还分别由上海书局和上海广雅书局出版,从其市场的接受和传播情况足见这部小说的影响力之大,同时也可以看出傅兰雅征文活动所产生的社会效应。更为重要的是,彭养鸥的《黑籍冤魂》成书于1897年,小说卷首题为"醒世小说黑籍冤魂",点名了小说"醒世"的叙事目的。小说通过广东中山县一家五代人的遭遇,痛陈鸦片之害,1909年由改良小说社出版。20世纪初以"醒世"命名或者以觉世为目的的小说大量涌现,这种现象不能说和傅兰雅的征文竞赛活动毫无关联。

傅兰雅倡导的"时新小说"征文活动意味着晚清小说创作已经出现了区别于传统旧小说的新元素,但不能作为晚清新小说兴起的开端,诸如这次活动虽然大加针砭了鸦片、时文、缠足的危害,但没有触及传统"三纲"伦理的危害,甚至在其影响下而创作的小说如詹熙《醒世新编》还公开主张:西学"再加以我们中国所重的三纲五常的至理,一体一用,兼权并行,何怕我们中国不富强"(第三十一回),这与晚清新小说猛烈批判"三纲"的伦理叙事有着质的差别。再比如从小说数量上看,傅兰雅所倡导的"时新小说"征文活动出除了162篇征文之外,受其影响而创作的小说非常少,甚至到1901年都是小说相对沉寂的时期;而《新小说》杂志创办以后,新小说的创作从1902年到1911年总计517篇①,出现了晚清小说空前繁荣的局面。但正因为有了"时新小说"征文活动的基础,才迎来了振臂一呼应者云集的"小说界革命",催生了现代意义上的晚清新小说的兴起。

二、《新小说》杂志的创办

《新小说》杂志于1902年11月14日在日本横滨创办,由新小说社发行。编辑兼发行署名赵毓林,实际主编人是梁启超。从第二卷起从横滨迁至上海,改由广智书局发行。1906年停刊,共出24期。《新小说》杂志是中国第一份公开向社会征稿的小说专刊,它的创办不仅打破了中国传统小说的生产范式,还标志着晚清新小说的兴起。

《新小说》发刊前,《新民丛报》就刊登长达数千字的《中国唯一之文学

---

① 数字来源于欧阳健的《晚清小说史》,上海:上海古籍出版社1997年版,第4页。

报〈新小说〉》的广告进行宣传,除了说明本报内容、售价和订阅办法外,还向公众明确告白《新小说》的办刊宗旨是:"专借小说家之言,以发起国民政治思想,激励其爱国精神。一切淫猥鄙野之言,有伤德育者,在所必摈。"①《新民丛报》第十九号又刊登了"新小说社征文启",此文又刊载在《新小说》创刊号上,题为《本社征文启》,其内容不仅再次强调了《新小说》的办刊宗旨,还高度评价了小说的文学地位:"小说为文学之上乘,于社会之风气关系最巨。本社为提倡新学,开发国民起见,除社员自著自译外,兹特广征海内名流杰作,绍介于世。……本社所最欲得者为写情小说,惟必须写儿女之情而寓爱国之意者乃为有益时局,又如《儒林外史》之例,描写现今社会情状,藉以警醒时流,矫正弊俗,亦佳构也。海内君子,如有夙著,望勿悶玉。"②可以说,1902年初梁启超提出以"维新吾民"为诉求、以"维新吾国"为宗旨的"道德革命"之后,就紧锣密鼓地开始了"新民"的行为实践,而小说专刊《新小说》就是在"新民"思想观念指导下的积极尝试。创办人的特殊身份决定了《新小说》杂志非纯粹的文学性,其酝酿期就被打上了鲜明的社会功利性和政治启蒙色彩,即便是写情小说也必须"寓爱国之意"而"有益时局"。

《新小说》创刊号上还发表了梁启超的《论小说与群治之关系》,阐发小说理论,提出了"小说界革命":

> 欲新一国之民,不可不先新一国之小说。故欲新道德,必新小说;欲新宗教,必新小说;欲新政治,必新小说;欲新风俗,必新小说;欲新学艺,必新小说;乃至欲新人心,欲新人格,必新小说。何以故?小说有不可思议之力支配人道故。
>
> ……
>
> 故今日欲改良群治,必自小说界革命始;欲新民,必自新小说始。③

以上两段文字分别是《论小说与群治之关系》文中开头和结尾部分。显然,梁启超在实施"新民"巨大战略目标的过程中,把小说作为了一个重要的启蒙工具。在文中,梁启超认为"诸文之中能极其妙而神其技者,莫若小说",从而推出"小说为文学之最上乘",论述了小说对支配人道具有"熏""浸""刺""提"的四大作用力,批判了时下小说由于内容含有"秽质",致使"今

---

① 新小说报社:《中国唯一之文学报〈新小说〉》,《新民丛报》1902年7月15日。
② "新小说社征文启",《新民丛报》1902年10月31日。
③ 梁启超:《论小说与群治之关系》,《新小说》1902年11月14日。

我国民""奴颜婢膝,寡廉鲜耻""轻薄无行,沉溺声色"等等,甚至导致"伤风败俗之行",造成了"毒遍社会"的严重危害。基于此,梁启超认为为了使小说担负起"新一国之民"的使命,必须"先新一国之小说",即进行"小说界革命"。梁启超虽然夸大了小说的作用,忽略了小说本身的艺术性,却改变了长期以来小说被视为"末技""小道"的卑微地位。

"小说"一词最早出现于《庄子·外物》,其文曰:"饰小说以干县令,其于大达亦远矣。"成玄英疏:"干,求也;县,高也。"庄子所说的与"大达"即"大道"相对比的"小说",是指类似琐屑之言的小道理,这种内涵固然不是现代意义上叙事文体的小说概念,但庄子对"小说"的鄙夷态度却影响了后代文人的文学创作和理论批评。学界一般认为,作为一种文体意义上完整的"小说"概念形成于汉代,原因是这一历史时期不仅出现了刘向的小说集《说苑》《新序》,还出现了桓谭、班固等人有关小说的批评理论。桓谭在《新论》中说:"小说家,合残丛小语,近取譬论,以作短书,治身理家,有可观之辞。"班固在《汉书·艺文志》又说:"小说家者流,盖出于稗官,街谈巷语,道听涂说者之所造也。孔子曰:'虽小道,必有可观者焉,致远恐泥,是以君子弗为也。'然亦弗灭也。闾里小知者之所及,亦使缀而不忘,如或一言可采,此亦刍荛狂夫之议也。"汉代学者把小说作为一种独立的文体从散文中解放出来,虽然也承认了小说"治身理家"的功能和"有可观之辞"的价值,但又界定了小说是一种"残丛小语""街谈巷语"的"刍荛狂夫之议",仍是"君子弗为"、不正统的"小道"而已。纵观小说发展史,晚清之前,小说虽然一直"弗灭"而表现持久的生命力,甚至取得了诸如唐传奇、宋元话本、明清章回小说的辉煌成就,但相对于"经史子集"而言,正统文人大都鄙视小说的创作,不仅文集不屑辑录小说,而且即便是文人的小说创作也往往羞于使用真名署之。直到清代这种小说为"小道""末技"的观点依然根深蒂固。清代康熙曾经说过:"淫词小说,人所乐观,实能败坏风俗,蛊惑人心。朕见乐观小说者,多不成材,是不惟无益而且有害,……俱宜严行禁止。"(《大清圣祖仁皇帝实录》卷129)康熙统治期间屡出禁令,禁止"小说淫词"的出版和发行。清代评点派第一大家王希廉也认为:"仁义道德,羽翼经史,言之大者也。诗赋歌词,艺术稗官,言之小者也。言而至于小说,其小之尤小者乎!士君子上不能立德,次不能立功、立言以共垂不朽,而戋戋焉小说之是讲,不亦鄙且陋哉!"①对小说这种不能登大雅之堂而

---

① 王希廉:《红楼梦批序》,参见郭绍虞主编:《中国历代文论选》(第三册),上海:上海古籍出版社2001年版,第448页。

第一章 晚清新小说的兴起

遭鄙贱的状态,鲁迅曾激愤地说:"在中国,小说是向来不算文学的"①,而且"向来是看做邪宗的"②。由此看来,梁启超提出的"小说界革命"无疑具有积极的意义,提升了小说的历史地位,颠覆了传统小说理论的偏见,为小说的思想启蒙之伦理教化提供了可能,小说在迎来新生的同时也呈现出空前的繁荣局面。

任何一个重大事件的发生,都不是偶然的,要经历一番艰难的孕育才脱胎而出。梁启超提出"小说界"革命之前,除了报纸杂志现代传媒的快速发展、具有新的叙事风格的翻译小说进入阅读市场等外部条件、新型知识分子群体形成等因素外,传统的小说观也已发生了新变。1895年5月,英人傅兰雅在《申报》上刊载《求著时新小说启》,可谓是开启晚清小说观新变的先声。在西学东渐的大潮中,中国学者也看到了小说在社会变革中的巨大影响。1897年,严复、夏曾佑在《本馆附印说部缘起》中高度评价了小说对人心风俗所产生的劝诫效应:"夫说部之兴,其入人之深,行世之远,几几出于经史上,而天下之人心风俗,遂不免为说部所持",并号召"本馆同志,知其若此,且闻欧、美、东瀛,其开化之时,往往得小说之助。是以不惮辛勤,广为采辑,附纸分送。或译诸大瀛之外,或扶其孤本之微。文章事实,万有不同,不能预拟;而本原之地,宗旨所存,则在乎使民开化。自以为亦愚公之一畚,精卫之一石也。"③维新派的核心人物康有为也注意到了小说教化民众的作用,同年在《〈日本书目志〉识语》中,不仅将小说单列一部以凸显小说的文学地位,还阐释了小说在教化民众方面具有经史无可比拟的优越性:"易逮于民治,善如于愚俗,可增《七略》为八,《四部》为五,蔚为大国,直隶王凤者,今日急务,其小说乎!仅识字之人,有不读'经',无有不读小说者。故'六经'不能教,当以小说教之;正史不能入,当以小说入之;语录不能谕,当以小说谕之;律例不能治,当以小说治之。今中国识字人寡,深通文学之人尤寡,经义史故,亟宜译小说而讲通之。泰西尤隆小说哉!天下通人少而愚人多,深于文学之人少,而粗识之无之人多。'六经'虽美,不通其意,不识其字,则入明珠夜投,按剑而怒矣。"④梁启超师承了康有为的小说观,1898

---

① 鲁迅:《〈草鞋脚〉小引》,《鲁迅全集》第六卷,北京:人民文学出版社2005年版,第21页。
② 鲁迅:《徐懋庸作〈打杂集〉序》,《鲁迅全集》第六卷,北京:人民文学出版社2005年版,第301页。
③ 严复、夏曾佑:《本馆附印说部缘起》,《国闻报》1897年10月16—11月18日。
④ 康有为:《〈日本书目志〉识语》,陈平原、夏晓虹编:《二十世纪中国小说理论资料》第1卷,北京:北京大学出版社1989年版,第13页。

年在《清议报》创刊号上发表了《译印政治小说序》,文章将政治与小说联姻,以欧洲小说对民众的巨大影响为实例论证了小说的社会价值:"在昔欧洲各国变革之始,其魁儒硕学,仁人志士,往往以其身之经历,及胸中所怀,政治之议论,一寄之于小说。于是彼中缀学之子,黉塾之暇,手之口之,下而兵丁、而市侩、而农氓、而工匠、而车夫马卒、而妇女、而童孺,靡不手之口之。往往每一书出,而全国议论为之一变。……英名士某君云:小说为国民之魂。岂不然哉!"①日本的生存体验和对日本小说的翻译,又使梁启超感触颇深:"于明治维新之运有大功者,小说亦其一端也。明治十五六年间,民权自由之声遍满国中。于是西洋小说中言法国、罗马革命之事者,陆续译出,有题为《自由》者,有题为《自由之灯》者,次第登于新报中。自是译泰西小说者日新月盛,其著者则织田纯一郎氏之《花柳春话》、关直彦氏之《春莺啭》、藤田鸣鹤氏之《系思谈》《春窗绮话》《梅蕾余薰》《经世伟观》等,其原书多系英国近代历史小说之作也。翻译既盛,而政治小说之普述也渐起,如柴四郎之《佳人奇遇》、未广铁肠之《花间莺》《雪中梅》、藤田鸣鹤之《文明东渐史》、矢野龙溪之《经国美谈》等。"②尽管梁启超对日本明治维新时的自由民权运动与政治小说创作的因果关系存在着误读,但作为政治家的梁启超去评价小说时,带着政治的有色眼镜去选择、解读却是极其正常的。这种思维模式也使梁启超将政治领域的"革命"运用于小说领域,这些前奏也预示了梁启超所言"小说界革命"发生的历史必然性。

《新小说》创刊号除了刊发梁启超的文章《论小说与群治之关系》,表明了激进的小说革命姿态外,还刊载了具有强烈时代色彩的堪称为典范之作的新小说,诸如《新中国未来记》《东欧女豪杰》《世界末日记》等,其中《新中国未来记》被学者视为"晚清新小说的开山之作"③。《新小说》创刊的第二年,小说创作发生的极大变化,不仅数量上由1902年的9篇增至39篇,而且小说叙事都具有鲜明的现代意识。

从西方传教士、翻译家傅兰雅在中国对"时新"小说的呼唤,到梁启超创办《新小说》,小说观念的变革借助于现代传媒的快速与普及迅速成为一

---

① 梁启超:《译印政治小说序》,陈平原、夏晓虹编:《二十世纪中国小说理论资料》第1卷,北京:北京大学出版社1989年版,第21—22页。
② 梁启超:《文明普及之法》,《清议报》1899年8月26日。
③ 欧阳健:《晚清新小说的开山之作——重评〈新中国未来记〉》《山东社会科学》1989年第2期。

种时尚和趋势,一时间响应者云集而起。1903年5月,《绣像小说》杂志创刊于上海,主编李伯元撰文声明其创刊缘起:"欧美化民,多由小说;椹桑崛起,推波助澜。其从事于此者,率皆名公巨卿,魁儒硕彦……本馆鉴于此,于是纠合同志,首辑此编,……呜呼! 庚子一役,近事堪稽,爱国君子,倘或引为同调,畅此宗风,则请以此编为之嚆矢。"①1906年11月,《月月小说》创刊于上海,主要创办者吴趼人在创刊号撰文声称:"吾既欲持此小说以分教员之一席……庶几借小说之趣味,之感情,为德育之一助云尔。"②陆绍明在《〈月月小说〉发刊词》中宣告:"本社集语怪之家,文写花管;怀奇之客,语穿明珠:亦注意于改良社会,开通民智而已矣。此则本志发刊之旨也。"③《新世界小说社报》发刊辞甚至夸张地说:"有释奴小说作,而后美洲大陆创开新天地;有革命小说之作,而后欧洲政治辟一新纪元。而以视吾国,北人之敢死喜乱,不啻活演一《水浒传》;南人之醉生梦死,不啻一《石头记》。小说势力之伟大,几几乎能为造世界矣",并经过一番旁征博引地论述而推出:"种种世界无不可由小说造,种种世界无不可由小说毁。过去之世界,以小说挽留之;现在之世界,以小说发表之;未来之世界,以小说唤起之。"④此外,《小说七日报》《(中外)小说林》《小说月报》等都自觉地为小说唤醒国魂、开通民智的作用而鼓噪。报刊杂志还对小说进行了名目繁多的分类诸如"社会小说""女子教育小说""理想小说""风俗小说"等,其中就有"伦理小说"的门类。晚清小说期刊大都秉承了《新小说》的小说观念,不仅刊载了大量贴近生活、反映时事、铸造新人格的"新小说",诸如《新中国未来记》《洪水祸》《黄绣球》《文明小史》《老残游记》等,而且发表小说理论文章与梁启超的小说观响应和,诸如别士的《小说原理》、楚卿的《论文学上小说之位置》、饮冰等人的《小说丛话》、佚名的《论小说与社会之关系》、老棣的《文风之变迁与小说将来之位置》、亚荛《小说之功用比报纸之影响更为普及》、天僇生的《论小说与改良社会之关系》等等,不一而足。正如杨联芬所言:"1900年代的报刊杂志,只要是有关小说文章,无不充满开启民智、裨国利民、唤醒国魂之类极其功利的字眼,小说被视为政治启蒙、道德教化乃至

---

① 李伯元:《本馆编印〈绣像小说〉缘起》,《绣像小说》1903年5月27日。
② 吴趼人:《〈月月小说〉序》,《月月小说》1906年11月1日。
③ 陆绍明:《〈月月小说〉发刊词》,陈平原、夏晓虹编:《二十世纪中国小说理论资料》(第1卷),北京:北京大学出版社1989年版,第177页。
④ 《〈新世界小说社报〉发刊辞》,陈平原、夏晓虹编:《二十世纪中国小说理论资料》(第1卷),北京:北京大学出版社1989年版,第184、186页。

学校教育的最佳工具。"①

梁启超在《新小说》杂志上提出的"小说界革命"以及维新同仁的积极响应引发了晚清文坛的大震动,无论小说的内容、形式,还是小说观念,都出现了与传统小说不同的新元素。小说地位的提升和教化功能的强化,使晚清小说发生了由边缘到中心的渐次突进,极大地改变了晚清的文学格局。1906年吴趼人曾对时下小说状况进行了这样的描述:"饮冰子《论小说与群治之关系》之说出,提倡改良小说,不数年而吾国之新著新译之小说,几于汗万牛充万栋,犹复日出不已而未有穷期也。"②小说的迅速发展也使《游戏世界》的主编钟骏文(别号:寅半生)无限感慨:"十年前之世界为八股之世界,近则忽变为小说之世界,盖昔之肆力于八股者,今则斗心角智,无不以小说家自命。"③即便是以经书为正宗、排斥小说的士大夫也开始接受新小说:"自文明东渡,而吾吾国人亦知小说之重要,不可以等闲观也,乃易其浸淫'四书''五经'者,变而为购阅新小说,斯殆风气之变迁使然欤?"④1908年,曾经做过小说市场调查的徐念慈对小说读者做了这样的估计:"余约计今之购小说者,其百分之九十,出于旧学界而输入新学者,其百分之九,出于普通之人物,其真受学校教育,而有思想、有才力、欢迎新小说者,未知满百分之一否也?"⑤不管小说读者在不同阶层的比例如何,它至少说明新小说的阅读已不是新派人物的专利。小说阅读对象的扩大,既是小说广为接受而繁荣的明证。晚清实行的稿酬制度,又是刺激新小说发展的有生力量。小说地位的提高,已经从理论的倡导变成为一个不争的文学事实。

"《新小说》不是梁启超一个人的工作,而是一批关心小说的人,发表作品和互相交换意见的场域。"⑥20世纪初小说家功利性地提升小说的社会地位,把小说作为思想启蒙的工具和武器参与到伦理变革之中,如果深究其原因,那就是20世纪初道德革命下伦理秩序的变化所引发的身处其中的小

---

① 杨联芬:《晚清至五四:中国文学现代性的发生》,北京:北京大学出版社2003年版,第25页。
② 吴趼人:《〈月月小说〉序》,《月月小说》1906年11月1日。
③ 寅半生:《〈小说闲评〉叙》,陈平原、夏晓虹编:《二十世纪中国小说理论资料》(第1卷),北京:北京大学出版社1989年版,第182页。
④ 老棣:《文风之变迁与小说将来之位置》,陈平原、夏晓虹:《二十世纪中国小说理论资料》(第1卷),北京:北京大学出版社1989年版,第206—207页。
⑤ 觉我(徐念慈):《余之小说观》,陈平原、夏晓虹编:《二十世纪中国小说理论资料》(第1卷),北京:北京大学出版社1989年版,第314页。
⑥ 易前良:《〈新小说〉与"中国文学观"的确立》,《山东社会科学》2004年第4期。

说家思维机制和文化心理的异变。鸦片战争虽然改变了近代中国的性质，中国人的思想观念也发生了些许变化，但作为维护社会秩序而植根于民众心理、绵延两千多年的伦理思想，其嬗变经历了一个由缓到急、由浅入深的过程。在庚子事变之前，尤其是1901年清政府实行"新政"以前，思想相对沉闷，伦理变革的诉求声音比较微弱，小说虽然注重教化功能，但宣传的仍是传统的劝善惩恶思想，忠孝节义的道德判断依然是小说叙事的尺度。据欧阳健统计，1900年共有3部小说，实际上有版本依据的只有两部，而其中一部则是典型的才子佳人小说①。从1901年情况开始有了变化，不仅出现了9部小说，而且小说表现出了贴近社会和时代的价值取向，如孙翼中的《波兰的故事》以对波兰之亡国的叙述，流露了对晚清日衰时局的隐忧；林獬的《菲律宾民党起义记》通过演说菲律宾民党人士追求民族独立的斗争精神以警示国人，呈现出以小说形式开启民众、振奋民气、祛除鄙俗的努力；同年林獬发表在《杭州白话报》上的小说《美利坚自立记》《檀香山华人受虐记》《俄土战记》都表现了类似的创作意图。更为重要的是，1901年李伯元的弹词小说《庚子国变弹词》开始在《世界繁华报》上开始连载，小说全景图式地再现了庚子、辛丑年间发生的诸多事件，如官吏袒护教民致使朱红灯聚众起义，八国联军惨无人道地用氯气攻打天津城和在北京大肆烧杀抢掠，清政府与洋人签订使中国蒙羞遭辱的《辛丑条约》等，承载了巨大的社会和文化时代信息。但1903年的小说现象更值得关注和探究，这一年的小说创作无论是数量还是质量都发生了前所未有的巨大飞跃，而这种巨变的一个重要原因就是1902年历史性事变的发生——1902年梁启超提出的以"维新吾民"为诉求、以"维新吾国"为宗旨的"道德革命"和同年梁启超在《新小说》杂志创刊号上提出的以"新民"为诉求、以"改良群治"为宗旨的"小说界革命"。

---

① 欧阳健:《晚清小说史》,杭州:浙江古籍出版社1997年版,第4页。

第二章　晚清新小说与夫妇伦理

邓公玄从人类学和社会学的角度指出："人类最早的道德律,就是规定两性的关系。"①也就是说,男女两性交合的历史与人类一样悠久,人类社会的道德规范始于对两性关系的规约。由于人类早期相当长一段时间呈现性交杂乱状态,对其进行有序规约也就成为社会发展的必要,于是就出现了最早的两性伦理秩序和道德律令。两性交合在社会发展到一定阶段,就出现了固定的男女关系,于是就有了夫妇之名和夫妇之伦。"夫妇之伦,始于原始时代的男女性禁忌。性禁忌的产生必然会逐渐形成较成型的男女性关系的伦理规范,男女之间的群婚也在一定的政治伦理要求的作用下而逐渐被制止,男女必须通过一定的形式实现性结合"②。

随着人类社会的发展,尤其是随着母系氏族的解体和父权制家庭的出现,夫妇伦理逐渐发生变化,其约束发生了由最初的性交合到行为的方方面面的泛化和由对当事人双向的规范到对女性单方面的约束的严重失衡。恩格斯曾说："母权制的被推翻,乃是女性的具有世界历史意义的失败。丈夫在家中也掌握了权柄,而妻子则被贬低,被奴役,变成丈夫淫欲的奴隶,变成生孩子的简单工具了。"③这段话概括了封建男权制社会里,女性在两性关系的基本常态和主流状况。汉代董仲舒在《春秋繁露·基义》从阴阳五行的角度指出"夫为阳,妻为阴",并且比附"天之亲阳而疏阴"天命论思想,论证了夫尊妻卑伦理秩序的合理性和永恒性。《礼纬·含文嘉》提出了"夫为妻纲"的两性关系,强化了丈夫对妻子的绝对权威和支配地位。《白虎通德论·嫁娶》又说："夫有恶行,妻不得去者,地无去天之义也。"女性在婚姻关系中不仅要顺从、听命于自己的丈夫,而且也没有离婚的自由和权力,即便

---

① 邓公玄:《人性论》,台北:中国文化出版部1952年版,第73页。
② 焦国成:《中国伦理学通论》,太原:山西教育出版社1997年版,第202页。
③ [德]恩格斯:《家庭、私有制和国家的起源》,《马克思恩格斯选集》第4卷,北京:人民出版社1972年版,第52页。

是丈夫品行不端。

女性合理权利每况愈下和日益沦丧的历史事实,固然源于男性凭借着话语权单方面强行规约夫妇之间女性的行为规范和价值标准,但不可否认的是,女性也充当了合谋者的角色,班昭编撰的《女诫》就是女性迎合、取悦男性而自觉自我规约、自轻自贱的典型表现。《女诫·敬慎第三》说:"男以强为贵,女以弱为美。"《女诫·夫妇第二》中则说:"夫不御妇,则威仪废缺;妇不事夫,则义理堕阙。"《女诫·专心第五》又说:"夫有再娶之义,妇无二适之文。故曰夫者天也,天固不可逃,夫固不可违也。行违神祇,天则罚之。"《女诫》具体化了已有的"男尊女卑"原则和观念,更为可悲的是,《女诫》为女性设定的所谓妇道、妇德,成为宗法社会对女子实施教育而广泛使用的教科书,而家庭教育的实施者和监督者正是深受其害而不觉的母亲们,她们把从小接受且身体力行的这些妇道、妇德又转嫁给她们的女儿们,如此这般一代一代沿袭成为女性言行准则的金科玉律。自此,在他者别有用心营造的囚笼里和女性奉为天理并自觉内化为人格操守的夫妇伦理规范下,女性拱手相让自我的生命尊严,谨小慎微地匍匐在人夫的脚下,奴隶般仰其鼻息地苟且生存。在放逐自我的历史进程中,女性似乎忘却了女娲曾经补天的辉煌过去。

宋儒程颐、朱熹又提出"饿死事小,失节事大",女性的贞洁观因为程、朱在社会上的影响和声望再经由大肆宣扬而逐渐泛滥,成为一句传世经典而积习为社会风俗。女性在夫妇两性关系中进一步被劣化而畸变,女性不仅在丈夫生前严守敬顺之道,而且还要在丈夫或未婚夫去世以后坚守节操直至终老,这对于活着的生命个体,无疑是蔑视、践踏其生命需求的最残酷的身体和精神的双重煎熬。女性的贞洁观虽然不是始于宋代,但宋代理学家对贞节伦理的盛行无疑起了推波助澜的作用。时至元明清时期,官方的表彰及其所彰显的荣耀和民间意识的趋同相和,殉烈之风日炽,社会对女性的贞节要求被推向极端。

鸦片战争的炮火把中国推向了亡国灭种的屈辱深渊,同时也开始了近代中国为救亡图存、强国富民而对新变之路的探索。在道德救世的社会热望下,作为人伦之始的夫妇伦理被推到变革的风头浪尖。尤其是晚清中国,社会内部结构发生了很大变化,随着兴办女学、禁止缠足、缔结团体等,尤其是部分城市大批妇女到工厂谋生获得一定的经济地位,为现代夫妇关系的出现提供了坚实的现实基础;西方天赋人权、平等自由观念又为新型夫妻伦理的建构提供了强大的外部刺激和理论支撑。传统严重失衡的夫妇伦理规范遭遇到质疑和裂变,从父母专制到婚姻自由、从夫为妻纲到夫妇平等、从一夫多妻到一夫一妻等,晚清都表现出了夫妇伦理新的时代元素。

第一节　从专制婚姻到婚姻自由

《孟子·滕文公下》从人性的角度指出:"丈夫生而愿为之有室,女子生而愿为之有家。"也就是说,男女结为夫妇成家立室是其自然的生命需求。在中国传统文化中,婚姻不仅仅是男女两性为情欲而进行的结合,而且被赋予了家族利益和社会内容等强烈的功利色彩,如《礼记·昏义》所言:"昏礼者,将合两姓之好,而上以事宗庙,而下以继后世也。"在个体生命需求被遮蔽、有意强化社会意义的伦理建构中,婚嫁男女双方很少有自主择偶的权利,而是经过媒人传言、最终由父母综合权衡利弊加以定夺。《诗经·齐风·南山》:"艺麻如之何?衡从其亩;取妻如之何?必告父母。"这句诗歌已经传达出至少周代的婚姻要有"必告父母"的程序。《孟子·滕文公下》又说:"不待父母之命,媒妁之言,钻穴隙相窥,逾墙相从,则父母、国人皆贱之。"显然,经由父母、媒妁的婚姻才是合乎礼教和道德的,才能得到社会的认可,否则将会遭到国人的鄙视和斥骂。班固在《白虎通·嫁娶》中又说:"男不自专娶,女不自专嫁,必由父母、须媒妁何?远耻防淫佚也。"这种"防淫佚"的诠释更加巩固了专制婚姻的合理性。由此,"父母之命,媒妁之言"被奉为横亘中国几千年决定青年男女婚姻大事的经典法则,也成为婚姻专制的文化符码。而婚姻由父母专制的伦理规范在晚清张扬自由的社会思潮下遭遇前所未有的危机,自由恋爱、自由结婚、离婚自由等术语进入公共视野和民众生活。小说不仅形象地反映了婚姻伦理的现代转型,而且从故事叙述到文本构成都彰显了对婚姻自由伦理的主动建构,甚至不惜以长篇累牍的演说、辩论或近乎实录式的描写、轶闻的罗列等大大挤压故事的叙述空间,成为时论化的小说。小说的伦理诉求与婚姻自由的思潮异形同构互动,促进了清末民初人们婚姻伦理选择和价值判断的嬗变。

一、婚姻自由的社会思潮

早在19世纪末维新人士就认识到,"男女之约,不由自主,由父母定之"[①],并指出这种没有爱情为基础、由父母包办的婚姻还会造成男才女愚

---

① 康有为:《实理公法全书》,《中国文化研究集刊》第Ⅰ辑,第332页。

第二章　晚清新小说与夫妇伦理

或女才男痴的错位,致使夫妻不睦甚至反目而空遗终身痛苦的悲剧:"中国婚姻一事,最为郑重,必待父母之命,媒妁之言。礼制固属谨严,然因此而贻害亦正无穷,凤鸦错配,抱恨终身;伉俪情乖,动多反目。"①对于婚姻的缔结"男女自相择偶,已俩属意者,家长不得阻挠另订"②,而婚姻自主"亦为事之最善者……实为天理之所宜,而又为将来必至之俗"③。

20世纪初,对父母专制婚姻的批判更为猛烈,已由少数先觉者扩大到一大批知识分子群体身上,理论上的探讨也更全面、深刻:"中国主婚之全权,实在于父母,而无子女容喙之余地,此其弊之最大者也。"④更有甚者,有的父母以专制特权,借婚事把女儿作为谋取财钱的工具,这非人道的龌龊行为遭到质问:"结婚以男女相悦为真正第一件正经,和旁人并不相干,若父母从中需索聘礼,便是将女儿去换礼物了。这是合乎情理吗?"⑤在父母专制婚姻下,由于子女婚事自始至终有父母为之,"而当婚之两主人翁,曾不得任一肩,赞一辞,惟默默焉立于旁观之地位",还会豢养国人的依赖之心、泯灭其独立品格:"中国人以依赖根性闻于大地,而长为神州之汙点者,未始非父母养成之也。父母专婚之弊有如此。"⑥而且父母包办的婚姻强不仅破坏了女子品行和夫妻爱情,还会导致家庭不和以致有碍国家进步,"故为夫者不钟情于其妻,则狎妓蓄妾之风开矣;为妻者不钟情于其夫,则外遇私奔之事至矣。嘉偶曰配,怨偶曰仇,为夫妇者苟破坏其爱情,而各移心以外向,则直雠仇而已矣,又安能宜室家而乐妻孥也?……盖婚姻为人道之大经,未有夫妇不和而家庭能欢乐无事者,亦未有夫妇不和而能专心致志以为国家社会建事业者"⑦。

父母对儿女婚姻的专制不仅严重戕害了当事者的情感,还被上升到败坏社会风气、阻碍国家进步的高度,于情于理,变革父母专婚的传统势在必行,尤其是对于救亡图存成为第一紧要的晚清中国。婚姻变革的要求已经

---

① 《贵族联姻》,《女学报》1898年8月27日。
② 宋恕:《六字课斋卑议》,《宋恕集》上册,北京:中华书局1993年版,第149页。
③ 严复:《论沪上创兴女学堂事》,《国闻报》1898年1月10—11日。
④ 履夷:《婚姻改良论》,张枬、王忍之编:《辛亥革命前十年间时论选集》第3卷,北京:三联书店1960年版,第840—841页。
⑤ 陈独秀:《恶俗篇》,《安徽俗话报》1904年5月15日—7月13日。
⑥ 陈王:《论婚礼之弊》,张枬、王忍之编:《辛亥革命前十年间时论选集》第1卷(下册),北京:三联书店1960年版,第855页。
⑦ 履夷:《婚姻改良论》,张枬、王忍之编:《辛亥革命前十年间时论选集》第3卷,北京:三联书店1960年版,第841—842页。

在谭嗣同1896年写成的《仁学》里体现出来:"夫妇择偶判妻,皆有两情自愿。"①20世纪初,婚姻变革的呼声更为高涨,不仅仅是探索救国方案维新人士的倡导,还得到了更多人尤其是青年男女的热烈响应:"发大愿,出大力,振大铎,奋大笔,以独立分居为根据地,以自由结婚为归着点,扫荡社会上种种风云,打破家庭间重重魔障,使全国婚界放一层异彩,为同胞男女辟一片新土,破坏男女之依赖,推倒专制之恶风,遏绝媒妁之干涉,斩荽仪文之琐屑。咄!吾将此极名誉、极完全、极灿烂、极庄严之一个至高无上、花团锦簇之婚姻自由权,攫而献之于我同胞四万万自由结婚之主人翁!"②

1907年12月柳亚子在《神州女报》第2号上发表一篇文章《女子家庭革命论》,文中不仅指出婚姻"不用父母强逼,媒妁说谎,一任本人作主",而且还提出离婚和再嫁的自由:"其压制结婚,已聘而未合卺者,一律罢去。倘有彩凤随鸡,明珠投雀,遇人不淑,终风为灾,则急宣布离婚,任其再嫁。"在传统婚姻体制之中,"七出"的规定侧重维护和强化丈夫的权威和利益,"从一而终"的说教只是对于为人妻的单方面约束,离婚只是丈夫专权的主体行为,而妻子则没有离婚的自由。丈夫可以休妻,但如果妻子去夫,则被视为有悖伦常、伤风败俗,为社会所不齿。针对这种情况,柳亚子在以亚庐为笔名发表于《神州女报》上的这篇文章特别强调了女性离婚和再嫁的自由。1911年《民立报》上刊载的文章《忠告女同胞》提出的离婚自由态度更为鲜明:"夫妇以情交,以义合,情义未绝,虽死可守,而情义既绝,虽生可离。"③自由结婚是男女两性反对父母专制,而离婚自由则不仅需要与专制的父母相较量,还要面对牵绊更为强大的社会专制。所以相对于结婚自由来说,离婚自由的提倡则是以一种更为彻底甚至决绝的姿态反叛婚姻专制。

破除父母专制婚姻,反对媒妁搭桥,男女要怎么实现自由结合?自由交往无疑是实现婚姻自由的先决条件:"至求婚之期,任男女游行各社会,相与交接,以为约婚之准备。"④男女自由交往的提出虽然是为了实现婚姻自由,但其锋芒已触及千年来积习的"男女有别"的中国礼教之大防和"男女

---

① 谭嗣同:《仁学》,《谭嗣同全集》,北京:中华书局1998年版,第351页。
② 陈王:《论婚礼之弊》,张枬、王忍之编:《辛亥革命前十年间时论选集》第1卷(下册),北京:三联书店1960年版,第858—859页。
③ 亢虎:《忠告女同胞》,《民立报》1911年6月8日。
④ 军毅:《婚制·求婚之部》,《觉民》月刊整理重排本,北京:社会科学文献出版社1996年版,第98页。

第二章 晚清新小说与夫妇伦理

授受不亲"的不可逾越的礼教规范。

显然,晚清婚姻自由指涉内容已涉及恋爱自由、结婚自由、离婚自由、再嫁自由等。辛亥革命前夕,受无政府主义影响,又出现了不婚的极端论调:"罢婚姻以行自由结合,废家庭以行人类之生长自由。"①

变革父母专婚的传统伦理而要实行婚姻自由,是晚清现代夫妇伦理建构的重要内容。为了增强说服力,晚清有识之士还从不同的方面论证婚姻自由的意义和必要:"天下防淫之法,当以自由结婚为最上乘"②;"终之以婚姻自由,为吾国最大问题,而必将来发达女权之所自始"③;"使四千万方里化为乐土,四百兆同胞齐享幸福,则必自婚姻自由始矣"④。和防范淫乱、发达女权相比,幸福更关于每个人的利益。如果说幸福是伦理学追求的最高目的,那么婚姻自由则是其现世的经验和基础。从人性的角度上说,远避痛苦、追求幸福是生命个体的本能反应,认可对幸福的享受是自然主义人道主义的伦理建构。幸福始自自由婚姻的这种言说,对于目睹父母专制婚姻之弊的男女来说无疑具有极大的诱惑力和强大的情感共鸣。

"夫二十世纪专制之国民,无日不以夺自由为目的,曾是区区婚姻之自由而不能夺,而乃对万众以言革命,吾知其必无成!"⑤20世纪初,随着西方列强的加紧侵略,晚清社会危机日益加重,而同时资产阶级维新派的变法运动又遭遇挫败,资产阶级革命派逐渐认识到:只有通过革命推翻专制政体建立一个民主共和的国家,才能挽救民族危亡、获得民族的自由与自治。于是,中国开始了由变法走向革命的道路,革命救国的言论也成为汹涌的思想潮流和强大的时代风标。而婚姻自由被放置在革命成功的基点,不能争夺自由的婚姻,就没有革命的成功。这种激进的说法虽然偏颇,但在新旧冲突的过程中,尤其是新观念初创阶段,激进往往是不得已而又常常采用的一种姿态和策略。

从人类婚姻的历史来讲,"第一期为掠婚时代,第二期为卖婚时代,第三期为赠婚时代,第四期为自由结婚时代。今世文明各国,其婚姻之制已入于第四期矣。独中国之婚姻尚在卖婚时代。即此一端,中国人之品格,其下

---

① 汉一:《毁家论》,《天义报》1907年7月25日。
② 陈王:《论婚礼之弊》,张枬、王忍之编:《辛亥革命前十年间时论选集》第1卷(下册),北京:三联书店1960年版,第855页。
③ 丁初我:《女子家庭革命说》,张枬、王忍之编:《辛亥革命前十年间时论选集》第1卷(下册),北京:三联书店1960年版,第929页。
④ 金天翮:《女界钟》,上海:上海古籍出版社2003年版,第81页。
⑤ 金天翮:《女界钟》,上海:上海古籍出版社2003年版,第75—76页。

于他国人数等,已可概见矣。故欲增进国民之品格,则卖婚之制必不可不革除"①。也就是说,自由结婚不仅关乎国民的品格、国家的文明程度,还是婚姻历史发展的必然走向。

在晚清中国,西方的自由婚配方式和夫妇和乐图景往往被有识之士作为比照中国专婚的参照物而加以介绍和描摹,自由和专制的优劣在文字的叙述中得以毕现,成为破除中国父母专婚的传统而建构新的婚姻伦理最有力的明证和理想的模式。他们由衷地感慨:"现在世界万国结婚的规矩,要算西洋各国顶文明。他们是男女自己择配,相貌、才能、性情、德性,两边都是旗鼓相当的,所以西洋人夫妻的爱情,中国人做梦也想不到。"②

金天翮十分欣赏欧洲的婚姻自由,他一面分析"惟不幸而妍丑各殊,蠢灵异禀,魔鬼之生涯已送,情天之缺憾难弥,古来破镜之占、离魂之剧,谁使之?婚姻之不自由使之也。诗曰:'美人已属沙吒利,义士今无古押衙。'又曰:'无双死适王仙客,一妹去随李药师。'谁使之?亦婚姻之不自由使之也"③,同时又介绍西方男女婚姻"虽尊亲如父母,不能分毫干涉。居恒选择,必于同学之生,相交之友,才智品德,蠢灵妍丑较量适当,熟悉数年,爱情脗合,坦然约契,交换指环,结缡之夕,偕赴会堂,长老作证,亲知欢悦,同车并辔,握手归家,参姑嫜于堂前,开舞蹈之大会,夫如是其风流而快意也"④,并畅想了婚姻自由的幸福和美满:"红袖添香,乌丝写韵,朝倚公园之树,夕竞自由之车;商量祖国之前途,诞育佳儿其革命。婚姻之好果,孰有逾于此者哉!我瞻西方,吾眼将花,吾心醉矣。美人赠我青琅玕,何以报之?——自由平权!"⑤

晚清中国社会由传统向现代的转型期,关于婚姻伦理的新与旧的对抗和冲突一直在进行,婚姻自由伦理在建构的过程中不断遭遇保守道学先生们的非议。1904年在《安徽俗话报》上发表了署名"雪聪"的时论文《再论婚姻》,文章开头就写道:

> 男女婚姻,是人生第一要紧的事。定要两下情投意合,结下因缘,才是情理。这句话本报从前已经说过,列位想都晓得的了。相信这话

---

① 履夷:《婚姻改良论》,张枬、王忍之编:《辛亥革命前十年间时论选集》第3卷,北京:三联书店1960年版,第840页。
② 陈独秀:《恶俗篇》,《安徽俗话报》1904年5月15日—7月13日。
③ 金天翮:《女界钟》,上海:上海古籍出版社2003年版,第77—78页。
④ 金天翮:《女界钟》,上海:上海古籍出版社2003年版,第78—79页。
⑤ 金天翮:《女界钟》,上海:上海古籍出版社2003年版,第80页。

第二章 晚清新小说与夫妇伦理

的人,自必不少。但是在下还有不放心的处所。我国婚姻的事,胡乱弄得千百年了。这个样子,都是大家做惯看惯的,陡然听见男女婚姻要自己做主的话,列位之中,不信这话的人,想也不少。这也怪不得列位不懂事,自古道习惯成自然,又道少所见多所怪,这都算是人之常情,也怪不得列位。只是有一班讲文道理的老先生,他的眼光本是望不远的,把旧社会上种种的恶习都认做天经地义、牢不可破,忽然听见说什么婚姻自由、结婚要男女相悦的话,必定要拿出顶大的题目来,骂道这是什么话,照那样办起来,岂不是叫人淫乱么?这都是洋人的混账法子,我中国圣经贤传上,那有这样的话呢?唉呀,这种老先生们,真是坑死人也。那不念书的人,疑惑这个道理,还不要紧。偏偏这等讲文道理的阔人,平日众人都是敬重他的,他的话那个不信服呢?况且他又拿着个防人淫乱的大题目,愚蠢的人更相信他的话不错了。唉,老先生呀,在下这回也不和你说别的闲话,你既说中国圣经贤传上没有这样的话,在下便就着圣经贤传和你来谈一谈看。①

1904年5月陈独秀在《安徽俗话报》上发表《恶俗篇》赞誉西方自由婚姻,抨击专制婚姻的流弊,提出自由结婚、离婚自由、寡妇再嫁等新的伦理观念。文章发表后引发广泛争论,陈独秀接着以"雪聪"为笔名在《安徽俗话报》上发表了《再论婚姻》,从圣经贤传上论证婚姻自由。上述引文,既是陈独秀撰写文章的原因,也形象地描述了当时新旧婚姻伦理的交锋。

对于一帮道学先生把婚姻自由诬蔑为交合自由的荒谬之言,金天翮早在1903年由上海大同书局出版的论著《女界钟》中特别强调指出,婚姻自由不是乱婚,而是一夫一妻制下的自由:"夫婚姻交合既由两人之契约而成,则契约之中决不容有第三位者插足之地,犹之两国密约,不能受他国之离间也。曾是夫妻之间,而可以合纵连横之术处之哉!今行尸走肉类多蓄妾之风,斗宠争怜,交嘲互讦,初则疲于奔命,终必左右为难。八国要求,竞索公敌,猬缩鼠伏,而为妻妾者,终亦将扩张其治外法权,以立于均沾之地位,吾见不鲜矣。神圣洁净之谓何?我同胞欲实行其社会主义,必以一夫一妻为基础。"②

人们已经习惯了的价值标准和长期积淀的文化心态不可能因为短暂的理论之争得以改变,新的婚姻观念在顽固的守旧壁垒中艰难地迂回曲折前

---

① 陈独秀:《再论婚姻》,《安徽俗话报》1904年11月21日。
② 金天翮:《女界钟》,上海:上海古籍出版社2003年版,第79—80页。

行。下层人民坚守着祖宗的遗训,认为死了丈夫的妇女要遵照"守节、体面、请旌、树节孝坊"的礼教而不能改嫁①;上层士绅阶层因为其特殊身份对社会舆论的导向更具优势,其中工部主事刘栋的奏稿特别典型:"急宜防禁者,男女无别,自由择配是也",并要求对"学生中有演述男女平权诸谬说及沾染恶习者,立即斥退"②。官方也利用行政的强制力量阻碍新观念的社会传播。1905年《女子世界》第11期刊发了金天翮创作的《自由结婚》学堂新歌,一时风靡全国。1906年上海文明书局出版女子学校音乐课教材时收录了此歌,因此遭到官方严厉斥责和禁止发行。札文如下:

> 查文明书局所印《女学唱歌集》,内有《自由结婚》,歌云:"记当初指环交换,拣着平生最敬爱的学堂知己。"又云:"可笑那旧社会,全凭媒妁通情"等语,与中国之千年相传礼教及本部《奏定女学堂章程》均属违悖。……兹如该局此书所言,实属有伤女教之课本新书,应即分别禁止,以维风化。③

札文所提到的《奏定女子师范学堂章程》,是为规范当时女学堂,1907年1月24日由学部所公布的,章程中女子师范学堂教育总要共十条,第一条就是关于女子师范生的女德教育:"总期不背中国向来之礼教与懿媺之风俗。其一切放纵自由之僻说(如不谨男女之辨及自行择配,或为政治上之集会演说等事),务须严切屏除,以维风化。"④

晚清关于婚姻自由的论争到了民国仍绵延不绝,"五四"时期达到一个新的高峰。从当时的报刊时文、理论专著中频繁出现的有关婚姻自由内容可以看出,婚姻自由已经成为相当有影响的新潮观念。除了前面提到的报刊文章、论著,还有诸如《婚制改革论》《中国婚俗五大弊说》《自由结婚议》《论说:婚姻自由》《婚姻篇》《三纲革命》等(分别见于《新世界学报》、《中国新女界杂志》第3期、《女子世界》第11期、《女学报》第3期、《竞业旬报》第24期、《新世纪》第11期)。可以看出,从沿海到内地,婚姻自由已经成为晚

---

① 《贞妾殉夫》,《时报》1905年4月5日。
② 《工部主事刘栋呈学部代奏稿》,《南洋官报》第54册,《中国近代学制史料》第2辑(下册),上海:华东师范大学出版社1989年版,第587、588页。
③ 《学部札饬各省提学司严演自由结婚文》,《四川学报》1907年第5期。《大公报》1907年4月19日刊发的《提学司示谕》和《盛京日报》1907年4月25日刊发的《督学局咨厅文》(为禁《女学唱歌·自由结婚》事)都有关于此事的有关报道和处理。参见夏晓虹:《晚清女性与近代中国》,北京:北京大学出版社2005年版,第59、65页。
④ 舒新城:《中国近代教育史资料》(下册),北京:人民教育出版社1961年版,第804页。

清言说不禁的话题,是"引起当时社会注意的一件大事"①。

二、晚清新小说婚姻自由的伦理诉求

如前所述,报刊时文和理论专著频繁谈及的婚姻自由,标示了婚姻已经成为晚清颇受关注的社会问题。而与此同时,小说的社会功能不断强化,甚至被提升到"比报纸之影响为更普及"的高度②。曾历主《神州日报》《民呼报》《天铎报》《独立周报》等笔政的王仲麟,在1907年《月月小说》第11号发表《中国历代小说史论》,将小说创作缘由归纳为三个,其一就是"哀婚姻之不自由"③。"哀婚姻之不自由"的小说创作论虽然不是始自晚清,但王仲麟的小说观反映了时下相当一部分小说家的创作动机和心态。陈景韩在小说《情天恨》(1905)的序中就点明此小说宗旨是:"欲使天下人知婚姻不自由,实为情界之巨害。"小说采取倒叙手法,先交代沈思明妻子汪剑珠突然留书弃夫而去的悲剧结局,然后叙写汪剑珠为什么选择离去,原来沈思明与汪剑珠虽然自由恋爱、感情甚笃,但由于二人的结合未曾禀明父母,又遭到亲戚讽詈,相爱搭建的情巢终于不堪这种沉重的社会压力,就有了小说开头汪剑珠无奈弃夫而去的选择。小说借主人公沈思明之口对专制婚姻发出强烈控诉:"生我者父母,杀我者父母。"父母专制婚姻所造成的爱情悲剧一直是小说经久不衰的表现主题,读者也为小说中青年男女两情相悦却不能终身厮守而扼腕叹息。但之前的小说基本停留在对这种不幸的诉说,很少有文字直接明确表达对造成这种不幸的婚姻伦理之不满。

与《情天恨》相比,《情天劫》(1909)通过余光中、史湘纹的婚恋悲剧进一步揭示了专制婚姻的惨烈。苏州游学预备科品学兼优的学生余光中,在一次学堂演说会上,被时任吴门天足会书记、苏苏女学历史教习的史湘纹精辟的演说倾倒。后经人帮忙,余光中与史湘纹得以相见。两人切磋学问,相互爱慕,遂私定婚约。史湘纹的父亲去世后,继母将其许配给内侄。史湘纹无法抗拒继母的意愿,只好在万年桥上投河自尽。已在上海龙门师范任教的余光中得讯赶来,对坟便拜,一恸而绝。这是一曲婚姻由父母专制所导致的生命悲歌,梁山伯与祝英台"生不同室,死则同穴"的绝唱再次由余光中

---

① 陈东原:《中国妇女生活史》,北京:商务印书馆1998年版,第353页。
② 亚荛:《小说之功用比报纸之影响为更普及》,陈平原、夏晓虹:《二十世纪中国小说理论资料》第1卷,北京:北京大学出版社1989年版,第216页。
③ 天僇生(王仲麟):《中国历代小说史论》,陈平原、夏晓虹:《二十世纪中国小说理论资料》第1卷,北京:北京大学出版社1989年版,第264—267页。

与史湘纹唱响。不同的是,梁山伯与祝英台殉情后只能化作飘忽不定的蝴蝶,而受过新式教育的余光中与史湘纹合葬之日,众多学生和有志闺秀前来送葬。愚昧的专制婚姻制度虽然戕害了刚刚萌芽的文明力量,但又给人战胜愚昧的勇气和希望。

和同时期批判婚姻专制主题的小说相比,符霖的小说《禽海石》(1906)具有直达人们无意识因袭的传统伦理文化心理和精神的深度。小说叙写了秦如华与顾纫芳由相识、相悦、相恋到死别的爱情历程,虽然沿用了父母专制、有情人无法成眷属的传统小说模式,但其对专制婚姻的抨击更为直接和激烈,作者在小说第一回就以第一人称"我"(即男主人公秦如华)作为专制婚姻受害者的身份表达了对传统伦理观念的不满:

> 他(指孟子。笔者注)说:世界上男婚女嫁,都要凭着父母之命,媒妁之言。否则,父母国人皆贱之!咦,他全不想男婚女嫁的事,在男女两面都有自主之权,岂是父母媒妁所能强来干涉的?……自从有了孟夫子这几句话,世界上一般好端端的男女,只为这件事被父母专制政体所压伏,弄得一百个当中倒有九十九个成了怨偶……自古至今,死千死万,害了多少男女? 就是我与我那意中人,也是被孟夫子害的!咳,我若晓得现在文明国一般自由结婚的规矩,我与我那意中人也不致受孟夫子的愚,被他害得这般地步了。

小说中秦如华在11岁与顾纫芬在学堂相识,于是相亲相爱。后来又有缘在京城前后院居住,本来就不曾泯灭的旧情不可遏制地迸发,双双坠入爱河而不能自拔。虽几经周折,总算争取到了名正言顺的婚约。庚子事变,由于双方家长对时势估计有异,秦父携子回南避乱,顾家继续留住北京,由于婚期未到,秦如华与顾纫芬也只能劳燕分飞。等再相见时已成生死诀别,顾纫芬最终含恨香消玉殒。

《禽海石》的深刻之处不仅仅在于秦如华与顾纫芬婚姻的缔结和婚期的选定都是经由媒妁牵线搭桥、双方父母同意的方式,而是在从自由恋爱走向婚姻之路上,秦如华和顾纫芬不仅没有意识也更没有勇气越过"父母之命、媒妁之言"的防线,反而主动沿着既定的伦理秩序去争取得到这一专制婚姻制度的认可。为了使婚姻获得所谓的正当性,秦如华不直接向自己的父亲禀明意愿,而是主动请管葛如充当媒妁角色去说合。而正是这个爱财忘义、花言巧语的管葛如,在顾家遭难之际将顾纫芬骗到上海卖到堂子做娼,这对于濒死仍不忘念叨自己"还是个黄花闺女"的顾纫芬来说,无疑是致命打击。庚子事变是秦如华与顾纫芬爱情悲剧的起点,但卑劣的媒妁管葛如才是把顾纫芬推向绝路的最直接杀手,而管葛如的出场就是源于秦如华的"媒妁"心理。在一定意义上说,父母专婚的伦理文化已经内化为秦如华的思维模式,魔鬼般操纵着秦如华一步步将自己的爱情导上不归路。

秋瑾在弹词小说《精卫石》(1905)中写道:"此生若是结婚姻,自由自主不因亲,男女无分堪作友,互相敬重不相轻,平日并无苟且事,学堂知己结婚姻。一来是品行学问心皆晓,二来是性情志愿尽知闻,爱情深切方为偶,不比那一面无亲陌路人。"这种以爱情为基础、相互尊重、学堂知己式的婚姻可以说是晚清新小说理想的婚姻自由图景,如《自由结婚》中的黄祸与关关、《未来世界》中的汪墨香与夏沛霖、《一缕麻》中的"女士"与"某生"、《情天劫》中的余光中与史湘纹、《自由泪》中的沈泪香与胡痴仙等两性关系,都表现了走向这种理想之路的努力和尝试,尽管其中大都以悲剧而收场。如果用心去考察小说中主张婚恋自由的当事者,尤其是女性大都有学堂或留洋经历,或至少受过新思想影响。可以看出,晚清新小说对婚姻自由伦理进行文学想象时,婚姻的行为主体发生了很大变化,传统小说中的小姐、书生已从隐秘的后花园走出,经过新式学堂的洗礼或西方(东洋)学识的熏陶,成为具有明确自主意识的新式人物。尽管在这转变初期难以避免矫枉过正的流弊,但以上变化诸如从人物身份到择偶标准、从婚姻缔结到结婚形式等都是晚清之前的小说中所从未有过的新元素,尤其是从闺中小姐到学堂女学生这一身份的蜕变,对传统婚姻伦理的解构产生了举足轻重的影响。

1903年小说界公然出现了张肇桐的以《自由结婚》为题目的小说[①]。此后,新的婚姻伦理词汇诸如自由结婚、婚姻自由频繁地出现在小说中,对小说读者来说已不是陌生的字眼。《中国白话报》1903年12月19日至1904年7月22日连载的小说《玫瑰花》,其第五回回目是"志士爱群慷慨杀贼　女儿尊侠自由结婚";1904年8月金天翮与曾朴共同商定了《孽海花》六十回目,1905年正月和八月由日本东京翔鸾社印刷、上海小说林社发行《孽海花》前二十回时,在第一回结尾列有全编六十回的回目,其第五十四回回目是"风流罪过生钟界异心　婚姻自由设情场骗局";1907年11月至1909年1月在《月月小说》连载的《未来世界》,其第十三回回目是"结爱友文明进化　仿泰西自由结婚";《月月小说》1908年第14号又刊载了署名为

---

① 小说1903年由自由社出版时题"犹太遗民万古恨著,震旦女士自由花译",而据冯自由《革命逸史》《开国前海内外革命书报一览》《兴中会时期之革命同志》等记载,知作者实为张肇桐。

"上海知新室主人"译述的"札记小说"《自由结婚》;东亚寄生撰写的《情天劫》1909年由上海蒋春记书庄出版时又名《文明新小说自由结婚》,1910年12月广东小说社出版时直接题名《自由结婚》。由此可以看出,婚姻自由已成为晚清小说家、小说杂志或出版社竞相关注的话题或者吸引读者眼球的一个亮丽招牌。

婚姻自由观念以滔滔不可阻挡之势进入公共视野和民众生活,但晚清在旧的行为规范和价值体系遭遇解体而新的规范尚未健全之时,对自由的理解难免处于模糊甚至混乱状态,甚至被一些别有用心的人加以利用,于是一些荒唐闹剧甚至卑劣行径也不断滋生,如何震所说:"然中国今日之女子,亦有醉心自由平等,不受礼法约束者。就表面观之,其解放似由于主动。不知彼等之女子,外托自由平等之名,阴为纵欲肆情之计……吾观中国自由之女子,其钟情男子,出于自由恋爱者,实占少数。有情不自禁,不择人而淫者;有为男子所诱而堕其术中者;其尤甚者,则因求财之故,而自失其身,或以卖淫而攫财,或向殷富之民献媚。夫天下最贱之事,莫大于辱身而求利。夫娼妓之贱,非以其多夫也,以其辱身以求利耳。故辱身求利之女子,其贱与娼妓相同。今也辱身以求利,安得谓之自由?"①何震的抨击可谓是一针见血,晚清新小说也对这种现象极尽讽喻之能事。

无名氏的《官场维新记》(1906)讲述了主张自由的宽小姐嫁给官宦袁伯珍做续弦及离婚风波的故事。宽小姐是一个留过洋、思想开通的新女性,主张婚姻自由,甚至认为"只要看中了那个男人,就可以和那个男人要好。这个叫做天赋人权,不是父母、丈夫所得而干预的"。婚后,宽小姐要去上海,袁伯珍不愿,然而宽小姐声称:"这是我的自由权,任你何人不能干与!"袁伯珍无奈,只得放任而去。到上海之后的宽小姐忙于跳舞、赴席甚至和男性并坐马车招摇过市而无暇回家。袁伯珍无法忍耐宽小姐的恣意妄行而提出离婚,宽小姐以赔偿银子和登报做要挟。这场离婚风波的结果以宽小姐在权衡利弊之后的屈服而收场。虽然宽小姐动辄标榜"自由",但无论是她对与袁伯珍这场婚姻选择的动机、婚后的行为和离婚时的说辞,都无不在证明:宽小姐不过是借"自由"之名,行自私之实、满肆情之欲。天梦的《官场离婚案》(1910)通过一个新派女子从结婚到离婚的闹剧,再次抨击了以自由作为砝码的敛财交易。小说叙写一致仕官员续娶一新派女子,新婚刚三

---

① 何震:《女子解放问题》,张枬、王忍之编:《辛亥革命前十年间时论选集》第2卷下册,北京:三联书店1960年版,第964—965页。

月,该女就要求仿照泰西新例离婚。该官员无奈离婚,而该女家人趁机借离婚索占钱财以进京贿赂谋求官职。点评者"忧天生"在第十章总评云:"欧化东渐,风俗为之一变,人心为之一变,未见其利,先蒙其害,而于男女之界受害尤深。"

晚清婚姻自由的建构是反对专制婚姻的人性解放和利民利国的重大举措,其意义自然是非同寻常的,但在一个规范和价值重建的初创期,其产生的流弊又引发新的思想恐慌。由于担心社会道德沦丧和风气败坏,犹如泼洗澡水连同孩子也一块倒掉,不少人痛斥并断然否定婚姻自由。甚至民国时期文化保守主义还大加抨击:"误认自由,谬夸平等,以恋爱通婚为文明,以绝情离异为正轨,反道败德,乱伦悖理,寖而谬种流传,人禽莫辨,实胎亡灭种之祸,岂不大可惧哉!"①

"若婚姻的意义不过是男女的结合,或是两性关系的确立,则婚姻不但是一件人们的私事,而且不必有很多人为这事忙碌干预了。"②也就是说,婚姻绝不是男女两个人的私事,也没有完全自由的婚姻。固然,完全有父母支配而无视当事人的婚姻往往会造成"凤鸦错配"致使遗恨终身的悲剧③,但仅凭男女相悦而聚散自由的婚姻是不是可称道的?婚姻自由的行为主体常常遭遇礼法与道德的冲突,是为了婚姻的自由而接受不孝不仁不义的良心谴责?还是为了尽孝全义而放弃自由婚姻?

春驭的《未来世界》(1908)自十一回至十八回同时交叉叙述了两个不同结局的爱情故事:一,留学过美国的赵素华,与黄陆生自由恋爱文明结婚。婚后发现受骗,愤而离家出走,在交际场寻欢作乐,后又公然提出离婚,黄陆生气得几乎丧命;二,符碧芙从小也进过学堂读书,虽有意中人,但没有勇气争取婚姻自主,屈从于势利母亲的包办嫁入高门,结果抑郁而死。如果说符碧芙的悲剧已是中国古代小说中屡见不鲜的内容,在晚清文坛上没有表现出新的时代元素,而崇信自由、平等的赵素华,其婚姻结局却留给读者更多的思考。小说详细叙述了赵素华与黄陆生的婚恋过程:留洋回国的赵素华,自然不甘父亲的约束和阻拦,无论什么地方,只要有开会演说的事,她总是

---

① 游桂芬:《论女子教育当注重道德》,《妇女杂志》1915年6月5日。
② 费孝通:《乡土中国 生育制度》,北京:北京大学出版社2005年版,第129页。
③ 《女学报》1898年第5期上刊载的文章《贵族联姻》指出父母专制婚姻贻害无穷导致"凤鸦错配,抱恨终身"。《留日女学会杂志》1911年第1期刊载履夷的《婚姻改良论》,文中有类似的质问:"试问以惊才绝艳之名媛,配目不识丁之痴汉,则衽席之间,果能琴瑟协调否耶?""试问以锦心绣口之才子,娶垢面蓬头之丑妇,则闺房之内,能相敬如宾否耶?"

第一个去最后一个回来。就是在实业学堂举行的一次开会演说,第一个先到的赵素华邂逅也很早赶来的黄陆生,初次见面的瞬间,赵素华就被黄陆生的风流妩媚所打动,两人四目传情,以后便是极尽缠绵,遂而结婚。婚后,恋爱时的浪漫激情在新婚一夜就消蚀殆尽,一些真相也开始浮出。赵素华发现黄陆生没有真才实学,以前黄陆生自称是东京法政学堂毕业生竟也是谎话,便愤而离家出走,最后闹到公堂以离婚收场。小说中又补充交代造成这种"彩凤随鸡"的局面源于赵素华自己的逻辑推理:"有学问的人做起事情来,样样都是占着优势",而"毫无学问的人,做起事来,件件都是落着下风"。出身富家而又仪容俊雅的黄陆生,在赵素华想当然地认为是自己理想的才郎佳婿。对于赵素华和符碧芙的故事,作者在第十八回分析道:"所以会闹到这般结果的原因,无非还是个结婚不合。一边是自由太过,以致激成这样的风潮;一边是专制綦严,不免酿出这般的恶果。"这也是作者的用意所在,但既然婚姻太自由和太不自由都不会有美满的结果,怎样才是恰当好处的婚姻自由呢?作者并没有给出一个良好而切实的方案。

包天笑的《一缕麻》(1909)把对婚姻问题的思考引向了更深的向度。小说叙写了一个早聘婚俗所造成的双重悲剧,一是两情相悦的"女士"与"某生"终不能成眷属的悲剧。聪慧貌美的"女士"原本谙于旧学,后又进女学堂习得新知,被同学称为"欧文小说中所谓天上安琪儿"。"某生"是某学堂高才生,风度翩翩且聪明好学。作为邻居,两人经常谈文论艺,渐萌爱意,但最终没有并结连理;二是"抱中论婚"所造成的凤鸦错配的悲剧①。双方父亲是同寅之交,加之媒妁的诳语,"女士"和"痴郎"幼时就由家长做主定下婚约,然而"痴郎"渐长性益痴且相益丑。

如果仔细分析文本,我们就会发现小说更强大的震撼力来自"女士"面临自由与礼法相冲突时痛苦的挣扎。首先是婚姻自由与"孝"道的冲突:"女士"如果拒绝嫁给"痴郎",会使父亲蒙受社会的羞辱,自己也陷入不孝的良心谴责;其次是婚姻自由与感恩的冲突:"女士"厌薄"痴郎",本打算婚后就归宁,这样既能行孝,又能与"某生"自由交往。孰知结婚第二天就发

---

① 陈王在《论婚礼之弊》中对这种早婚进行了批判:"父母专婚,已为中国仅有之大特色矣,虽然,犹未尽其变相焉。其变相之尤奇者,有早聘、早婚二事。我今请先言早聘。早聘之中,有所谓'指腹为婚'者与所谓'抱中论婚'者。指腹为婚者,两人彼此交好,而两家又同时有孕,则预约彼此各生男女,则互结婚姻,以申爱谊,是谓之指腹为婚。抱中论婚者,其原因大率类此,惟两家儿女,均在孩提,故异其名曰抱中论婚。"参见张枬、王忍之编:《辛亥革命前十年间时论选集》第1卷下册,北京:三联书店1960年版,第857页。

生了变故——"女士"不幸身染时疫命悬一线,众人恐其传染避之不及,只有"痴郎"精心照料并染疾而亡。"女士"康复后得知此情,对"痴郎"充满了感激,拒绝"某生"的数次示好,矢志以守节来报答"痴郎"的救命之恩。这是婚姻自由意识觉醒而无路可走、无可选择的悲剧。鱼和熊掌不可兼得,无论对鱼或熊掌的取舍都是一个痛苦的选择过程。而在丝扣相连的伦理价值体系中,婚姻自由将怎样妥善安置?

吴趼人的《恨海》(1906)同样是一篇充满张力的小说。作者在第一回就说:"忠孝大节,无不是从情字生不来的。"对于力主"恢复旧道德"的吴趼人来说[1],显然是借儿女之情以言忠孝节义,孝女节妇张棣华与孝子义夫陈仲霭无疑是小说中的理想人物形象。但造成两对儿女情感悲剧的,除了庚子事变的混乱局势,还有早婚的风俗。新庵(周桂笙)读《恨海》感慨道:"纵观此事始末,皆早婚不良之结果而已……愿善读书者,其各以早婚为戒,而毋再蹈此覆辙焉。"[2]而早婚的弊端是逸于吴趼人预设的小说主题之外的。我们可以再联系札记小说《自由结婚》,开始是周桂笙点明写作目的的一段按语,然后是外国有关自由结婚四则新闻,最后是吴趼人的长篇点评,严格意义上不能称之为小说。重要的是从内容的罗列和前后的评价可以看出:周桂笙和吴趼人对自由结婚都是反对的。《恨海》与《自由结婚》面世时间分别是1906和1908年,短短的时间内不同的文本、吴趼人和周桂笙对于婚姻的态度,给我们的研究提供了一个巨大的课题。这种小说家的婚姻观、写作意图、文本呈现与阅读效果所构成的一个复杂的伦理场,表明了在社会动荡的晚清,多种选择的可能性又使人陷入一种伦理价值选择的艰难甚至无所适从的道德焦虑。

刘小枫认为:"叙事的繁复,则是一种理解的伦理,让自己陷入多维关系网,充分理解生活世界的多层性和多面性。"[3]在一个处于大变局的转型时期,价值评价和主体选择往往是多元和复杂的。晚清新小说对于婚姻伦理的叙事,不仅反映了婚姻伦理现代转型的曲折过程,而且其本身也是一种人性解放、道德完善和精神拯救的探索过程。

---

[1] 《月月小说》1907年第8号刊载吴趼人的《上海游骖录·著者附识》,文中说:"观于今日之社会,诚岌岌可危,固非急图恢复我固有之道德,不足以维持之。"《月月小说》1908年第14号刊载了"札记小说"《自由结婚》,吴趼人在其后评语中又再次申明:"余则主恢复旧道德也。"

[2] 新庵:《恨海》,陈平原、夏晓虹编:《二十世纪中国小说理论资料》第1卷,北京:北京大学出版社1989年版,第175页。

[3] 刘小枫:《沉重的肉身:现代性伦理的叙事纬语》,北京:华夏出版社2007年版,第149页。

三、晚清新小说婚姻自由叙述形式

"叙事不仅仅是讲故事,而且也是行动,某人在某个场合出于某种目的对某人讲一个故事。"[①]身处 20 世纪初批判专制婚姻、提倡婚姻自由社会大潮中的小说家,怀抱着醒世觉民以保种强国的热望,不仅通过讲述一个个故事来传达其情感好恶和价值期盼,还在讲述故事的过程中发表议论、进行大段实录式的描写和轶闻的罗列等方法阐释或彰显故事所蕴含的伦理选择和判断。

议论是小说创作重要的表现方法之一,但过多的议论会影响小说艺术境界的创造,人物形象也往往流于概念化、公式化。尽管夏曾佑在 1903 年就指出:"以大段议论羼入叙事之中,最为讨厌。读正史纪传者,无不知之矣。若以此习加之小说,尤为不宜。"[②]而小说中常常出现长篇累牍的议论却是晚清不争的事实,大段的辩论、演说、问答以及小说的人物或叙述者作为作者代言人的身份直接发表看法等,一起并置于文本。如张肇桐的《自由结婚》,在第一回就借"老夫"(万古恨)在自由学校开学之际的演说会上发表的演讲来表达婚姻自由的观念:"我自由的同胞啊!你们男男女女,最喜欢的岂不是自由吗?……列位都知道男子要娶妻,女子要嫁夫,国无论野蛮文明,人无论聪明愚笨,总逃不了嫁娶,所以嫁娶的自由,人人都要争的。每年为了争这自由,死去不知多少人,可知这嫁娶自由是男女的无价之宝了。"而且"老夫"的演说竟占第一回篇幅的百分九十之多。在第五回有一半的篇幅是关关与母亲、叔父的辩论,新旧两种婚姻伦理观念的冲突就是在这样的辩论中得以展开,兹抄录如下:

> 阿叔听了,大怒道:"你这无耻的东西!别的事且不问,岂婚嫁大事,你也敢来与闻吗?把你配狗,你只好做狗婆,把你配猫,你只好做猫婆。长辈们说到这种事,你只得从旁听着,面孔红红,才是闺女正道。你现在竟敢如此胡说吗?倘若张扬出去,岂不要笑杀世人。"
>
> 关关道:"……婚嫁自由,文明公理,侄女本来发誓终身不嫁,就使不然,将来侄女自有权衡,何苦叔父越俎代谋。"

关关与其叔父的辩论,其实就是当时婚姻自由和专制婚姻两种观念的激烈

[①] [美]詹姆斯·费伦:《作为修辞的叙事》,北京:北京大学出版社 2002 年版,第 14 页。
[②] 夏曾佑:《小说原理》,陈平原、夏晓虹编:《二十世纪中国小说理论资料》第 1 卷,北京:北京大学出版社 1989 年版,第 59 页。

冲突,类似的文字表达小说中多处出现。显然,文中人物演说之滔滔不绝,辩论之慷慨激烈,故事中潜隐的道理也随之扑面而来,作者的思想观点得到酣畅淋漓的表达。相反,在有限的文本容量里,小说情节的曲折性、人物性格的复杂性被挤压到窄小的叙述空间。

在小说《自由女》第一回开头就写道①:

> 自由结婚,自由结婚,我们中国到了这个时候,这自由结婚的四个字儿已经差不多沸沸扬扬的,传得没有一个人不知道,讲得没有一个人不听见的了。究竟这自由结婚的,在我们中国是利是害,在下做书的也不敢妄加论断。但是据在下做书的心上想起来,这个自由结婚的风俗是从欧美各国灌输过来的,……我们中国人,男女结婚的专制制度数千年来已达极点,这个里头也不知断送了许多的痴男怨女,辜负了多少的才子佳人。到了如今,天道循环,自然应该有这样的一番变动。如今在下做书的,且把一件广东地方的故事敷衍出来给列位看官们听听,至于这件事情究竟怎样的有关风化,怎样的有碍人伦……

我们可以和第一节中的时论文进行比较。如果不是题目旁边标注的"社会小说"和后面讲述的故事,这段文字乍一看去,读者真的很难分清《自由女》是小说,还是时文。纵观全篇小说,首先点出文章要涉及的问题,然后列举故事,以避免自由结婚的弊端。难怪有学者评论晚清新小说时指出:"作家不是为故事找教训,而是为'议论'而编故事——在作家眼中,那几句精彩的宏论远比一大篇曲折动人的故事来得重要。因而很可能是开篇即'提出问题',然后在故事的展开中逐步'解决问题'。目的十分明确,没有半点犹豫,真的做小说如做论文。"②

文明结婚是晚清婚姻自由伦理建构的重要内容,而文明婚礼的举行则是人们婚姻观念嬗变的明证。"光、宣之交,盛行文明结婚,倡于都会商埠,内地亦渐行之"③。早在1902年9月7日,天津《大公报》就刊载了一则题为《文明婚礼》的文章,报道了东京工科大学毕业生和通晓汉英文字的天津张淑德女士假河东佘宅举行文明结婚的消息,文章称"参用东西各国礼仪,将中国旧有之恶俗删除大半","如二君者力造文明,导国民以先路,此正支那前途之幸福,岂第为津人创开风气已耶"! 但这则报道很短,没有对文明

---

① 作者不详,《申报》1909年11月16日至12月31日连载。
② 陈平原:《中国小说叙事模式的转变》,上海:上海人民出版社1988年版,第190—191页。
③ 徐珂:《清稗类钞》,北京:中华书局1984年版,第1987页。

婚礼做详细介绍。1905年1月2日,廉隅(砺卿)与姚女士在上海张园举行婚礼,《女子世界》第11期对这次婚礼做了详细报道。1905年9月1日,《申报》刊登了刘驹贤与吴权当日在上海张园举行文明婚礼的全过程。1907年《女子世界》又分别发表了两则关于王君雅和吴君震、郑端甫和张瑞娥以新式婚礼完婚的报道。报纸关于文明婚礼的详细报道,一方面记录了曾今发生的历史事实,另一方面也起了舆论导向作用。关于当时文明婚礼的情形,徐珂的《清稗类钞》记载如下:

> 礼堂所备证书(有新郎、新妇、证婚人、介绍人、主婚人姓名),由证婚人宣读,介绍人(媒妁)、证婚人、男女宾代表皆有颂词,亦有由主婚人宣读训词、来宾唱文明结婚歌者。
>
> ……
>
> 婚礼未经制定,所习行者如下:
>
> 一、奏乐。二、司仪人入席,面北立。(以下皆由司仪人宣唱)三、男宾入席,面北立。四、女宾入席,面北立。五、男族主婚人入席,面南立。六、女族主婚人入席,面南立。七、男族全体入席,面西立。八、女族全体入席,面东立。九、证婚人入席,面南立。十、介绍人入席,面南立。十一、纠仪人入席,面北立。十二、男女傧相引新郎新妇入席,面北立。十三、男傧相入席,面北立。十四、女傧相入席,面北立。十五、奏乐。十六、证婚人读证书。十七、证婚人用印。十八、介绍人用印。十九、新郎新妇用印。二十、证婚人为新郎新妇交换饰物。二十一、新郎新妇行结婚礼,东西相向立,双鞠躬。二十二、奏乐。二十三、主婚人致训辞。二十四、证婚人致箴词。二十五、新郎新妇谢证婚人,三鞠躬。二十六、新郎新妇谢介绍人,三鞠躬。二十七、男女宾代表致颂词,赠花,双鞠躬。二十八、奏乐。二十九、新郎新妇致谢词,双鞠躬。三十、女宾代表唱文明结婚歌。三十一、证婚人、介绍人退。三十二、男宾退。三十三、女宾退。三十四、新郎新妇行谒见男女主婚人及男女族全体礼。三十五、奏乐。三十六、男女主婚人及各尊长面南立,三鞠躬。三十七、男女平辈面西立,男女晚辈面东立,双鞠躬。三十八、男族女族全体行相见礼,东西相向立,双鞠躬。三十九、男女傧相引新郎新妇退。四十、男女两家主婚人及男族女族全体退。四十一、纠仪人、司仪人退。四十二、茶点。四十三、筵宴。①

---

① 徐珂:《清稗类钞》,北京:中华书局1984年版,第1987—1988页。

第二章 晚清新小说与夫妇伦理

"天梦"的《苏州繁华梦》(1911)第九回在叙述留日学生陈云走和女学生方小香在义园进行文明结婚时,小说对义园的位置、布置以及婚礼的整个过程都做了实录一般的细致描写:

> 午后一点钟开幕。到了十二点钟园内的男女来宾已经拥挤不开,门前的轿马也停得没有空地。男女招待员真是接待不暇,满园扎了松柏,行礼堂前挂了龙旗,系了五色彩球。堂上做了一个高台,台上置了一只桌子,桌子上摆了图章、印色、礼单、证书。桌子后面一只洋琴。堂上两旁层层密密的椅子,预备男女宾坐的。两旁写了西男宾席、东女宾席,布置得非常井井有条。到了一点钟,新妇的彩舆到了,那新郎早已到了园内,新妇下舆,新郎迎将上去,遂同行走到那行礼堂上。司礼员忙把铃儿一摇,男女宾两旁坐下,寂静无声、异常整肃。但闻司礼员呼道:"新郎新妇双双面北立!"于是陈云走、方小香并肩的面北立了。司礼员又呼道:"新郎新妇各行一揖礼!"于是陈云走、方小香双双的作了一揖。司礼员又呼道:"新郎新妇东西向立,男女主婚人面南背北立,各行一揖礼!"于是陈云走立到东、方小香立到西,男女主婚人立在上首,四人各行了一揖。司礼员又呼道:"请读证书!"于是男主婚人将证书展读,读毕。司礼员又呼道:"请媒证人用印!"于是男女媒证人各把自己图章盖印。司礼员又呼道"新郎新妇用印!"于是陈云走将自己的云走图章盖上,方小香将自己的小香图章印上。司礼员又呼道:"来宾致颂词!"于是有一人在那儿读了一篇颂词。司礼员又呼道:"奏琴!"于是台后一群女学生轻舒玉臂将琴奏起来。司礼员又呼道:"唱结婚歌!"于是一群女学生脚里踏着琴,一面轻启檀口的唱那结婚歌,歌声和那琴声悠扬清锐、娓娓动人。结婚歌的起句好像是"梦寐辗转,文王后妃,君子犹好逑",以后声音尖利却不能十分清楚。歌罢,司礼员又呼道:"新郎新妇行见翁姑礼各三揖!"于是陈云走的父母站在上边,云走、小香各揖了三揖。司礼员又呼道:"新郎新妇行见诸长辈礼各两揖!"于是陈氏长者咸立台上,云走和了小香各行两揖礼。司礼员又呼道:"新郎新妇谢媒证人行一揖礼!"于是云走和了小香各向媒证人行了一揖,媒证也答了一揖。司礼员又呼道:"新郎新妇谢来宾行一揖礼!"于是新郎新妇向外作一揖,男女来宾咸起立,还作一揖。司礼员又呼道:"新郎新妇谢招待员行一揖礼!"于是云走、小香又各作了一揖,招待员也作一揖。司礼员又呼道:"礼成!新郎新妇共入洞房!"于是云走携了小香从行礼堂退出。司礼员又呼道:"男女宾退!"于是男

女来宾纷纷扰扰的散去,拥挤得不知所云。司礼员遂把铃摇了两摇,闭会了!且说云走是借人家的义园来做结婚的地方,叫他们怎样有洞房可入?原来礼成以后,新郎同了新妇回到自己家中的。所以云走婚礼毕了,自己乘了彩马在前走,小香乘着彩轿在后走。

文明婚礼不仅摈弃了传统婚礼的繁文缛节,而且强化了婚姻当事人的参与意识。我们如果将小说《苏州繁华梦》中关于文明婚礼一千多字的描写与报纸上报道的婚礼程式、当时有关结婚风俗的记载进行比较,就会发现其存在着惊人的相似。根据报纸报道和地方志的记载,晚清时期的文明婚礼虽然没有走向规范化和定型化,但基本大同小异。作者"天梦",晚清荆江(今湖北省公安县)人,其真实姓名与生平事迹不详,我们甚至怀疑小说作者将新闻报道或现实生活中的文明婚姻程式移植于小说中,或者说小说家以实录式的笔法真切地再现了晚清新式婚礼。尽管作者目的是讥讽维新之后的弊端,但不可否认的是,《苏州繁华梦》类似结婚程序实用指南般的介绍不仅反映了维新以来苏州的民风世情,还让读者仿佛重温了那渐行渐远的婚礼历史场景。

搜罗轶闻琐事作为小说的材料是古代小说常用的方法之一,但晚清新小说已不仅仅将其作为故事情节的主线,轶闻只是为了引发对某种观念的诠释或辩论而存在的。包天笑的《一缕麻》叙写了早聘婚俗所造成的悲剧,据作者回忆:

> 这一故事的来源,是一个梳头女佣,到我们家里来讲起的……她说:"有两家乡绅人家,指腹为婚,后果生一男一女,但男的是个傻子,不悔婚,女的嫁过去了,却患了白喉重症,傻新郎重于情,日夕侍疾,亦传染而死。女则无恙,在昏迷中,家人为之服丧,以一缕麻约其髻。"我觉得这故事,带点传奇性,而足以针砭习俗的盲婚,可以感人,于是演成一篇短篇小说。不用讳言,里面是有些夸张性的。当这篇小说登出来时,我还在女学校里教书,有许多女学生,便问我:"果有这事吗?"好像很注意这个问题。①

显然,《一缕麻》的内容源于作者自己听到的一个故事,然后加以一定的虚构成为小说。从这点上说,这种将道听途说援入小说的方法是对古典轶闻小说叙事方法的继承,但重要的是《一缕麻》的情节发展中又穿插了马利亚

---

① 包天笑:《钏影楼回忆录》,香港:大华出版社1971年版,第361页。

的婚姻故事,作者在小说中交代这则故事出自"时海上《时报》方载有《妾命薄》之短篇小说"。我们且不去考证故事来源的正确与否,我们关心的是这则故事在小说中的作用。包天笑用不足四十字简短介绍了《妾命薄》中马利亚与加里士订婚而后不顾加里士残疾卒嫁之的行为,仅此而已。但紧接着依此异闻引发了"女士"与其父长达三百字的关于女子贞节和夫妇离婚的辩论。从全文来看,马利亚的故事不是主人公"女士"婚恋故事发展上的一个链条,甚至在布局上也可有可无,只是为了一段精彩辩论的呈现。从这一点分析,《一缕麻》又超越了传统轶闻小说的叙事方式。

署名为"上海知新室主人"(周桂笙)译述的札记小说《自由结婚》,开始是周桂笙点明小说写作目的的一段按语,然后是四则外国有关自由结婚的报刊新闻和离婚案件,最后是吴趼人的一段点评。全文没有一个贯穿始终的故事,也没有曲折的情节,更没有丰满的人物,可以说是异闻趣事的罗列,而且彼此没有内在的逻辑联系,似乎不能称之为小说。杨世骥在评价周桂笙时,高度肯定了周桂笙的翻译工作尤其是周桂笙对中国侦探小说的发展所产生的重大影响,但却对这篇札记小说提出了异议,成为周桂笙对小说认识不足的证据:"最糟的是他对小说的认识并不全备,常闹笑话。如他翻译的那篇《自由结婚》(载《月月小说》,后收入《新庵九种》),标明为小说,实际不过是报纸上一段社会新闻,这正和林纾将小学教科书里的故事当作小说一样的不可原恕。"①

周桂笙译述的这篇题为"札记小说"的《自由结婚》发表在《月月小说》1908年第14号上。《月月小说》是晚清四大文艺期刊之一,吴趼人彼时无论是小说还是笔政都享有盛誉,从这一点推测,《月月小说》不会随意把一篇"不是小说"的文章题为小说来发表,吴趼人也不会无知到把自己的长篇大论作为这篇"不是小说"的一个重要组成。而实际上周桂笙在1903年翻译首部侦探小说《毒蛇圈》时,就指出在叙事方式上中西小说的差别:"我国小说体裁,往往先将书中主人翁之姓氏来历,叙述一番,然后详其事迹于后;或亦有用楔子、引子、词章、言论之属,以为之冠者。盖非如是则无下手处矣。陈陈相因,几于千篇一律,当为读者所共知。此篇为法国小说巨子鲍福所著,其起笔处即就父女问答之辞,凭空落墨,恍如奇峰突兀,从天外飞来;又如燃放花炮,火星乱起。然细察之,皆有条理,自非能手,不敢出此。虽

---

① 《杨世冀论周桂笙》,原载新中华丛书《文苑谈往》,参见周桂笙译、伍国庆编:《毒蛇圈(外十种)》,长沙:岳麓书社1991年版,第1—2页。

然,此亦欧西小说家之常态耳!爱照译之,以介绍于吾国小说界中,幸弗以不健全讥之!"①可以说,周桂笙很早就对中国传统小说的叙事方式有了学理层面的清醒认识,并希望通过对西方小说的翻译来冲击中国小说界千篇一律的叙述。吴趼人发表的《九命奇冤》,其"凭空落墨"的对话开头,就明显地受到周桂笙小说叙事观的影响。基于此,杨世骥对"札记小说"《自由结婚》的评价有失公允。一定意义上说,这是周桂笙和吴趼人变革中国小说传统叙事方式的创作实践。四则异闻材料无非就是证明一个观点,即按语和结尾周桂笙和吴趼人对于婚姻自由的反对。而恰恰是异闻趣事尤其是报刊上具有新闻性质的内容移植于小说中以及大量材料的罗列,虽然使"小说难免变得不像小说"②,但却使小说具有了鲜明的时代性和舆论的导向性,成为社会思潮的一部分。

陈平原曾经模拟新小说家创作的构思过程:"首先触发作家创作欲望的是某些闪光的政治理论或自认深刻的生活哲理;接着构思出一个或几个轮流作为作家的化身发言的人物;最后才是由这些人物和议论生发出来的故事。"③这句话精辟地描述了晚清新小说家的创作特点,同时也佐证了这样一个事实:晚清在婚姻自由的社会思潮下,小说无论是从故事的内容叙述还是从文本的形式构成都有意识地指向了婚姻自由这一社会问题,即小说的伦理诉求与婚姻自由的思潮异形同构互动,促进了晚清人们婚姻伦理选择和价值判断的嬗变。

第二节 从夫尊妻卑到夫妇平等

男女走进婚姻,就意味着夫妻关系的开始。虽然历史上也不乏"妻者齐也"夫妻平等的声音④,但在宗法制的传统社会中,随着男权和夫权不断强化,男主女从、男尊女卑的观念不断巩固,"夫为妻纲"的伦理规范逐渐形

---

① 知新室主人(周桂笙):《〈毒蛇圈〉译者识语》,陈平原、夏晓虹编:《二十世纪中国小说理论资料》第1卷,北京:北京大学出版社1989年版,第94页。
② 杨联芬:《晚清至五四:中国文学现代性的发生》,北京:北京大学出版社2003年版,第78页。
③ 陈平原:《中国小说叙事模式的转变》,上海:上海人民出版社1988年版,第192页。
④ 齐:平等,相等。即妻子与丈夫处于匹配齐等的地位。汉代班固《白虎通·嫁娶》:"妻者,齐也。与夫齐体。"三国时张揖《广雅·释亲》:"妻,齐也。"章炳麟《谢君马夫人六十寿序》:"余以为男女平等,其说亦久矣。古者称夫妇曰伉俪,又曰妻者齐也,是阴有其意,而不尽施于法制。"

成并成为评价妻子言行的重要标尺。《礼记·郊特性》中言:"妇人从人者也。幼时从父兄,嫁从夫,夫死从子。夫也者,夫也;夫也者,以知率人者也。"西汉董仲舒将"天人感应"和夫妇伦理相结合,论证了夫尊妻卑、夫主妻从的神秘性和合理性,《春秋繁露·基义》指出"夫为阳,妻为阴",《春秋繁露·天辨在人》又指出"阳贵而阴贱,天之制也"。班固又进一步发展了董仲舒的"三纲说",在《白虎通义·三纲六纪》正式提出"夫为妻纲",并具体解释为:"夫妇者,何谓也?夫者,扶也,以道扶接也。妇者,服也,以礼屈服也。"班昭《女诫·夫妇》又说:"夫不御妇,则威仪废缺,妇不事夫,则义理堕阙。"在"夫为妻纲"的伦理规范下,妻子只能屈辱地生存。陈东原曾经这样描述戊戌维新之前清代二百多年的妇女生活:"取前此二千余年的妇女生活,倒捲而缫演之,如登刀山,愈登而刀愈尖;如扫落叶,愈扫而堆愈厚;中国妇女的非人生活,到了清代,算是'登峰造极'了!'蔑以加矣'了!不能不回头了!"①陈东原所说的"中国妇女的非人生活",其重要内容就包括晚清宗教化的贞洁观念、"好媳妇的标准"和"遭人厌恶的悍妇"等等②。历代不断编织的纲常罗网、长期叠加的枷锁桎梏把女性逼向了刀山之巅尖,清代妇女遭受着前所未有的男权和夫权的压制。这是一个堕入魔窟万劫不复的开始,还是凤凰涅槃、浴火重生的转机?近代工业化、商业化和城市化的社会转型,为女性走向社会就业谋生开拓了空间,也悄然改变着传统男主外女主内的家庭分工模式和女性对丈夫的依赖状况;西方天赋人权尤其是1902年斯宾塞《女权篇》翻译介绍到中国,又给有识之士重新审视两性世界提供了新的视角和理论支撑;女学的兴办与发展也培养了大批新式女性,使女界独立意识的觉醒和与男子平等对话成为可能。在这样的现实语境下,"夫为妻纲"、三从七出、从一而终等传统伦理观念开始松动,汹涌而来的平等思潮悄然改变着久已失衡的夫妇世界。

一、夫为妻纲:禁狱中的囚徒

建立在男尊女卑基础上的"夫为妻纲",决定了丈夫对妻子的绝对支配权和高高在上的主宰地位,妻子在这种伦理规范下以顺从为天职,失去了自我意识和自由权利,沦落为囚徒的卑贱地位。王春林较早地从许慎的《说文解字》关于"妻"的释义指出夫尊妻卑纯属谬说:"许氏《说文》,纲罗古

---

① 陈东原:《中国妇女生活史》,北京:商务印书馆1998年版,第221页。
② 陈东原:《中国妇女生活史》,北京:商务印书馆1998年版,第241—291页。

义,而曰妻,齐也;夫妻胖合也(言各以半相合也),以是观之,恶有尊卑贵贱之殊哉!"①康有为曾指出夫为妻纲违背了男女平等之公理,使女子沦为囚徒、奴隶、玩具的境地:"其与男子之胖合也,则曰'适',曰'归',曰'嫁',创其义曰'夫为妻纲',女子乃至以一身从之,名其义曰'出嫁从夫',以为至德,失自立之人权,悖平等之公理甚矣!"②"遂使夫也不良,得肆终风之暴;而女子怀恨,竟为终身之忧,救之无可救,哀之无可哀。于是谚所谓'嫁鸡随鸡,嫁狗随狗',今果然矣,岂不哀哉!同是人也,岂可使万百亿千女子所适非人,抱痛衔恨如此!然岂徒不得自立自由而已哉,更有为囚、为刑、为奴、为玩具四者焉。"③

　　署名为"真"的作者在《三纲革命》中指出"夫为妻纲"的本质是为了维护暴夫的权利,而且因袭这种文化心理的男女大量存在:"因强弱之异势,迷信之误谬,故夫尊而妇卑,夫得而统辖其妇,于是夫为妻纲。夫之知道明理者,故不肯恃强欺弱,侵其妻之权,其他则以此伪义,为保护权利之具,侵侮其妻,无所不至。故纲常之义,夫之明理者固无所用之,而用之者皆为暴夫。是故纲常之义,不外乎利于暴夫而已。虽有知道明理之夫,而其妻不得脱于迷信之习惯,此非夫妻部分之问题,乃男女普通之问题也。"④晚清新小说中以夫权辖制妻子的"暴夫"人物很多,诸如"海天独啸子"的《女娲石》(1904)第五回中一男子边打老婆边对围观的人说道:"自古道:夫为妻纲。未嫁从父,既嫁从夫。他若晓得这个天经地义,便应打死不出房门,饿死不出闺门。那只他听了那些女妖说的什么男女平等一些臭话,骂我是奴隶,又骂我是八股守节鬼。你听这样口气,不是女妖是谁?"王妙如的《女狱花》(1904)中沙雪梅的丈夫秦赐贵是一个迂腐的秀才,大用夫权训诫沙雪梅:"做女子的应该坐在深闺刺绣,岂可在外闲走?你前日出门了几次,我已吩咐你过,以后决不准再出去。你总将我的话当做耳边风,这回竟不通知,任性出去,愈觉不像样了。你不见书上说'女子|年不出闺门'与那三从七出的道理么?"(第三回)而且如果沙雪梅稍有不从,即遭打骂和侮辱。《六月霜》(1911)中秋瑾的丈夫得知秋瑾要去东洋,便以妇道劝说:"从来妇人家

---

① 王春林:《男女平等论》,《女学报》1898年8月27日。
② 康有为:《大同书》,北京:华夏出版社2002年版,161页。《大同书》初稿名为《人类公理》,写于1884—1887年,但"秘不示人",后经修改补充,在1901—1902年流亡印度时写成。1913年曾在《不忍杂志》发表前两部;1935年康有为去世前六年,全书公开出版。
③ 康有为:《大同书》,北京:华夏出版社2002年版,第165—166页。
④ 真:《三纲革命》,《新世纪》1907年8月31日。

第二章 晚清新小说与夫妇伦理

自应以柔顺为主,即天地的道理。且说是天地并尊,然而究竟是天在上,地在下。至若阴阳两字,阴虽在上,终究是柔,阳虽在下,仍旧是刚。所以人伦的道理,自古迄今,终说是男贵女贱的。难道几千百年来,就没有个有才有德的女子么?这也是女子的应该要服从男子的道理。你也是名门出身,自幼也读过书的,岂不闻曹大家女诫上头说过的两句话'生男如狼,犹恐其尪。生女如鼠,犹恐其虎。'这个曹大家,乃是历史上有名的才女,他为什么也说出这句话来?哈哈,夫人你是个聪明人,难道就想不出他的意思了么"(第八回),还说什么"女子不出闺门一步,方是正理,那里有只身游到异国的道理",并以离婚相威胁。积习的"夫尊妻卑"伦理文化成为一种价值判断,使这些以夫权辖制、桎梏妻子的暴夫们,心安理得的行使着自己的特权,满足个体的私心和欲望。需要注意的是,这些"暴夫"们不仅是小说中夫为妻纲积极的实施者,还是传统礼教忠实的布道者。他们不仅在行为规范、价值操守上监视着妻子的举止,而且使用语言的暴力喋喋不休地向妻子们灌输着女人们应该怎样的人生信条。

但是在"夫为妻纲"的伦理秩序中,女性也并不都甘作禁狱之囚徒。《女狱花》中沙雪梅愤而反抗,大骂丈夫为"男贼",一黑虎偷心拳打去,蛮横霸道的丈夫当即毙命。文章的深刻之处还在于,沙雪梅号召女子要合群团结,誓杀男贼:"男贼待我们,何尝有一些配偶之礼?直当我们做宣淫的器具,造子的家伙,不出工钱的管家婆,随意戏弄的玩耍物。咳!男贼既待我们如此,我们又何必同他客气呢。我劝众位,同心立誓,从此后,手执钢刀九十九,杀尽男贼方罢手!"虽然把男女看成势不两立直至杀尽男贼的言行非常偏激,但也流露出夫权制下女性自我意识的觉醒和决绝的反抗精神,已不再是传统女性廉价的哀怨和悲伤——"最苦女儿身,事人以颜色""凭他沧海桑田,也只好随遇而安"。小说中沙雪梅扭断枷锁越狱,无疑是一个充满象征意义的行为。《六月霜》中的秋瑾毅然走出家门,漂洋过海异国求学,即便丈夫的离婚威胁也没有阻止她东渡日本的脚步。

需要补充的是,秋瑾是晚清颇有影响的人物,尤其是绍兴轩亭口遇害后,很多报纸杂志争相报道,引起了更为广泛的社会关注,也为后人留下足多的话题。官方和民间、主流和非主流对她的评价呈现出不同的向度,是逆贼叛党还是爱国豪杰?离经叛道还是女界先觉?《六月霜》第七回写道:秋瑾在轩亭口被官府处决后,在绍兴是议论纷纷,其中有一个绍兴人最敬重的白须老者这样说:

你们往日都说秋女士好,我已早早看他不是个善终的人呢!你想

> 一个女子,弄到了撇夫离家,自己便逞心适意的东飘西荡,嘴里又讲些什么家庭革命、男女平权的没理信话,这还算是个女子么?照今日的立宪时代,虽说女子也要自立,然而这自立的话,并不是无拘无束,可以撇了父母丈夫的自立。不过因为我中国的女子,往往嫁了一个丈夫,就像丈夫是应该养他的,他便终日盛妆艳服,献娇奉媚,除此之外,他就算为无事了。所以有"男子讨家婆,必先要有养家婆的本事"这句俗语。此刻万国交通,风气大开,我中国的人,方才醒悟,四万万人的里头,就有二万万人是没用的,于是大家为女人想法子,叫他们要读书识字,要学些有用的女工、美术,学会了也可以当一项实业的。这样办将起来,自然女人也有了吃饭的本事,不至专靠着男人了。这既是女子自立的道理。若照秋女士的自立,真真叫做胡言乱道,算得什么呢!

这个在绍兴威望很高的白须老者所言,极能代表晚清新旧杂陈的思想状况。显然,秋瑾鼓励女子自立以自养是得到社会认可的,但她离婚走出家门却是大逆不道的,依白须老者的说法,"不是个善终的人",即秋瑾撇夫离家的"恶行"会有恶报,理该至此。还有一部长篇小说与秋瑾有关,即题为"南武静观得斋主人"的《中国之女铜像》,这也是依据晚清真实的女性胡仿兰事迹所撰写的,1909年由改良小说社出版。小说写了胡仿兰以秋瑾为楷模,力主女子放足、进学堂读书,以便谋生涉世。然而,胡仿兰终于吞食鸦片死掉了。胡仿兰之死,自然不排除守旧公婆的逼迫,但更主要的是:"由于她自己幻灭,幻灭的起因,是她发现了自己所崇拜的秋瑾,竟是一个与丈夫离婚的人,认为行为不当。"①胡仿兰这样一个晚清相当开通的女性,对于离婚仍是无法接受的,即便丈夫是个糊涂虫。我们可以想见,秋瑾撇夫离婚摆脱夫权辖制的行为是需要多大的勇气,她付出的是身败名裂的代价。戴震将酷吏与后儒(以儒家为代表的传统伦理文化)并立,指出:"酷吏以法杀人,后儒以理杀人。"②如果我们再推究一下:如果官方不以逆叛党罪置秋瑾于死地,那么传统礼教会轻易放过她吗?

从沙雪梅再到秋瑾,似乎预示了女性在夫权淫威下的自我救赎之路。鲁迅在《娜拉走后怎样》中讲过:"从事理上推想起来,娜拉或者也实在只有两条路:不是堕落,就是回来。因为如果是一只小鸟,则笼子里固然不自由,而一出笼门,外面便又有鹰,有猫,以及别的什么东西之类;倘使已经关得麻

---

① 阿英:《晚清小说史》,南京:江苏文艺出版社2010年版,第116—117页。
② 戴震:《与某书》,《戴震集》,上海:上海古籍出版社1980年版,第188页。

痹了翅子,忘却了飞翔,也诚然是无路可以走。还有一条,就是饿死了,但饿死已经离开了生活,更无所谓问题,所以也不是什么路。"[1]传统女性终是被关得麻痹了翅膀,无路可走抑郁而终;沙雪梅主张用暴力革命的手段铲除男贼,最终失败举火自焚;秋瑾主张家庭革命却被官府以莫须有的罪名杀头[2]。在传统思想观念依然很浓烈的晚清时期,女性要从几千年匍匐于丈夫脚下、仰其鼻息的状态中突然站起,其付出无疑也是惨烈的。但可贵的是,梦醒了,总需有路要走。纵使外面有鹰、猫或意想不到的险情,总会听到精卫衔木石填海的悲鸣。

二、从一而终:妻子的贞节

传统伦理不仅规约妻子要顺从丈夫的意志,还倡导妇女只嫁一夫而且至死不能再嫁。《周易·象传》指出:"妇人贞吉,从一而终也。"《礼记·郊特性》也云:"一与之齐,终身不改,故夫死不嫁。""从一而终"作为一种妻子的道德规范,在宋代发展到极致:"饿死事小,失节极大。"在这种不平衡夫妻关系规定下,男子可以妻妾成群,嫖妓女、狎相公被视为理为所当然,甚至被传为风流佳话,而女子必须终生侍奉一夫,而且对丈夫要保持绝对的贞节,包括婚前的贞操和夫死之后也不能改嫁甚至夫死相随。如果女子为了维护自己情爱的专一去管束丈夫,就会被称为悍妇或妒妇。一座座树立起来的贞节牌坊见证了从一而终的伦理规范从观念到实践的充分落实,其惨烈触目惊心。理论上的鼓吹和家族的利益使从一而终习为一种近乎宗教化的情结,在相当程度上已内化为女子的伦理自律,成为一种至高的道德境界和价值追求。而晚清有识之士对传统贞节观念的大力批判,使从一而终

---

[1] 鲁迅:《娜拉走后怎样》,《鲁迅全集》第1卷,北京:人民文学出版社2005年版,第166页。
[2] 关于秋瑾之死因,一直存在争议。《六月霜》认为秋瑾凭借热肠唤醒中国女界自立以摆脱男人压制,只是官吏为讨好升官发曲判秋瑾是革命党徐锡麟的从逆而草菅人命。如作者在小说第六回所说:小说《六月霜》征引"古书上说的'邹衍下狱,六月飞霜','齐妇含冤,三年不雨'",本来形容《窦娥冤》中窦娥冤屈之大感天地惊鬼神的情景,来解释"如今秋女士好好的一个热心办学的女子,忽被那一班官吏劣绅,乌遭遭的不问情由害杀了,难道不乖天理的么"。晚清舆论界主流认为:秋瑾作为一名爱国爱民的女界先觉,其革命的内涵并未越出"男女平权"与"家庭革命"的范畴,这一观点详见夏晓虹:《秋瑾之死与晚清的"秋瑾文学"》,《山西大学学报》(哲学社会科学版)2004年第2期。笔者认为:在清末救亡图存裹挟下的妇女解放,秋瑾的革命内涵其实很难将家庭革命与种族革命剥离得一清二楚。之所以在这里拿小说《六月霜》作为研究文本,是因为作者在小说里是将秋瑾作为家庭革命的形象来塑造的,而且,小说长篇摘录了1907年《中国女报》第1期刊载的秋瑾提倡男女平等的文章《敬告姊妹们》,也凸显了小说的写作宗旨。

的传统伦理发生了信仰危机。

早在19世纪末《清议报》就指出:"女子一旦适人,不幸妙龄丧偶,坚守寡居,终身仕于亡夫,是强使春色未衰之妇人,绝意于人世,全不用心于人身之生理,束缚女子之自由,使忍非常之痛苦而不顾。而男子者,则以不孝无后为大之义,藉为口实,俨然与正妻之外,姬妾列屋而居,尚以为未足,又寻花问柳于平康之里,一无所惮。嗟乎!同是天生,原来平等,何故于男女间,立无稽无法之区别乎?这此蛮风,当不许存在于文明世界也。"①20世纪初《新世纪》刊载了《三纲革命》,文章针对夫妇交往的不平等指出:"就习惯言之,夫嫖则为当然,妻与人交则为失节"②,并从社会角度分析,女子不是男人的附属物,可以根据自己的意愿选择婚姻,如果丈夫可以嫖娼,那么妻子也不必为丈夫守节。《克复学报》上又刊载《论道德》,文章抨击传统夫妇伦理下的种种不平等,并强烈谴责:"男子妇死可得再娶,女子夫死不得再嫁";男子"狎妓宿娼,亦自诩风流,不为恶德。女子以不出闺门为知礼,放诞飞扬,即遭诟病,嫌疑形似之地,身可死而谤不可消"③。蔡元培还以实际行动公然挑战传统礼教,改革社会风气。1900年蔡元培的第一任夫人王昭去世后,为蔡元培提亲的媒人纷至沓来。蔡元培挥笔写下一张征婚启事,提出五个征婚条件,除了女子不缠足和必须识字外,其内容还有男子不娶妾;男死后,女可再嫁;夫妇如果不相合,可离婚。经过一年的选择,蔡元培终于如愿以偿与江西黄仲玉女士订婚。蔡元培有关夫妻平等和女子再嫁自由这些惊世骇俗的言论,虽然遭到一些人的诋毁和诟骂,但历史证明蔡元培以自己叛逆的姿态,引领了20世纪初影响广泛的婚姻时尚。

对从一而终贞节观念的批判,不仅来自男性的世界,女性作为行为主体也发出了愤怒的呐喊和控诉。1904年10月秋瑾在日本担任"演说练习会"会长时发表演讲:"还有一桩不公的事:男子死了,女子就要带三年孝,不许二嫁。女了死了,男人只带几根蓝辫线,有嫌难看的,连带也不带;人死还没三天,就出去偷鸡摸狗;七还未尽,新娘子早已进门了。"④谢震在《女报》上发表文章声讨和告诫:"守节云者,乃其自守,非他人能助之也。则守与否,悉听其自为计,亦岂他人所能强之乎?中国社会,只好虚名,不求实际。譬

---

① 《一洗儒毒》,《清议报》1899年6月18日。
② 真:《三纲革命》,《新世纪》1907年8月31日。
③ 愤民:《论道德》,张枬、王忍之编:《辛亥革命前十年间时论选集》第3卷,北京:三联书店1960年版,第850页。
④ 秋瑾:《敬告二万万女同胞》,《白话报》1904年第2期。

第二章　晚清新小说与夫妇伦理

有一家,其子早丧,妇人孀居,或妇之父母怜其女之青年而欲再嫁之,其翁姑则曰吾家无再醮之妇;或翁姑不愿其妇之守节,而其父母则曰吾门无二夫之女。拘俗援例,视为固然。于是夜半啜泣,形影相吊,其懦者忧郁痨瘵以至于死,其黠者则情不胜欲,墙茨莫扫,无可言矣。吁!人必有人生幸福,然后限之以礼节。……试问天下男子,有一人为女子守节者否?冢土未干,新人在抱。凡若此者,滔滔皆是。而妇女丧夫,则必终其身不嫁,岂公理哉!况以他人强其守节,不更野蛮之甚耶?虽妇女亦容有艳守节之名而托言不愿嫁者,然其情之真与否,志之诚与否,父母翁姑均可从平日参稽而得之。果真耶,果诚耶,宜无不赞成其志;若稍涉游移,宜无不劝之出嫁,切勿带丝毫客气而致贻后悔也。吾敢为天下之为父母翁姑者告曰:尔知为父母翁姑之道乎,则勿强妇以守节。又告天下之青年妇女曰:尔欲尽妇女之天职乎,则慎勿勉强守节。"①

对贞节观念的思考和批判,在晚清小说界也得到了很好的表现。《禽海石》中顾纫芬的姨母是一个寄居在顾纫芬家的孀妇,小说中她对"我"与顾纫芬关系的发展起了重要作用,其中有一个情景颇值得我们细究:

只见纫芬的姨母走了进来,一口就把书案上的灯吹熄,抢步近前,双手将我紧紧搂住。我吓了一大跳,忙问:"干娘,你到此做什么?"纫芬的姨母搂着我,轻轻的说道:"秦少爷,你不要害怕,我是一晌看中了你,特地来寻你谈谈心的。记得当初我才搬进这房子的时候,闻得我姊子说起你,是个翩翩美少年,我就特地来探过你两次。后来见你和纫芬十分亲密,我不敢前来搀杂,只替你在我姊子前竭力回护,让你成就了美事。就是近来这两晚你与纫芬那种恩爱的情形,那一次不看在我眼里?只可怜我是……"说到此处忽然咽住了不说。停了一会,又搂住我说道:"我这般待你,可否恳求你把那待纫芬的美意赏给我一次?"说着,就立起身来拉着我的手,不由分说拉我到杨妃榻上,伸手来解我的衣服。(第六回)

纫芬的姨母大约三十岁左右,是个夫亡不久的寡妇,有一个遗腹子。晚清小说大多是故事进行到夫死女子守节即戛然而止,如包天笑《一缕麻》以"女士"在其夫染疾而亡后选择守节报恩作为小说结局,而直接描写寡居后妇女生存状态的小说并不多,尤其是对寡居之后妇女的情感需求表现的更是

---

① 谢震:《论可怜之节妇宜立保节会并父兄强青年妇女守节之非计》,张枬、王忍之编:《辛亥革命前十年间时论选集》第3卷,北京:三联书店1960年版,第486页。

少之又少。上面这段关于纫芬姨母的动作、语言描写,直逼守节女性难以压抑的情欲和真实的精神世界,活现出一个正值生命旺盛而孤寂难耐的少妇形象。

顾纫芬的姨母虽然冲破了贞节的伦理约束,但潜意识深处仍无法走出因袭的巨大魔障,只能在晚上偷偷摸摸地寻找慰藉,最终因为外边响起的敲门声而惶然逃出书房。《孽海花》中的傅彩云却对从一而终的伦理道德表现出大胆的公然叛逆,金雯青在世时,就与侍童阿福、德国军官瓦德西、戏子孙三儿偷情,金雯青死后,傅彩云耐不住寂寞出去寻欢作乐,面对众人的非议她朗朗地说道:

"陆大人说我没天良,其实我正为了天良发现,才一点不装假,老老实实求太太放我走。我说这句话,仿佛有意和陆大人别扭似的,其实不相干,陆大人千万别多心!老爷一向待我的恩义,我是个人,岂有不知;半路里丢我死了,十多年的情分,怎么说不悲伤呢!刚才太太说在七里悲伤,愿意守,这都是真话,也是真情。在那时候,我何尝不想给老爷挣口气,图一个好名儿呢!可是天生就我这一副爱热闹、寻快活的坏脾气,事到临头,自个儿也做不了主。……所以我彻底想一想,与其装着假幌子糊弄下去,结果还是替老爷伤体面、害子孙,不如直截了当让我走路,好歹死活不干姓金的事,至多我一个人背着个没天良的罪名,我觉得天良上倒安稳得多呢!"(第二十六回)

结果傅彩云的这一番话,其言说效应是:"把满厅的人,说得都怔住了。"傅彩云以一种肆无忌惮的语言方式痛快淋漓地表白着,同时也以一种公然反抗的姿态践踏了传统价值体系。傅彩云身为妓女,本不受三从四德、从一而终的规范约束,她放荡无羁、恣意而行,即便做了金雯青的姜室,也并没有被纳入社会认可的妇道,依然是本性难改,毫不掩饰和控制自己的欲望。傅彩云以特殊身份游走于诸多男性之间,颠覆了男子可妻妾成群而女子必须终生侍奉一夫的伦理观念。

如果说傅彩云的红杏出墙还是率性而为的无意识行为,那么《女狱花》中的沙雪梅则是以女性启蒙者的身份出现,是一种女性先觉者的劝诫和布道。沙雪梅不仅愤而弑夫,还在狱中向女犯们控诉和宣传:"你想我们女子,男贼死后,与下了阿鼻地狱,永无造升日子一般。幸而有几个铜钱,也可糊涂过世。不幸开门七件,件件皆空,忍着饥寒,对孤灯坐下。又听这边儿啼,那边女哭。此种情景,万箭穿心。欲守则万难过去,欲嫁则又防人非笑,眼泪珠儿,好比檐头滴水,不知不觉直滚下来。若在男贼一边,前妻的尸骸尚端端正正睡在棺中的时候,后妻的身子,已亲亲热热抱在怀内了,……我劝众位,同心立誓,从此后,手执钢刀九十九,杀尽男贼方罢手!"这时候的沙雪梅已经阅读了斯宾塞的《女权篇》,是一个具有男女平等意识而已经觉醒了的新女性,她的狱中诉说一针见血地揭示了经济困窘的守节之妇的难言悲苦——遭受着物质和精神上的巨大折磨。

节妇是吴趼人小说中常见的人物形象,如《恨海》《劫余灰》《旌表烈妇》《盲烈》《烈女亭》等作品都表现出了鲜明的贞节观念,如吴趼人在《烈女亭》中所言:"上海自互市以来,五方杂处,流娼遍里闾,几不知廉耻为何物,遑有节烈?客俗如此,主俗亦将为之转移,从前淳厚风俗,几不可复睹。"针对这种世风日下的社会状况,吴趼人小说中有意凸显传统女性的孝贤和节烈,似乎为价值观念混乱的晚清开出了救时的良方。现在看来自然有矫枉过正之嫌,但难能可贵的是吴趼人在《恨海》中强化女性贞节的同时,还对男人提出了相应的道德要求。张棣华的未婚夫陈伯和与张棣华母女逃难失散后,嫖娼、吸鸦片,贫病交加。张棣华不仅毫无怨言,反而在医院精心伺候。陈伯和不治而亡后,张棣华执意出家为夫守节。时人评价说:"第十回,写棣华客邸侍疾,至遁迹空门,是笔是墨,是泪是血,凝成一片。灯下读此,真觉悲风四起,鬼语啾啾。林颦卿焚稿,有此缠绵,无此沉痛。"① 同样,陈仲蔼用情之专、忠贞不贰,亦令人感喟。陈仲蔼一直为未婚妻王娟娟守身如玉,保举功名后特意到上海寻访,竟不知下落,终日寡欢。后来不意发现自己苦心寻找的心上人已经做了妓女。陈仲蔼大失所望、万念俱灰,披发入山而不知所终。《恨海》是吴趼人的得意之作,如他自己所说:"吾前著《恨海》仅十日而稿脱,未尝自审一过,即持以付广智书局。出版后偶取阅之,至悲惨处,辄自堕泪,亦不解当时何以下笔也。能为其难,窃用自喜。然其中之言论理想,大都皆陈腐常谈,殊无新趣,良用自歉。所幸全书虽是写情,犹未脱道德范围,或不致为大(雅)君子所唾弃耳。"② 节妇义夫显然是吴趼人极力彰显的负载道德符号的人物形象,自古义夫不多见,节妇却屡见不鲜。吴趼人在小说中将二者并举,流露出夫妻伦理规范的双向性和对等性。

---

① 寅半生:《小说闲评》,《游戏世界》1906 年第 1 期。见魏绍昌编:《吴趼人研究资料》,上海:上海古籍出版社 1980 年版,第 136 页。
② 吴趼人:《杂说》,陈平原、夏晓虹编:《二十世纪中国小说理论资料》第 1 卷,北京:北京大学出版社 1989 年版,第 259 页。

三、求学与自养:夫妇平等之路

"近来改革之初,我国志士,皆以小说为社会之药石。"①毫不例外,作为社会问题之一的妇女解放问题,也是晚清新小说反映并力图探索解决方案的对象。1907年作新社刊行了思绮斋的小说《女子权》,在第一回作者就借小说表白自己的创作观:"编小说的深慨中国二百兆妇女久屈于男子专制之下,极盼望他能自振拔,渐渐的脱了男子羁勒,进于自由地步。纵明知这事难于登天,不能于吾身亲见,然奢望所存,姑设一理想的境界,以为我国二百兆女同胞导其先路,也未始不是小说家应尽的义务。"那么怎样摆脱"男子羁勒"为女同胞开创出一条道路,作者在文中这样表述:"一则呢,学术不讲,没有自治的精神;二则呢,工艺不兴,没有自养的能力。不能自治,不能自养,就不得不在在都仰仗男子。"求学和自养被视为夫妇平等的基础,也是晚清关于妇女解放众声喧哗中呼声最高的内容。

1903年4月,胡彬夏、林宗素、龚圆常、曹汝锦等中国留日女学生在日本组织成立了妇女团体——共爱会,原因即在于中国二万万女子"皆学浅才薄,不克自立于世界,遂不得不以其千金之身,依赖二万万之男子"②。秋瑾从经济的角度在不同的场合都提出女子要摆脱男子的束缚就必须自立的观点:1905年秋瑾在《致湖南第一女学堂书》中就指出:"欲脱男子之范围,非自立不可;欲自立,非求学艺不可"③;1907年又在《中国女报》上撰文,再次提出女性只有自立、自己养活自己才能冲破"金的枷""玉的锁""锦的绳""绣的带"的束缚,使"男子敬重""夫妻携游"④。还有人认为求学不仅能提高女子的自立能力,还能除去依赖性的劣根:"学不足,斯不能自立,不能自立,而本出于肘下,与男子立同等之地位,是犹航断港而求达于海,终于无功而已矣。"⑤甚至有人明确提出:"吾国女子,正宜奋发其争存之能力,规复天赋之权利,以扫除依赖男子之劣根

---

① 海天独啸子:《〈女娲石〉凡例》,陈平原、夏晓虹编:《二十世纪中国小说理论资料》第1卷,北京:北京大学出版社1989年版,第131页。
② 《共爱会同人劝留学启》,《江苏》1903年9月21日。
③ 秋瑾:《致湖南第一女学堂书》,《秋瑾集》,北京:中华书局1960年版,第32页。
④ 秋瑾:《敬告姊妹们》,《中国女报》1907年第1期。参见《秋瑾集》,北京:中华书局1960年版,第15页。
⑤ 张竹君:《张竹君在爱国女学校欢迎会上的演说词》,《中国妇女运动历史资料》(1840—1918),北京:人民出版社1986年版,第302页。

第二章 晚清新小说与夫妇伦理

性,各自努力于学问。"①

通过求学与自立提高女性自身的修养和谋生的能力来改善男尊女卑的伦理秩序,比一味沉浸于对夫权的控诉、将女子的不幸归罪于男子钳制的思想大大前进了一步,时至今日仍有重要的现实意义。晚清女学的兴起,有着极为复杂的历史语境,诸如19世纪20年代以来外国传教士在中国创办女学的实绩、维新和革命派强国善种的政治启蒙话语、清政府1907年奏定的"女子小学堂和女子师范学堂章程"标志着女子教育被正式纳入国家教育体系获得合法身份等等,20世纪初,女学堂的数量不仅急剧增加,而且种类也呈现出多样化,如女子师范学校、工艺女学校、女子美术学堂、女子职业学校、实业女学校等等。毫无疑问,女学的发展为女子求学提供了便利,也为女子就业提供了条件和实施才能的空间。秋瑾、张竹君、陈撷芬等许多知识女性走向社会成为职业女性,即是求学与自立的明证,也是晚清女性憧憬和仿效的楷模。这种思想和社会状况在诸多小说比如《女狱花》《六月霜》《黄绣球》《学界镜》等都得到了很好的表现。

《女狱花》,共十二回,又名《红闺泪》或《闺中豪杰谈》,是浙江杭州女作家王妙如所作。王妙如二十三岁时,嫁给同乡罗景仁为妻,二人感情甚好,可惜结婚不到四年因病去世。1904年罗景仁自费印刷出版小说《女狱花》,并在《跋》中介绍王妙如怎样抱病写作小说。王妙如不仅博学多才,而且关心妇女生存和命运,曾对丈夫说:"今日女界,黑暗已至极点。自恨弱质多病,不能如我佛释迦亲入地狱,普救众生,只得以秃笔残墨为棒喝之具。"②王妙如以小说作为"棒喝之具"在《女狱花》中借许平权之口明确表述道:

> 妹妹近日看世界大势,移风易俗莫妙于小说。世界上的人,或有不看正书,决无有不看小说的。因正书中深文曲笔,学问稍浅的人决不能看,即使看了亦是悒悒闷倦,惟小说中句句白话,无人不懂,且又具着嬉笑怒骂各种声口,最能令人解颐。不知不觉,将性质改变起来。(第十二回)

基于这样的小说认知和目的,《女狱花》可谓是承载了王妙如对女界黑暗状

---

① 竹庄:《论中国女学不兴之害》,张枬、王忍之编:《辛亥革命前十年间时论选集》第1卷下册,北京:三联书店1960年版,第925页。
② 罗景仁:《〈女狱花〉跋》,《中国近代小说大系〈女子权〉〈侠义佳人〉〈女狱花〉》,南昌:百花洲文艺出版社1993年版,第760页。

况的不满和女性出路的思考。与沙雪梅暴力杀尽男贼以求摆脱男子压制的方法不同,许平权主张教育自救来实现妇女解放。许平权游学日本,并认识了志同道合的黄宗祥,归国后创办女子学堂,成绩斐然:"女子状态,很是文明,与前时大不相同。做男子的,亦大半敬爱女子。"许平权大愿实现后,与相恋多年的黄宗祥正式成婚。主张暴力革命的沙雪梅和主张教育自救的许平权,这两种类型女性形象的不同结局,实际上代表了王妙如颠覆男尊女卑秩序的女性诉求和价值选择,如小说中许平权所说:女子要有学问,如果"更研究历史地理,则世界大势心中了然,思想自然而然发达起来。精通格致算术可以制造器械,谋些铜钱,不必生食男人的血本。……今女子竟能自食其力,若男子犹行野蛮手段,无难与他各分疆域,强权是无处逞的"(第十一回),并劝同胞姐妹:"从此后,将恨男子强权的心思,变为恨自己无能的心思;将修饰边幅的时候,变为研究学问的时候。恐须眉男子,将要崇拜我们了。安敢逞强权?"(第十一回)

　　需要注意的是,沙雪梅革命失败自焚并不意味着王妙如对其行为的否定。沙雪梅亲身体会夫权压制之苦,弑夫后号召女子誓杀男贼,其所指男贼并不是所有男子,而是男尊女卑、夫为妻纲的维护者和实行者。她内心深处依然对平等自由的夫妇世界充满了渴望:

> 那时男子敬爱女人,女人亦敬爱男子,出则携手,入则并肩,好比连理的枝,并蒂的花,同林的鸟,比目的鱼,你唱我和,实享爱情。夫妇之规则,至此称为圆满功德。照此看来,专制夫妇时代,正是女子黑暗地狱,做女子的,应该拼着脑血颈血心血,与时代大战起来。一战胜后,自然是光明世界了。俗语道"吃得苦中苦,方为人上人",我们今日,正当用着铁血主义,不可以疏懈的。(第五回)

这说明沙雪梅暴力革命的对象是奴役和压制女性的男人,并不是像《女娲石》中魏水母三姊妹一样仇恨一切男性,不问青红皂白、盲目而又极端地见一个杀一个,欲杀尽异性。作者在赞成许平权思想和主张的同时,并没有完全否定沙雪梅的暴力行为。许平权式的成功很大程度上受益于沙雪梅式的激烈,作者的这种看法通过许平权之口得以凸显:"革命之事,无不先从猛烈,后归平和,今日时势,正宜赖他一捧一喝的手段,唤醒女子痴梦,将来平和革命,亦很得其利益。"(第八回)时人读之,也颇有感触:"《女狱花》一部,非但思想之新奇,体裁之完备,且殷殷提倡女界革命之事,先从破坏,后归建立。呜呼!沧海中之慈航耶?

地狱中之明灯耶?"①

　　秋瑾提出女子要摆脱夫权专制务必自立自养的观点,她不仅通过公共场合的演说、报刊时文、诗歌等宣传自己的主张,还创作了江浙一带颇为流行、深受妇女喜爱的文学形式弹词小说《精卫石》。《精卫石》是秋瑾未完成的一部作品,原计划二十回,现存《序》《目录》《回目》及正文五回和第六回残稿。写作时间大约是 1905 年—1907 年。《精卫石》中多次表明:只有妇女自立、有学问,才能实现男女(夫妻)平等。比如在第一回,把男子"将女子看成玩物、牛马之物,得新弃故,是其常情。生尚如此,死更可知,今日鼓盆初歌,明日便新人如玉,何曾有一点痛惜及夫妇之情",归因于"这都是女子不谋自己养活自己的学问艺业,反而讲究缠脚妆扮去媚男子,一身惟知依靠男子,毫无自立的性质的缘故,所以受此惨毒苦楚"。在第五回,又通过黄鞠瑞的口说:"求得学问堪自食,手工工艺尽堪谋。教习学堂堪自养,经商执业亦不难筹。自治成时堪自立,女儿资格自然优。"与王妙如相比,秋瑾更为强调女子的经济独立,提出女子可以当教习、可以经商、可以做工以自养,这种深刻的认识可谓走在了时代的前列,到 20 世纪 30 年代鲁迅还在强调:"所以一切女子,倘不得到和男子同等的经济权,我以为所有好名目,就都是空话。"②

　　秋瑾被害后,《申报》《时报》《神州日报》《新闻报》等关于秋瑾的报道和刊载的秋瑾诗文铺天盖地,秋瑾也成为晚清历史绕不过的重要人物。同时,关于秋瑾故事的戏曲、小说也蔚为壮观,静观子的《六月霜》就是这种情况下产生的一部小说。《六月霜》不仅以秋瑾作为小说的主人公,还直接将秋瑾生前撰写的言辞激烈的文章《敬告姊妹们》作为小说内容大段抄录。一方面,小说因为对秋瑾的关注也使小说更贴近时势;另一方面,秋瑾关于女子应当求学以自立的思想,也因小说的传播而产生了更为广泛的影响。

　　在探索夫妻平等的小说中,《黄绣球》也是较有代表性的一篇。《黄绣球》,题颐琐著,1905 年最初在《新小说》上开始连载,仅二十六回,1907 年新小说社印成单行本时,补足到三十回。小说中黄绣球是亚细

---

① 俞佩兰:《〈女狱花〉叙》,陈平原、夏晓虹编:《二十世纪中国小说理论资料》第 1 卷,北京:北京大学出版社 1989 年版,第 122 页。
② 鲁迅:《南腔北调集·关于妇女解放》,《鲁迅全集》第 4 卷,北京:人民文学出版社 2005 年版,第 615 页。

亚洲东半部一个自由村（晚清中国的缩影）村民黄通理的妻子，她"自从进了黄家大门，守着妇女不出闺门之训，一步不敢胡乱行走"，后来在丈夫的帮助和梦中罗兰夫人的点化下，学问日进，明白了男女平等的道理。在第二十三回黄绣球谈到夫权对女子的压制束缚时，义愤填膺地说：

> 至于寡妇再醮的话，王法本是不禁，自从宋朝人，讲出什么"饿死事小，失节事大"，就又害尽无数的事，什么事不要廉耻，不成风化，都从这句话上逼出来。我听见说这话的人，他家里就没有守着这个规矩。还记得宋朝以前的大贤人，大好佬，他母亲妻子，是再嫁三嫁的，尽多着呢。况且一个男人许娶上几个女人，一个女人那怕没有见面，只说指定了是个男人的，男人死了，就该活活的替他守着，原也天下没有这等不公平的事。讲来讲去，总是个压制束缚的势头。我们做女人要破去那压制，不受那束缚，只有赶快讲究学问的一法。

按照黄绣球的思维逻辑："有了学问，自然有见识，有本领。"虽然黄绣球所畅想的"本领"也未上升到秋瑾所说的女子可以做工、经商的高度，也许黄绣球本人对其所指就模糊懵懂，但黄绣球对于兴办学堂尤其是女学堂的真诚和付出却感化了很多人，尼姑王老娘、曹新姑自愿把庙宇捐出做学堂，太太小姐也捐钱办学或担任学堂教习。黄绣球不仅是女学堂的筹办者、管理者，还担任女学堂的教习，与丈夫一起编撰新式教材。学堂的发展使黄绣球所在的自由村变得"花团锦簇，焕然一新，迥非前几年的模样"。黄绣球以自己的行动赢得了男性世界的价值认可和尊敬，不仅丈夫黄通理对她刮目相看，认为是其不可缺失的大帮手，就连书办张开化也称赞道："真是世界上一枝自由花，插到那里开到那里。"

题为"雁叟"著的小说《学界镜》，1908年在《月月小说》第21号至24号连载。与前几篇小说相比，《学界镜》只简单介绍了人物的身份，如方真留学日本归国，方真的妻子郑子范，曾是上海务本学堂的学生，婚后在芜湖女学堂当管理与教习。在小说的故事性和人物形象的鲜明性上几乎没有可称道的，仅四回的小说几乎是由人物的谈话和方真的演讲组成，仿佛是教育理念的宣传材料。这篇小说值得我们注意的是除了提到关于女子自立的主张，还涉及社会上对女子在女学堂任职的评论：

第二章　晚清新小说与夫妇伦理

  方太史道:"他('他'指方真。笔者注)此番必想沿途调查调查,而且他的夫人现在芜湖,想必是同他的夫人同回。"
  赵绅士道:"听说他夫人在那边女学堂里当管理兼教习,学问想必也甚好。"
  方太史道:"他夫人专管教授的事,管理是潘老大的夫人张女士。"
  洪老先生道:"不错的,他夫人专教文科算学的。"(第一回)

从方太史、赵绅士、洪老先生这些代表着与青年、新学迥异的特殊身份的人对女子在学堂做事的评价可以看出,当时社会对女性的价值评价已经与传统发生了背离:女子再也不是无才便是德,而且当时社会对女子走出家庭以自立也给予认可。耐人寻味的是,作者有意把这段谈话安排在安徽这个民风淳朴之地,可见,妇女求学与自立的思潮已不仅仅是某个开放城市所特有之新象,已经波及全国很多地方。就像竹庄在1904年所描述:"近岁以来,沪滨明达之士,始有创设女学校者,务本女塾起于前,爱国女校起于后,而文化、孟孟、城东女学社继之。内地如湖北、杭州、苏州,亦有继起者。"①《新镜花缘》的作者陈哮庐在第一回这样写道:"却说我中国东南部江浙两行省,本是人文渊薮。男的不必说,单像那女流之辈,人才出色的,前前后后,也不知出了多少,只恨压力太重,雌伏不能雄飞。幸而女学潮流,由东西洋滔滔汩汩的输入中国以后,这才睡狮梦醒,顿教气象光昌,一处一处的女学堂,譬如铜山西倾,洛钟东应,渐渐都创办起来。"

  晚清新小说积极参与女子求学、自养之路的探讨,无论是作者的创作意图,还是小说故事的叙述、文中大段的议论或演说,都表现出解决时代问题的努力。也许在晚清小说家看来,只要女学兴起,女子就能自立和自养,一直雌伏的妇女就能像雄飞的男子一样,真正实现与男子平等的夙愿。而事实上,晚清中国能为女子提供自立、自养的机会非常有限,女子求学并不一定能在社会获得谋生的职业,直至《青春之歌》中的林道静时代仍显现出女子求职的艰窘。但值得注意的是晚清女子求学,不再满足于传统女性闺阁中自娱自乐式的吟诗作赋,而是为了获得一份社会职业的资本,能够自立自养以实现两性的真正平等,这是女性

---

① 竹庄:《论中国女学不兴之害》,张枬、王忍之编:《辛亥革命前十年间时论选集》第1卷下册,北京:三联书店1960年版,第925页。

从家庭走向社会实现自我价值的关键一步,也是女性摆脱依附地位走向夫妇平等至为重要的一步,其深刻的认识是弥足珍贵的。

第三节 妻子的理想人格

在传统夫妇两性关系中,囿于家庭以卑微的附属身份匍匐于丈夫的身旁是妻子基本的生存状态,这些妻子们在失去参与社会权力的同时也失去做人应有的社会地位,正如陈东原所说:"三千年的妇女生活,早被宗法的组织排挤到社会以外了。妇女总是零畸者!妇女总是被忘却的人!除非有时要利用她们、有时要玩弄她们之外,三千年来,妇女简直没有什么重要。"①随着晚清民族危机的不断加深,一直承担救亡图存主体的男性深感力不从心,他们逐渐意识到:"欲新中国,必新女子;欲强中国,必强女子;欲文明中国,必先文明我女子;欲普救中国,必先普救我女子。"②基于这样的认知,适应当下社会需要建构具有强烈爱国意识的新女性,成为一种时代思潮。女性尤其是作为妻子/恋人的价值定位发生了很大变化。在知识精英启蒙者的憧憬中,雌伏的贤妻、"雄飞"的女豪杰/女英雄甚至以国为夫的理想女性成为新的变革话语,救亡图存开始了以男性为主体到两性共同承担的转变。而在晚清夫妇伦理的建构中,一定意义上说是妻子的地位和角色不断凸显的过程。这种地位和角色的重塑是在晚清救亡图存、强国善种的历史语境中进行的,从一开始就被赋予了时代和历史的重大使命,包含了丰富的社会内涵,在夫妇平等的文化阐释中一直与现代民族国家的宏大叙事相伴相生。但对于废缠足、兴女学还成问题的晚清,缺乏足够现实生活素材的小说家更多地以天马行空的想象和高昂的激情演绎、呼应着思想界对妻子/恋人的价值期待。

一、雌伏的贤妻

中国先秦时期就有"良妻""贤妇"的说法,如《史记·魏世家》:"家贫则思良妻,国乱则思良相。"《列女传》记述了诸多贤妇的故事,诸如周宣姜后、齐桓公夫人卫姬、楚于陵子终之妻等,她们在政治或生活上

---

① 陈东原:《中国妇女生活史·自序》,北京:商务印书馆1998年版,第2页。
② 初我:《〈女子世界〉发刊词》,《女子世界》1904年1月17日。

辅佐丈夫,给予丈夫"晓事理"的指点。魏晋南北朝时期已有"贤妻"的说法,陶潜在《告子俨等疏》中就写道:"余尝感孺仲贤妻。"中国古代小说戏曲和民间不乏生动感人的贤妻人物形象,诸如断织劝夫的乐羊子妻、杀狗劝夫的杨氏女等等,不一而足。但是传统伦理文化对女性"三从四德"的规约,又决定了这些"贤妻"们无论怎样的聪智明达都不可能迈出家庭走向社会,经济上的依附关系必然造成了"坐食丈夫"的"分利"生存状态。"贤妻"本来就不是天生就有,而是在文化的塑造中衍生出来的,其内涵也会因现实的需要发生历史的演变。

晚清有识之士根据现实的需要对传统"贤妻"观念进行了改造,赋予了它新的时代内涵,著名思想家梁启超对"相夫教子"的建构是当时最具代表性的。早在1897年梁启超就在《论女学》中指出:"夫妇人岂性恶耶？群块然未经教化之躯壳若干具,而键之于一室,欲其能相处焉,不可得也。彼妇人之累男子也,其不能自养,而仰人之给其求也,是犹累其形骸也。若夫家庭之间,终日不安,入室则愀,静居斯叹。此其损人灵魂,短人志气,有非可以常率推者,故虽有豪杰倜傥之士,苟终日引而置之床第筐箧之侧,更历数岁,则必志量局琐,才气消磨。若是乎妇人之果为鸩而不可近也,夫与其饮鸩而甘之,则盍于疗鸩之术,少留意矣。"①联系梁启超文本前面的内容,其所指"疗鸩之术"就是兴办女学。对这段言论,陈东原深有感触地议论道:"这一个意见,是要以女学造就良妻的。中国良妻贤母的妇人观,老实说,到这时才有哩！从前只有'慈母',哪有'贤母'？有一二贤母,如欧母、陶母之类,那也是入圣超凡,非一般妇女所可望其项背。试问不学无识的女子,怎么能画荻,怎么能和丸？从前'良妻'的含义,哪有后世'良妻'的含义丰富？中国从前妇女的标准,只要她做一个驯服的好媳妇,并不想要她做一个知情识义的贤妻。"②梁启超还在1898年《倡设女学堂启》中从兴办女学的意义写道:"上可相夫,下可教子,近可宜家,远可善种。"③1902年6月15日至7月1日,梁启超又以"中国之新民"为笔名,在《新民丛报》12—13号连载了《斯巴达小志》,文章在介绍斯巴达的国民教育时,特别强调:"斯巴达教育制度不徒在男子也,而尤在夫人……而妇人亦深自知其责任之所在",赞扬了斯巴达"母

---

① 梁启超:《论女学》,《时务报》1897年4月12日。
② 陈东原:《中国妇女生活史》,北京:商务印书馆1998年版,第323页。
③ 梁启超:《倡设女学堂启》,《饮冰室合集》文集之二,北京:中华书局1989年版,第19页。

亲送儿上战场,妻子祝夫战死回"悲壮的义勇精神,并感叹中国妇孺"牵衣顿足拦道哭"。在这一扬一抑的鲜明对比中,凸显了斯巴达妇女的国家意识,这也是梁启超建构理想妻子的核心内涵。

综上所述,陈东原将梁启超拟构的相夫教子的妻子概括为"知情识义",这正是晚清赋予"贤妻"的新时代内涵,即掌握相应的知识、技能和具有爱国大义,或者相夫教子成为丈夫的贤内助以强国善种,或者感化丈夫尽到国民的责任,无论是帮助还是感化,其最终目的都是救亡图存。尽管相夫教子在1905年演变为"贤妻良母"的说法①,但其实质并没有发生改变。这种对"贤妻"内涵的界定,虽然有其积极的一面,但仍没有摆脱男尊女卑观念的束缚。

对"贤妻"相夫教子的角色期待和强国保种的价值期盼,在晚清新小说得到强烈响应。翻阅彼时小说,"贤妻"委实不少,足以组成一个庞大的群体。"山外山人"的《枯树花》(1905)中知书达理且贤惠能干、助夫益子的郑成德之妻高氏,不仅四处奔走营救遭人暗算入狱的丈夫使其平冤昭雪,其所生三子还都曾出洋留学、身居要职后仍心系国事寻求救国安民的出路。"尝自恨为家境所累,又不得一知己者"的"亚东破佛"(彭俞)在1906年出版了小说《泡影录》和《闺中剑》②,前者塑造了读了"新书"、明白自强道理的李云英,面对顽固守旧的父亲为丈夫邦杰出谋划策,使得邦杰实现去南京应征兵以尽国民义务的愿望;后者幻化了读书甚多、深明大义的晋氏,留心教育,把儿女培养成人以振兴黄祖(中国的象征)。陈啸庐的《嬉笑怒骂》(1906)中江南陈山之妻,鼓励丈夫去上海寻求自由独立,陈山到沪后又东渡日本,三年后留学归国。如果说"齐家治国平天下"是传统社会赋予男性

---

① 据大滨庆子在其博士论文《中日两国近代女子教育之比较研究》中考证,1905年《顺天时报》刊载了《论女学教育为兴国之本》,文中写道:"秦汉而降,宫闱之内,缙绅阀阅之家,女学时有存者,圣后贤妃,著述昭垂,大家尚宫,同符经绋,然已不遍逮于士族,安望其普及编户,为国家担铸造国民之责任,尽贤妻良母之义务乎也?"这是目前发现的最早出现"贤妻良母"一词的报刊文章。关于晚清贤妻良母观的形成,学界主要有三种观点:一,中国从秦汉时期就有;二,从日本逆输入;三,中国贤妻观与日本贤妻良母主义的冲突、融合的结果。笔者认同第三种观点。主要论文有王兆胜的《贤妻良母:一个古典的审美文化模式》,《文学评论》1989年第6期;吕美颐的《评中国近代关于贤妻良母主义的论争》,《天津社会科学》1995年第5期;李卓的《中国的贤妻良母观及其与日本良妻贤母观的比较》,《天津社会科学》2002年第3期;刘钊的《"贤妻良母"的文化演变及现实诉求》,《东疆学刊》2004年第2期;程郁的《二十世纪初中国提倡女子就业思潮与贤妻良母主义的形成》,《史林》2005年第6期;段江丽的《也谈中国传统贤妻良母观》,《中国文化研究》2009年第3期。
② 儒冠和尚(彭俞):《〈泡影录〉弁言》,陈平原、夏晓虹编:《二十世纪中国小说理论资料》第1卷,北京:北京大学出版社1989年版,第197页。

的价值追求,那么晚清"贤妻"则以贤内助的身份辅佐丈夫达成这一理想。自然,齐家理念不再拘囿于传统意义上家族成员之间的和睦相处,而是把家族成员导向报国之路的现代性家庭教育。鸦片战争以来,承担救亡主体的男性遭遇了一连串的失败,他们在寻找建立现代民族国家的焦灼探索中,目光落在了生活在他们身边却一直被社会忽视的妻子身上。在现实的政治危机刺激下,妇女的作用被抬高到无以复加的地位,承载着男性的救亡期待,开始了从边缘向中心的位移。

梁启超在《论小说与群治之关系》曾做过这样的描述:"今我国民轻薄无行,沉溺声色,绻恋床笫,缠绵歌泣于春花秋月,销磨其少壮活泼之气,青年子弟,自十五岁至三十岁,惟以多情多感,多愁多病为一大事业,儿女情多,风云气少,甚者为伤风败俗之行,毒遍社会。"针对柔靡缠绵的社会风气,"新民"成为进行社会变革以救亡图存的当务之急,而"欲新一国之民,不可不先新一国之小说"①。这种应新文化启蒙需要而发生的文学革命,不仅是对小说为"小道"末流传统文学观念的变革,还企图通过小说的"熏""浸""刺""提"的作用重塑新的国民进而改革社会以救亡图存、强国富民。但是"社会改革,以男子难,而以妇女易。妇女一变,而全国皆变矣"②,而妇女、男子、国民的逻辑关系又存在于:"闺房之内,具有一王刑政之功,默化潜移,比条教号令为速。吾见伟大之丈夫,而受支配于纤柔之女子,盖不少也。……闺房感化之力,实较父母兄弟为多。凡无国民,如病如醉,如眠如死,而无一毫学问之思想、政治之能力者,其受病皆有此也。"③在这样的话语诠释中,晚清新小说不乏妻子发挥"闺房感化之力"、以爱国思想对愚顽、腥腥丈夫进行改造的"劝夫"模式设置。

《斯巴达之魂》是鲁迅在1903年6月发表在中国留日学生杂志《浙江潮》上的一篇文言历史小说④,取材于古希腊的战争故事,塑造了一个以死

---

① 梁启超:《论小说与群治之关系》,《新小说》1902年11月14日。
② 卧虎浪士:《〈女娲石〉叙》,陈平原、夏晓虹编:《二十世纪中国小说理论资料》第1卷,北京:北京大学出版社1989年版,第130页。
③ 家庭立宪者:《家庭革命说》,《江苏》1904年第7期。
④ 《斯巴达之魂》应属于创作小说。持这种观点的有李昌玉、蒋荷珍、陈漱渝、樽本照雄、吴作桥等中外学者,详见《鲁迅创作的第一篇小说应是〈斯巴达之魂〉》(《东岳论丛》1987年第6期)、《〈斯巴达之魂〉是鲁迅创作的第一篇小说》(《鲁迅研究月刊》1992年第9期)、《〈斯巴达之魂〉与梁启超》(《鲁迅研究月刊》1993年第10期)、《关于鲁迅的〈斯巴达之魂〉》(《鲁迅研究月刊》2001年第6期)、《再论〈斯巴达之魂〉是创作小说》(《鲁迅研究月刊》2003年第6期)。

劝谏丈夫舍身杀敌的妻子形象:波斯大举进攻希腊,三百斯巴达将士扼守温泉门沉着应战,终因寡不敌众而全军覆没,其中因患目疾住院而没参加战斗的亚里士多德得以生还。涘烈娜看到丈夫亚里士多德从温泉门战场回家,惊疑之后,厉声斥责丈夫苟且偷生而劝之以应当为国民而战死。当丈夫想以夫妇之情为自己开脱时,涘烈娜更加义愤:"夫夫妇之契,孰则不相爱者。然国以外不言爱之斯巴达武士,其爱其妻为何苦？然三百人中,无一生还者……君诚爱妾,曷不誉妾以战死者之妻。……君诚爱妾,愿君速亡,否则杀妾。"然后涘烈娜"伏剑于君侧","颈血上薄,其气魂魂"。亚里士多德在妻子的激励下再次奔赴战场,最终以身殉职。雌伏的妻子以死劝谏丈夫战场杀敌的行为,超越传统征妇的幽怨而被想象为劝夫勇赴国难的豪情。鲁迅回忆当时的情景:"《斯巴达之魂》现在看来,自己也不免耳朵发热。但这是当时的风气,要激昂慷慨,顿挫抑扬,才能被称为好文章。"①固然,《斯巴达之魂》作为刚刚走上文学道路的鲁迅的初创之作,无论在人物性格的刻画还是在人物心理的剖析,都难以与其后的小说相抗衡。但这种以激越的宣传和教化为目的的艺术表现取向,确实与当时社会风气的影响密不可分,而小说中令人感奋、以雪国耻的涘烈娜形象,更是晚清建构贤妻思潮的一次积极的文学实践和演绎。

题为"中国男儿轩辕正裔"译述而实为创作的长篇小说《瓜分惨祸预言记》,在1903年12月由上海独社初刊铅印。小说以预言的方式,虚构了光绪甲辰(1904)后中国即将遭遇被瓜分的惨祸。在"全国为墟、积骸成山、流血成河"的国难面前,有浴血抗战、以身殉国的爱国志士,还有俯首听命于洋人的清政府以及醉生梦死的国人,其中就有不知亡国之恨、贪恋儿女之欲的吴钟清夫妇。在小说第六回,作者以义士祝封世的所闻给我们作了如下呈现:

> 是时尸是更深,忽听一个院内有一女人呻吟之声,听去却闻那女人道:"我们小夫妻天天夜里如此作乐,岂不快活。你别学那曾子兴一般胡闹,他如今关在监里,可怜他的妻子在家里要熬杀了。"少顷喘喘吁吁的又道:"我此时都快死了,好宝贝,你别作志士去罢。"那男的也喘着道:"我,我不,不去呢。"那封世认的便是自立学堂的教习吴钟清的院子。封世暗暗叹道,"死到临头,尚不觉悟,只怕有无数洋人来做你的宝贝,真个把你快活死了。"想着也便不听,自找邮政箱,把信丢进去了。

---

① 鲁迅:《〈集外集〉序言》,《鲁迅全集》第7卷,北京:人民文学出版社2005年版,第4页。

这是曾子兴等人被官兵抓捕囚系之后,祝封世到狱中传递营救方案返回路过吴钟清家时听到的。小说前面已经交代曾子兴是留洋归国的商州志士,满怀爱国主义激情,不仅变卖家业创设自立学校,还四处奔走呼告以激励国人以死报国,最后在向美军请兵援助而不得时,以头撞地示志,结果气绝而死。曾子兴的自戕行为虽然没能赢得美军的援助,但至少显示了国人的不屈气节,使美官"十分钦敬"。吴钟清妻子不仅亵渎了以死报国的民族英雄,还泯灭了其夫吴钟清应当承担的国民责任,罪不可赦。正如祝封世所诅咒的一样,在小说第七回,贪欢不知爱国的吴钟清妻子被土匪、洋兵、乱兵轮奸致死,其状惨不忍睹。如果说《斯巴达之魂》是从正面塑造了一个令人感奋的、识其民族大节的妻子形象,那么《瓜分惨祸预言记》则从反面以吴钟清妻子的下场昭示了女性利益与国家利益的同构性,妻子只有劝夫投身于救亡的大潮,才能免遭践踏的厄运。

晚清时期兴办学堂与强国善种、救亡图存纠结在一起。要强国救亡必须兴办学堂,已经在19世纪末20世纪初的中国成为共识,如梁启超在1897年所言:"今语人曰:'欲强国必由学校。'人多信之。"①尤其是1905年科举制废除后,兴办学堂成为举国响应的呼声,进步人士对此倾注了很大热情并寄予厚望:他们声称能否免遭"奴隶牛马的惨祸,全看能兴学及不能兴学为断"②。所以"热心之士,爱国之子,无不馨香预祝,以望学堂林立,教育普及"③。而整体文化素质相对较低的女性,更是教育需要普及的庞大群体,兴女学更为当务之急。"不题撰人"的《娘子军》(1911)中赵爱云是一位热衷新学、坚持天足的新女性,却由父母包办嫁给了迂腐守旧的商人李固斋。与《女子权》中沙雪梅怒杀迂腐守旧丈夫的激进方法不同,赵爱云采用了温和的劝导和启发使丈夫弃商就学并成为一名教员,共同致力于教育事业,如在第十二回赵爱云对丈夫所发的感慨:"我和你都入学界,你去热心教男学生,我去热心教女学生,中国男女学界前途幸甚!幸甚!"可以说,赵爱云从进女学堂学习到在女学堂任教再到创办女学堂的成长过程,也是以自己的实际行为和不断据理力争开导丈夫支持学堂的过程。

毫无疑问,赵爱云劝夫投身于学堂是对当时教育救国思潮的积极响应,自然符合晚清"贤妻"的行为规范。但耐人寻味的是,赵爱云虽然意识到"近来很注学务,实力振兴",却在面对女学生的演说中不断表达女学意在培养贤

---

① 梁启超:《论女学》,《时务报》1897年4月12日。
② 《捐巨资兴学之可嘉》,《豫报》第1号,1906年11月。
③ 适生:《论云南宜实行强迫教育》,《竞业旬报》第4号,1906年8月。

妻或贤妇的理念:"你看古来的贤女子个个能做贤妇,个个能做贤母,这都从小时受了教育,所以能够助夫,能够教子,才德兼备,彪炳史册,都从教学二字出来"(第五回);"今日的女学生即是他日的女教员,他年妻道母道都从这里做起"(第十二回)。作者也借赵爱云师母沈振权(也是女师范学堂校长兼国文教习)之口强化了赵爱云的观念:"近来的世界日转日新,各省通人达士,哪一个不说女学是件要紧的事情?近地如上海、杭州等处,都是办得成效昭彰,实在因为女子是全国百姓的母。母亲能够贤明,所生出来的子女,自然也能贤明。况且女子又是你们男人家的内助,内助好也就是男子的好处。"(第八回)这种"相夫教子"贤内助身份的自觉地认同和不断诉说,似乎在昭示着女性的生命归宿和价值指向。值得注意的是,与女性权利息息相关的兴女学,正是在相夫教子、贤妻良母以强国保种的名义下得到社会的认可而广泛展开,一直被漠视且自卑的女性也正是在这种价值被重新认识的历史契机中开始踏上艰难觉醒路程的,历史的吊诡也正在于此。

晚清富有时代色彩的"贤妻"观,虽然使女性新形象和身份的建构在新的历史条件下获得了再生与重塑的机缘,但在两性关系中,女性的雌伏状态并没有根本改变,仍需要通过相夫教子尽到贤妻的职责间接地贡献于国家。女性虽然从幽闭已久的闺阁走向了社会,但"贤妻"的价值评价又使女性难以挣脱以丈夫为中心的家庭角色,女性的独立和自我意识依然被遮蔽。更何况如果丈夫迂腐而顽固不化,新潮的女性只能面临做"贤妻"而不得的悲剧,现实社会中的胡仿兰之死和小说《中国之女铜像》中的胡仿兰劝夫都是一个典型的事实案例和小说文本①。所以几乎是就在社会上对新内涵的贤妻持赞美态度的同时,晚清启蒙者为了最大可能地激发女性的救亡激情也开始了对女豪

---

① 1907年4月24日,江苏沭阳县马台村徐沛恩之妻胡仿兰因放足被逼自尽。废缠足是晚清高亢的时代呼声,不仅与兴女学一体相关,而且关乎国家兴亡。胡仿兰之死经由当时报刊媒体的报导,成为公众关注的大事件。当时的主流舆论认为胡仿兰之死是其翁姑逼死的,而忽视了徐沛恩对父母行为的合谋与纵容。据《沭阳文史资料》记载:婚后,胡仿兰按时向公婆请安,细心侍奉丈夫。但公婆不满胡仿兰经常谈女子放足、进学的行为。丈夫徐沛恩对她也很冷淡,而且对于父母限制、刁难妻子从不申辩。小说《中国之女铜像》叙写胡仿兰力主富民强国,劝丈夫沛恩发奋读书,沛恩不但羞怒斥责,反而将之告诉母亲程氏,结果胡仿兰招致婆婆的一通辱骂。小说中还有一段沛恩母子的对话,现抄录如下:程氏说道:"只可惜着我们一二百年的小脚家风,被这个怪妇断送得尽尽绝绝!他既断绝我们的小脚种子,我也只得给他些利害看看的了!我的儿,这个怪妇,你心中究竟要不要了?"沛恩道:"要便怎样,不要又怎样呢?我看见了他的影子,我的头就要同栲栳般大了起来,还要他做什么呢?"程氏道:"你既真心不要,我们也犯不着放他在眼前讨气,爽爽利利,把他害了,且讨一个好的!"(第十二回)由此可以看出,无论是现实生活还是小说文本中,程氏加害胡仿兰是经由徐沛恩默许或准允的,胡仿兰之死,其夫徐沛恩难辞其咎。

102

二、"雄飞"的女豪杰

维新失败后,逃亡到日本的梁启超在1902年创办了《新民丛报》和《新小说》杂志。同年10月,梁启超在《新民丛报》发表著名的《近世第一女杰罗兰夫人传》,文中极富煽动性的评述凸显了罗兰夫人作为救国女杰的形象,在社会上产生了极大反响,不仅"上海的《女报》(《女学报》)立即转载,使其在女界更广为人知",而且1903年出现的小说《女豪杰》,实则"仍为梁氏传记的翻版"①。于是,法国资产阶级大革命的鼓动者和著名领导者罗兰夫人(玛利侬),经由中国知识分子的介绍,作为一面理想的旗帜鼓动和号召女性担负起强国救亡的历史使命。梁启超创办的另一份杂志《新小说》,于1902年11月至1903年7月连载了署名为"岭南羽衣女士"的小说《东欧女豪杰》,极力渲染了俄国虚无党人苏菲亚以身殉国的壮烈豪气,韩文举(署名"谈虎客")在对小说的批语中叹道,苏菲亚本出身名门,完全可以安分守常地过日子,但她却为了公理毅然以身殉之,这种人格"真足令百世之下,闻者莫不兴起",批语中并希望中国读者"幸毋以对岸火灾视之"②。小说中另一重要人物晏德烈,其义勇也刻画得非常具有感染力。晏德烈与苏菲亚在学堂念书时,就被同学艳羡为"一对天生的佳偶"。小说发表后,颇受读者欢迎,《觉民》《女子世界》《国民日日报》等都刊有唱和诗。金天翮还撰文表达了他对《东欧女豪杰》的崇拜之情,并解释为它"使吾国民而皆如苏菲亚、亚晏德之直奔走党事"③。更为重要的是,作为一种新理念的救国女豪杰,引领了晚清对中外女豪杰的挖掘之风,梁红玉、秦良玉、贞德姑娘、斯托夫人等纷纷适应时代的需要而穿越时空活跃在晚清历史的天空,作为榜样的力量不断被书写和演绎。

"颐琐"(汤宝荣)的《黄绣球》,共三十回,前二十六回最初连载于光绪三十一年三月至十二月(1905年4月至1906年1月)的《新小说》第15号至第24号,标"社会小说"。光绪三十三年(1907年)新小说社出版单行本,续足三十回。小说中的女主人公黄绣球就是一个罗兰夫人式的新女性,

---

① 夏晓虹:《晚清文化与社会》,武汉:湖北教育出版社2001年版,第186页。
② 岭南羽衣女士著,谈虎客批:《东欧女豪杰》,《中国近代小说大系》,南昌:百花洲文艺出版社1991年版,第36—37页。
③ 松岑(金天翮):《论写情小说于新社会之关系》,陈平原、夏晓虹编:《二十世纪中国小说理论资料》第1卷,北京:北京大学出版社1989年版,第154页。

这一形象的塑造完成,实际上是黄绣球一个从雌伏的贤妻成长、蜕变为女豪杰的过程①。黄绣球原本是一个不识字的小脚女人,嫁给黄通理之后,恪守着帮夫教子的妇道,但心里却渴望能同男人一样出去做事。这种思想犹如一件含电质的东西,一旦碰着了"引电之物","不由的便有电光闪出",而且"其势猛不可遏"。触碰其思想的"引电之物",便是罗兰夫人给予黄绣球的指点,小说这样写道:

> 历来的人都把男子比做雄,女子比做雌,说是女子只可雌伏,男子才可雄飞,这句话我却不信,人那能比得禽鸟?男人女人,又都一样的有四肢五官,一样的穿衣吃饭,一样是国家百姓,何处有个偏枯?偏偏自古以来,做女子的自己就甘心情愿,雌伏一世。稍为发扬点的,人就说他发雌威,骂他雌老虎;一班发雌威、做雌老虎的女子,也一味只统得瞎吵瞎闹,为钱财斗气,与妾妇争风,落得个悍妒之名,同那粗鲁野蛮的男子一样,可就怪不得要受些压制,永远雌伏,不得出头了。(第三回)

小说采用传统小说"做梦"的套路,让一介村妇黄绣球接受了具有现代意识的西方女性罗兰夫人的指点迷津。以上这番男女平等的道理正好"打上了黄绣球的心坎",随后罗兰夫人又"梦中"授读《英雄传》。黄绣球梦醒之后,"顿然脑识大开。比不到什么抽肠换胃,纳入聪明智慧的无稽之谈,却是因感生梦,因梦生悟,把那梦中女子所讲的书,开了思路,得着头绪,真如经过仙佛点化似的,豁然贯通"。

作为启蒙者的形象,罗兰夫人的感化在黄绣球身上发生了强大效应,就连思想开通的丈夫黄通理也惊讶于妻子的变化:"怎么他变了一个人","这般开通发达,真令人莫测"。这种安排布局,自显小说的粗疏之处,但其背后透露出的是作者觉世的迫切心态。不管怎样,黄绣球迈出了踏上蜕变为女豪杰之路尤为关键的一步。黄绣球向众人宣讲女子放脚、求学、做事的情理,与丈夫一起开办学堂、组织义勇队,成就了轰轰烈烈的事业,不但居住的

---

① 如果我们仔细阅读就会发现,无论是梁启超的人物传记《近世第一女杰罗兰夫人传》,还是不题撰人的小说《女豪杰》,这两篇文章中的罗兰夫人(玛利侬)都有从贤妻到女杰的成长轨迹,既写了罗兰夫人怎样帮助丈夫致力于事业、怎样料理家务和抚育幼女,又写了她在法国大革命中的政治作为。由于文章都用了四分之三的篇幅去叙述罗兰夫人的政治活动,自然就凸显了一个救国女杰的鲜活形象,而她迫于国内政治形势由贤妻向女杰的转变却往往被忽略。至此,笔者意在说明梁启超对晚清理想妻子角色的拟构是多向度的:或者做一个帮助、感化丈夫报效国家的贤妻,或者做一个和丈夫一起承担起国民强国救亡责任的女豪杰、女英雄。总之,在民族危亡的时刻,作为夫妇关系中重要一维的妻子,应具有爱国意识且以国家大义为重。

自由村繁荣富强,争得了主权独立,而且引得外村也来学样。小说末尾又以黄绣球的梦境结束,作者这样描述:

> 忽听得耳朵里锣鼓喧天,像就在门前的样子,心上想道:"莫非又出什么会了?待我领着两个孩子去看。"便觉那双新放的小脚,撑了出去。一看并非出会,是对面搭台唱戏。台旁挂着一副对联,字迹挺大,远远看过去,认得是:
>
> 男豪女杰,上了这座大舞台,都要有声有色。
> 古往今来,演出几场活惨剧,无非可泣可歌。
> ……
> 我黄绣球如今是已经上了舞台,脚色又极其齐备,一定打一出好戏,请罗兰夫人看呢。将来好把罗兰夫人给我的那本英雄传上,附上一笔,叫:二十世纪的女豪杰,黄绣球在某年某月出现了。(第三十回)

迷幻断续的梦境,既是人物内心世界的外现,也是男性启蒙者模拟女性对女豪杰/女英雄的认同与期待,如梦境所呈现的"男女豪杰,上了这座大舞台,都要有声有色",这种思想意味着女豪杰已经走出了雌伏的心理阴影,她们以一种平等、独立的姿态与男性站在一起,共同承担社会的责任。至此,小说完成了黄绣球女豪杰形象的塑造。

与《黄绣球》相比,静观子的小说《六月霜》(1911)也表达了对女性雄飞的期待。所不同的是,《六月霜》所叙写的秋瑾走得更远。众所周知,秋瑾是晚清现实社会中女豪杰的代表,她用自己的生命诠释了一个豪情壮志的女英雄,我们可以从其诗文中倾听秋瑾不甘雌伏的心声和杀敌报国的渴望,诸如其《宝剑诗》:"宝剑复宝剑,羞将报私憾。斩取敌人头,写入英雄传!女辱咸自杀,男甘做顺民。斩马剑如售,云何惜此身?干将羞莫邪,顽钝保无恙。咄嗟雌伏俦,休冒英雄状。神剑虽挂壁,锋芒世已惊,中夜发长啸,烈烈如枭鸣。"[①]另一首《日人石井君索和即用原韵》也抒发道:"漫云女子不英雄,万里乘风独向东。诗思一帆海空阔,梦魂三岛月玲珑。铜驼已陷悲回首,汗马终惭未有功。如许伤心家国恨,那堪客里度春风!"[②]

《六月霜》全力塑造的秋瑾形象,就是依据当时报刊关于秋瑾的报道来完成的。小说第十一回有这样一个情景:秋瑾酒酣耳热之后,高唱《宝剑

---

① 秋瑾:《宝剑诗》,《秋瑾集》,上海:上海古籍出版社1960年版,第89页。
② 秋瑾:《日人石井君索和即用原韵》,《秋瑾集》,上海:上海古籍出版社1960年版,第116页。

歌》,其歌词正是秋瑾的《宝剑诗》。唱者慷慨激昂,听者叹赏不已,酣畅淋漓的情感抒发使壮烈的场面留给读者难以拂去的深刻记忆。不仅以晚清现实的女豪杰为小说原型,而且直取其名,以小说的手法烘托出一个生动立体的女豪杰。这种言说策略,无论是小说因人物的备受关注而产生的影响,还是人物因为小说的阅读效应而引发的关注,作为晚清女杰代表的秋瑾和展现秋瑾豪气的小说《六月霜》,都是我们回视清末豪杰英雄的历史场景不可忽略的。尽管小说《六月霜》有意将秋瑾的思想活动始终限制在"男女平等,家庭革命"上,但小说写她的性格时,"几乎没有一处不着力在一个'侠'字上用工夫,使她尽量的具有男儿气"①。这种女性的男性化,或者"'仿雄性''仿男性'是与'雄''豪''侠'等铁血气概一起成为'英雌'内涵的题中之义的。当然,'英雌'之'英'的更为重要的意蕴指向和功能维度是现代民族国家意义上的'强国保种''救亡图存'"②。如果说秋瑾的离婚和离家出走是属于私人生活的家庭革命,那么离家之后秋瑾东渡求学、办女报和担任女学堂教习活动则属于晚清强国救亡的重要组成,其所唱《宝剑歌》和小说中引用的秋瑾《日人石井君索和即用原韵》等诗都鲜明地指向了其杀敌报国的英雄志向,更何况,秋瑾的离婚和离家不仅仅是私人生活的家庭革命,而是被强国救亡大潮裹挟下志不同、道不合的夫妻分道扬镳。值得注意的是,小说第七回直接将秋瑾称为"巾帼须眉,女中豪杰"。

小说在第七和第八回详细叙写了秋瑾夫妇初婚时的儿女情深、生子的欢喜和离婚的过程,我们现摘录小说中秋瑾劝夫时的夫妇对话:

> "夫人,你独自一个长吁短叹的说些什么来?"女士见问,便道:"我在这里想,我中国好好一个几千年的大国度,为什么弄到这个极弱极穷的地步?既被外人嘲笑,又受外人欺侮。国中枉有了四万万子民,却都是一个不能替国家分分忧、雪雪耻的。那一班大老官绅,更似醉生梦死,……你虽是个小小京官,若只是拿吃花酒、叉麻雀算正经事体,将真真正经事体反丢在脑后头去,这不是国家白白养了你们这班官儿了么?"女士的意思,欲将丈夫劝醒了,好帮着自己,轰轰烈烈的做一场,故此不惮烦言,竭力的规谏一番。不知他丈夫听了如何回答,且看下回便知。(第七回)

小说在第八回开篇紧承上回写道:

---

① 阿英:《晚清小说史》,南京:江苏文艺出版社2009年版,第103页。
② 李奇志:《论清末民初小说中的"英雌"想象》,《中南民族大学学报》2007年第4期。

却说秋女士的丈夫听了秋女士一番规谏,便冷笑一声的答道:"夫人,你也太愚了呀。适才所言,虽也近理,但是国家的兴衰,民族的消长,大抵都关天运,非人力所能强挽的。……虽说燕雀处堂,是禽兽的心肠,然而得过且过,也是聪明人的作为。我虽不能及得张子房的才干,却也喜欢学着他明哲保身这句话儿。夫人,你又是个女子,万一祖国有了陆沉的祸,决不有责备着你们女子的道理,何苦为了这些没要紧事,瞎操心呢!"秋女士听了,说道:"这本是你们男子的责任,我不过既和君成了夫妇,就不得不尽我的心,规谏一番。今闻君这番议论,是君的志向已经决定如是的了,我也不敢相强的。但只是我虽女子,却女子也知有女子的责任,我今只要尽了我女子的责任,也不枉人生一世了,不知君肯从我的志愿么?"

从下文看,"我的志愿"是指秋瑾去东洋游学的愿望。尽管秋瑾苦口婆心地规谏,无奈她的丈夫贪图眼前的快乐而忘了亡国之忧,不仅如此,还以离婚相威胁以阻止秋瑾游学日本。而此时常阅读新书、新报的秋瑾,已经知晓男女平权、家庭革命的道理,之所以去东洋留学,正如她自己所言:"况此刻时势已迫,风潮愈急,更是不容再缓的了。"于是,就出现了秋瑾不得已撇夫离家的选择。在秋瑾生活的晚清世界,女权和家庭革命频繁出现在"新书"和报刊之中而流传颇广,而且与国家民族话语密不可分:"欲强中国,必复女权;欲复女权,必兴女学"①;"家庭革命者何也?脱家族之羁轭而为政治上之活动是也,割家族之恋爱而求政治上欢乐是也"②。我们很难将秋瑾的"女权革命""家庭革命"与民权、救世剥离开,恐怕作为满腔爱国侠肠的秋瑾本身也无法自外于激荡的时代大潮。一定意义上说,秋瑾是一位做贤妻而不得(罪责在于丈夫的朽木不可雕)而最终摆脱丈夫的羁轭走向社会致力于强国利民的女豪杰、女英雄。勇于撇夫别家去实现自己价值的秋瑾,成为妻子彻底摆脱对丈夫的依赖具有独立自主精神世界的典范。

《新镜花缘》(1908)的作者陈哕庐,在小说第一回这样写道:"却说我中国东南部江浙两行省,本是人文渊薮。男的不必说,单像那女流之辈,人才出色的,前前后后,也不知出了多少,只恨压力太重,雌伏不能雄飞。幸而女学潮流,由东西洋滔滔汨汨的输入中国以后,这才睡狮梦醒,顿教气象光昌,

---

① 上海《女报》第2期,1909年2月。
② 家族立宪者:《家庭革命说》,张枬、王忍之编:《辛亥革命前十年间时论选集》第1卷下册,北京:三联书店1960年版,第833页。

一处一处的女学堂,譬如铜山西倾,洛钟东应,渐渐都创办起来。"启蒙者的时代导引、女学的发展,不仅晚清现实中出现了雄飞的女豪杰诸如秋瑾、何震、唐群英、胡彬夏、林宗素等,而且小说中涌现出了很多不甘雌伏的女性形象诸如沙雪梅、许平权(《女狱花》)、高剑尘(《侠义佳人》)、关关(《自由结婚》)、贞娘(《女子权》)、黄英娘(《中国新女豪》)、颜如芝、露珠(《冷国复仇记》)、夏雅丽(《孽海花》)等等,不一而足。这些女豪杰／女英雄,已经走出了至少是摆脱了传统文化对妻子卑弱角色定位的心理阴影,她们或失望于丈夫而毅然独担起国民的社会责任,或与她们的丈夫／恋人一起投身于强国救亡大业。

柳亚子在晚年曾回忆说:"我最初的目标,自然希望找一位才貌双全的配偶。但到辛丑壬寅之间,天足运动起来,目标便又转移了。一个理想的条件,应该是知书识字的天足女学生。更理想一点,则要懂得革命,或竟是能够实行革命的,像法国玛利侬俄国苏菲亚一流人物才行。"①实际上随着时局的变化,尤其是由维新到革命的渐次展开和深入,社会对女豪杰或女英雄的呼声越来越高,抨击"贤妻良母"的言论也不时浮现出来:"从古至今总是讲什么男尊女卑、扶阳抑阴之谬论,……照他们的希望,就使吾们同胞姊妹都受了教育,有了学问,到头来不过巴结到一个贤妻良母的资格。说什么母教,说什么内助,不过还是男子的高雅奴隶,异族的双料奴隶罢了"②;"与其以贤母良妻望女界,不如以英雄豪杰望女界"③;"勿以贤母良妻为主义,当以女英雄豪杰为目的"④。无论是思想界还是小说界,在晚清启蒙者对女性理想人格进行多向度构想之时,女豪杰／女英雄逐渐浮出历史地表并迅速演变为女性强国救亡话语的重要一维,尽管其中不乏有从贤妻到女豪杰成长历程或蜕变痕迹。而与此同时,基于更为急切的救国心理和生存焦虑,一种以国为夫的激进言说也在进行。

三、以国为夫、移情于国

如果说雌伏的贤妻和"雄飞"的女豪杰／女英雄在建构妻子／恋人的

---

① 柳亚子:《五十七年(续五)》,《柳亚子文集》,上海:人民出版社1986年版,第160页。
② 苏英:《苏苏女校开学演说》,《女子世界》第12期,原刊不署时间。
③ 安如(柳亚子):《论女界之前途》,《柳亚子选集》(上册),北京:人民出版社1989年版,第56页。
④ 陈以益:《男尊女卑与贤妻良母主义》,张枬、王忍之编:《辛亥革命前十年间时论选集》第3卷,北京:三联书店1960年版,第484页。

价值期待中还是一种相对较为温和的姿态,那么以国为夫的想象则明显带有激进的色彩,女性救国的言说被推向了极致。1902年创刊不久的《新民丛报》发表了一组题为《史界兔尘录》的杂记,其中一则这样记述:"英女皇额里查白终身不嫁。群臣或劝之嫁,答曰:'吾已嫁得一夫,名曰英吉利。'意相嘉富儿终身不娶。意皇尝劝之娶,对曰:'臣已娶得一妇,名曰意大利。'善哉爱国之言!"①柳亚子读之诗兴大发,即作《读〈史界兔尘录〉感赋》,将爱国精神渲染为一种慷慨激昂、斩断男女之情的壮烈:"嫁夫嫁得英吉利,娶妇娶得意大利。人生有情当如此,岂独温柔乡里死。一点烟士披里纯,愿为同胞流血矣。请将儿女同衾情,移作英雄殉国体。"②英国女王不嫁、意大利首相不娶的异域历史故事,一时成为晚清中国革命志士激励国人挽救民族危亡的精神资源和心中偶像,这种移儿女之情于国家、以身报国的价值取向在小说里得到了唱和。

张肇桐的《自由结婚》就是一篇虽名为结婚却极少涉及儿女之情的长篇小说,主人公关关自幼就发誓:"一生不愿嫁人,只愿把此身嫁与爱国('爱国'实指中国:笔者注)。"(第六回)即便是关关与黄祸因为共同的革命志向相爱而共处的谈话,也几乎是抽象的有关民族、国家的道理。后来虽然与黄祸约定"缔姻之事",但关关仍不忘前誓,向黄祸之母表白道:"所以侄女今天同伯母约,缔姻之事,请自今始;完婚之期,必待那爱国驱除异族,光复旧物的日子。"(第六回)关关加入以光复爱国大业为宗旨的光复党后,又结识了此党代表一飞公主。如果说关关与黄祸的爱情还没褪尽男女相悦的话,那么一飞公主则完全放逐了个体的私性欲望,剩下的只是激情四射的政治情怀,彰显女性与中国的"自由结婚":"把此身嫁与我最爱之大爱国祖国,尽心竭力,勖勉为之",并号召新来的同志都要做国妻,无论在意识上还是在行动上都要把国家当做自己的丈夫(第十四回)。小说发行时书名前冠以"政治小说",卷首《弁言》称此书之作欲"使天下后世,知亡国之民,犹有救世之志"③。由此而知,作者取"自由结婚"为名,寓以深刻的政治意蕴。在亡国灭种的生存危机下,抑"儿女私情"扬"爱国救世"之志成为革命理想主义者的更高追求,进步的政治话语下难以掩藏的是道德中心的深层叙事模式。无独有偶,《瓜分惨祸预言记》(1903)中夏震欧文武兼备,在中

---

① 梁启超:《史界兔尘录》,《新民丛报》1902年5月8日。
② 亚卢(柳亚子):《读〈史界兔尘录〉感赋》,《江苏》1904年1月17日。
③ 自由花:《〈自由结婚〉弁言》,陈平原、夏晓虹编:《二十世纪中国小说理论资料》第1卷,北京:北京大学出版社1989年版,第92页。

国遭"瓜分惨祸"日陷亡国灭种危险情势下,为国浴血奋战,倡兴华府独立,新立兴华邦共和国,被推举为大统领,言及婚姻时将祖国比作丈夫:"这中国就是我夫,如今中国亡了,便是我夫死了。这兴华邦是中国的分子,岂不是我夫的儿子么?我若嫁了人,不免分心,有误抚育保养这孤儿的正事,以故不敢嫁人。"(第十回)后来她果真践行了自己的诺言,终身不嫁,专心谋国。

从上可以看出,无论是关关、一飞公主,还是夏震欧,在男女情爱和国家大义之间进行取舍时,她们都怀着圣徒般的虔诚自觉地选择后者,高扬着革命的理想主义激情。革命的政治伦理以救亡的名义言说着女性救国的合理性,渲染着民族国家利益至上的权威性。这种嫁与国家、以国为夫的深层心理是革命要求与男女情爱、国家利益与生命欲望的二元对立:"当舍此身以担今日国家之义务,若既嫁人则子女牵缠,必不能如今日一切自由也"[1];"吾中国民权不复久矣,而独至闺房之内,俨然具有第二君主之威权,……世间之爱情莫如夫妇,家庭之压制亦莫甚于夫妇;宁断爱情不受压制,能去压制始长爱情。诸姊妹务以革命为斩情之利剑,吾且欲扬家庭独立之旗,击鼓进行于女权世界……欲革国命,先革家命;欲革家命,还请先革一身之命"[2];"风云壮志,消铄春华,儿女情深,淡忘国是"[3];"社会万事,赖人而成,人之孳生,实由男女。故今日欲从事于社会革命,必先自男女革命始,……其计维何?则毁家是已。盖家也者,为万恶之首,自有家而后人各自私,自有家而后女子日受男子羁縻"[4]。既然男欢女爱消磨人的英雄壮志,为人妻的女子由于丈夫的羁绊和子女之累无法以独立之身和全副精力投身于社会,在亡国灭种、生死攸关的险境面前,以革命利剑斩断儿女私情、将"世间之爱情莫如夫妇"不施于男女而施于国家,被认为是挽救民族危亡建立现代国家的良策。"海天独啸子"的小说《女娲石》,可以说是这种社会深层心理的典型艺术呈现。小说中的花血党领袖秦爱浓为了救国,规定党人要"永断情痴,毋守床笫,而误国事""绝夫妇之爱,割儿女之情""灭卜贼",并解释说"这'下'字是指人身部位讲的。人身有了个生殖器,便是胶

---

[1] 马君武:《女士张竹君传》,《新民丛报》第7号,1902年5月8日。
[2] 丁初我:《女子家庭革命说》,张枬、王忍之编:《辛亥革命前十年间时论选集》第1卷下册,北京:三联书店1960年,第928页。
[3] 家庭立宪者:《家庭革命说》,张枬、王忍之编:《辛亥革命前十年间时论选集》第1卷下册,北京:三联书店1960年,第836页。
[4] 汉一:《毁家论》,张枬、王忍之编:《辛亥革命前十年间时论选集》第2卷下册,北京:三联书店1960年版,第916—917页。

胶粘粘,处处都出现个情字,容易把个爱国身体堕落情窟,冷却为国的念头。所以我党中人,务要绝情遏欲,不近浊物雄物",还规定入了党的女性全身心"便是党中的,国家的,自己没有权柄了"(第七回)。这种禁欲主义的清规戒律,不仅要求女性不能沉湎于爱情和家庭,还必须为民族国家奉献一切。女性的价值虽然在民族国家最需要的时候得到最大程度的彰显,但作为人之为人的天然生命欲望却被历史地压制到极限。

基于男女之情与爱国救世相冲突的认识,晚清启蒙者训导中国女性放弃男欢女爱甚至提出毁家说以专心救国。我们知道,结婚生子、繁衍后代是传统伦理观念赋予婚姻、家庭最基本的涵义和社会功能。没有人的承续、种的繁衍,何谈有人构成的国家,这似乎与晚清启蒙者的以国为夫的初衷相悖逆。为了解决这种随之而来的问题和保证理论的严密性以增强话语的说服力,小说《女娲石》以金瑶瑟的疑问和秦夫人解惑的情节设置进行诠释:"夫人,自古道:男女媾精,万物化生。便是文明国也要结婚自由。若照夫人说来,百年以后,地球上还有人么?"对此秦夫人的回答是:"女子生育并不要交合,不过一点精虫射在卵珠里面便成孕了,我今用个温筒将男子精虫接下,种在女子腹内,不强似交合吗?"(第七回)秦夫人的激进言论虽然使女性彻底摆脱了为人妻的角色,但同时又使女性完全沦为政治的工具。妻子完全放逐了丈夫,也意味着完全放逐了自我情欲的生命需求。

以国为夫的身份建构虽然剥离了夫妇之间的男女情爱,却成功地将妻子对丈夫的忠贞移植到了国家。既然把国家当做自己的丈夫,那么女子就成为国家的妻子——国妻。而时下国家被别国、别种人盗去,做为国妻理应"替国守节,替种守节"。《自由结婚》中一飞公主的一番演说颇值得玩味:

> 我们女人的程度样样不如男人,说来都要羞死。独有一件事情,可见得我们有个极好极好的性质,胜过那些男人不啻十倍百倍。这是什么事情呢?就是能够替丈夫守节。我曾经想过,女人一定要守节,甚是无谓之事。然而这个风俗,也可以见得我们女人爱情之重,志气之坚,不像他们男人朝秦暮楚,绝无廉耻。诸位姊妹试想一想,年轻佳人没了丈夫,空房独宿,夜冷衾寒,情障未断,徒唤奈何。如此凄凉寂寞,岂能一日安宁吗?此外有些妇人,去了一生利的丈夫,没衣没食,无以为生,还要饿着肚皮,冻着身子,坚守那柏舟之节,六七十年如一日,始终不变自己的素志。咳!这是何等好性质吗(呢)?倘若拿这种难能可贵的性质去爱自己的国家,驱除异族,光复旧物,有那一件事情做不到呢?……诸位姊妹大约非是烈女,就是节妇。替一人守节,既然说到做

到,叫我真正拜倒。你今向后,就可以替国守节,替种守节。我们同心做去,达这目的,可不是我们第一件好事吗?……咳!我们本国本种可爱的丈夫,被强盗杀去,到如今已经几百年,绝不闻有守节的国妻,替他起来报仇。……总之,我们女人有了这守节的好性质,却只会用在一人身上,不会用在一国身上。取小遗大,知一不知二,这是最可惜的事情。(第十四回)

众所周知,几千年来妇人的贞洁观作为积淀已久的社会心态和文化心理始终影响着人们的生活,参与对妇女道德训诫、价值评判以至文学中人物形象的塑造。宋代理学又提出"饿死事小失节事大",女性的贞节之重要远远大于生命的存在。明清时期,贞洁观已呈现出宗教化的态势。《儒林外史》中记述了这样一个故事:年逾六十的王玉辉是一个受传统礼教浸染的穷秀才,当他的女儿提出以死守节的想法时,王玉辉不但没劝止,反而大加鼓励:"我儿,你既如此,这是青史留名的事,我难道反阻拦你?你竟是这样做罢。"看似冷酷无情,却符合文化规约的女子节烈之伦理,男权话语的价值蛊惑使女性把以身殉夫这种为夫守节的极端形式视为生命的最高荣誉。小说虽有夸大虚构之嫌,但"节妇断臂"、马氏"乳疡不疗"却是有史可查的事实①。晚清时期,批判贞洁观是夫妇伦理变革的重要内容之一:"最不平等者,男子一夫数妻,习为自然。……又如夫丧其妇,可以再娶,骨肉未寒,新欢在抱,无有疵议。妇丧其夫,则必为之守节"②;"试问天下男子,有一人为女子守节者否?冢土未干,新人在抱。凡若此者,滔滔皆是。而妇女丧夫,则必终其不嫁,岂公理哉"③。批判现象的产生,也是基于现实问题的存在和对问题的关注。贞节观念犹如一条巨大的精神枷锁,左右着社会舆论;守节与否,成为判断好女人与坏女人的重要标准。守节的女性一边享受着社会的赞誉,一边独自吞咽着情感寂寞、性欲骚动甚至生存艰涩的苦楚。如果说亡国之痛对于大多数女性来说还是一种遥远而模糊的情感体验,那么为丈夫守节却是她们熟悉甚至是身历的生命体验,自然,其中有"爱情之重"的见证,更多是独守空房的悲苦。常态生活中的亡夫之妇一般因为丈夫的

---

① 章义和、陈春雷:《贞节史》,上海:上海文艺出版社1999年版,第101、106页。"节妇断臂":讲述王凝妻李氏,因被旅舍主人牵了一下臂膀,觉得身体已被玷辱,为保贞节,引斧自断其臂。马氏"乳疡不疗":大德七年十月,(马氏)乳生疡,或曰当迎医,不尔且危。马氏曰:"吾杨氏寡妇也,宁死,此疾不可男子见。"竟死。
② 亚庐(柳亚子):《女子家庭革命论》,《神州女报》第2号,1907年12月。
③ 谢震:《论可怜之节妇宜立保节会并父兄强青年妇女守节之非计》,《女报》1909年第2期。

有疾而终身处无物之阵,而亡国之敌却有具象化的客体。由此,女子专心爱国不受异族异种统治被通俗化为妻子为亡夫坚守的"柏舟之节",这种言说策略无疑极易引发女性的情感共鸣,同时也极易将独守空房的悲苦转换为不可遏制的夺夫之恨。果不其然,《女娲石》中一飞公主热情洋溢的演说具有很强的煽动力,使闻者"个个咬牙切齿,把亡国之痛当做杀夫之仇"。

"由晚清最推崇女性的文人学者所构想的'女子世界',其根基明显与西方女权运动不同。欧美妇女的要求平等权,是根据天赋人权理论,为自身利益而抗争;诞生于中华大地的'女子世界'理想,昭示着中国妇女的自由与独立,却只能从属于救国事业。"①作为"女子世界"中一个独特而庞大的群体,在晚清救亡图存为第一要义的时代语境中,妻子的理想建构亦然。毫无疑问,个人的权利应当服从于国家的利益,但并不意味着个人的权利被国家利益所取代。以夫为国、移情于国固然是女性从附属于丈夫的地位走了出来,但妻子作为一个生命个体的独立与自由又被宏大的救国话语所吞噬而沦为民族国家的附属。

---

① 夏晓虹:《晚清女性与近代中国》,北京:北京大学出版社2004年版,第83页。

第三章 晚清新小说与父子伦理

　　传统中国是一个以血缘关系为基础、以家庭为基本单位的宗法社会,纵向的父子关系被置于家庭结构的主轴,承担着男性世系血统的延续和财产的继承。两千多年的文化不断强化和丰富父子关系的伦理内涵:《论语·颜渊》提出了父父子子的规范原则,《春秋繁露·顺命》却认为"子不奉父命,则有伯讨之罪",《礼纬·含文嘉》则具体提出"父为子纲"的命题。至此,父慈子孝的双向伦理规范彻底变成了以父统子、子对父绝对服从的等级秩序。毫无疑问,"父为子纲"的伦理建构,捍卫了父亲的权威,却束缚了儿子的自主权力;保护了父亲的专制,却剥夺了儿子的独立人格。宋代程朱理学又提出"天下无不是的父母",这种个人偏见却经由传播成为影响深远的天理。在"父为子纲"的形成过程中,父子关系中双向的"父慈子孝"还逐渐演变为子对父单向度的"孝"。《礼记·礼运》规定了十种"人义",其中就有"父慈""子孝"。《二十四孝》又以一个个生动的孝子故事树立了道德的典范,使得"孝道"大张其行。法律的保证为道德世界的"子孝"提供了合法性依据,如《大清律·刑律》规定"子孙违教令而依法决罚,邂逅致死者勿论",而且"父母控子,即照所控办理,不必审讯"。"孝"的畸形表现便是世俗流传的"父教子亡,子不敢不亡,不亡为不孝",子对父的顺从,不仅表现在自己的意志和行为受父亲的支配,而且自己的生命权利都操纵在父之手中。在父子关系中,子的"孝"行被定格为绝对顺从,否则便为"十恶不赦"之一。民众广为流传的"万恶淫为首,百善孝为先",使"孝"成为评价个体是否为善的首要标准的同时,也成为一般人不敢触犯的文化心理和社会舆论的禁忌。"父慈"的淡出和"子孝"的强化,使父为子纲的伦理规范往往以"孝"的名义冠冕堂皇地进行,进一步把父与子之间的不平等推向尊与卑、主与从的两极。

　　父权的极度膨胀是以儿子的恭顺为代价,尊卑等级秩序的建构却疏远了天然的血缘亲情。这种悖论式的关系呈现一开始就潜隐着遭遇颠覆的危机,事实上,中国的历史和文学文本就有许多关于父子冲突的故事。如果说,相对于强大的文化堡垒,这些冲突其力量之微弱不足以撼动父权的根基,那么,晚清西学的输入,尤其是"天赋人权"、自由平等思潮的影响,使晚清知识分子重新审视传统父子伦理之时获得了坚实的理论支点。在异质文化的撞击和启悟下,晚清知识分子开始了对"父为子纲"和传统孝道的批判以及父子平等和具有现代意蕴的"孝"的构建。晚清小说家敏感于时代风潮,在小说的世界中既响应了时代的声音,也表现出了审美的、文化的多元选择。父子伦理在从传统向现代裂变的过程中,既有对西方思想的接纳,也不乏对传统伦理的现代性转化。

第一节 对传统父为子纲的伦理批判

传统父为子纲的伦理秩序要求儿子的言行对父亲的绝对服从。虽然"子不教,父之过",管教好儿子也是父权给予父亲角色的社会要求,但是管教儿子的过程又往往演变为一种父亲至上权力恣意张扬的过程,父亲的意志和价值取向得以延伸和实现的过程。而这一过程的合理性进行又是父为子纲的伦理作为前提和保证的,儿子的唯诺成为父亲权威的明证。为了维护父权的神圣不可侵犯和话语言说的有效性,父亲在儿子面前往往以高高在上尊者的姿态摆出一副冷酷的面孔进行训诫,以说一不二的独裁者身份阉割儿子的思想、左右儿子的行为,与此同时,父亲专制的一面也被推向极端。父子之间的这种尊卑秩序和不平等的对话,在晚清大变革时代遭遇着新思潮的质疑和解构。

一、批判思潮的涌现

数千年来,父子天然的血缘关系和子女在成长过程中对父亲积爱成孝的情感使得父为子纲和孝道的观念深入民众的心理,传统文化的训导和法律的维护进一步使之变得神圣不可侵犯,由此畸变而成的父权的滥用导致了诸多的婚姻悲剧、社会悲剧和生命悲剧等。晚清时期,随着对父为子纲的批判,作为一种文化符码和权威象征的父亲被剥去了神圣的外衣,同时一种新的父子伦理秩序也开始了历史的建构。

对父子伦理规范作出质疑的思想观念,早在洋务运动时期已经出现。随着洋务运动的兴起和西学的逐步渗透,尤其是清政府派遣赴欧美的出使官员和中国人到欧美日游历、留学,他们对国外文明和人伦关系具体可感的切身体会更容易引起社会效应从而为社会所接受,一些开明知识分子开始冷静地审视中国传统伦理。郭嵩焘是中国第一代驻外国公使,他既深受中国传统文化的熏陶,又有机会较早亲身领略西方国家的风土人情,异域别样的社会面貌带给他新鲜的感受,西方文明的烛照使他对本土习行的父子伦理观念做出了新的思考:"父之道果是耶,终身无改可也,何又三年? 果非耶,知而改之,善述人之事也,何待三年?"①郭嵩焘的质疑虽然还不足以对当时的社会造成一呼百应的声势,但其对传统父亲权威的大胆挑战却给后来者传达了弥足珍贵的信息。当时,陪同郭嵩焘出行欧洲的还有刘锡鸿、张德彝等人,他们这样记述抵达伦敦之后的耳闻目睹:"到伦敦两月,细察其政俗,惟父子之亲,男女之别全未之讲,自贵至贱皆然。此外则无闲官,无游民,无上下隔阂之情,无残暴不仁之政,无虚文相应之事"②;"男女婚配皆自择,女有所悦于男,则约男至家相款洽,常避人密语,相将出游,父母之不禁。款洽既久,两意投合,告父母互访家私,家私不称不为配也;称则以语男女,使自主焉"③。这些与中国传统伦理迥然不同的生活情境,张德彝和刘锡鸿在惊诧之余,并没有表现出痛心疾首的谴责和排斥,反而流露出颇多赞许的态度。自此以后,更多知识分子开始走出久闭的国门,当他们踏上异邦的领土,展现在面前的是一个令他们好奇、困惑的世风。在自觉或不自觉的中西比照下,他们朦胧地意识到中国传统父子伦理生活的不足,尽管这时他们不可能掀起一场引发社会观念变革的时代思潮,但正是这种国人最初自觉的伦理比照和深思、审视与质疑,却成为中国近代思想史上冲破伦理禁锢虽微弱却异常勇敢的声音。

关于有别于中国的西方父子之道的介绍在 19 世纪末已为数不少,这些介绍再加上报刊时文对西方人权和自由平等思想的宣传,对康有为的父子伦理观念形成产生了重要影响。康有为运用天赋人权的思想直接对传统父尊子卑的纲常进行尖锐的批判:"若夫名分之限禁,体制之迫压,托于义理以为桎梏,比之囚于囹圄尚有甚焉。……即父子天性,鞠育劬劳,然人非人能为,人天所生也,托借父母生体而为人,非父母所得专也,人人直隶于天,无人能间制之。盖一人身有一人身之自立,无私属焉。然或父听后妻之言而毒其子,母有偏爱之性而虐其孙,皆失人道独立之义而损天

---

① 郭嵩焘:《读〈论语〉二则》,《郭嵩焘诗文集》,长沙:岳麓书社 1984 年版,第 6 页。
② 刘锡鸿:《英轺私记》,北京:中华书局 1985 年版,第 109 页。
③ 张德彝:《欧美环游记》,长沙:湖南人民出版社 1989 年版,第 182 页。

赋人权之理者也。"①在康有为看来,所谓的父为子纲只不过是人之所为,是父亲"自便而凌弱者"的工具,因为"大势所成,压制既久,遂为道义"。这种纲常的束缚比之囹圄的桎梏有过之而无不及,使儿子失去了独立的人格和天赋的人权。康有为还认为,一家之人有不同意见本属正常而自然的现象,"凡名曰人,性必不同。……故无论何人,但可暂合,断难久持,若必强和,势必反目"②,但是在传统家庭中,父系家长却凭借社会赋予的特权"强东意见而从西意见",要全家都服从自己,否则便称之为"逆",结果使"一家之人,亦为家长所累,半生压制而终不得自由",并且"其礼法愈严,其困苦愈深"③。康有为揭示出了父为子纲所造成的个体自由、自主权利的丧失,虽然没有提出具体、切实可行地变革已有秩序的措施,只是幻化出一个没有家庭而绝对平等的大同世界。这种纯属空想的乌托邦在黑暗如磐的专制社会里,显得格外飘渺和遥不可及。但毫无疑问的是,康有为对传统父子伦理的批判在父权思想浓厚的晚清宗法社会里,具有重要而且必要的启蒙意义。

  康有为的思想深深触动了"自少至壮,遍遭纲伦之厄"的谭嗣同④,同时,西方社会的家庭生活又提供了一个新的伦理秩序的现实蓝本。早在1894年谭嗣同就在中西伦常的比较中意识到:"中国之五伦,详于文而略于法,彼(指西方国家:笔者注)不尚文,而其法能使家庭之间不即不离,就令不无流弊,而长短适足相抵,何至如中国前跋后疐,貌合神离。强遏自然之天乐,尽失自己之权利,使古今贤圣君子于父子兄弟之间,动辄有难处之事。"⑤自然,谭嗣同对传统伦理情绪的愤慨和思想的激越都超越了康有为,他言辞犀利地指出:"上以制其下而不能不奉之,则数千年来,三纲五常之惨祸烈毒由是酷焉"⑥,所谓父子一伦为"天合",是就体魄而言的;但在灵魂来说,"子为天之子,父亦为天之子,父非人所得而袭取也,平等也",只不过由于父子关系出于"天合",长期以来人们对父为子

---

① 康有为:《大同书》,北京:中华书局1956年版,第44页。
② 康有为:《大同书》,郑州:中州古籍出版社1998年版,第207页。
③ 康有为:《大同书》,郑州:中州古籍出版社1998年版,第228页。
④ 谭嗣同:《〈仁学〉自叙》,《谭嗣同全集》,北京:中华书局1998年版,第289页。谭嗣同在写作《仁学》过程中,常与梁启超商讨。梁曾称赞谭说:"其思想为吾人不能所达,其言论为吾人所不敢言。"1897年3月间,《仁学》开始以手抄稿形式在谭嗣同的朋友间流传。1899年1月2日开始刊载于《清议报》公开问世。
⑤ 谭嗣同:《报贝元徵》,《谭嗣同全集》,北京:中华书局1998年版,第198页。
⑥ 谭嗣同:《仁学》,《谭嗣同全集》,北京:中华书局1998年版,第299页。

纲"卷舌而不敢议"①。基于此,谭嗣同喊出了"冲决伦常之网罗"的呼声。谭嗣同的观念虽然激进,却一针见血地揭穿了虚伪父权专制假象下的实质。

相对于强大、顽固、持久的传统伦理文化,康有为、谭嗣同等少数知识分子的呐喊显得较为弱小不足以与之抗衡,但其传播的思想火种却呈现星火燎原之势,而且在其后的伦理批判浪潮中姿态更为主动而激烈,已不再满足于维新派的改良,提出了伦理革命、家庭革命的口号甚至毁家的主张。1903年7月《经世文潮》第2期连续发表《伦理学平等卮言》《三纲毒》《五伦三纲分别说》对父为子纲展开了猛烈轰击,提倡自由、独立精神。1904年《江苏》刊载了一篇文章《家庭革命说》,其中指出因为"父之界"的存在和父亲的专制,使吾国青年"皆受家庭之支配者也。教育之不如法,而奴隶宗旨、牛马人格之谬种日以蕃;经济之不自由,而学问补助、社会建设之公德无由起。爱身而不爱国,利己而不利群,如是以为家训也"②,进而把去父界作为家庭革命的重要内容。20世纪初影响颇大的《新世纪》杂志,具有政治和文化的双重功能,除了宣传无政府主义思潮,还表现出了彻底地反叛传统文化的精神,直至1910年5月停刊,刊载了一系列批判传统父子伦理的文章,诸如《毁家谭》《三纲革命》《祖宗革命》《无父无君无法无天》等。时文《毁家谭》就指出"原始之人,本无所谓家也,有群而已。……自有家而后各私其子,于是有父权",并论述父权实际是强权,"不容于大同之世"③,只有毁家才能实现人类的平等和博爱。在一定意义上承续和发展了康有为的大同世界说。署名"四五"的《无父无君无法无天》,不仅题目惊世骇俗,内容也非常泼辣。文章认为,父"为强权所利用",与君、天、法互为基础,成为社会公认的"决不可无要素",长期以来束缚国人的思想,而"人之所恶于无父者,质言之,即恐或酿逆伦之重案也"。"无父"是成立无政府之四要素之一,并从人类"无父之名"的历史推出,"父子可废"是"父之运命,不久必将告终。此'父'之自有至无之一段历史也"④。署名为"真"的《三纲革命》论述道:"暴父之待其子也,当其幼时,不知导之以理,而动用权威,或詈或殴,幼子之皮肤受害犹轻,而脑关之损失无量,于是卑鄙相习,残暴成性。……及其壮也,婚配不得自由,惟听父母之所择。夫男女两人之事,他人亦竟干涉,此

---

① 谭嗣同:《仁学》,《谭嗣同全集》,北京:中华书局1998年版,第348页。
② 家庭立宪者:《家庭革命说》,张枬、王忍之编:《辛亥革命前十年间时论选集》第1卷下册,北京:三联书店1960年版,第835页。
③ 鞠普:《毁家谭》,《新世纪》1908年5月30日。
④ 四五:《无父无君无法无天》,《新世纪》1908年6月20日。

乃幼时服从性质之结果而已",而"就伪道德言之,父尊而自卑;就法律言之,父得杀之而无辜;就习惯言之,父得殴其子,而子不敢复",况且"就暴父言之,纲常伪义,徒以助其暴;就恶子言之,则不足以灭其恶"①。既然这样,"父为子纲"的伦理规范也就失去了存在的理由和意义。

综上所述,从19世纪末批判传统父子伦理的微弱声音到20世纪初伦理革命思潮的涌动,不仅洞穿了传统父子伦理所遮蔽下的专制之苦之流弊,还从误国误民的角度抨击了父为子纲的社会危害,并提出了父子平等的新伦理观念。其文笔之犀利,言辞之激切,不仅表达了难以遏制的愤懑、痛恨之情,还流露出变革传统伦理的迫切与焦虑。虽然一些观点与主张不无偏颇之处,甚至其毁家理论最终也根本不可能成为社会现实,但是在其影响下,晚清时期中国的伦理观念与社会状况毕竟发生了明显的变化。1900年3月,蔡元培就订了一个多达二十五条的《夫妇公约》,其中专门设计了一套教子法则:"教子当因其所已知而进之于所未知,以开其思想之路;教子当令有专门之业,以养其身;教子不可用威喝朴责,以养其自立之气。"②尤其是晚清时期婚姻自由的社会风气日渐兴起,也意味着父权专制已走向衰微。(第一章已作分析,此处不再赘述。)

二、晚清新小说对父为子纲的质疑与解构

在晚清新小说世界里,吴趼人的《二十年目睹之怪现状》是较早以现代理性来反思、审视父亲权威的长篇小说。《二十年目睹之怪现状》共一百零八回,《新小说》1903年第8号至1904年第24号连载前四十五回,1906—1910年由上海广智书局分八册出齐,标为"社会小说"。小说是以"我"即"九死一生"贯穿全书所谓大大小小的"怪现状"的,而吴继之也是文中时断时续非常重要的人物,他不仅是"我"的幼年同窗好友,还是"我"父亡后到南京寻亲而伯父躲着不见、伯母亦不肯接待的困窘下的帮助者,文中还叙写了两家的和睦相处。按照中国的传统习惯,分析一个人的性格或交友,自然就会追根溯源,去关注他的族谱、父母、成长环境等个人血统的来龙去脉。遵循这样的思维模式,吴继之的父亲到底是怎样的一个人,小说并没有直接给我们描述,而是通过吴继之母亲盖棺论定的评价进行呈现,小说这样写道:

"你(指吴继之的妻子:笔者注)须知我最恨的是规矩。一家人只

---

① 真:《三纲革命》,《新世纪》1909年8月31日。
② 蔡元培:《蔡元培全集》第1卷,北京:中华书局1984年版,第104页。

要大节目上不错就是了。余下来便要大家说说笑笑,才是天伦之乐呢。处处立起规矩来,拘束得父子不成父子,婆媳不成婆媳,明明是自己一家人,却闹得同极生的生客一般,还有甚么乐处?你公公在时,也是这个脾气。继之小的时候,他从来不肯抱一抱。问他时,他说《礼经》上说的:'君子抱孙不抱子。'我便驳他:'莫说是几千年前古人说的话,就是当今皇帝降的圣旨,他说了这句话,我也要驳他。他这个明明是教人父子生疏,照这样办起来,不要把父子的天性都泪灭了么!'这样说了,他才抱了两回。等得继之长到了十二三岁,他却又摆起老子的架子来了,见了他总是正颜厉色的。我同他本来在那里说着笑着的,儿子来了,他登时就正其衣冠,尊其瞻视起来。同儿子说起话来,总是呼来喝去的,见一回教训一回。儿子见了他,就和一根木头似的,挺着腰站着,除了一个'是'字,没有回他老子的话。……男子们只要在那大庭广众之中,不要越了规矩就是了。回到家来,仍然是这般,怎么叫做父子有恩呢,那父子的天性,不要叫这臭规矩磨灭尽了么?"(二十六回)

小说采用吴继之母亲这种边述边议的家庭日常絮谈,不仅活画出一位故作尊者和刻意维护强权的父亲形象,还揭示了这种正颜厉色"见一回教训一回"的严厉和冷酷所造成的天伦之趣和父子有恩的磨灭。这种带有审父姿态的对父亲形象的雕塑,其深刻的理性文化反思也是以往小说中所未曾有的。在长期以来大多数人对父为子纲还"卷舌不敢议"的晚清,作者超人的胆识和勇气是难能可贵的,其思想启蒙的意义是积极而必要的。

与吴趼人的《二十年目睹之怪现状》相比,李伯元的《中国现在记》通过朱紫桂父子——迂腐守旧的专制父亲和专制下顺从保守的儿子的描述,把对传统父为子纲伦理的思考推向一个新的高度。《中国现在记》于1904年6月12日在上海《时报》开始连载,直至同年11月30日该报第172号止,前后共十二回,未完。朱紫桂是小说前三回的中心人物,也是小说着意刻画的身处那个时代迂腐、无知的旧文人形象。朱紫桂是朱子贵的谐音,以"朱子"所代表的儒家伦理、科举考试、旧式课程等元素都加在了这个人物身上。一定意义上说,朱紫桂是传统文化的符码。他生平有两种学问,一件是做八股,一件是写楷书。凭借这两种本事,不到四十岁已经位至侍郎。他反对新政,盲目排外,"生平最恨的是外国人的东西",不穿洋布、不点洋灯、不用电报,宁肯坐骡车、乘民船赶路,也不坐火车和轮船,否则便以为是失节,"做了名教中的罪人"。这种极端仇洋、抱残守缺的愚昧思想不仅植根于朱紫桂的头脑之中,更可怕的是,还借助于父亲的专制和淫威在下一代人的身上蔓延、承续。小说两次写关于电报之事,都是与朱侍郎的儿子"少爷"有关。第一次是朱紫桂的姨太太病重,"少爷"知道父亲"最烦恶打电报的,因电报是外国人的东西",所以不敢打电报告知而以信件代之,再加上朱紫桂不肯坐火轮耽误了归乡的时间,朱紫桂没能见上心爱的姨太太最后一面。小说运用揶揄的手法来描写朱紫桂彼时的心理:"死了一个心爱的姨太太,心上虽然不免伤感,后来想到儿子能够不打电报,克绍己志,将来不至于流入歧途,便也怡然自得。"(第二回)第二次是朱紫桂途经杭州,受了黄仲文的闲气昏厥过去,同年田绍芬怕有不测,打电报给在绍兴的朱少爷。谁知等了一天,朱少爷杳无音信,大家正在猜疑时,朱紫桂做了如下解释:

> 诸位不须疑心,这真正是我的儿子哩!兄弟前年立了一个家规,写明白凡涉到洋鬼子的东西,一概不准用。无论什么要紧事情,都不准打电报。就是人家打了电报来,也是从来不翻的。并且连翻电报的书,家里也没有。有年,小孩子买了一本新出的《官商快览》回来,我看见上头刻着有外国月份、日子,还有什么外国旗子、铁路章程、翻电报的号码,我并没有看到完,只略为翻了几页,就晓得不是本正经书。当时就把小孩子狠狠的打了一顿,又罚他在天井里跪着,把这本书烧掉,才完的事。从此以后,我们这小孩子总算听我教训,这些东西连正眼都不望他一望。此番电报,一定是送到之后,就往字纸篓子里一揿。他不晓得电报上说的什么,怎么会赶得来呢?(第三回)

迂腐之极的朱紫桂制定了荒唐滑稽的家规——"凡涉到洋鬼子的东西,一概不准用"。儿子朱少爷本曾有过求新的思想和行为,但在父亲的独断监管和打骂、罚跪、烧书等方式下,不仅沦落为一个奴隶般的顺从者,还异化为一个愚昧无知的废物,无疑凸显了父为子纲伦理的负面效应。

联系与《中国现在记》同日刊载的《时报》发刊词所说的:"今之中国,其高居于权要伏处山谷者,既不知天下大势,谓欲抱持数千年之旧治旧学,可以应今日之变,则亦既情见势绌,蹙然如不可终日矣。"[①]一年之后,《时报》刊载了一篇文章又说道:"若提倡小说者,而能含科学之思想,物质之经验,是则我社会之师也,我社会之受益者当不浅。"[②]《中国现在记》中楔子中开场写道:"哈哈!列位看官,你可晓得现在中国到了什么时候了?一个人说道:中国上下相蒙,内外隔绝,武以弓刀为重,文以帖括见长,原是个极腐败

---

① 《〈时报〉发刊词》,戈公振:《中国报学史》,上海:上海古籍出版社2003年版,第151页。
② 阙名:《论小说与社会之关系》,《时报》1905年5月27日、6月8日。

不堪的。"如果对这些内容前后补证、整合就会发现，针对晚清社会落后的症结，有识之士已经认识到西方现代科学的巨大物质力量。但西方现代科技在中国的传播、接受过程是一个变更传统制度、涉及社会各阶层既得利益重新分配的过程，像朱紫桂这种靠八股和楷书官运亨通的旧派人物已经不能适应社会的发展，而这并不意味着他们马上退出历史舞台，被革职之后的朱紫桂仍在做最后的挣扎，力图恢复曾经给他带来辉煌的科举，以所谓的中国纲常名教之节抵触西方现代科学文化。电报作为一种西方现代科学的载体和象征，李伯元在此做足了文章，中国传统旧学和西方现代新学的冲突及其利弊通过电报事件得以毕现。小说的巧妙之处是将这种冲突和弊端通过日常的家庭叙事转化为具体可感的内容加以形象表达，而对旧学的批判通过父为子纲的传统伦理造成的顺从、无知的奴隶性格来进行。如果说朱紫桂的迂腐守旧随着他的去世而消失，那么"腐败不堪"的社会总有新生的希望。但是，朱紫桂虽然老去，其思维和思想却借助父亲特权强施于子辈并得以生活实践，长此以往，"腐败不堪"的社会又何有新生的希望？劝惩、觉世之义震撼人心，这也是小说的深刻之处。

这里还必须提到的是李伯元的另一部长篇小说《文明小史》，被阿英称为"在晚清是一部出色的小说"的《文明小史》共六十回[①]，写于1903年至1905年间，初发表于《绣像小说》半月刊第1号至56号。如果说《中国现在记》中朱紫桂凭借父亲的权威驯服了儿子，那么李伯元的另一篇小说《文明小史》却叙写了父亲权威在新派儿子们诸如姚世兄、刘守礼、余小琴、冲天炮等面前的空前危机，儿子们在父亲面前没有了传统伦理规约下应遵循的顺从与唯诺，而是以自由、平等等新潮理论对父亲的压制或规诫发起了攻击。其中有两段比较典型的父子冲突情景，现摘录如下：

其一：

> 姚老夫子一见，止不住眼睛里冒火，赶着他骂道："大胆的畜生！叫你不出去，你不听我的话，要背着我出去胡走，害得我几乎为你急死。你这半天到那里去了？"骂了不算，又要叫儿子罚跪，又要找板子打儿子。贾家兄弟三个，忙上前来分劝，又问："世兄究竟到那里去的，以后出门总得在柜上留个字，省得要先生操心。"姚世兄道："我的脚长在我的身上，我要到那里去，就得到那里去。天地生人，既然生了两只脚给我，原是叫我自由的。各人有各人的权限，他（指姚老夫子：笔者注）的

---

① 阿英：《晚清小说史》，南京：江苏文艺出版社2009年版，第8页。

压力虽大,怎么能够压得住我呢?"(第十七回)

其二:

(余日本)就力劝小琴暂时不必出去,等养了辫子,改了服饰,再去拜客。余小琴是何等脾气,听了这番话,如何忍耐得?他便指着他老子脸,啐了一口道:"你近来如何越弄越顽固,越学越野蛮了?这是文明气象,你都不知道么?"余日本气得手脚冰冷,连说:"反了!反了!你拿这种样子对付我,不是你做我的儿子,是我做你的儿子了。"余小琴冷笑道:"论起名分来,我和你是父子。论起权限来,我和你是平等。你知道英国的风俗么?人家儿子,只要过了二十一岁,父母就得听他自己作主了。我现在已经二十四岁了,你还能够把强硬手段压制我吗?"余日本更是生气。太太们上来把余小琴劝了出去,余小琴临走的时候,还跺着脚咬牙切齿的说道:"家庭之间,总要实行革命主义才好。"(第五十六回)

第一个场景是到上海客栈后,姚老夫子领着贾家三兄弟出去买书,临走叮嘱姚世兄不要出去。但姚世兄没有尊听父言,却和朋友出去而且回来很晚,于是出现了父亲的呵斥与儿子的反抗。第二个场景是余小琴从日本回国,余日本发现儿子改了洋装、剪了辫子、留了八字须,尤其剪辫子是官场中的忌讳,于是就出现了父亲的规劝和儿子的家庭革命。虽然姚老夫子与余日本已不同于抱守旧学、迂腐之极的朱紫桂,姚老夫子看新书、看新闻纸并送儿子去上海攻习西文,是一个思想较为开通的人物形象。而余日本是武备学堂的总办,曾经出使过日本,上获制台之宠,下得学生之欢,并送儿子去日本留学。但作为父亲,他们的权威却遭遇儿子们的直接挑战。虽然姚世兄、余小琴反对父权的自由、平等理论尚属浅薄,甚至也不乏作者的揶揄之情,但毕竟他们在变革传统父为子纲的伦理观念已具备了自觉的意识,他们挑战父亲权威所操作的话语具有振聋发聩的作用,在建构现代意义上的父子伦理的历史进程中迈出了关键的一步。众所周知,时至晚清,维新变法成为一种不可逆转的时代潮流,尤其是庚子事变后,全国上下掀起了维新热潮。这是一个新旧交替的时代,也是一个鱼目混珠的时代。虽然表面上是新,骨子里常常是旧的,但从历史发展的角度,它毕竟前进了一步,正如作者在《文明小史》楔子中所说:新政新学"这一干人,且不管他是成是败,是废是兴,是公是私,是真是假,将来总要算是文明世界上一个功臣"。

春驷的《未来世界》在 1907 年 11 月至 1909 年 1 月连载于《月月小说》,作者借一系列故事和形象表明自己的改良主张,既反对保守又反对激进。即便是郭中秀、郭殿光父子的冲突,作者的态度亦然。杭州青年郭殿光,想进学堂读书,而顽固守旧的父亲郭中秀却让儿子进钱铺学做生意,于是父子之间发生了激烈的争执。虽然这场家庭纠葛、新旧冲突以双方互相妥协的折中方法而结束,但以郭殿光为代表的子辈们在面对父亲们的专制和权威时却喊出时代的最强音:"你老人家教训儿子教训得不在道理,自然做儿子的也就不服管束了。"晚清是一个新旧观念杂陈的时代,也是一个价值多元化的时代,科学救国、教育救国、实业救国等社会思潮纷至沓来。也许在那样一个时代,郭殿光们对自己所说的"道理"还不甚明了,甚至其正确性还有待商榷,但他们在变革传统伦理的历史进程中却表现出非常的勇气。

无论是从正面直接批判父为子纲的传统伦理,还是从反面揭示父亲专制致使子辈沦为思想的侏儒和时代的废物,吴趼人与李伯元等人的小说创作,不仅表现出与社会思潮的互动,而且还呈现出小说审美的多元性和价值重建的启发。

三、呼告与行动:苏曼殊对父权的抗争

苏曼殊(1884—1918),广东香山县恭常都沥溪村(今珠海市前山镇沥溪村)人,原名戬,幼名三郎,字子谷,学名元瑛(亦作玄瑛),在小说、诗歌、绘画等方面都取得很大成就。曼殊是他在大同学校学习时开始使用的字,也是他的法号。虽然目前学界关于苏曼殊还有颇多争议,但也有较为一致的看法,即苏曼殊的作品带有强烈的自传色彩。苏曼殊的艺术世界与他的实际生活如此贴近,与其立身存命的社会环境与家庭生活如此密切,如果以此作为研究的突破口将苏曼殊的小说与其生活进行互补互证,我们既能更全面、深入地认识苏曼殊的思想,又有助于我们认识苏曼殊所的时代与社会。限于本书所论述的对象,在此只研究苏曼殊在晚清时期的生活和小说。更具体地说,是苏曼殊与父亲的纠结及其小说《惨世界》中明男德父子关系的表现①。

---

① 原名《惨社会》,最初在1903年10月8日的《国民日日报》连载,署名法国大文豪嚣俄(今译雨果)著,中国苏子谷译。同年12月,由于《国民日日报》被清政府查封,小说只刊登到第十一回。次年,经陈独秀润色词句并交由上海镜今书局出版,改名《惨世界》,共十四回。这篇小说表面是翻译雨果的《悲惨世界》,而实际是翻译与创作的结合体,而且是创作部分更重的一部小说。小说不仅采用了中国读者所熟悉的章回体形式,而且在内容上常常借一点事由而生发开去,不仅人物性格发生了很大变化,而且连故事都走了原形,雨果的原意被远远抛在了一边。尤其是从第七回至第十三回上半段完全属于苏曼殊的创作,不仅凭空增加了明男德父子、范财主父子、孔美丽等人物,而且呈现出一个与原著完全不同的故事。本论文涉及的内容正属于苏曼殊创作部分,故拿来作为本论文观点的佐证材料。

第三章　晚清新小说与父子伦理

据史料记载,1884年苏曼殊在日本横滨出生时,其父苏杰生在横滨英商万隆茶行任买办。苏曼殊是苏杰生与一日本女人结合的混血儿①。在此之前,苏杰生已有妻子黄氏、日本妾河合仙(所生长子苏煦亭)和中国妾大陈氏,后来另一个广东女人小陈氏被苏杰生带到日本做妾。苏氏家族,居住在广东省香山县大约一百户人家的沥溪村。这个家庭从苏曼殊的祖父就开始了与日本的商业往来,苏杰生继承了他父亲的事业,往返于香山与横滨之间经营茶叶生意。经过深思熟虑,苏杰生决定把苏曼殊送回故乡使之接受中国式的传统教育。1889年,六岁的苏曼殊由黄氏带回广东沥溪老家,自此,苏曼殊离开了一直抚养他、给予他温暖的河合仙,这意味着苏曼殊不仅告别了幸福的童年,还将独自面对灾难的来临。在一个讲究嫡庶尊卑的大家庭和华夷有别的社会中,没有父母庇护而且没有反抗能力的小苏曼殊所遭遇的伤害和排斥可想而知。这期间,苏杰生虽陆续回过老家几次,但每次都来去匆匆,对苏曼殊不但没有表现出父亲应有的关爱,甚至还严厉地拒绝其返日省母的请求。1892年,苏杰生在日本的生意破产,携两陈氏归原籍,河合仙留居日本。仓惶而归的苏杰生,脾气变得乖戾暴躁,全家人都躲着他,苏曼殊更是惶惑谨慎,一不小心即遭呵斥和谩骂。父亲的冷漠和父亲对母亲的遗弃以及童年时期受欺辱的生活,使苏曼殊对聚少离多而又给他带来痛苦与屈辱的父亲充满了难以消解的怨恨。

如果说童年时期的苏曼殊只是被动地接受父亲的安排,那么成年之后苏曼殊开始主宰自己的生命之旅,这实际上是一个从反叛父亲规约的人之子到特立独行的大我过程。1898年苏曼殊闻表兄林紫垣赴日本,坚持随往。苏杰生乃命其与三堂兄维翰(墨斋)同行,以便互相照顾。林紫垣,是苏曼殊祖母林棠娘家侄孙,早年由表叔苏杰生"从乡间带至横滨,教以书,供以生活费,且使之习商务,后即在横滨获得一极优之位置"②,后来成为苏曼殊在日本的监护人。苏曼殊到横滨后,先入华侨办的大同学校读书,在这里结识了冯自由等革命青年。横滨大同学校虽然是华侨投资而建的民办学校,却是孙中山领导的革命派和以康有为、梁启超为首的立宪派合作的产

---

① 一说,生母是河合叶子,是苏杰生之妾河合仙的妹妹,生下苏曼殊不到三月即离苏家而去;一说,生母是苏杰生家雇佣的女仆,该女胸前有一红痣,苏杰生以为当生贵子。该女生曼殊不三月,出走不归,苏杰生命河合仙抚养苏曼殊;一说,生母是河合仙。参见查振科:《禅悟五人书·苏曼殊集》,沈阳:沈阳出版社1998年版,第218页;柳亚子:《苏曼殊传》,上海:上海人民出版社1987年版,第4页、261页。

② 柳亚子:《苏曼殊研究》,上海:上海人民出版社1987年版,第219页。

物。虽然由于暴力革命与和平改革的政见分歧,大同学校最终被立宪派掌控,但这里却高扬着革命与爱国激情。据冯自由的《革命逸史》记载,大同学校的教师黑板上及课本都大书:"国耻未雪,民生多艰,每饭不忘,勖哉小子!"课毕,师生必大声呼喊此口号。校方还编了一首短歌教学生每日诵读:"亡国即,如何计;愿难成,功莫济。静言思之,能无!勖哉小子,万千奋勉!"在这种环境的熏陶影响下,学生普遍怀有热烈的爱国思想。虽然苏曼殊在此时的革命与爱国活动还缺乏足够的材料而无法详知,但是我们也没有充足的证据证明苏曼殊以后的革命和爱国思想不受大同学校的校风影响。

1902年苏曼殊从大同学校毕业,进入东京早稻田大学高等预科。同年,中国留日学生在东京组织第一个革命进步团体"青年会",以民族主义为宗旨,以破坏主义为目的。经冯自由的介绍,苏曼殊欣然加入该会,且署名为发起人之一。1903年春苏曼殊转入成城学校(是年该校改为振武学校,是日本陆军士官学校的预备学校)。在这里,苏曼殊认识了陈独秀、刘三(刘季平)并很快成为挚友。同年,留日学生界发生了一件大事:1903年4月,侵占我国东北三省重要城市的俄国,不仅不践行从东北继续撤兵的条约规定,反而提出所谓的七点要求欲变东北三省和蒙古为其势力范围。消息传到日本,引发了中国留学生的愤怒,他们发起组织"拒俄义勇队"抗议俄国的暴行。苏曼殊是骨干之一,被编入义勇队甲区第四分队。在清政府外交官员的请求下,日本政府出面对义勇队进行镇压。在这种情况下,义勇队的活动转入地下,并改名为"军国民教育会",秘密进行军事学习和操练,其目标是推翻清政府统治,方式是鼓吹、起义与暗杀。苏曼殊作为这个组织的重要成员,积极参与了组织所进行的活动。

表哥林紫垣知道苏曼殊的革命活动后,大惊曰:"使若人为革命而死,我何以对杰生? 不如杜其经济,辍学遣归沥溪耳!"①在多次劝说无效的情况下,为了迫使苏曼殊放弃革命活动,林紫垣中断了对苏曼殊的经济资助。苏曼殊无法继续在日本的留学生活,只得于同年9月乘船归国。临行前作《以诗并画留别汤国顿》,表露出为革命牺牲的志向与勇赴国难的豪情,诗曰:"蹈海鲁连不帝秦,茫茫烟水着浮身。国民孤愤英雄泪,洒上鲛绡赠故人;海天龙战血玄黄,披发长歌揽大荒。易水萧萧人去也,一天明月白如霜。"按照林紫垣的安排,苏曼殊本该回到广东,但苏曼殊回国后,先在苏州

---

① 柳亚子:《苏曼殊研究》,上海:上海人民出版社1987年版,第42页。

的吴中公学任教。因为在归国的轮船上,苏曼殊就写了一封假遗书寄给表兄,谎称蹈海自尽,让表兄以此消息告诉自己的父亲。杜撰的自杀事件,表明苏曼殊从此与曾令他不堪的苏家、冷漠疏远的父亲切断亲情瓜葛,同时也意味着苏曼殊对传统文化所赋予的人之子应当承担的家庭责任与义务的搁置。1903年10月初,苏曼殊到上海任《国民日日报》助理编辑、翻译,并不时撰写稿件。很快,苏曼殊的《以诗并画留别汤国顿》《女杰郭耳缦》《呜呼广东人》先后见诸报端,其纵横的文笔、急切的语言洋溢着苏曼殊高涨的革命热情。就是在这个时期,斩断父子关系而投身革命的苏曼殊在《国民日日报》发表了小说《惨世界》,《惨世界》正是苏曼殊此时思想的表达和情绪的流露。

明男德是贯穿《惨世界》创作部分始终的一个中心人物,也是苏曼殊精心塑造而雨果原著中所未有的。明男德痛恨黑暗、悲惨的现实世界,主动肩负起拯救人间苦难的责任,劫狱救人、刺杀恶官、济困扶贫、联络会党、骂清朝皇帝是"独夫民贼",希望用狠辣的手段(暴力革命)另造一个土地公有、人人平等的新世界。显然,明男德是当时典型的以"鼓吹、暗杀、暴动"为宗旨的资产阶级革命志士形象,也是苏曼殊自己情感、心绪的真实写照。然而,明男德要进行社会革命,不仅面临民众的愚昧(明男德不顾生死救出来的金华贱却为了谋取财物企图杀明男德;明男德为村妇报仇刺杀恶官而村妇却为了官府赏银去告发明男德),还要面对父亲的阻力和悖逆传统伦理的罪名。在第八回,明男德与范财主关于为世上穷人而不平进行一番争论后回到家时,小说呈现出这样一幅情景:

> 这一天,男德就和范财主争论回来。他(指男德:笔者注)父亲明顽,手里捏着一枝铅笔,正在那里算账,猛然间看见男德气愤愤地回来,大声问道:"男德,你到哪里去了?"
>
> 男德本是一个爽直的汉子,从不会撒谎的,也就把在范桶家里的事情,一一说出。
>
> 只见那明顽听罢,立刻就把他的大眼镜取下来,厉声骂道:"你这小孩子,也应该讲什么为世界上不平的话吗?你莫羞死我吧!那世界上的事体,是你们这样贫穷的人讲得的吗?你若不去用心读书,以图功名富贵,好事养父母,你就快些去做告化子罢了。世上的人若能尽了这'孝顺'两个字,就是好人,不用讲什么为世不平的邪话。"

显然,明顽不仅是一个冥顽不化的愚民,还是一个专制武断的父亲,依仗父亲的威严和权势对明男德施之臭骂和羞辱。但父亲的伦理价值规范在革命者儿子这里失去了效用,传统父为子纲伦理规范要求儿子对父亲的绝对服从演变成了儿子对"天理"即现代自由、平等准则的服从和信仰。回到自己书房的男德寻思道:"唉!我的父亲,这样顽固……凡人做事都要按着天理做去,却不问他是老子不是老子。"(第八回)于是明男德决然拂逆父亲的意愿而离家出走,踏上了创建一个公平新世界的革命之路。明男德不仅以实际行动反叛父为子纲的伦理规范,还在其革命之途斥责孔子的伦理学说是"奴隶的教训",呼告"不要去理会什么上帝,什么天地,什么神佛,什么礼义,什么道德,什么名誉,什么圣人,什么古训"(第九回)。

苏曼殊身处大变革时期的晚清,自觉不自觉地为时代精神所渗透,他特殊的身世经历和敏感叛逆的性格又使他以鲜明、独特的姿态反馈着时代的感召。在相当长一段时间内,苏曼殊不仅不认同专制、冷漠的父亲,而且还呈现出持久的仇父心态。在小说《惨世界》连载还没结束,苏曼殊就在10月24日《国民日日报》穿插发表了题为《呜呼广东人》的政论文,文中对父亲所属的一类买办广东商人表示强烈愤慨与蔑视。1903年12月3日,《国民日日报》由于清政府的封锁和编辑部的内讧被迫停刊,苏曼殊投奔香港《中国日报》的负责人陈少白。苏曼殊凭着离开日本时冯自由所写的介绍信,到香港后得到陈少白的热情接待,但不久苏曼殊选择了到广东南部一个破庙里出家为僧。对于苏曼殊的这次出家,冯自由的解释是:"其父杰生早年在乡已为曼殊聘妇,闻子归自日本,遂至港访之,且欲使其完娶。曼殊竟避而不见。少白以为天性凉薄,力劝其从父归乡,曼殊乃不告而行,莫知所往。数月后至港,则已削发为僧,易名曼殊矣。"①冯自由于1928年9月13日复柳亚子信中进一步指明,说他"与家人不和,乃至广州落发为僧"②。深受西方自由、平等思想影响的苏曼殊自然不肯就范父亲的"父母之命媒妁之言",他以出家的方式反叛父亲的专制、拒绝父亲的安排。1904年2月的一天,身穿袈裟、脚踏芒鞋的苏曼殊出现在《中国日报》报社里,使同人们大为吃惊。苏曼殊这次在香港的停留,是在1904年的2、3月份。期间其父苏杰生病危重,曾托人到香港劝苏曼殊回家,但被拒绝。直到3月15日苏杰生去世,苏曼殊也没有回家。

苏杰生到底是一个怎样的人?本来苏家就女多男少,在一个宗法观念

---

① 冯自由:《革命逸史》(初集),北京:中华书局1981年版,第169页。
② 柳亚子:《苏曼殊研究》,上海:上海人民出版社1987年版,第131页。

浓烈的晚清广东,作为一个父亲,又何以对承担香火延续的儿子如此"冷漠"?冯自由在给柳亚子的信中说:"其父名苏杰生,横滨山下町三十三番地外国茶行之买办也,在侨商中以好义闻。甲午之后,华侨备受日人虐待,多谋归国,其无资者,多赖苏父解囊相助,得以成行,人多感之。然苏父竟以好义故破产归粤。"①另外,冯自由在《苏曼殊之真面目》又再次表述:"曼殊父名杰生,香山县人,在横滨山下三十二番英商茶行任买办,性任侠,好施与。甲午中日之战,旅横滨华工多拟归国,而缺于资斧,杰生辄解囊力助,人多德之。"②冯自由出生于日本的华侨家庭,自幼留学日本,而且既是苏曼殊的总角同窗,又是著名的历史学家,对于苏杰生济困扶危、仗义疏财的评价,还是相当中肯和可信的。至于苏杰生一妻多妾以及他和日本女人的关系,我们不应该以现在的伦理价值标准去指责其道德败坏,其一,一妻多妾在晚清还是相当普遍的现象,这对于苏杰生这样一个有一定声望的商人,更不足为怪;其二,在日本的华侨商人与日本女人同居生子也是彼时的一种习俗:"吾国侨日工商无论挈妇居日与否,大都好与日妇同居,此粤语谓之'包日本婆';其初月给数元为报酬,久之感情日洽,形同配偶,生子后尤为密切,更无权利条件可言,亦无所谓嫁娶,特横滨唐人街之一种习惯而已。有使其本籍妻妾与日妇同寓者,亦有以一人而同时纳数日妇者,均能相安无事,绝少勃谿,远非吾国有妻妾之家庭所能企及。杰生居日既久,自难免俗。曼殊之母,即从此种习惯而与杰生同居者也。"③虽然苏杰生仗义疏财、济贫扶困,但作为一个商人,他对生意的关注和兴趣远远大于对晚清政治革命的热情;作为一个有身份、有成就的传统父亲,他对于儿子振兴家族的殷切期待以及相伴而生的严厉管束自然属于情理之中。破产父亲振兴家业的期待与成年儿子抱守革命志向的冲突自然不可避免,而苏杰生忙于商务与苏曼殊的聚少离多、严厉管束下呈现的冷漠的父亲形象以及苏杰生将幼小的苏曼殊送回老家的决定致使苏曼殊饱受的冷遇等等,都加剧了苏曼殊对父亲的不满、抱怨甚至仇恨,并且终生难以释怀。

晚清时期的苏曼殊,不仅主动而真诚地接受西方自由、平等观念的影响,还将之变为一种自觉的行动。苏曼殊与父亲的关系,从其文字的表述和

---

① 柳亚子:《苏曼殊研究》,上海:上海人民出版社1987年版,第130页。
② 冯自由:《苏曼殊之真面目》,《逸经半月刊》第21期,1937年1月5日。参见柳亚子:《苏曼殊研究》,上海:上海人民出版社1987年版,第260—261页。
③ 冯自由:《苏曼殊之真面目》,参见柳亚子:《苏曼殊研究》,上海:上海人民出版社1987年版,第261页。

行为的决然,都应当成为我们研究晚清传统父子伦理的现代嬗变不可或缺的重要标本,而且对苏曼殊民国时期文学创作中的父亲形象分析也不无启示意义。

第二节 非孝与父慈的抗衡

先秦时期父慈子孝相互依存、并行不悖。《礼记·大学》曰:"为人子,止于孝;为人父,止于慈。"《礼记·礼运》又说:"父慈子孝,谓之大义,父子笃,家之肥也。"《尚书·康诰》从反面叙说父亲慈爱儿子的重要性,"于父不能字厥子,乃疾厥子"就会带来大的混乱。作为父亲怎样才算爱子?《左传·隐公三年》曰:"爱子,教之以义方,弗纳于邪。骄、奢、淫、逸,所自邪也。四者之来,宠禄过也。"父亲爱护儿子,应当用做人的正道加以引导,而不是娇惯溺爱。关于子孝,《孟子·离娄下》解释道:"惰其四肢,不顾父母之养,一不孝也;博弈好饮酒,不顾父母之养,二不孝也;好货财,私妻子,不顾父母之养,三不孝也;纵耳目之欲,以为父母戮,四不孝也;好勇斗狠,以危父母,五不孝也。"战国末年,随着父权思想的不断凸显,父慈观念逐渐弱化,相应地子孝观念日渐强调。《孝经》曰:"夫孝,天之经也,地之义也,民之行也",提出人子为孝是天地之经义,也是人们行为的基本准则。汉代父为子纲的提出,意味着父权的绝对性与至上性,也意味着父慈子孝的平等和平衡性被打破。而其后,不仅子孝的内涵不断扩大,包括生时的敬养、子对父意志的服从、死后丧葬与祭祀的繁文缛节等等,而且还出现了"父可以不慈,子不能不孝",甚至被异化为杀子杀妻以成全"孝"之"德行"的惨无人道[①]。父慈子孝的双向性彻底沦为家庭社会对子孝的单方向规约。晚清时期,随着西方平等、义务、权利等观念的影响,出现了非孝思潮和慈父的重新建构。

一、非孝思潮

"中国人的道德中只有一个最发达,就是由义务和情操发展而出现的一种道德,甚至是宗教的孝。一家之父是中国人唯一的神。"[②]我们不否认

[①] 如汉代的《二十孝图》中郭巨埋儿的故事;《明外史·沈德四传》记载:"日照民江佰儿母病,割肉以疗,不愈,祷岱岳神,母疾瘳愿杀子以祀。已,果瘳,竟杀其三岁儿。"王源《赠张孝子序》中记叙了清初杀妻尽孝的张孝子:"盖全其母,不能全其妻,乃杀之而不顾。"

[②] 沙莲香:《中国民族性》,北京:中国人民大学出版社1989年版,第10页。

合理的孝道是人之为人的基本素养,而且孝敬父母迄今为止仍是我们为人子应该倾力而尽的义务。但是传统伦理赋予孝道过于沉重的和过多不合理的内容,忽视了人之子作为个体生命所应享有的权利。在家长本位的传统社会,尽管这种异化的孝道不近情理,但很少有人对其质问和批判。晚清时期,随着对传统伦理父为子纲的批判,孝的绝对合理性开始受到怀疑和挑战。

早在19世纪末,就有有识人士在中西社会人情风俗比较中认识到:"西人不重后嗣,积产数千万,临终尽舍以建义塾及养老济贫院,措置既已,即自谓没世无憾"[1];"西人不知有父母,或谓耶稣教以天为宗,扫灭一切。凡为子者,自成人后,即各自谋生,不与父母相闻。闻有居官食禄之人,暌离膝下十数载,迨既归,仍不一省视者"[2]。类似的介绍在晚清已不鲜见,这些不同于中国情形的直观感受对后来对父子伦理的变革发生了深远影响。直到20世纪初,刘师培在《伦理学教科书》中还感叹道:"故西洋家族伦理始于夫妇一伦,中国家族伦理莫重于父子一伦,其伦理尤以孝德为重。故儒家以孝为百行之首。此虽人民之美德,然爱力所及,仅以家族为范围,故毁家纾难罕觏。"[3]

康有为与谭嗣同对传统孝道的本质、弊端做了深入分析和批判,已达到相当高的思想深度。康有为的《大同书》虽不乏虚幻空想的泛论,却对建立在父于子有恩基础上的传统孝道提出了质疑,并主张父子之间应当是一种"爱"的关系:"尝原天理之至,父母乃施恩于我者,我非父母不得而生,子女乃我所施恩者,非有恩于我者;人情易于报恩而难于先施,宜人皆易孝而难于慈,何以人难于事父母而易于抚儿女乎?此不可解者也。尝推其由,人之于子女,既为所生,则分己身而来,既以爱己身者爱之,此爱之始也。"不仅如此,康有为还一针见血地揭示了传统孝道掩饰下的家庭矛盾:"凡中国之人,上自簪缨诗礼之世家,下至里巷之众庶,视其门外,太和蒸蒸,叩其门内,怨气盈溢,盖凡有家焉,无能免者。虽以万石之家规,柳氏之世范,其孝友之名愈著,则其闺阃之怨愈甚。盖国有太平之时,而家无太平之日。其口舌甚于兵戈,其怨毒过于水火。……其孝友之名愈著,则其闺阁之怨愈甚。盖国有太平之时,而家无太平之日……其礼法愈严者,其困苦愈深;其子孙妇女

---

[1] 刘锡鸿:《英轺私记》,北京:中华书局1985年版,第175页。
[2] 刘锡鸿:《英轺私记》,北京:中华书局1985年版,第181页。
[3] 刘师培:《伦理教科书》(2):1,《刘申叔先生遗书》65,宁武南氏,1936年铅印本,第23页。

愈多者,其嫌怨愈多;其聚居同囊愈盛者,其怨毒愈甚。"①

谭嗣同的《仁学》继承了康有为对传统孝道的批判精神,他不仅提出了父子是朋友的平等命题,还从庄子"相忘为上,孝为次焉"的思想中生发开来:"相忘则平等矣""又非谓相忘者遂不有孝也。法尚当舍,何况非法?孝且不可,何况不孝哉?"②谭嗣同还认为,"孝"是统治者为了钳制天下、维护等级需要而制定的纲常名教。因此,不孝即是犯罪,该当惩罚,而且经过历史的积习,成为人们是非判断的思维和心理定势:"中国积以威刑钳制天下,则不得不广立名为钳制之器。如曰仁,则共名也,君父以责臣子,臣子亦可反之君父,于钳制之术不便,故不能不有忠、孝、廉、节等一切分别等衰之名,乃得以责臣子曰:'尔胡不忠?尔胡不孝?是当放逐也,是当诛戮也'。忠孝既为臣子之专名,则终必不能以此反之。虽或他有所撼,意欲诘诉,而终不敢忠孝之名为名教之所出,反更益其罪,……曰大逆不道。是则以为当放逐,放逐之而已矣;当诛戮,诛戮之而已矣;曾不若狐豚之被縶缚屠杀也,犹得奋荡呼号,以声其痛楚,而人不之责也。施者固泰然居之而不疑,天下亦从而和之曰:'得罪名教,法宜至此'。"③由此看出,传统的"孝道"在漫长的历史发展中发生了异化,已经逸出了原本尊老爱亲的伦理目的和意义,沦为不平等的社会压制人性、戕害弱者的冠冕堂皇的理由。谭嗣同还大胆冲破传统伦理"不孝有三,无后为大"的偏见:"中国百务不讲,无以善,无以教,独于嗣续,自长老以至弱幼,自都邑以至村僻,莫不视为绝重大之事,急急以图之。何其惑也?徒泥於体魄,而不知有灵魂,其愚而惑,势必至此。向使伊古以来,人人皆有嗣续,地球上早无客人之地矣,而何以为存耶?"④

众所周知,梁启超不仅是康有为的弟子,还与谭嗣同来往密切。与康、谭变革传统孝道观念相呼应,梁启超后来又从治学的角度全盘否定了历来被奉若经典的《孝经》:"《孝经》自汉以来,已经与《论语》平视,今且列为十二经之一。其传孔子志在《春秋》,行在《孝经》。以为孔子手著书即此两种。其实此二语出自佛书,纯属汉人附会。经之名孔子时并未曾有,专就命名论,已足征其妄。其书发端云,仲尼居,曾子侍。安有孔子著书而作此称谓耶?书中文义皆极肤浅,置诸戴记四十九篇中,犹为下乘,

---

① 康有为:《大同书》,郑州:中州古籍出版社1998年版,第225、227—228页。
② 谭嗣同:《仁学》,《谭嗣同全集》,北京:中华书局1998年版,第197页。
③ 谭嗣同:《仁学》,《谭嗣同全集》,北京:中华书局1998年版,第299页。
④ 谭嗣同:《仁学》,《谭嗣同全集》,北京:中华书局1998年版,第349页。

虽不读可也。"①《孝经》是论述孝道思想的重要文化典籍,在中国自汉代到清朝漫长的社会进程中对维护伦理秩序起了重要作用,梁启超对《孝经》"附会""肤浅"之说,从根本上消解了"孝"的至高无上之神圣性与权威性。

对传统孝道的批判呈现出思想越来越深刻、语言越来越犀利、呼声越来越高涨的发展态势。1899年《清议报》刊载了欧榘甲的时文《论政变为中国不亡之关系》,这篇文章从人的自由自主权利进行批判:"由于深中陋儒之毒,桎梏于纲常名教之虚文,谬创'君虽不仁,臣不可不忠;父虽不慈,子不可不孝'之说。以为上可以虐下,下不得违上,而臣子之含冤负屈,草菅于暴君顽父之前者踵接,以是毁家亡国者,不可胜数也。而不知君君臣臣、父父子子、夫夫妇妇,君得自主;臣亦得自主,父得自主,子亦得自主;夫得自主,妇亦得自主。非君尊而臣卑,父尊而子卑,夫尊而妻卑,可以夺人天赋自由之权也。"②1902年《大公报》又发文论述:"孔子书中,言夫妇之关系者甚少,而言父子之关系者较多,盖彼固以孝道为设教之本,而一家即为一国之本。故不主独立平等之说,而主上下服从主义,谓帝王为臣民之父母,故臣民当服从云云。支那数千年来,不论为汉人种之政府,不论为辽金元人之政府,其莫不敬礼孔子者,皆因其教义,带有如是之性质耳。今观其教义,实足以养成支那人奴隶之性、诈伪之性,乃怯懦之辈。"③1903年《大陆》杂志刊载《广解老篇》揭示孝道的虚伪性、残酷性:"专制之国莫不以虚伪为元气,而我支那者尤专制中之专制者也。故保赤牧民以为仁,束缚驰骤以为礼,予知天纵以为圣,顺民奴隶以为忠,割股埋儿以为孝,焚身殉葬以为节。"④随着国内革命形势的风起云涌,建立在血缘家庭基础上的传统道德所表彰的孝之大义被置于批判专制文化的风口浪尖上,诸如出现了《毁家论》《毁家谭》《三纲革命》《祖宗革命》等一大批讨伐檄文,从不同角度揭示了传统孝道的时弊,甚至提出了破家、毁家的激进言论,并从家庭革命延及社会革命,比如《新世纪》第11期的《三纲革命》中就指出:"教以敬长尊亲,习请安拜跪,以链奴隶篱兽服之性质。……惟听父母死,而复以繁文缛节以累之,卧草食素,宽衣缚其身,有冕蔽其目,逢人哭拜,称曰罪人。"晚清时

---

① 梁启超:《要籍题解与释义》,《饮冰室合集》专集之七十二,北京:中华书局1989年版,第11页。
② 欧榘甲:《论政变为中国不亡之关系》,《清议报》1899年9月15日。
③ 《论都兰人种之思想与他人种思想之异同》,1902年12月9日。
④ 《广解老篇》,张枬、王忍之编:《辛亥革命前十年间时论选集》第1卷上册,北京:三联书店1960年版,第430页。

文还指出,传统伦理所倡导的"慈"与"孝"已经成为人们谋取私利的托辞,并不是什么值得称道的美德:"父愿其子孝,且用强迫威骇以得之,而子变为奴隶禽兽矣,故孝者父之私利也。子欲其父慈,欲其有利与已,用媚以求之,或以孝之美名为升官发财之运动法,……故慈者子之私利也。"作者又从权利与义务的平等分析道:"子幼不能自立,父母养之,此乃父母之义务,子女之权利。父母衰老不能动作,子女养之,此亦子女之义务,父母之权利。故父母子女之义务乎,权利等。故父母之于子女,无非平等而已,此即自然之人道也。"①《毁家论》甚至指出:"盖家也者,当万恶之首,自有家而后人各自私,自有家而后女子日受男子羁縻,自有家而后无益有损之琐事,因是丛生,(今人动言家务累人,其实皆是自寻烦恼,今既无家,则此等琐事,亦随而俱无矣。)自有家而后世界公共之人类,乃得私于一人,(婴孩为人类之挚生,关系于社会全体,而有家者则以之私于其父一人矣。)自有家而后世界公共之婴孩,乃使女子一人肩其任。(婴孩之生,既关系于社会全体,则宜公共鞠养,若有家室,则男子必迫女子鞠养,而以之续一己之祭祀矣。)略举数端,而家之罪恶已如铁案之不可移易矣。"②所以,破家之后,男子就由一人之子成为社会之公民。基于此,要进行社会革命,必须始进行家庭革命。

  晚清针对传统孝道的虚伪性、残酷性展开的猛烈批判,动摇了传统孝道在中国文化的地位,大大解放了人们的思想,比较典型的案例是吴虞父子事件。1907年在成都教书的吴虞,不仅在课堂上公开发表非孝的言论,而且因为不满父亲的行为不检而与之发生冲突。后来吴虞被父亲告到官府,成为轰动成都"上等社会"的"家庭革命"的大事。为了辩明观点,1910年11月吴虞写下了自述文章《家庭苦趣》,并将之油印散发,同时还刊载在《蜀报》第8期以公示于众。文中不仅揭发父亲种种劣迹,还对中国法律伦理性的不平等提出抗议:"中国偏于伦理一方,而法律亦根据一方之伦理以为规定,于是为人子者,无权利可言,惟负无穷之义务。"③虽然吴虞因此蒙受了许多"忤逆""非理法"的恶名,但这场父子官司纠纷最终以吴虞胜诉而收场。这也意味着,"孝"的伦理判断虽然还残存于某些人的意识之中,但整体而言,晚清及其之后,愚孝的观念是呈现出弱化趋势的。

---

① 真:《三纲革命》,《新世纪》1907年8月31日。
② 汉一:《毁家论》,《天义报》1907年7月25日。
③ 吴虞:《家庭苦趣》,《吴虞集》,成都:四川人民出版社1985年版,第20页。

二、"父不父则子不子"

晚清思想界的伦理变革和社会道德观念的变化,在晚清新小说世界里也得到了回应。晚清新小说不乏非孝之叙述,作为"孝"的符号象征,子辈已经跳出了既定秩序的羁绊,不再是畏父、敬父的唯唯诺诺之人,他们以"逆子"的离经叛道肆无忌惮地挑衅着传统伦理的权威。同时,在子辈的审视下,父亲的形象凸显其猥琐、卑劣、自私的一面。父亲对于逆子们来说,或者缺失"教之以义方"的言传,或者因为自身不正而不足以生发让子辈效仿的榜样力量。具体地说,子不孝,是由于"父不父",正如《管子·牧民第一》曾说:"父不父则子不子。上失其位则下逾其节。"无疑,这种伦理反思的向度强调了孝道的对等性。在这个意义上说,子辈对父亲的弑杀和对父亲的女人公然性侵犯,反拨了长期主流话语对人子不孝的单向指责,与晚清非孝思潮对传统孝道虚伪性、不合理性的批判具有了相同的价值倾向。

小说《邻女语》最初发表于《绣像小说》1903年第6号至1904年第20号,刊十二回,未完。1913年由商务印书馆出单行本。作者署名为"忧患余生",即连梦青的笔名,他是近代著名小说家刘鹗的朋友。关于连梦青,刘大绅《关于〈老残游记〉》中有如此记载:"方拳匪乱后未残年,京曹中有沈虞希、连梦青两先生者,均与《天津日日新闻》之方药雨先生为友。某日,沈以事赴津,偶语方先生以中朝事,方先生登之报端。为清孝钦显皇后所知,大怒。严究泄漏者,逮沈至刑部,立杖毙之,并缉同党,株连及连。连匿友人家三日,始藉使馆之助,孑身仓皇遁走之沪。时舍间正侨寓上海北成都路之安庆里。连既抵申,其太夫人尚在原籍。连日夜忧思,友好亦以为不甚安全,劝其迎养。然连以横遭灾祸,资装尽失,实无力生活于上海。且性又孤介,不愿受人资助。时商务印书馆刊行小说月志,名《绣像小说》。连经人介绍,售稿与之,每千字酬五元。连乃开始其笔墨生涯,作一小说,名《邻女语》,大致描写拳乱事。"①而刘鹗是一"位受过西方影响的人文主义改良家"②,作为刘鹗的朋友,性情耿介的连梦青也关心时政、主张社会变革。同刘鹗的《老残游记》相同的是,连梦青的《邻女语》也暴露了晚清官场的腐败与昏庸,甚至在叙事方式上也采用了以一个人在行途中的所见所闻来展开故事的叙述。而且,《邻女语》中"毁家纾难,慷慨北行"的主人公金不磨是

---

① 刘德隆等编:《刘鹗及老残游记资料》,成都:四川人民出版社1985年版,第391—392页。
② 夏志清:《中国古典小说》,南京:江苏文艺出版社2008年版,第27页。

一个充满正义感的爱国志士,其人物原型就是刘鹗①。《邻女语》第五至十二回后有"蝶隐"即刘鹗的"加评",在对贪官污吏批判的同时,仍不忘对其道德沦丧、天良泯灭的揭示。《邻女语》第十二回叙写在朝中狼狈为奸的大学士徐桐与刑部侍郎徐承煜这一对父子知道做降民不可得而要被联军拿办时,儿子自导自演了一场对父亲逼、骗兼施的"殉国"丑剧。小说这样写到:

> 徐承煜听毕(笔者注:是指徐承煜听启秀说外国人要拿办他的消息),顿时面如土色,……一直走到家中,见了徐老头儿,便放声大哭,将方才启秀言语说了一遍。徐老头儿说:"照这样看来,我这老命不牢了。"徐承煜道:"正是。我正想与你老人家商议。你老人家今年活到八十三岁,横竖活不了几年就要死的,不如你老人家寻个短见,我将一切罪恶,都推到你老人家身上,说你老人家畏罪自尽。留了我这些小辈,与你老人家承宗接嗣;你老人家日后又做了一个殉国忠臣,岂不是两全其美!"徐老头儿听了,大怒道:"怎么你不想做忠臣,倒要我做忠臣!我活到八十三岁,还怕不会死,怎么你要我寻短见?我养了你这个畜生,你不想你这个身子是哪里来的,侍郎是哪里来的,怎么口口声声逼我去寻死?"徐承煜说道:"你老人家不要说这些话了。我要不是这个刑部侍郎,今日外国人也不要拿我了。你老人家不肯自己去死,难道想送把外人去杀么?"徐老头儿一想不错,顿时泪流满面,抱着徐承煜哭了一顿,便说:"也罢,我就寻个自尽。"顿时在梁上挂了绳子,套了一个圈套,叫儿子徐承煜拿他抱了上去,自己伸着颈脖子套在圈套之内。终究是做过大学士的人,居然慷慨赴义,就这么一绳子呜呼吊死了。
>
> 徐承煜大喜,忙叫着人到处报丧,一面赶办后事。岂知徐老头儿尚未入棺,日本兵官早已带来许多兵士到来拿徐承煜,一拉拉到一个公所所在。启秀启大人早在那里了。徐承煜一见,便惊问道:"你不是晓得信息最早的,怎么也会在这里?"启秀道:"我叫你逃走,怎么你也会把人捉到?"徐承煜道:"我是放不过我八十三岁的老人家。"

小说第十二回开头写道:各国联军在北京争办"罪魁徐承煜、启秀二人",清政府迫于压力只得答应。徐承煜从与之意气相投的启秀那儿得知此消息,

---

① 持这种观点的有郭延礼、欧阳健、朱德发等。参见郭延礼《中国近代文学发展史》(2),济南:山东教育出版社1991年版,第1371页;欧阳健:《晚清小说史》,杭州:浙江古籍出版社1997年版,第181页;朱德发:《现代中国文学英雄叙事论稿》,济南:山东教育出版社2006年版,第123页。

136

就匆匆忙忙赶回家。于是出现了上段所述儿子为了保命哄骗父亲就死的情景。而不孝子徐承煜让父亲"慷慨就义"的卑劣手段恰恰就是打着孝的幌子,舍老保子能给徐家"承宗接嗣"。尤其残忍的是,徐承煜的阴谋得逞后,没有一丝丝的悲哀与愧疚,反而是"大喜",即便被日本兵抓去后,仍厚颜无耻地以"我是放不过我八十三岁的老人家"之"孝"行来解释被抓原因。上段行文,虽然没有激烈的议论,但人物前后行为的互相消解以及自身言行的悖论达到了入木三分的讽刺效果,小说在不动声色的叙述中毫不留情地揭穿了传统孝道的虚伪面纱。

关于各国联军要拿办徐承煜的原因,可能因为徐承煜仇洋,小说中言语不详,只是从文本徐家父子的对话推出。但有一点可以肯定,徐承煜不是一个爱国忧民的志士,他官至刑部侍郎,是因为做了大阿哥师傅的父亲徐桐盘算着"一个人孤立无助,与其援引门生故旧,受他们他日反噬,不若提拔自己儿子,作一根深蒂固之人"。在徐桐的一手操作下,儿子官运亨通。徐承煜升到刑部侍郎后,父子俩在朝中横行霸道,滥杀大臣。徐桐更是龌龊、顽固、愚昧之极,而且唯名利是图、假公泄私愤,而一旦京城被外国攻破,为保性命和富贵却率先想做战胜国的降民、顺民。无德的父亲自然缔造出自私的儿子,父子之间的血缘亲情早已被相互利用和利益争占所放逐,在生死考验面前,只剩下你死我活的较量。而"承宗接嗣"的观念又成为儿子战胜父亲的杀手锏,"不孝有三,无后为大",死了儿子,就意味着没有为徐家"承宗接嗣"之人,徐桐就身陷不孝之大罪。虽然徐桐这种国家败类,死不足惜,但传统孝道成为被利用的工具,其残忍的一面也彰显无疑。第十二回回末"蝶隐"(刘鹗的笔名)加评道:"徐桐恐贻后患,不肯提拔故旧门生,独知钟爱其子,岂知子即制其死命者!"笔者虽不苟同刘鹗以"爱"评价身为父亲的徐桐(徐桐这种以恶助恶的"父爱"只能害己和把儿子送到不归路,真正的父爱应教子以义方),但弑父保命无疑是一种践踏传统孝道的非孝行为,刘鹗与作者的观点是一致的——强烈批判"父不父则子不子"道德沦丧的社会状况。

有史料记载,徐桐是清朝顽固的守旧派官僚,公然宣称"宁可亡国,不可变法"[①],"联军入,桐仓皇失措,承煜请曰:'父庇举匪,外人至,必不免,失大臣体。盍殉国?儿当从侍地下耳!'桐乃投缳死,年八十有二矣。而承

---

① 范文澜:《中国近代史》(上册),北京:人民出版社1955年版,第299页。

煜遂亡走,为日军所拘,置之顺天府尹署,与启秀俱明年正月正法"①。康有为这样介绍大学士徐桐:"他甚至根本不相信葡萄牙、西班牙等国家的存在,认为都是英、法等国人随意捏造出来的名目。后来是主张利用义和团反对一切外来新事物最力的人。1900年八国联军侵入北京时,他的儿子承煜骗他说是'父子殉国',待他上吊死后,承煜就跑走了。"②徐桐父子的故事又出现黄遵宪的诗文中:"联军入城后,承煜托名保家全宗,逼乃父徐桐自经死。"③小说《邻女语》以晚清真实的人物作为叙述对象,既具有针砭时弊的时效性和故事的可读性,又大大加强了小说"父不父则子不子"的伦理批判深度。

《二十年目睹之怪现状》中的苟才是晚清官场中卑劣、无耻的官僚,也是吴趼人费墨较多、刻画得较为成功的反面人物之一。苟才为了升官发财,甚至不惜跪劝自己新寡的儿媳填补总督五姨太太的空缺。为官数年,巧取豪夺,直至"宦囊丰满"、弄了五六个姨太太,才到上海治疗怔忡之症。上海本是苟才的求生之地,却成了他的生命终结之所,在这里,上演了一幕逆子弑父的家庭丑剧。苟才的儿子苟龙光怨恨父亲不答应给自己纳妾,就买通一个江湖医生,采用"寒热兼施,攻补并进"的用药方法。在儿子心怀叵测的"侍奉"下,不到两月,苟才就呜呼哀哉了! 弑父是完全放逐父亲的一种极端形式,也是彻底背叛传统孝道的决绝姿态。父亲的不在场,意味着规范与约束的消解和欲望恣意膨胀的开始。苟才死后,苟龙光就自己当家,更加为所欲为。其实在苟才毙命之前,医生王端甫就看穿了苟才父子的狂纵表演,并由此大发感叹:"别的事情我没有阅历,这家庭的阅历是见得不少了。大约古圣贤所说的话,是不错的。孟夫子说是:'父子之间不责善。''责善,贼恩之大者。'此刻的人却昧了这个道理,专门责善于其子。这一着呢,还不必怪他,他期望心切,自然不免出于责善一类。最奇的,他一面责善,一面不知教育。你想,父子之间,还有相得的么。还有一种人,自己做下了多少男盗女娼的事,却责成儿子做仁义道德,那才难过呢!"(第一百一回)作者借王端甫淋漓酣畅之言,表达了双向的孝道观——父亲蝇营狗苟,儿子则不仁义道德。没有了礼义廉耻的儿子,不仅作恶多端,还会为了满足自己的欲望而围剿、弑杀自己的父亲。无论是《邻女语》中的徐桐之子徐承煜,还是

---

① 赵尔巽:《二十五史全书·清史稿》,呼和浩特:内蒙古人民出版社1998,第1086页。
② 《康有为选集》,北京:人民文学出版社2004年版,第169—170页。
③ 黄遵宪:《人境庐诗草·卷十一》,《黄遵宪全集》上册,北京:中华书局2005年版,第181页。

《二十年目睹之怪现状》中苟才之子苟龙光,孝对于他们来说,不仅是为满足一己之私可资利用的工具,还成为掩盖恶行的遮羞布。

晚清新小说中的"非孝"行为不仅表现在对父亲的放逐,还表现在儿子对父亲染指的女人(妾或妓)大胆侵犯。这种充斥小说文本中的大量不伦之性行为,不仅是对孝道禁忌的公然亵渎,还意味着传统宗法社会差序关系的蜕变、肢解,"把人与人之间的宗法性异质关系还原为平等或一样的同质关系"①。吴趼人的《二十年目睹之怪现状》中苟龙光与父亲的六姨太私通;"荒江钓叟"的《月球殖民地小说》(1904)中何少麋奸占父妾潘兰英;张春帆的《九尾龟》(1906)中康少己与父亲五姨太勾搭;署名为"八宝王郎著"《冷眼观》(1907)文大爷父子俩公开争一花旦;题为"睡狮新著"的《真本隔帘花影》(1911)中富翁杨某与儿子同姘一个倌人而争风吃醋等等。而其中,比较有代表性的是陆士谔的《新上海》②。

《新上海》将清末大都市上海种种光怪陆离的异形丑态描摹得淋漓尽致,强烈的批判意识寓于诙谐、滑稽的行文之中,如小说开头所写:"话说上海一埠是中国第一个开通的地方,排场则踵事增华,风气则日新月异。各种新事业,都由上海发起,各种新笑话,也都在上海闹出。说他文明,便是文明;人做不出的,上海人都能做得出。上海的文明,比了文明的还要文明。说他野蛮,便是野蛮;人做不到的,上海人都会做得到。上海的野蛮,比了野蛮的还要野蛮。"在这种文明与野蛮有异于别处而新笑话迭出的上海,道貌岸然的假孝子曹煦春粉墨登场,做着畜生不如的野蛮之事,却处处标榜自己"割股疗亲"、为庶母休爱妻的"善行"与"美德"。作者在小说第四十一回以诙谐的语言揭穿了曹煦春所谓的"割股"与休妻的真实面目:原来曹父有一个颇有姿色的小老婆,曹煦春见父亲年老力衰,遂与庶母通奸并生有一子,也就是曹煦春声称的幼弟。曹父得知二人奸情,气愤成疾。于是,曹煦春假惺惺地大嚷要割股为父治病,却以猪肉代之。曹父本是气急痰火症,结果被儿子的一碗浓浓的猪肉汤送了命。曹父死去之后,曹煦春与庶母更肆

---

① 刘小枫:《罪与欠》,北京:华夏出版社2009年版,第226页。
② 陆士谔(1878—1944),江苏青浦(今属上海市)朱家角镇人。1898年与李友琴结婚,夫妻恩爱。在陆士谔所撰《新水浒》《新野叟曝言》《新上海》等小说中,有"李友琴序"或"总评"。1905年左右到上海谋生,行医之余,动手小说创作,1910年其《新上海》由改良小说社刊行。是晚清多产小说家,主要作品还有《新三国》《新孽海花》《新中国》《六路财神》《最近上海秘密史》《血泪黄花》等。欧阳健认为,陆士谔的小说创作,完全是一种有明确目的的自觉行为。参见欧阳健:《晚清小说史》。欧阳健的批评有助于我们理解陆氏小说寓于诙谐中的强烈批判意识。

无忌惮。曹煦春的妻子吃醋,曹煦春"就借着忤逆庶母的大题目,把她休了娘家去"。更为荒唐之极的是,整死父亲、与庶母乱伦的曹煦春竟然凭借着到处自炫的"孝行"和三千两银子谋到了朝廷举行的"孝廉方正"特科。

弗洛伊德借鉴达尔文等早期人类学家的学说,曾作过这样的推论:"原始的人类生活在某种半社会化的小型群体之中,统治该群体的是一位父亲,他独自享有群体中所有的女性,包括女儿和母亲,并强迫任何性成熟的青年男子离开群体,以免他们染指分享他所独占的女性。在父亲的这种性独裁统治下,男孩们对父亲抱有既敬畏又憎恨的矛盾情感。"[1]如果说,这是原始人类社会父子在性竞争中的状况,那么,随着家庭的出现以及父权社会血缘、财产、权利承续的需要,父亲为了保证性特权不受侵犯而将儿子驱除出去,已是不可采取的方式。但是这种原始的性禁忌却成了文明社会尤其是传统中国父子伦理建构的基础。《吕氏春秋·壹行》曾曰:"先王所恶,无恶于不可知。不可知,则君臣、父子、兄弟、朋友、夫妻之际皆败矣。十际皆败,乱莫大焉。凡人伦,以十际为安者也。释十际,则与麋鹿虎狼无以异。"与之相适应,强调子辈的顺从与义务而维护父亲特权的孝之观念不断凸显并逐渐成为中国传统文化的核心。叶舒宪认为:在中国传统文化中,孝发源于性,而孝"在儒家思想中作为血缘亲情而受到大力提倡,其原初的防止家庭内部性竞争的意义也就逐渐被掩盖起来,倒是在历代律法条文中,可看到对乱伦性行为的种种惩罚,这实际上乃是对原始意义上的'不孝'的惩罚"[2]。曹煦春与庶母的乱伦既是对原初父权性独裁的抗争,又是传统文化性禁忌中的不孝行为。而曹煦春虚假的孝行却博得社会的"孝廉方正",又恰恰证明了晚清传统孝道的虚伪与衰落。

无论是弑父或不伦之性行为,都是对传统父子伦理中孝道的背离甚至是一种极端的叛逆姿态。而围剿、挑衅行为实施的客体——父亲,在小说中以卑劣的人格、丑化的人物形象出现,又使小说的伦理批判指向了对道义放逐的父亲。基于此,子辈的非孝又是对传统孝道不对等规约的积极审视与反思,诚如《冷眼观》作者借小说人物之议论:"自己弄成父不父,何能再责备他人子不子呢?"(第五回)

三、慈父的建构与凸显

晚清新小说在批判传统孝道对子辈单方面规约的同时,又从传统孝道

---

[1] 弗洛伊德:《图腾与禁忌》,布瑞尔英译本,纽约 1919 年版,第 209—218 页。
[2] 叶舒宪:《孝与中国文化的精神分析》,《文艺研究》1996 年第 1 期。

的原始伦理意义挖掘、重塑慈父形象,通过凸显父亲的慈爱建构现代意义上父子之间双向的、平等关系。由周桂笙译述、吴趼人评点的《毒蛇圈》第九回评语中这样写道:"后半回妙儿思念瑞福一段文字,为原著所无。窃以为上文写瑞福处处牵念女儿,如此之殷且挚,此处若不略写妙儿之思念父亲,则以'慈''孝'两字相衡,未免似有缺点。且近时专主破坏秩序,讲家庭革命者,日见其众,此等伦常蟊贼,不可以不有以纠正之。特商于译者,插入此段。虽然,原著虽缺此点,而在妙儿当夜,吾知其断不缺此思想也。故虽杜撰,亦非蛇足。"①晚清小说译介的态度和水准不是本书讨论的范畴,但这段文字至少传达出一个至关重要的信息:20世纪初,随着家庭革命、非孝思潮的兴起,小说在父子伦理中由传统对子孝的言说发生了对父慈的建构之转向。

吴趼人的小说创作实践着他的慈父伦理观。《恨海》(1906)以庚子事变为背景,叙写了陈、张、王三家两对未婚男女爱情被毁灭的悲剧,诚如作者所说:"所幸全书虽是写情,犹未脱道德范围,或不致为大(雅)君子所唾弃耳。"②不仅孝女节妇张棣华与孝子义夫陈仲霭是小说中的理想人物,而且张棣华之父张鹤亭与陈仲霭之父陈戟临也是作者着力刻画的慈父形象,特别是张鹤亭写得尤为感人。张鹤亭虽身在生意场,却没有商人的市侩气。他爱女心切,为了遂女儿心愿,对于嫖妓、抽鸦片而弄得穷困不堪的未婚女婿陈伯和不仅不嫌弃,还极尽全力挽救。小说中第九回张鹤亭托人将因嫖、抽而沦落到求乞地步的陈伯和找到带回家后有父女的一段对话,充满了慈父的舐犊之情:"(张鹤亭)转过棣华房里,对他说知伯和来了,要留他住下,叫他戒烟的话。棣华把脸涨的绯红,要开口说话,却又说不出来。鹤亭道:'女儿有话只管说,何必如此?'棣华方开口要说时,又顿住了,脸上又是一红。鹤亭道:'奇了! 有甚么说不出的话呢?'棣华方才嚅嗫说道:'女儿闻得戒烟不得法,要闹出病的。父亲要他戒烟,一面要请医生来调理着方好。'鹤亭道:'这个容易,医生彭伴渔和我是老明友。我回来写个条子,请他天天出诊时,顺便来一次便是了。'说罢便下去,又故意回头笑道:'女儿放心,我绝不难为了他。'一句话说得棣华双颊绯红。鹤亭便笑着下去了。"张棣华与陈伯和自幼同窗,亲密相爱,十二三岁时由父母做主订立了婚约,尤其是共同经历的逃难生活更加深了彼此的感情,而且张棣华又深深自责

---

① 吴趼人:《〈毒蛇圈〉评语》,陈平原、夏晓虹编:《二十世纪中国小说理论资料》第1卷,北京:北京大学出版社1989年版,第95页。
② 吴趼人:《说小说》,《吴趼人研究资料》,上海:上海古籍出版社1980年版,第325页。

于自己的矜持导致伯和的失散与堕落,寻找与牵挂未婚夫伯和成为张棣华到上海之后的生活内容。知女莫如父,张鹤亭想方设法成全女儿、挽救女婿。同样,这种慈父之爱也感动着女儿,以致张棣华内心涌动道:"我说的话,千依百顺,不知我棣华何等福气,投了这等父母,但不知终我之身,如何报答罢了。"

需要说明的是,吴趼人明确而公开地再三提出恢复旧道德的主张,但这并不意味着他对时下杂陈的传统文化顽固地抱残守缺,更不是宣扬被奉若神明的程朱理学所规范的伦理纲常:"吾国旧道德,本完全无缺,不过散见各书,有出于经者,有出于子者,未汇成专书,以供研究耳。诚能读破万卷,何求弗得?中古贱儒附会圣经,著书立说,偏重臣子之节,而专制之毒愈结而愈深。"①由此可见,吴趼人用于改良社会的道德所指,是中国本土的上古经、子中合理的部分,而不是中古以来历代"贱儒"附会而成的"偏重臣子"之说。相反,吴趼人对于纲常所造成的专制毒害则持批判态度。在维新浪潮成为不可逆转之势的晚清,吴趼人恢复旧道德的主张好像显得不合时宜,但他并不是迂腐的文化守成主义者,曾为"某使臣致外务部书,以平等自由为邪说"而悲愤不已②。客观地说,吴趼人所要恢复的旧道德,只不过是从传统文化中叩寻与时代思潮相呼应的契合点。吴趼人在《二十年目睹之怪现状》中叙述石映芝母亲的暴戾与专制之后,在第六十九回回评中借题阐发道:"吾闻先哲有言:'天下无不是之父母。'吾何敢责石映芝之母也。虽然,子与子言孝,操是说以往,是为至德。苟父与父言慈,而仍操是说,则难乎其为人子矣!吾于以知先哲之言,必有所为而发者,固非笼统之言也。而适足以为后世顽嚚者之口实,是诚先哲所不及料,抑亦增子道之大衰已。"在《恨海》第一回,吴趼人写道:"说人之有情,系与生俱来……于国君施展起来,便是忠;对于父母施展起来,便是孝;对于子女施展起来,便是慈;对于朋友施展起来,便是义。可见忠孝大节,无不是从'情'字生出来的。"在《劫余灰》第十一回又有类似的表达:"这情字,正施于君臣之间,便谓之贤君忠臣;反施于君臣之间,便是暴君叛臣。正施于父子之间,便是慈父孝子;反施于父子之间,便是顽父逆子。"显然,吴趼人这种情感化、双向性的伦理观迥异于程朱理学所鼓吹的纲常名教,父慈与子孝、顽父与逆子则成为吴趼人建

---

① 吴趼人:《新庵译屑·自由结婚》,《吴趼人全集》第9卷,哈尔滨:北方文艺出版社1998年版,第233—234页。
② 吴趼人:《吴趼人哭》,《吴趼人全集》第8卷,哈尔滨:北方文艺出版社1998年版,第230页。

构父子伦理的二元思维模式。正是在这样的价值观支配下,慈父是其小说世界中经常出现的人物形象,诸如《劫余灰》(1907)中的陈耕伯之父陈公孺、《情变》(1910)中秦白凤之父秦亢之等。

如本论文第一章所述,《禽海石》揭示了"父母之命,媒妁之言"专制伦理文化所造成的婚姻悲剧,但作者并没有把批判的矛头指向专制文化的具体实施者——父亲,正如小说中的"我"经历了与恋人生离死别之后所言:"然而我不怪我的父亲,我也不怪拳匪,我总说是孟夫子害我的。倘若没有孟夫子那'父母之命,媒妁之言'的老话,我早已和纫芬自由结婚,任从拳匪大乱,我与纫芬尽管携手回南。……到如今,只落得孤馆寒灯,愁增病剧,一身如寄,万念俱灰。不但害我父亲忧愁悲苦,还要害了那毕家的小姐,为我担了个虚名。我甚望我中国以后更定婚制,许人自由。"(第十回)显然,传统婚制不仅使"我"濒临死亡边缘,而且还使"我父亲忧愁悲苦"。在小说作者看来,"我"与"我父亲"都是非人道婚制的受害者。除此之外,小说还用大量笔墨来描写"我父亲"对"我"的种种体贴和爱意。当"我"听到京城沦陷担心纫芬的安危而茶饭不思时,"我父亲""起初是用大义来开导我,过后是假意说是顾年伯已经扈从入关,用好言安慰我。无奈我总没有见着确实的证据,只是不信。我父亲又命王升引我各处去游顽"。当"我父亲"听到纫芬一家在联军入京时都已殉难的消息,为了淡化"我"失去纫芬的悲伤,替"我"另聘毕家小姐为妻。当"我父亲"得知被拐骗到上海的纫芬病死在客栈里时,出钱操办了纫芬的后事。料理完纫芬的丧事回到自己住的客栈后,小说还非常抒情地写道:

> 我父亲见我悲伤劳倦了一天,教我权且养息。他自己又翻身走出栈房,去见纫芬的母亲,送了些资斧把他,劝他勿过悲伤。又替他筹划回家的方法,代他发信与京外各处的同寅同乡,恳求侊助。咦!我父亲因为爱我的原故,爱及纫芬,并惠及纫芬的母亲。真所谓父母爱子之心,无所不至。此恩此德,我就粉身碎骨,也难图报。(第十回)

言辞切切,情深意浓,一位充满舐犊之爱的慈父形象活脱而出。再加之第一人称叙事手法的自如运用,"给读者'事事从身历处写来,语语从心坎中抉出'的感觉,连评论家都'读竟不禁为之废书一叹'"[①]。父亲的慈爱不仅感动着儿子,使之"粉身碎骨,也难以图报",还令读者无不为之动容、"废书一

[①] 阵平原:《中国小说叙事模式的转变》,上海:上海人民出版社2010年版,第70页。

叹"。正如小说末尾所言:"我这部小说始终只是写一个'情'子",其情,不仅指"我"与纫芬相恋执着的男女之情,还包括父亲深切浓郁的爱子之情。

小说评论界大都把颐琐的《黄绣球》这篇小说视为反映晚清妇女解放的代表作品,而其中关于父子伦理的思考却很少有人关注。诚然,《黄绣球》力劝放足、兴办女学堂、主张男女平等触及了当时妇女解放的许多具体问题,尤其是"保留了当时新女性艰苦活动的真实姿态"[①],成为当时妇女解放的代表性作品。但是,小说中的另外一个重要人物也值得关注,即黄绣球的丈夫黄通理,他不仅是黄绣球从事妇女解放活动的启蒙者、支持者,还是一位开明、充满慈爱之心的父亲。具有维新思想的黄通理,在与长子黄钟、次子黄权相处时,已经褪去了传统父亲拒人于千里之外的严酷,不仅和儿子们在书房一起玩耍,还和儿子们共同读书谈论、研究新知识与新学问,在第一回小说写道:

大的儿子七岁,小的儿子五岁多,大儿子生得乖觉文弱,小儿子生得英锐刚强。平常带着两个识识字,讲些蒙学教科书,也都有些领会。这日见他两个同吃早饭,问道:"譬如这碗饭,弄了好些污秽在上面,便怎样法子?"大的说:"用水漂洗漂洗,也就可吃了。"小的说:"不然,这一碗饭有限,倘或那污秽洗不清楚,就要吃坏人,不如倾泼了另换一碗。"又问:"譬如一棵花,种在地上,花上爬了些蚂蚁,这便怎样?难道就把花掐了不成?"那大的说:"这与花何害?只要将蚂蚁除去便是。"小的又说:"不然,好好的一朵花,固然不能掐去,但是蚂蚁除了又有。就算这枝花上除去,他又爬到那枝花上去了,除之不尽,劳而无功,不如寻着蚂蚁的窠,或是掘了它的根,或是把种的花移种在好地上去,叫蚂蚁无从再爬,然后花才能开得枝枝茂盛,年年发荣。"黄通理听他小儿子的话十分中意。不想这小小孩子,倒有这般见识,就趁势问他:"你娘说,我家后面房屋像要倾倒下来,这是要修理呢,还是要拆掉了他?"两个儿子尚未回答,他妻子说:"我正要问你,连日你为着房子的事,同发痴一般,昨日又与人家发了多少议论,到底在这房子上另有个什么用意?"黄通理道:"不要忙,且听小孩子们讲讲。"他那小儿子就说:"这个要看房子的大势,我就不知道了。"他妻子说:"五岁的小孩子,晓得什么!你也去问他?"黄通理道:"不要看轻了五岁孩子,他这'要看大势'的一句话就很有道理。对你讲了吧,我实为我们村上的风俗人情败坏

---

① 阿英:《晚清小说史》,南京:江苏文艺出版社2009年版,第107页。

到不成样子,名为自由村,自己村上的人全不知振作,反被外村人挟制,受外村人糟蹋,想要恢复我这'自由'两字的权限,组织我'自由'两字的光彩,所以在这房子的事上有多少寓意。"(下划线为笔者所加。)

黄通理思考救国方案时,以被弄得污秽的一碗饭和爬满蚂蚁的一棵花做简单的类比,悉心静听两个儿子的不同见解。既不武断地否定儿子有异于自己的观点,也不因为儿子年龄小而看轻他们的思想。黄通理日常很注重对儿子的启蒙教育,而且颇见成效。尤其是儿子们在父亲面前这种没有礼节拘束的畅所欲言、各抒己见,是父子尊卑有序传统社会所难以见到的场面。在第七回争论《孟子》中"不愆不忘"一句时,同样展现出了一幅父子和乐的天伦之景。显然,黄通理作为慈父形象,更具有现代意义上为人父的品格。颇具意味的是,在小说第十五回写沾染了新党习气的青年子弟"开口闭口'四万万同胞听着',无不淋漓痛快,句句动目,字字惊心,却是说话高兴,连自己的老子都要活活杀死,说他是'野蛮','不配做文明人的老子'。"纵览前后,黄通理的意义不仅仅是塑造了一个对着地球仪给儿子们讲说新知的慈父形象,更体现了作者对时下盲目非孝思想的一种焦虑和忧患。

1905年林纾在《〈美洲童子万里寻亲记〉序》中曾说:"然入于青年诸君之目中,则颇斥其陈腐,以一时议论方欲废黜三纲,夷君臣,平父子,广其自由之涂辙。意君暴则弗臣,父虐则不子。……然每闻青年人论变法,未尝不低首称善。惟云父子可以无恩,则决然不敢附和"①。诚然,林纾并非是传统观念的绝对拥护者,但对于时下甚嚣尘上的极端父子观是持反对态度的。我们知道,晚清非孝思潮,本是一场以自由、平等的现代理念反观中国传统父子伦理、以批判愚孝的方式反拨传统父子二元世界里不对等关系的思想解放运动。但是,一种思想的成熟不是一蹴而就,而是有一个渐进的过程。加之晚清是新旧、中西文化冲突的特殊时期,其所产生的负面效应是必然的,尤其是一些偏激言行对传统孝道中的合理、有价值思想的破坏。总之,无论是林纾的反对父子无恩说,还是晚清小说家重塑父亲形象尤其是挖掘、凸显父亲的慈爱来维护家庭纲常秩序的企图和努力,都恰恰从另一个侧面再次印证了晚清传统孝道的衰微,因为对问题的关注正是基于问题的存在。

---

① 林纾:《〈美洲童子万里寻亲记〉序》,陈平原、夏晓虹编:《二十世纪中国小说理论资料》第1卷,北京:北京大学出版社1989年版,第140页。

第三节　从父之子到国之民

　　家与国是密不可分而又有各自利益需求的两个实体。国家就是在血缘氏族基础上建立起来的,在漫长的社会发展过程中,家庭家族一直是其基本构成单位,家国同构在中国传统政治文化中被作为一种主流观念得以认可。但是,强烈的血缘宗法意识又决定了家庭家族需求与国家利益某种程度的背离,由天然血缘关系组成的家往往成为个体与国家趋同的巨大的屏障,事实上,家与国的紧张对抗一直存在于绵长的历史之中。既是家庭成员又是一国之居民的双重身份,往往使生命个体面临为国家尽忠与为父母尽孝的二难选择。《论语·子路》中曰:"父为子隐,子为父隐,直在其中矣。"《孟子·尽心上》又讲述了一个忠孝或公私难全的经典故事:假设舜的父亲瞽叟杀人,作为天子与儿子的舜将作出怎样的选择? 孟子的解决办法是:"舜视弃天下犹弃敝屣也。窃负而逃,遵海边而处,终身欣然,乐而忘天下。"无疑,中国传统文化对孝道的强调阻碍了公德心的培养,与国家形成一种巨大的张力。游移于家庭与社会、私人领域与公共领域之间的父子话语,不仅具有丰厚的文化内涵,还成为文学诉说不尽的一个话题。晚清民族国家生死存亡之际,强大的家族凝聚力使遭受侵犯的国家、民族处于被漠视的境况。中国两千多年发达的家族制度"使民家之外无事业,家之外无思虑、交际、社会、日月、天地。而读书、而入学、而登科、而升官发财、而经商、而求田问舍、而健讼私斗赌博窃盗,则皆由家族主义之脚根点而来也"①,这种只知道有家而无国的思想使"每个人一生的希望,不外成家立业、讨老婆、生儿子、发财、做官这几件事"②,最终导致"国亡而家何在,家有令子而国无公民"③,所以,要救亡图存完成现代政治革命,就必须进行家庭革命,使历史担当的行为主体——父了——完成从家到国、从父之子到国之民观念的转变。但需要说明的是,晚清知识分子面对时代危机,在利用西方学说和理论作为武器展开对传统伦理批判的同时,又积极挖掘传统文化资源中优秀的元素,从自己的立场作出新的诠释。在保全国家社稷的历史要求下,传统伦

---

① 家庭立宪者:《家庭革命说》,张枬、王忍之编:《辛亥革命前十年间时论选集》第 1 卷下册,北京:三联书店 1960 年版,第 834 页。
② 陈独秀:《恶俗篇》,《安徽白话报》1904 年 5 月 15 日—7 月 13 日。
③ 家庭立宪者:《家庭革命说》,张枬、王忍之编:《辛亥革命前十年间时论选集》第 1 卷下册,北京:三联书店 1960 年版,第 834 页。

理又表现出了明显的积极性。具体地说,晚清新小说在批判传统伦理愚忠愚孝思想的同时,又从传统伦理子承父志、子报父仇的言说中重构着国难面前理想的父子关系以振奋救亡爱国的民族精神。

一、子承父志:从父到子爱国利群思想的递呈

1902年2月梁启超等人创办的《新民丛报》,是对晚清思想界、小说界影响颇大的杂志。在其创刊号中宣布的办报宗旨就明确写道:"本报取《大学·新民》之义,以为欲维新吾国,当先维新吾民。中国所以不振,由于国民公德缺乏,智慧不开,故此报专对此病而药治之,务采合中西道德以为德育之方针,广罗政学理论以为智育之本原。"《新民丛报》设有论说、史传、小说等栏目,以不同的文体宣传自己的主张。梁启超的《新民说》是《新民丛报》中最有代表性的系列论说文章,内容涉及论公德、论国家思想、论合群等重要内容。梁启超认为,公德是人群之所以为群、国家之所以为国的根本与基础,而"我国民所最缺者,公德其一端也",相反,宗法社会的文化心理却使私德很发达,尤其是:"父母之于子也,生之育之,保之教之,故为子者有报父母恩之义务。人人尽此义务,则子愈多者,父母愈顺,家族愈昌;反是则为家之索矣。故子而逭父母之负者,谓之不孝,此私德上第一大义,尽人能知者也。群之于人也,国家之于国民也,其恩与父母同。盖无群无国,则吾性命财产无所托,智慧能力无所附,而此身将不可以一日立于天地。故报群报国之义务,有血气者所同具也。苟放弃此责任者,无论其私德上为善人为恶人,而皆为群与国之蟊贼。"[①]因此,"新民"就是要把培养国民的"公德"(爱国、利群之心)作为时下中国第一要务。在1902年一年的时间内,《新民丛报》就刊登了5部叙写西方历史上仁人志士为民族、国家不怕牺牲而执着奋斗的英雄故事,其中就有"不题撰人"的《殖民伟绩》。

《殖民伟绩》1902年11月14日至1902年12月14日连载于《新民丛报》,共四回,未完。小说叙写了英国青年维廉滨的英雄故事。英国政府专制,夺去人民信教自由的权利,激起民怨沸腾。维廉滨的父亲曾为海军将官,临终嘱托维廉滨以哥伦布为榜样,为英国人造出一番世界来。于是维廉滨要带人去美洲垦荒,以另建新国。小说有限的四回篇幅中,情节并不曲折,人物形象也不丰满,但小说所承载的理念却是对时代潮流的积极响应,尤其是维廉滨父亲病床前训子的一番规诫,展现了晚清爱国志士期冀的父

---

① 梁启超:《论公德》,《饮冰室合集》专集之四,北京:中华书局1989年版,第14页。

子话语,小说这样写道:

"你这孩子,一点儿用处也没有,只知道做一个人的孝子,就不知道要做全国人同种人的功臣么。……凡是在世界上做了一个人,总要轰轰烈烈在世界上做一番事业,才算得是一个人呢。譬如我们现在生在英国,总要替英国人造起一场大福来。若是英国人受外国人的压制,我便要同外国人反抗。就是外国人的势力大,我的势力小,明晓得敌他不过,也一定要想法子弄到英国人不受外国人的压制为止。凡是都有自由权,若是有人来夺我的自由权,我便怎么样都要夺过来。总而言之,一个人生在世界上面,总要在世界上面算得一个人,在千古以后算得一个人才是呢。……你这个身体,你不要把他当做你一个人的身体,也不要把他当做我给你的身体。就说是英国人的身体,都可以的。我这一番话,并不是叫你不要做孝子,是叫你不要只知道做一个人的孝子,把许多大事就抛却了。如今世界上有一般人讲孝字,讲到极荒谬的境界,说身体发肤,不敢毁伤,这句话不通到了极点。你想想自古来多少英雄豪杰为国作牺牲的,难道这般人都是不孝吗?譬如我做了一个海军的将官,遇到开仗的事情,总是要拼命的。若是像那样讲孝字,那就可以不打仗了。倘若世界上的人都一个一个像那样讲孝道,我恐怕世界上早就没有世界了。"(第二回)

小说以异域故事影射晚清社会现实,维廉滨父亲对儿子反复告诫:不要只做父亲一个人的孝子,要做"全国人同种人的功臣";一个人的身体不要当做父亲给的,而应当视为国人的身体。这种从家之子到国之民的身份转换,既是对《新民丛报》培养国民利群、爱国公德心的艺术表现,也意味着晚清知识分子的父子话语从家庭向国家的位移以及挣脱积习的宗法血缘意识的努力。

署名为"侠民"自著自评的小说《菲猎滨外史》,1904年9月10日至1905年3月6日连载于《新新小说》杂志。小说虽然头绪纷繁,人物众多,但是亚普黎和亚圭拿度这一对父子的故事却给人深刻的印象。七十多岁的老人亚普黎是侨居菲猎滨的中国人,为当地第一富豪。擅作威福的警兵借搜查之机,欲榨取钱财。亚普黎不依,遭到警兵诬陷,被判三年禁锢。亚圭拿度在马尼剌大学就读,可谓德才兼备。亚普黎托人给儿子捎去一封家书,信中嘱托儿子学郑成功,牺牲一己为国为民。显然,小说是借叙说亚普黎和亚圭拿度的父子故事激励国人奋发救亡,是借演绎菲猎滨之事来影射晚清中国社会现实,正如篇首词曰:"半幅鲜妍历史,泪痕糁和血痕,英雄儿女总销沈,赢得千秋恨。借取他人杯酒,来浇块垒胸襟,真真假假漫评论,怜我怜卿同病。"小说接着叙写菲猎滨自从被西班牙占领后,岛民过着牛马不如的奴隶生活,不仅自己血汗挣来的钱要供奉西人,而且稍有不当就有生命危险。被菲猎滨岛民称为二大魔王的,除了西班牙官吏之外,还有一班助纣为虐的教徒。顺之则生,逆之则亡,菲猎滨岛民在地狱般的世界中凄惨无比,小说眉批更直接点名所指:"中国人今日已是这样。哀我同胞,谛听,谛听!"菲猎滨人民的不屈抗争,则是小说重点展现的内容,也寄寓了作者醒世、变革社会的理想,正如作者在小说自叙中所言:"(菲律宾)弹丸黑子,志不稍屈,力竭势穷,愿举全岛为焦土,遂使菲猎滨三字之价值,辉耀于全世界,固一时之雄杰哉!……其视吾东亚病夫,任人宰割,犹复谓他人父,忝颜事仇者,固未可同日语也。"① 显然,《菲猎滨外史》是一篇时事性较强的小说。在这样的时代背景和创作主旨下,亚普黎和亚圭拿度父子承载着作者的理想理念,出现在读者的视野中。《〈新新小说〉叙例》也说,"本报纯用小说家言,演任侠好义、忠群爱国之旨,意在浸润兼及,以一变旧社会腐败堕落之风俗习惯",并明确表示该刊物宗旨是:"演任侠好义、忠群爱国之旨。"② "侠民"作为此期刊杂志的主编之一,其发表在《新新小说》创刊号中的历史小说《菲猎滨外史》,可以说是与宣传"忠群爱国"的办刊理念彼此辉映,形成互文性阐释。只不过是期刊的"忠群爱国"理念在小说《菲猎滨外史》中,被具体化为父亲对儿子的嘱托来完成。

陈天华的小说《狮子吼》1905年底在《民报》第二期至第九期连载,共八回。因作者感愤国事蹈海自杀而仅留八回,实际上是一部未来得及完成的、承载着作者政治焦虑与理想的章回小说。小说中狄必攘不仅是作者着意塑造的转型时代的英雄人物,而且狄必攘的父亲狄同仁的形象也表达了爱国救亡话语中对理想父亲的期待。小说中交代,狄必攘的母亲早丧,父亲狄同仁,是一个老生员,虽然以训蒙糊口、生活贫寒,但是平生乐人之乐、忧人之忧,曾拿半年的脩金帮助一对因穷困准备典妻的恩爱夫妻渡过难关。狄同仁晚年看了新书,生发民族思想,并命儿子狄必攘到民权村去求学,叮嘱儿子勉力为学、替民族出力、切勿以父亲为念。临危之际,写遗书一封,主

---

① 侠民:《〈菲猎滨外史〉自叙》,陈平原、夏晓虹编:《二十世纪中国小说理论资料》第1卷,北京:北京大学出版社1989年版,第129页。
② 侠民:《〈新新小说〉叙例》,陈平原、夏晓虹编:《二十世纪中国小说理论资料》第1卷,北京:北京大学出版社1989年版,第125页。

要内容如下：

  余抱病已非一日，所以不告汝者，恐妨汝课业耳。今恐不及与汝相见，故为书以示汝。余行年七十，亦复何恨！所惜者，幼为奴隶学问所误，于国民责任，未有分毫之尽，是以耿耿于心，不能自解。汝当思大孝在继父之志，不在平常细节。丧事粗毕，汝即可远游求学，无庸在家守制。……然使吾有奴隶之子孙，不如无也！汝能为国民而死，吾鬼虽馁，能汝怨乎？勉之毋忽！（第五回）

小说中狄同仁父子自然有陈天华与父亲陈善的影子。陈善也是一个落第秀才，依靠在村里教蒙学娃养家糊口。在儿子陈天华十岁时，妻子不幸病逝，陈善独自一人含辛茹苦地养育儿子，生活的艰难可想而知。1896年已年近七旬的陈善迫于生计到新化县城，二十二岁的陈天华也跟随父亲到县里的资江书院寄住。当陈天华在资江书院苦读之时，维新运动也蓬勃地发展起来。尤其是陈天华后来转到新化实学堂，其思想也发生了很大变化，常常以天下为己任，积极参加维新爱国活动。维新变法失败后，国内形势急转而下，学堂已不再是自由谈论政事的场所。此时，陈天华经常可以倾诉的对象便是与他一样关心天下家国的父亲。陈天华自幼丧母，而且父子在国家大事上相谈非常投机，所以感情甚笃。1900年春，陈天华前往长沙岳麓书院游学。同年七月，父亲病逝，得到噩耗的陈天华悲痛欲绝，连夜赶回新化。1903年3月陈天华赴日本留学，曾以血书抗议沙俄侵犯我国东三省，于同年冬天回国组织武装起义。1904年2月，陈天华又和宋教仁、黄兴等创立"华兴会"，策划长沙武装起义，计划泄漏后逃亡日本。再次回到日本的陈天华，以更加高涨的热情投入到爱国救亡的革命活动中去。1905年11月，日本颁布《取缔清国留日学生规则》，陈天华奋起反抗并坚决主张罢学回国。但当时留日中国学生意见并不统一，对此，陈天华忧心如焚，尤其是对忍辱留日的软弱态度更为激愤不已。为了唤醒大家的觉悟，陈天华决定牺牲自己，如他在临死前所写的《绝命辞》中所说："恐同胞之不见听或忘之，故以身投东海，为诸君之纪念。"12月8日，陈天华在日本东京大森湾投海自尽。

陈天华从1904年开始创作小说《狮子吼》到1905年12月投海自尽之前，还赶写了《先考宝卿府君事略》，记下了父亲为帮助邻居而捐助半年薪俸等一些事情，既是为了悼念慈爱的父亲，使其事迹流传于世，也是为了号召大家同心对敌。虽然当时陈天华《狮子吼》中以父亲为原型塑造狄同仁人物形象时的心情已无从考证,但有一点是可以肯定的,即陈天华认为创作小说能够开通民智、风气,通过小说中的理想建构,可以起到宣传爱国革命与救亡图存的作用。这一点在小说《狮子吼》第五回中已借孙绳祖之口明确表达:"现在求学,固是要紧,但内地的风气,不开通的很,大家去了,哪一个来开通国内的风气呢?世界各国,哪一国没有几千个报馆!每年所出的小说,至少也有数百种,所以能够把民智开通了。中国偌大的地方,这些就应十倍于他们了。不料只有上海一地有数种腐败的报,此外就没有了。所有新理想的小说,更没有一种,这样民智又怎么能开呢?任凭有千百个华盛顿、拿破仑,也不能办出一点事来呀。所以弟想在内地办一种新报,随便纂几种新小说,替你们在家先打通一条路,等你们学成回来,一切就有头绪了。"众所周知,陈天华是辛亥革命时期颇有建树和影响的革命家和文学家。据冯自由回忆说:"所著咸用白话文或通俗文,务使舆夫走卒皆能读之了解,故其文字小册散播于长江沿岸各省,最为盛行,较之章太炎《驳康有为政见书》及邹容《革命军》,有过之无不及。……就中以《猛回头》《警世钟》二种为效力至伟。"[1]刊载于《大阪每日新闻》的文章《东报论中国革命党之历史》中也说:"而彼等自此遂专于出版物鼓吹排满主义,故虽东京,发刊此种杂志之数不下十余种,其中最有功于革命者为四川邹容、湖南之陈天华两人,故当时可称为革命文学之最盛时代也。"[2]

爱国革命是陈天华终其一生的事业,而且陈天华是用生命作为祭礼来警醒国民投身于爱国救亡运动的。同样,其小说创作也具有强烈而明确的政治宣传目的。狄必攘是小说《狮子吼》中的主要人物,其联络会党组织革命团体、开办报馆与工厂的活动寄寓了陈天华的政治革命理念,而且狄必攘父亲的遗嘱也表达了陈天华对革命形式下父子关系的伦理诉求与理想建构,或者说《狮子吼》中的狄必攘父亲狄同仁形象,既是陈天华借小说倾吐对已逝父亲的悼念之情,同时也是以符号"父亲"即"父之名"号召国民摆脱奴隶劣根性、承担起国民爱国救亡的责任。

题为"新中国之废物撰"(陈景韩)的小说《刺客谈》,1906年由新世界小说社刊行。小说叙写了晚清爱国志士行刺卖国官僚的英雄故事,主人公青年范朴安便是刺杀昏官的一个侠士。范朴安的父亲为官清廉正直而不得

---

[1] 冯自由:《〈猛回头〉作者陈天华》,《革命逸史》第2集,北京:中华书局1981年版,第120页。
[2] 《东报论中国革命党之历史》,《大阪每日新闻》,转载于上海《神州日报》1908年5月19日。

志,最终穷困而死,临死嘱咐儿子:"做官的人,大半都是可杀的,你将来能够握大权,杀尽这班贪官污吏固然是好,否则亦要做个侠客义士,杀他几个,消我一生不平之气。"虽然范朴安暗杀昏官以失败而告终,但却与晚清的暗杀风潮形成一种历史的同构互动。据牛贯杰不完全统计,晚清革命党人的暗杀活动从1900年兴中会会员史坚如刺杀两广总督德寿至1911年辛亥革命成功之前,共发生了十九次,其中1904年三次,1905年两次①。晚清暗杀活动之频繁,规模之大,实属中国历史上之所罕见。民族、国家危亡之际,政府的专制腐败、官场的昏庸无能、国民的愚弱不振,使革命党人认识到:"今欲伸民气,则莫若行此暗杀主义"②;"革命止有两途:一是暴动,一是暗杀"③。中国传统游侠精神是晚清暗杀风潮形成的话语资源,俄国虚无党人的暗杀行为也对晚清爱国志士产生了重要影响。如陈景韩在《〈刺客谈〉叙》中所说:"中国刺客之风,由来已久,荆轲之流,历朝具有。或以个人之私怨,或以国事之公义;事或见于传纪,或载于小说,美其名曰侠客,佳其号曰义士:实则一言以蔽之曰刺客而已。近数十年,俄国虚无之主义,澎涨一时,大臣被刺,年有所闻,上自俄皇,下及臣僚,莫不惴惴焉以虚无党为忧。"④晚清志士所倡导的暗杀已不是传统刺客逞强恃勇、打抱不平的行侠仗义之举,而是对中国传统游侠元典精神作了现代转化,暗杀者是有着清醒的现代民族国家意识、甘愿为国事而牺牲的革命英雄。一定意义上说,鼓吹暗杀的晚清革命党人更与俄国虚无党人有着相似的精神取向,而晚清革命党人的暗杀行为也确实起到了激励国人斗志、振奋时人爱国精神的作用。所以,《刺客谈》中范朴安父亲临终期望儿子成为侠客义士以刺杀贪官污吏的声音,汇入了晚清爱国革命志士鼓吹的暗杀浪潮,而其作为政治斗争的重要手段,仍然存续于辛亥革命之后。

综上所述,《刺客谈》中范朴安父亲的临终遗嘱与《殖民伟绩》中维廉滨父亲和《狮子吼》中狄必攘的父亲对儿子的爱国为民的告诫实则殊途同归。除此之外,如《瓜分惨祸预言记》(1903)中黄渤的父亲黄烈、《洗耻记》(1903)中明仇牧的父亲明易民、《掌故演义》(1908)中郑经的父亲郑成功等

---

① 牛贯杰:《试论清末革命党人政治暗杀活动的文化根源》,《燕山大学学报》2002年第4期。
② 吴樾:《暗杀时代》,张枬、王忍之编:《辛亥革命前十年间时论选集》第2卷下册,北京:三联书店1960年版,第719页。
③ 蔡元培:《我在教育界的经验》,《蔡元培选集》,北京:中华书局1959年版,第330页。
④ 陈景韩:《〈刺客谈〉叙》,陈平原、夏晓虹编:《二十世纪中国小说理论资料》第1卷,北京:北京大学出版社1989年版,第200页。

诸多父亲形象,都在儿子走向爱国之路的成长过程中起了重要的行为督促或精神支撑的作用,也体现了晚清爱国志士在救亡图存、变革社会风气的迫切心理下重建父子伦理的努力。其中,既有对中国传统元典伦理精神诸如子承父志、移孝于忠的现代转化,也有对西方话语资源诸如国家意识、国民责任的借鉴。

二、子报父仇:从家仇到国恨

在传统宗法社会,子报父仇既是一条重要的伦理道德准则,也是古代小说不断再现的故事模式。《礼记·曲礼》说:"父之仇弗与共戴天。"《礼记·调人》也说:"父之仇,辟诸海外则得与共戴天,此不共戴天者,谓孝子之心,不许共仇人戴天,必杀之乃止。"也就是说,杀父之仇是根本不能容忍的,也是为人子不可推卸的使命,必须置仇人于死地,即便牺牲身家性命也在所不辞。否则,便被视为不孝。《搜神记》中干将莫邪的儿子为父报仇的故事成为复仇小说的经典蓝本,不断被重复、模仿。血亲复仇伦理文化在建构的同时,又内化为人的一种无意识,反过来又影响着小说家叙述父子关系的价值取向。晚清小说家借助这种积习的文化心理,大力张扬人的复仇意识,以子报父仇为故事外壳和精神动力,把复仇的客体导向了满清政府、外来侵略者及甘愿做奴隶之人,成为爱国志士救亡图存的现实策略。

汉国厌世者著、冷情女史述的小说《洗耻记》,1903年由苦学社发行,共六回(未完)。小说叙写汉国自从二百年前被贱牧人打败后,成了贱牧人的奴隶,但汉国人反抗民族压迫的斗争从未中断,其中就有汉国志士明易民(谐音:明遗民)率众起义。在一次激烈的战斗中,起义军终因寡不敌众而惨遭失败,明易民也英勇牺牲。明易民的儿子明仇牧立志为父报仇,广结豪杰,共谋再次起义大事。小说反清排满的民族革命主题非常鲜明,如第四回《山歌》中云:"小丑亡,大汉昌,天生老子来主张。双手扭转南北极,两脚踏破东西洋。白铁有灵剑吐光,杀尽胡儿复祖邦,一杯血酒洒天荒!"明易民为反抗民族压迫而死,明仇牧誓报父仇的志向与行为,就跨越了源于狭隘的私人恩怨而生发的血亲复仇,成为具有正当性与合理性的爱国壮举。同时,也更大程度、更大范围地引发了国民国破家亡的情感共鸣,点燃了国民保种图存的反抗激情。我们知道,晚清张扬的爱国思想具有鲜明的反清排满情绪。资产阶级革命派认为,满清王朝的统治造成了中国经济衰弱、政治危机和民不聊生,尤其是庚子事变后腐败无能的清政府甘愿成为听命于列强的走狗,因此,欲救国救民,必须进行推翻满清政府的民族革命。于是,满清入关后屠杀汉人的残暴行径,时至晚清,以世仇的言说方式使曾经淡忘的历史旧恨得以复活。邹容在1903年5月出版的《革命军》中曾这样写道:"满人入关之时,被满人屠杀者,是非我高曾祖之高曾祖乎?是非吾高曾祖之高曾祖之伯叔兄舅乎?被贼满人奸淫者,是非吾高曾祖之高曾祖之妻之女之姊妹乎?(《扬州十日记》云:'卒常谓人曰:'我辈征高丽,掳妇女数万人,无一失节者,何堂堂中国,无耻至此!'读此言,可知当日奸淫之至极。)记曰:'父兄之仇,不共戴天。'此三尺童子所知之义,故子不能为父兄报仇,以托诸其子,子以托诸孙,孙又以托诸玄来礽。是高曾祖之仇,即吾今父兄之仇也。父兄之仇不报,而犹厚颜以事仇人,日日言孝弟,吾不知孝弟之果何在也。高曾祖若有灵,必当不瞑目于九原。"①满汉两族的政治冲突演绎为不共戴天的杀父之仇,反清排满则成为汉人子报父仇必尽的道德义务和具体复仇对象。无名氏的短篇小说《痛定痛》1903年6月25日至9月21日刊载于《江苏》杂志。这篇小说基本是由扬州老人慕新在茶馆与众人的谈话构成,老人向众人讲述满兵破扬州城后大肆屠杀汉人十日的滔天罪行,而后从历史回到现实,号召众人联络党羽向满贼复仇,起到了很好的启蒙叙事效果,处于被蒙蔽状态的众人终于被激发,"个个咬牙切齿,要想杀鞑子。于是人愈聚愈多,等到有机会,就要起革命军了。"晚清高涨的反清排满情绪就这样被激发出来,其行为内驱力往往被转化为子报父仇的伦理文化心理,民族的仇恨具体化为最煽情的、不共戴天的杀父之仇。于是,无数孝子贤孙走向了誓欲血刃杀父之敌的复仇道路,家仇与国恨在革命话语的言说中水乳交融,成为彼此相连的复合体。

1903年张肇桐的小说《自由结婚》发行,书名前冠以"政治小说",如其《弁言》所说:"使天下后世,知亡国之民,犹有救国之志。"②小说主人公之一黄祸是作者凸显政治理想而塑造的爱国革命志士,就连黄祸其名也寓含鲜明的爱国思想,如黄祸母亲所说,黄祸出生的那天,正是其父黄人杰为国民就义的日子,所以就替儿子取了黄祸之名:"汝顾名思义,宜如何奋勇勉力,替国雪耻,替父报仇。"这是黄祸七岁时,母亲对他的告诫。除此之外,母亲还向他讲述父亲黄人杰的悲壮人生:黄人杰少时曾游学外国,"最精陆军,官至总兵"。在一桩教案事件当中,异族政府对于外国人屠杀仇教百姓

---

① 邹容:《革命军》,张枬、王忍之编:《辛亥革命前十年间时论选集》第1卷(下册),北京:三联书店1960年版,第661页。
② 自由花(张肇桐):《〈自由结婚〉弁言》,陈平原、夏晓虹编:《二十世纪中国小说理论资料》第1卷,北京:北京大学出版社1989年版,第92页。

第三章 晚清新小说与父子伦理

的蛮横要求一口应承,并派黄人杰带兵前去绞杀。黄人杰认为仇教的国民毕竟有爱国之心,不仅按兵不发,还上奏政府不可应许外人的要求,结果以仇教罪名被处以死刑。知晓父亲去世真相的黄祸,从此"好像换了一个人身一般,变化气质,陶养性情,恶衣恶食也不去顾他,一举一动不敢妄自菲薄,只把国耻、父仇牢记胸中"。与国耻合而为一的父仇是黄祸走向爱国革命之路不竭的精神动力,也是黄祸立身于世的历史使命和生命价值。与《洗耻记》不同的是,《自由结婚》中国耻与父仇有了更为广泛的内涵:"现在要雪国耻、报父仇,有三大仇人,是用得着吃刀的。第一仇人是异族政府;第二仇人是外国人;第三仇人是同族奴隶。"(第三回)这种仇恨深烙于黄祸的心灵世界,并随着岁月的增长而愈加浓烈。五年之后,当黄祸再次听到父亲就义时的情形,小说这样描写:

> 黄祸已倒于地,昏绝不省人事,但闻口中喃喃道:"洋人,洋人!异族的政府,异族的政府!非我族类,其心必异。你杀我父,我不怪你,我必有同你算帐的一天,我必有还礼的一天!不要紧,不要紧。咳!仇抚台(即黄人杰就义时的监斩官同仁:笔者注),仇抚台!仇同仁,仇同仁!我独恨你呀!你是我们的同种,你应该稍有良心,为什么奉着异族政府伪谕,同着一班外国领事坐看我父的死啊!我从前疑心那野蛮外族有什么通天本领,能够篡夺人国不遗余力。原来我国的亡,就是亡在你这班狗奴才的手里啊!咳,咳,咳!我就是寝你的皮,食你的肉,取你心肝,祭我父亲,亦不能偿我的恨啊!你忍杀同胞,我却也不忍不杀你啊!天啊,天啊!既然生了我们这一种族,为何又令我们种族中有此等人啊!咳,咳,咳!我也不得不恨你们这班军人啊!你们不是我父所统带的亲兵吗?当我父不奉伪谕,按兵不发的时候,交口称颂功德的,不是你们吗?我父为民而死,为国而死,你们难道竟坐视不救吗?别国的军人都能轻身好义,利国家保种族,你们这一班人只能磕头请安,重重叠叠的做奴隶啊!别国的军人多一个好一个,你们这一班人,真是有名无实,非徒无益,而反有害啊!"黄祸那时目不能睁,气息仅属,口中只顾喃喃不绝。(第三回)

这种近乎癫狂的喃喃之语和气急而昏厥的状况,是黄祸积郁胸中数年的块垒被触碰时的刹那,痛之切、恨之极情绪失控下的心灵密语和精神状态的流露。作为一个遗腹子,黄祸虽然从未和父亲谋面,但是来自血缘与伦理的认同文化心理使他从未忘记为父报仇的责任,即便寝食仇敌之皮肉、挖取仇敌

155

之心肝祭奠父亲的亡灵也不足以解心头之恨。这种带有原始复仇意识的行为，因为其指向是亡国的异族政府与民族败类，于是在个人恩怨的血亲复仇与国家大义的政治仇杀之道德整合中，就极具震撼人心的正义性和鼓动国民斗志的号召性，也是小说庄严与崇高的主旨所归。

1903年10月8日《国民日日报》开始连载苏曼殊的《惨世界》。小说中克德的父亲是一个杂货店老板，他不仅伤感时势，而且具有一副侠骨义肠。因为收留刺杀非弱士村村官满洲苟（谐音：满洲走狗。这一村官，借朝廷名义强取豪夺、无恶不作，可见晚清政府统治的黑暗）的明男德，克德的父亲遭到告密被官府捕去，在堂上大骂不止，愤怒控诉、揭露贪官的暴虐劣迹而遭到毒害。父亲冤死，作为儿子的克德就义不容辞地担负起了复仇的使命，而且母亲的期望再次强化了这种子报父仇的文化心理，小说这样写道："自古道，君父之仇，不共戴天，你还不知道吗？况且我们法兰西人，比不得那东方支那贱种人，把杀害他祖宗的仇人，当作圣主仁君看待。"（第十二回）这番母亲勉励儿子克德报仇雪恨的话语，显然是以法兰西人的血亲复仇伦理来讽喻中国视仇人为圣主仁君的怪诞，通过异国人的讥骂从反面激发中国人推翻清政府。这既是传统伦理在小说文本中的历史回响，也是作者借小说人物之口对汉族人不知反抗而甘为奴隶的人格进行的政治化伦理批判。对于狭隘的父之私仇与一国公仇的关系，小说在文本中以明男德的诠释达到了高度统一："杀父冤仇，原可不可不报，但自我看起来，你既然能舍一命为父报仇，不如索性大起义兵，将这班满朝文武，拣那黑心肝的，杀个干净，那不但报了私仇，而且替这全国的人消了许多不平的冤恨，你难道不是一举两得吗？"（第十二回）将血亲复仇导入洪大社会革命中，以子报父仇的伦理使命号召进行推翻清政府专制统治的斗争，使反清革命思想具有了情感的煽动力和道义的权威性、正当性。

吴趼人的历史小说《痛史》在1903年10月5日开始于《新小说》上连载。小说虽然叙写的是蒙古军占领汉国土的历史故事，即南宋亡国之痛，却具有鲜明的现实目的性，如作者在第一回就提醒读者："我要将这些人的事迹记些出来，也是借古鉴今的意思。"阿英曾说："这真的是吴趼人对于宋代当时人物的愤慨么？是在宋代的一些卖国汉奸之外，兼咒诅那些清朝的汉奸的，是对鸦片战争到八国联军几十年事件愤慨的总发泄、总暴露。"[1]小说在对皇室的昏庸无能、奸臣的卖国求荣、官吏的贪生怕死进行愤慨揭露、抨

---

[1] 阿英：《晚清小说史》，南京：江苏文艺出版社2009年版，第154页。

击的同时,也塑造了一批可歌可泣的爱国志士,他们舍生忘死,为驱除鞑子、反抗外来侵略、保卫国土而浴血奋战。而这些爱国义士背后几乎都有家破人亡的心灵伤痛,他们往往身负家、国之双重仇恨,其中比较典型的是郑虎臣、李复。会稽县尉郑虎臣,其父亲是被贾似道害死的。为替父亲报仇,他主动要求押解在扬州的贾似道去循洲安置的差使。郑虎臣不仅在押解路途百般折磨贾似道,而且把既伤且病的贾似道推置粪缸内活活淹死,方式虽然残忍,但因为贾似道是一个欺君误国的奸佞权臣,所以郑虎臣在处死贾似道时就具有了行为的正义性而理直气壮地说:杀之"一则代我父亲报仇,二则代天下人杀你"(第六回)。然后,大仇已报的郑虎臣抛官弃职,混入元朝丞相府,利用反间计使元兵损失巨大。而作为遗腹子的李复,与《自由结婚》中黄祸一样,在未出生之时就被赋予了子报父仇的使命。李复的父亲与元军交战失败后,惨遭杀害。李复的父亲在城破兵败之日,就预嘱妻子:"若是生子,可取名曰'复',令其长大,为父复仇之意。"(第二十三回)长大后的李复在家中藏储很多兵器,一直寻找报仇之机。后来李复在济南与元军的厮杀中兵败自刎而亡,其义无反顾的复仇虽惨烈却无比悲壮。

  需要提及的是,1903 年是晚清尤为重要的年份。这一年全国展开了大规模的拒俄、拒法运动,放言革命的上海《苏报》不仅刊载了邹容的《革命军》和章太炎的《驳康有为论革命书》,而且以激烈的言辞进行介绍和宣传:"《革命军》凡七章,首绪论,次革命之原因,次革命之教育,次革命必剖清人种,次革命之先去奴隶之根性,次革命独立之大义,次结论。约二万言。章炳麟为之序。其宗旨专在驱除满族,光复中国。笔极犀利,文极沉痛,稍有种族思想者,读之当无不拔剑起舞,发冲肩竖。若能以此书普及四万万人之脑海,中国当兴也勃焉,是所望于读《革命军》者。"①署名为"爱读《革命军》者"的文章《读〈革命军〉》热情洋溢地评价:"卓哉!邹氏之《革命军》也,以国民主义为干,以仇满为用,捋扯往事,根极公理,驱以犀利之笔,达以浅直之词。虽顽懦之夫,目睹其事,耳闻其语,则罔不面赤耳热,心跳肺胀,作拔剑砍地、奋身人海之状。呜呼!此诚今日国民教育之一教科书也。"②对于章炳麟的《驳康有为论革命书》则这样宣传:"康有为《最近政见书》力主立宪,议论荒谬,余杭章炳麟移书驳之,持矛刺盾,义正词严,非特康氏无可置辩,亦足以破满人之胆矣。凡我汉种,允宜家置一编,以作警钟棒喝。"③直

---

① 《江苏》"新书介绍"栏之《革命军》广告,1903 年 6 月 9 日。
② 爱读《革命军》者:《读〈革命军〉》,《江苏》1903 年 6 月 9 日。
③ 《江苏》"新书介绍"栏之《驳康有为论革命书》介绍,1903 年 6 月 20 日。

到 7 月 7 日《苏报》被封(即震惊中外的"苏报案"),处处可见"排满""革命"之言论①,对读者的阅读起了很好的导向作用。这种状况至少说明,1903 年随着民族危机的加深,晚清呈现出民族革命思潮的高涨,而且"苏报案"的发生进一步加速了革命思想的传播。而此时张肇桐不仅是《江苏》杂志记者,还是拒俄运动的积极鼓动者和参与者,这些足以说明张肇桐是一个迥异于改良派的革命者,其激昂的革命爱国思想也在小说《自由结婚》中得到了充分表现,而作者将黄祸为父复仇作为革命爱国活动的精神支撑是小说极具煽情和艺术魅力所在。《江苏》杂志被查封以后,反清革命的进步报刊继续创办,如《国民日日报》1903 年 8 月创办、《觉民》1903 年 11 月创办、《中国白话报》1903 年 12 月创办、《女子世界》1904 年 1 月创办等等,其中被视为"《苏报》续篇"的《国民日日报》颇受读者欢迎②,直至是年 12 月停刊,继承了《苏报》鼓吹革命的主旨,以社说、警闻、学风、文苑等专栏形式宣传革命思想,其中苏曼殊的小说《惨世界》是一篇公然以子报父仇的情绪鼓动排满、革命思想的代表作品。《新小说》杂志虽然创刊于 1902 年,但其办报宗旨是:"专借小说家言,以发起国民政治思想,激励其爱国精神。一切淫猥鄙野之言,有伤德育者,在所必摒。"③1903 年吴趼人发表在《新小说》上的《痛史》,其不共戴天的杀父之仇使反抗侵略的爱国激情迸发四溅,充分体现了《新小说》的这一办报宗旨,并与涌动的时代大潮相应和。

  1903 年后,高涨的复仇情绪仍在蔓延,复仇精神仍然被小说家和社会所大力提倡。1905 年《时报》上发表文章曰:"夫复仇,天性也。孔子之教曰:君父之仇,毋与共戴天;兄弟之仇不同国。是孔教许人以复仇也。耶稣之教曰:复仇者,至公平者也。是耶教亦许人以复仇也。吴王三呼而败越,越人卧薪尝胆而沼吴。人民有复仇之精神,而后其国乃能无外侮。"④林纾

---

① 《苏报》被查封后,其宣传革命思想的活动并没有终止,如前面所说短篇小说《痛定痛》1903 年 6 月 25 日至 9 月 21 日在此杂志的刊载以及此杂志分别在 1903 年 9 月 21 日、1903 年 10 月 20 日、1904 年 1 月 17 日至 3 月 17 日刊载小说《革命军传奇》《明日之瓜分》《分割后之吾人》等便是明证。直至 1904 年 5 月章炳麟、邹容分别被判监禁,才意味着《苏报》永远停刊。

② 马光仁:《上海新闻史》(1850—1949),上海:复旦大学出版社 1996 年版,第 238 页。

③ 新小说报社:《中国唯一之文学报〈新小说〉》,《新民丛报》1902 年 14 号,陈平原、夏晓虹编:《二十世纪中国小说理论资料》第 1 卷,北京:北京大学出版社 1989 年版,第 41 页。

④ 《论小说与社会之关系》,《时报》1905 年 5 月 27 日、6 月 8 日。

在1905年出版《英孝子火山报仇录》曾作序曰:"孝子复仇,百死无惮,其志可哀,其事可传,其行尤可用为子弟之鉴。"①1907年鲁迅发表《摩罗诗力说》,大力张扬复仇、反抗精神:"渴血,渴血!复仇,复仇!仇吾屠伯!"其激越、高亢之呐喊,令时人热血澎湃。在小说界,陈墨峰的《海外扶余》(大约作于1905—1907年)中为报父仇而怒杀海盗的郑虎、郑豹兄弟;李亮丞的《热血痕》(1907)中挥刀杀吴将原楚并在一举灭掉吴国的激战之中终报家仇雪国耻的越国人陈音,陆士谔的《六路财神》(1910)中立志报父仇的杞忧天等等,组成了立体可感的复仇英雄群像。

晚清大力张扬复仇精神,是有着明确的民族革命的政治针对性和现实性的。在1903年梁启超就提出:"排满有二义:以民族主义感动上流社会,以复仇主义感动下流社会,庶使旧政府解体而新政府易于建立也。"②身历这种复仇历史场景并鼓吹复仇精神的鲁迅,在1925年的《杂忆》中曾这样描述当时情况:"时当清的末年,在一部分中国青年的心中,革命思潮正盛,凡有叫喊复仇和反抗的,便容易惹起感应。"③在1929年,鲁迅又回顾说:"所鼓吹的是复仇,所希求的是解放,在二三十年前,是很足以招致中国青年的共鸣的。"④由此可知,晚清子报父仇的情绪渲染,其实质是一种利用了国人积习的对于不共戴天的杀父之仇"必杀之乃止"伦理文化心理来煽动民族革命的政治言说策略,如小说《痛史》第九回中更加通俗的表白:把报私仇与报国仇"两件事混做了一件,办起事来越发奋勇些"。

---

① 林纾:《〈英孝子火山报仇录〉序》,陈平原、夏晓虹:《二十世纪中国小说理论资料》第1卷,北京:北京大学出版社1989年版,第139页。
② 梁启超:《答和事人》,《新民丛报》1903年12月2日。
③ 鲁迅:《杂忆》,《鲁迅全集》第1卷,北京:人民文学出版社2005年版,第233—234页。
④ 鲁迅:《〈奔流〉编校后记(一—十一)》,《鲁迅全集》第7卷,北京:人民文学出版社2005年版,第193页。

第四章　晚清新小说与君臣伦理

广义的君臣关系既包括统治者内部君臣关系,也包括统治者与非统治者即君民关系。君臣关系的伦理规范虽植根于具体的父子血缘秩序,却又是经过抽象观念的提升而建立起来的,其本质上是一种政治关系,因此也是历代政治伦理关注和探讨的重要内容。先秦时代就有诸多对此问题的论述,如《论语·颜渊》提出"君君,臣臣"的观点,即君应当像君,臣应当像臣,强调君臣双方都要各尽本分、各司其职。《孟子·离娄下》又指出:"君之视臣如手足,则臣视君如腹心;君之视臣如犬马,则臣视君如国人;君之视臣如土芥,则臣视君如寇仇。"即如果君以礼待臣,臣也会尊重君;反之,臣也会轻视甚至仇视君。这种对等的君臣关系阐释,既没有君尊臣卑的内容,也没有君主对臣民绝对支配特权的思想。但是秦汉时期随着专制政权的建立以及巩固的需要,君臣双向制约的秩序逐渐被打破而演变成臣对君单方面的服从关系。董仲舒不仅从"天人感应"思想推出"君权神授"说的不可侵犯性,而且在《春秋繁露·基义》中论述了"君为阳,臣为阴"的君尊臣卑观念。《礼纬·含文嘉》则明确提出"君为臣纲"的纲常秩序,与"父为子纲""夫为妻纲"合称"三纲",意味着君对臣的绝对支配和控制权。作为东汉官方经典的《白虎通》不仅建构了一个神化、强化君权的思想体系,而且还将之纳入制度实施执行。《白虎通·谏诤》:"君之与臣,无适无莫,义之与比。赏一善而众臣劝,罚一恶而众臣惧。"《白虎通·瑞贽》:"君之威命所加,莫敢不从。"《白虎通·诛伐》:"诛不避亲戚何?所以尊君卑臣,强干弱枝,明善善恶恶之义也。"这种惟命是从且具有人身依附性的君臣关系随着伦理的制度化,"君为臣纲"的意识也渐趋深入人心。范晔的《后汉书·儒林传》甚至推理出:"故人识君臣父子之纲,家知违邪归正之路。"可见,汉代对君臣伦理极为重视。宋代理学家不仅将"君尊民卑"上升到"天理"的高度,还提出了"君要臣死,臣不得不死"的说法。其言论虽极端且荒谬,却流毒甚远。明代的"廷杖"制度,更集中体现了君权的肆虐和异化。清朝君臣彻底沦为一种主奴关系,满族大臣在君主面前自称奴才,而位卑于满族大臣的汉族官员连奴才都不如,更何况黎民百姓。君主专制的空前加强致使臣民的独立人格丧失殆尽,满清统治实则是制造奴才与顺民的加工厂。

与"君为臣纲"密切相连的是"忠君"思想。原初的忠君思想虽然是臣民对君主的情感态度和伦理规约,但是基于君主的仁达和公义,是君、臣之间双向互动关系下臣民应当共同遵守的道德准则,如《论语·八佾》曰:"君使臣以礼,臣事君以忠。"《荀子·王霸》曰:"人主不公,人臣不忠也。"随着君主专权的强化,尤其是"君为臣纲"思想的提出,"忠君"成为对臣民最高的道德赞誉和臣民主动追求的气节。宋代理学家则将"忠君"思想说成是天经地义的至理,如《朱文公文集·戊午谠议序》中曰:"君臣父子之大伦,天之经地之义而所谓民彝也。故臣之于君,子之于父,……所以致其忠孝之诚者,无所不用其极为非虚加之也。"这种更为规范化的忠君思想,影响深远,直至清朝仍是衡量臣民言行的人格判断模式。但是,内忧外患的晚清处于亡国灭种的风雨飘摇之秋,救亡图存的迫切与热望比以往任何朝代都更为激烈,欧美国家民主共和政体和日本君主立宪制下强国的事实,又为晚清爱国志士提供了理想的治国蓝本。于是,对以"君为臣纲"为特点的传统君主专制政权以及盲目忠君思想的批判,成为晚清强大的时代声音并涌现成蔚为壮观的思潮。晚清新小说与之相应和,表现出了鲜明的时代政治色彩。

第一节　从君主专制到民主共和

君主专制制度是传统中国从秦朝到晚清以君主至高无上的地位和对国家权力的独占为特征的基本政治制度。作为延续两千多年的政治形态,君主专制对中国人的思维模式和价值判断甚至日常生活方式都产生了重大影响,一定意义上说,中国的君主专制既是一种维护君主特权的政治体制,也是统治者为维护社会秩序而建构的伦理文化,其发展总体上是君权不断强化的过程。秦始皇一统天下之后,进行了从中央到地方的政治体制改革,随着直接听命于皇帝的三公九卿制、服从于中央的郡县制的设置,标志着君主专制制度的确立。从此以后,历代王朝不断采取种种措施强化皇帝的权力,加之舆论的鼓噪和思想的钳制,君主专制制度不断得到巩固和发展。尤其是宋代,经由儒家的理论阐释和建构,皇帝的专制独裁,在实际的政权操作中已经发展到了无以复加的境地。明清时期,随着体制的进一步完备,皇帝更是成为国家立法、行政、军事等一切权力的集大成者,诸如《明太祖实录》

卷一百一十三记载，朱元璋在洪武十年曾下令："天下臣民凡言事者实封直达朕前。"在洪武十五年，朱元璋还设立了锦衣卫以维护绝对的皇权、镇压不满的臣民。清朝政权不仅沿袭了重视主奴身份差别与地位尊卑贵贱的满族传统，而且深受汉族纲常伦理的文化浸染，大兴文字狱和军机处的设置，无疑将君主专制推向了登峰造极的地步。而被特定体制教化的官吏和民众则成了君主绝对权威的忠实拥护者，圣旨即是臣民必须遵守的法律，绝对服从皇帝也是臣民天经地义的政治伦理规范，"民不可一日无君"积淀为臣民的一种集体无意识，内化为一种伦理文化心理。高度的专制集权，其弊端日益凸显，不仅造成综合国力的衰落，社会失去应有的活力，而且直接导致了列强侵略下摇摇欲坠的晚清帝国屈辱的近代外交和被瓜分豆剖的现状。危机四伏的晚清，也是君主专制制度逐渐解体而立宪与共和思想不断高扬的十年。在对君主专制批判的同时，晚清有识之士也在憧憬着使中国获得民族尊严的政治体制蓝图，君主立宪与民主共和两种不同的政治范式成为晚清中国面临的历史选择。直至1911年辛亥革命的发生，终于以暴力手段结束了统治中国两千多年的君主专制制度，以西方民主制度为参照体系，建立了资产阶级共和国，实现了中国历史上重大的国体变革。由此，裹挟而来的是伦理界和小说界的思想话语变迁和现代价值诉求。

一、对君主专制的批判

1900年在八国联军制造的"庚子国难"中慈禧携光绪皇帝的仓皇离京出逃和第二年清政府与列强签订的丧权辱国的《辛丑条约》，意味着中国的民族危机进一步加深。更可悲的是，流亡在外的清政府回到北京，不仅不励精图治以雪国耻，反而大修颐和园，依旧过着穷奢极乐的生活，并表示要"量中华之物力，结与国之欢心"。爱国志士在变革图存图强的困境中，逐渐认识到清政府的腐败昏庸造成了中国积贫积弱和主权不断丧失的现状。于是，君主专制制度成为亟需变革的对象，对君主专制的讨伐之声此起彼伏并形成强大的社会浪潮。

早在1898年梁启超已经在《清议报》上撰文《译印政治小说序》，提出政治小说之文体，号召仁人志士应以小说发表政治议论。于是，以小说参与政治，或抒胸中所怀，或宣传某种政治理念，成为20世纪初中国小说的一大特点，涌现出大批政治小说的翻译和创作。1901年林纾在《〈黑奴吁天录〉跋》中就对清政府不敢为受虐华工撑腰的无能行为表达了极大愤慨："若夫日本，亦同一黄种耳，美人以检疫故，辱及其国之命妇，日人大忿，争之，又自立会与抗。勇哉日人也。若吾华有司,又焉知有自己国民无罪,为人囚辱而瘐死耶?上下之情,判若楚越,国威之削,又何待言?"①林纾不仅深深同情华工在美国的悲惨遭遇,更痛心于清政府慑于美国的淫威而采取的软弱态度。同年,邱炜萲在《小说与民智关系》中又提出小说宗旨应是:"能与政体民志息息相通;次则开学智祛弊俗。"②1902年11月,由梁启超主持的《新小说》杂志创刊,其宗旨是:"专在借小说家言,以发起国民政治思想,激励其爱国精神。"③在这种报刊宗旨指导下,《新小说》第一号不仅刊载了梁启超的《论小说与群治之关系》(如前面所述,提出"欲新道德""欲新政治"而"必新小说"的理论主张),还如同集束弹般同时刊载了关心时政、抨击君主专制的小说创作《新中国未来记》《洪水祸》《东欧女豪杰》。

梁启超的《新中国未来记》,发表时标有"政治小说",正如作者所说:"兹编之作,专欲发表区区政见,以就正于爱国达识之君子。"小说第三回借李去病之口不仅抨击清政府的专制统治造成了中国的国势衰弱:"中国衰弱到这般田地,岂不都是吃了那政府当道这一群民贼的亏吗",还犀利指出:自秦一统天下以来的皇帝,"任他甚么饮博奸淫件件俱精的无赖,甚么杀人不眨眼的强盗,甚么欺人孤儿寡妇狐媚取天下的奸贼,甚么不知五伦不识文字的夷狄,只要使得着几斤力,磨得利几张刀,将这百姓像斩草一样杀得个狗血淋漓,自己一屁股蹲在那张黄色的独夫椅上头,便算是应天行运圣德神功太祖高皇帝了"。署名为"雨尘子"的《洪水祸》,以法国大革命历史故事表达了对自由、民主社会的向往。小说开篇就从相异的中西历史文化比照中,猛烈抨击中国君主专制政治:"我们中国自古至今全是一王统制天下,历朝易姓也不过是旧君灭,新君兴,没有别的关系。西洋则国内有君主一种,有贵族一种,又有平民一种,并且贵族常与君主争权,平民常与君主争权。不比中国,单有君主擅威作福,平民虽多,不能在历史上占些地位,这叫做政治的感情。"(第一回)署名为"岭南羽衣女士"的《东欧女豪杰》,叙写了俄国沙皇专制时期,苏菲亚、晏德烈等人激烈的反抗行为。小说第三回写晏德烈被父母强迫送到奥特士沙大学堂,此学堂是"最专制、最守旧、最能

---

① 林纾:《〈黑奴吁天录〉跋》,陈平原、夏晓虹编:《二十世纪中国小说理论资料》第1卷,北京:北京大学出版社1989年版,第28页。
② 邱炜萲:《小说与民智关系》,陈平原、夏晓虹编:《二十世纪中国小说理论资料》第1卷,北京:北京大学出版社1989年版,第31页。
③ 新小说报社:《中国唯一之文学报〈新小说〉》,陈平原、夏晓虹编:《二十世纪中国小说理论资料》第1卷,北京:北京大学出版社1989年版,第41页。

养成柔声下气、奴颜婢膝、真正凉血类的人才"的地方。当在学堂听到教习讲到"君权神授"和"朕即国家"的言论时，晏德烈怒不可遏，挺身离席驳斥道：

> 你说君权神授，你可说出什么凭据来呢？那个神字，原是野蛮世界拿出来哄着愚人的话，如今科学大明，这些荒诞无稽的谬说那里还能立足呢？不通的政治家说君权神授，正和那宗教家说什么天父、说什么天使的一般见识，如今他们的迷信谬论都被人攻了去，再不能够辩护过来了，你还想靠着神权的旧议论，替那些民贼提出"天子"两个字来恐吓人、哄骗人，你也太不识时务了！我且把原君臣的大略，说给你听罢。原来人群还未发达的时候，不管哪是天理，哪是公道，那智识和禽兽差不多。只靠着生来强健，有了一副蛮气力，就像似天公有意给他一种特别的权利。因此放着狗胆，竟把那稍微柔弱的同类欺负起来。可恨那时的初民，各自为生，正是散沙一样，不晓得合起大群来抵抗他，让他恃着威势，赢了许多便宜，暗地里认他做了个一群的主人。无论什么事情，都要跟着他的命令做去，他叫生也就生，他叫死也就死，纵然心里头有了许多不能够舒服的地方，也因为着自己力量敌他不过，只得勉强将就他。这便是人群上生出那上天下泽不通制度的第一层来历。（第三回）

君权神授把君主的权力说成是上天赋予的，即君主是代表天意行使国家大权的，为君主专制的政治制度和纲常道德之神圣性、合理性、永恒性提供了完整的理论体系。《东欧女豪杰》借晏德烈之口从君主起源的历史揭穿了"君权神授"的荒谬，君主专制的政治伦理也由此失去了存在的依据。此段议论有"谈虎客"的眉批："卢梭《民约论》说的，凡强者必须将他的压制变成了权利，然后可以取人，屈抑自屈抑，义务自义务，哪里可以变得过来。古来惟辟作福、惟辟作威等邪说，与此等真理相遇，正是如汤沃雪，更没有一毫根据站得住了。"也有评者对《东欧女豪杰》第三回数千言的演说评价为："读此不啻读一部《民约论》也！"①

《民约论》又译作《社会契约论》，是18世纪法国启蒙思想家卢梭的政治理论著作，其主权在民的思想，成为对欧洲批判君主专制的有力武器。19世纪末20世纪初，随着知识界对《民约论》的译介，其民主理论开始传入中

---

① 《〈新小说〉第三号之内容》，《新民丛报》第25号，1903年2月。

国并产生了重大影响。严复在《辟韩》中自觉运用卢梭的《民约论》思想,对韩愈所竭力辩护的君主专制进行了驳斥:"秦以来之为君,正所谓大盗之窃国者耳。国谁窃?转相窃之于民而已。……斯民也,固斯天下之真主也,必弱而愚之,使其常不知觉,常不足以有为,而后吾可以长保所窃而永世。"①梁启超极为欣赏严复的政论文《辟韩》,并将之在1897年3月11日连载于维新派重要的舆论阵地《时务报》上,西方民主思想不仅得到更大范围的传播,而且引发了很大的反响。为了进一步宣传卢梭的政治理论,梁启超撰写的《卢梭学案》连载于1901年11月21日、12月21日的《清议报》上,并在次年于《新民丛报》上重刊。文章结尾梁启超不仅叹赞卢梭学说"精义入神,盛水不漏",而且观点鲜明地提出:专制政体之下的中国"诚能博采文明各国地方之制,省省府府,州州县县,乡乡市市,各为团体,因其地宜以立法律,从其民欲以施政令,则成就一卢梭心目中所想望之国家"。对卢梭学说的倾力介绍和热情鼓吹,使梁启超获得了"中国之卢梭"之殊荣。大约1902年下半年梁启超又撰写了极具号召力的文章《拟讨专制政体檄》:"起起起!我同胞诸君!起起起,我新中国之青年!我辈实不可复生息于专制政体之下,我辈实不复生息于专制政体之下!专制政体者,我辈之公敌也,大仇也,有专制则无我辈,有我辈则无专制。我不愿与之共立,我宁愿与之偕亡!使我数千年历史以脓血充塞者谁乎?专制政体也。使我数万里土地为虎狼窟穴者谁乎?专制政体也。使我数百兆人民向地狱过活者谁乎?专制政体也。……专制政体之在今日,有百害于我而无一利!"②在梁启超的舆论营造下,卢梭的民主政治理论日渐深入人心,同时,中国对本土专制政体的批判更为猛烈。

  1903年《江苏》杂志发表了《注释卢梭氏非开化论》,《政艺通报》发表了《政治学大家卢梭传》,尤其是邹容《革命军》的出版,使举国上下皆为之震动。该书刊行后,很快风靡国内外,重版翻印达20多次,销售量超过百万册。在书中邹容热情洋溢地称颂卢梭的《民约论》,而且还言辞激烈地抨击了中国的专制政体:"自秦始皇统一宇宙,悍然尊大,鞭笞宇内,私其国,奴其民,为专制政体,多援符瑞不经之说,愚弄黔首,矫诬天命,挽国人所有而独有之,以保其子孙帝王万世之业。"③同时,邹容还在书中强烈呼吁扫除专

---

① 严复:《辟韩》,《直报》1895年3月13—14日。
② 李华兴主编:《梁启超选集》,上海:上海人民出版社1984年版,第380页。
③ 中国史学会编中国近代史资料丛刊:《辛亥革命》第1册,上海:上海人民出版社1957年版,第334页。

制政体、推翻清王朝的专制统治。这一年，不仅反对清朝专制政府的《江苏》《浙江潮》《湖北学生界》等杂志纷纷创刊，而且小说界也出现了暴露专制政体下官场腐败的谴责小说的兴起，如《官场现形记》《二十年目睹之怪现状》《老残游记》等晚清谴责小说开始在《世界繁华报》《新小说》《绣像小说》等杂志连载。鲁迅认为："光绪庚子（1900）后，谴责小说之出特盛。……戊戌变政既不成，越二年即庚子岁而有义和团之变，群乃知政府不足与图治，顿有掊击之意矣。其在小说，则揭发伏藏，显其弊恶，而于时政严加纠弹，或更扩充，并及风俗。"①即庚子事变以来，"群乃知政府不足与图治"是晚清谴责小说发生的社会文化心理，而事实上庚子事变以后的西方民主政治理论在中国的传播进一步成就了晚清谴责小说，使之很快形成以"揭发伏藏，显其弊恶"为目的的创作浪潮。而官员的营私舞弊、有恃无恐所造成的种种官场腐败之根源正是时下野蛮的专制政体，正如《官场现形记》中所揭示的："中国一向是专制政体，普天下的百姓都是怕官的。"（第六十回）

  晚清批判专制政体的话语资源，除了借鉴西方政治理论尤其是卢梭的政治学说，还注意对中国传统民本观念尤其是对黄宗羲思想的挖掘和运用。相对君本、官本而提出的民本观念，在我国政治发展过程中虽然也形成了系统的构思，但由于君权的不断强化和专制政体成为合法的存在，不仅主张民本思想的声音一直比较微弱，而且有限的民本思想的政治实践归结点仍是为了维护和巩固中央集权的专制制度。明末清初思想家黄宗羲（号梨洲），从明朝灭亡的惨痛教训中总结中国两千多年君主专制的弊端，提出了"民主君客"论，具有民主启蒙性质的新民本思想，集中体现在《明夷待访录》中。在《明夷待访录·原君》篇中，黄宗羲从君主起源于为天下兴利除害的需要阐释了君主应当为民服务的职责："有生之初，人各自私也，人各自利也，天下有公利而莫或兴之，有公害而莫或除之。有人者出，不以一己之利为利，而使天下受其利，不以一己之害为害，而使天下释其害。此其人之勤劳，必千万于天下之人"，而今之君主"敲剥天下之骨髓，离散天下之子女，以奉我一人之淫乐"，所以"古者天下之人爱戴其君，比之如父，拟之如天，诚不为过也。今也天下之人怨恶其君，视之如寇仇，名之为独夫，固其所也"②。在《明夷待访录·原臣》篇中，黄宗羲又提出为臣之道应该辅佐君主服务于天下万民："为天下，非为君也；为万民，非为一姓也。"③

---

① 鲁迅：《中国小说史略》，《鲁迅全集》第9卷，北京：人民文学出版社2005年版，第291页。
② 黄宗羲：《黄宗羲全集》第1册，杭州：浙江古籍出版社1985年版，第2—3页。
③ 黄宗羲：《黄宗羲全集》第1册，杭州：浙江古籍出版社1985年版，第4页。

第四章 晚清新小说与君臣伦理

虽然黄宗羲比卢梭早出生了一百多年,但由于二者都以极大的勇气对君主专制制度展开了猛烈的轰击,在晚清黄宗羲被称作"中国之卢梭"或"东方卢梭"①,《明夷待访录》也被奉为经典而大受崇拜。谭嗣同研读黄宗羲的《明夷待访录》之后深受启发,在《仁学》中揭露绵延中国两千多年的专制君主实质是窃国大盗,并斥责在三纲五伦之中,"君臣一伦,尤为黑暗否塞,无复人理,沿及今兹,方愈剧矣"②,同时从君主起源解释道:"生民之初,本无所谓君臣,则皆民也。民不能相治,亦不暇治,于是共举一民为君。夫曰共举之,则非君择民,而民择君也。……夫曰共举之,则因有民则后有君,君末也,民本也。……夫曰共举之,则且必可共废之。君也者,为民办事者也;臣也者,助民办事者也。赋税取之于民,所以为办民事之资也。如此而事不办,事不办而易其人,亦天下之通义也。"③邹容批判君主专制的言论虽然引入了卢梭的自由、平等观念,但也呈现出受黄宗羲思想影响的痕迹,在《革命军》中邹容认为:"有生之初,无人不自由,即无人不平等,初无所谓君也,所谓臣也。若尧、舜、若禹、稷,其能尽义务于同胞开莫大之利益以孝敬于同胞,故吾同胞视之为代表,尊之为君,实不过一团体之头领耳,而平等自由也自若。后世之人不知此义,一任无数之民贼独夫,大盗巨寇,举众人所有而独有之,以为一家一姓之私产,而自尊曰君,曰皇帝,使天下之人无一平等,无一自由。"④显然,邹容依然从君主起源提出了君主本是为民谋利益而产生和存在的,而后世君主却侵吞了民众利益而将之占为己有成为"民贼独夫""大盗巨寇"。

现存八回的长篇小说《狮子吼》是陈天华从1904年开始创作的,1906年初宋教仁在查寻陈天华遗文时发现了这篇未完成的小说,随即将之发排在中国同盟会机关报《民报》第二号并开始连载。这篇小说虽然由于陈天华的蹈海身亡成为未竟之作,但其凌厉的思想、饱满的感情、丰厚的内容曾在晚清产生了震撼人心的鼓动效应,如辛亥革命领导人谭人凤所说:"陈天

---

① 忧患余生生:《扪虱谈虎录·黄梨洲》,引饮冰室主人《中国近世三大思想家·黄宗羲》之《绪论》,《民报丛刊》1902年7月15日。1903年蔡元培曾说:"黄梨洲氏且得东方卢梭之目焉";刘师培撰写的《黄梨洲先生的学说》发表在1904年初的《中国白话报》上,文中将《明夷待访录》与卢梭的《民约论》进行比较。
② 谭嗣同:《仁学》,《谭嗣同全集》,北京:中华书局1998年版,第337页。
③ 谭嗣同:《仁学》,《谭嗣同全集》,北京:中华书局1998年版,第339页。
④ 中国史学会编中国近代史资料丛刊:《辛亥革命》第1册,上海:上海人民出版社1957年版,第354页。

华小说动众。"①陈天华本人非常重视小说的政治宣传作用，事实也证明，《狮子吼》是陈天华政治理念成功的一次小说实践，他以汪洋恣肆的语言展开对君主专制制度的猛烈批判，并且因为有了卢梭、黄宗羲的思想支撑而批判得理直气壮。小说第三回这样叙述民权村蒙养学堂教师文明种与学生的对话：

> 文明种道："是。照卢骚的《民约论》讲起来，原是先有了人民，渐渐合并起来，遂成了国家。比如一个公司，有股东，有总办，有司事；总办，司事，都要尽心为股东出力。司事有不是处，总办应当治他的罪；总办有亏负公司的事情，做司事的应告知股东，另换一个。倘与总办通同作弊，各股东有纠正总办、司事的权力。如股东也听他们胡为，是放弃了股东的责任，即失了做股东的资格。君与臣民的原由，即是如此，……自秦以后，正不知有多少朝代。当着此朝，口口说要尽忠，和此朝做对敌的，痛骂为夷狄，为盗贼。及那盗贼、夷狄战胜了此朝时，那盗贼、夷狄又为了君，各人又要忠他，有再想忠前朝的，又说是乱臣贼子，大逆不道。君也，盗贼也，夷狄也，其名随时而异。……当初法国暴君专制，贵族弄权，那情形和我现在中国差不远。那老先生生出不平的心来，做了这一本《民约论》。不及数十年，法国遂连革了几次命，终成了一个民主国，都是受这《民约论》的赐哩！"肖祖叹一口道："可惜我中国还没有一个卢骚！"文明种道："有，有，有！明末清初，中国有一个大圣人，是孟子以后第一个人。他的学问，他的品行，比卢骚还要高几倍。无论新学旧学，言及他老先生，都没有不崇拜他的。"肖祖道："到底那人为谁？"文明种道："就是黄黎洲先生。名宗羲，浙江余姚县人。他著的书有一种名叫《明夷待访录》，内有《原君》《原臣》二篇，虽不及《民约论》之完备，民约之理，却已括包在内，比《民约论》出书还要早几十年哩！"

显然，经由学堂教师文明种的布道、启蒙，卢梭的《民约论》和黄宗羲《明夷待访录》中的反对君主专制的政治理念呈星火燎原之势，"君也，盗贼也"的愤怒控诉，击碎了长期笼罩在君主身上神圣不可侵犯的光环，穿越了长期以来人们积习而成的尊君心理防线，并将付诸实际行动，如听完文明种的讲述，学生肖祖奋臂起来说道："以后咱们总要实行黎洲先生所言！"卢梭和黄

---

① 谭人凤：《石叟牌词》，《谭人凤集》，长沙：湖南人民出版社1985年版，第337页。

宗羲所代表的反对君主专制的声音消弭了时空界限,在晚清得到了热烈响应和进一步发挥:"抑雄飞有志,骥足终伸,撞同仇之警钟,张独立之义旗,师十三州抗英之盛举,除专制虎,建少年国乎?此今日最重要最切近之问题,而为好男儿所当研究者也"①;"君亦人也,何彼独享特权特利?曰因其生而为君,是天子也。此乃迷信,有背科学。若因其有势力故然,此乃强权有背真理"②。

总之,晚清中国无论是改良派还是革命派,都表现出了对君主专制的不满和指责。随着批判君主专制的声势不断高涨,"君为臣纲"所推崇的君权至上的谬说已经在民众的心中遭到质疑甚至瓦解。1907年,苏州常熟、昭文两个县的公立高等小学堂进行"修身"课考试,竟然出现了"三纲之说能完全无缺否"这种极具挑战性的文题。而只有两名学生作了"尚无谬说"的回答外,大都给予了否定的答案,有的甚至明确写道:"君为臣纲、夫为妻纲,其理甚谬";"三纲之谬,彰彰明矣"。在打分时,这些"妄发狂言怪论"的学生却得到了很高的分数③。虽然事实证明晚清中国已普遍认识到君主专制特权的荒谬性,甚至已经觉醒到"如今的民权主义,是说百姓应该有组织政府和破坏政府的权利,不能让暴君污吏,一味去乱闹的了"④,但怎样"组织和破坏政府"、怎样变革绵延两千多年的专制政体,的确是摆在晚清社会现实面前的重要议题。于是,君主立宪和民主共和成为晚清走出困境的两大政治自救潮流,直至1911年辛亥革命推翻了清王朝的专制统治,建立了资产阶级民主共和国,革命派最终战胜了改良派实现了理想中的共和政体。

二、立宪思潮的涌现

晚清有识之士批判君主专制所造成的国家积弱、民族危亡的社会现状的同时,也在探索使中国走向御侮救亡、国富民强之路的政治制度。于是,实行召开国会、制定宪法的君主立宪政体便成为彼时很多爱国之士思考之后所选择的解决方案,他们认为"专制国之害,害在一人政治;立宪国之利,

---

① 吴魂:《中国尊君之谬想》,张枬、王忍之编:《辛亥革命前十年间时论选集》第1卷(下册),北京:三联书店1960年版,第544页。
② 真:《三纲革命》,《新世纪》1907年8月31日。
③ 《总督部堂札准江督咨据提学使樊详请维持名教整饬士风文》,载《四川教育官报》1907年第7期,详见丁守和主编的《辛亥革命时期期刊介绍》(第二集),北京:人民出版社1982年版,第306—307页。
④ 弃疾(柳亚子):《民权主义!民族主义》,张枬、王忍之编:《辛亥革命前十年间时论选集》第1卷(下册),北京:三联书店1960年版,第814页。

利在多数政治",而且"一人或少数人之意思,左右多数人,则多数人易蒙损害,而社会秩序因以不可确保,国家危险莫过于斯"①。所以"振兴中国,变专制为立宪,实为当务之急焉"②,只有实行立宪,才能"上下共谋,朝野一气,一休一戚,匪不相关"和"举国团结一致,为对外之举"③。可以说,实行君主立宪成为晚清政治秩序变革的重大话题,并逐渐形成一股强劲的立宪思潮。

庚子事变前,中国已经对立宪政体有了一定的认识,黄遵宪介绍日本立宪经过时曾说:"立宪政体盖仿泰西制,设立国法,使官民上下,分权立限,同受制于法律之中也。"④黄遵宪还作诗表明其政治理想:"立宪定公名,君民同一体;果遵此道行,日几太平世。"⑤郑观应曾指出:"查日本宪法,系本其国之成法,而参以西法,中国亟宜仿行,以期安攘。"⑥康有为也多次上书奏请清廷实行立宪、召开国会。到20世纪初,立宪话语已风起云涌,报刊书籍关于立宪的言论不断出现。1901年6月7日,梁启超在《清议报》第81期上发表了《立宪法议》,认为君主立宪是"政体之最良者也"。1903年9月21日,亚庐(柳亚子)在《江苏》第6期发表了《中国立宪问题》,文章热情洋溢地写道:"十九世纪欧洲民政之风潮,越二十世纪而入亚洲。震雷一声天地昭苏,阳春一转万绿齐苗,自由平等之名词,始映于我邦人之脑膜。于是遍四万万人中所谓开通志士者,莫不喘且走以呼号于海内外曰:立宪!立宪!!立宪!!!"《政艺丛报》《政法学报》《经世文潮》《湖北学生界》《浙江潮》等杂志纷纷撰文大力宣传立宪主张,仅就1904年3月创刊于上海的《东方杂志》,有学者统计,从该刊第一至七卷共发表评论327篇,而其中直接鼓吹立宪的文章竟多达36篇⑦。同时,关于立宪的书籍也大量出版,诸如《宪法通义》《宪法溯源》《宪法论》《各国宪法论略》《日本宪法创始述》等⑧。

正值晚清立宪思潮方兴之际,1904年至1905年在中国本土上爆发的

---

① 李庆芳:《中国国会议》,张枬、王忍之编:《辛亥革命前十年间时论选集》第3卷,北京:三联书店1960年版,第117页。
② 《振兴中国何者为当务之急》,《大公报》1905年4月21日。
③ 故宫博物院明清档案部编:《清末筹备立宪档案史料》第2册,北京:中华书局1979年版,第30页。
④ 黄遵宪:《日本国志·国统志三》(卷三),台北:文海出版社1974年影印本,第123页。
⑤ 黄遵宪:《人境庐诗草》,《黄遵宪集》(上卷),天津:天津人民出版社2003年版,第286页。
⑥ 郑观应:《盛世危言·自强论》,《郑观应集》(上册),上海:上海人民出版社1982年版,第339页。
⑦ 王先俊、章征科:《近代中国政治思想史》,中国科学技术大学出版社2006年版,第99页。
⑧ 参见吴雁南等:《中国近代社会思潮》第1卷,长沙:湖南教育出版社1998年版,第367—368页。

第四章 晚清新小说与君臣伦理

日俄战争以日胜俄败而告终,这一重大事件大大刺激了晚清立宪思潮的蓬勃发展。战争一开始,西方报纸就认为:"此战非俄日之战也,乃立宪、专制两治术之战也。"①事实上,这场战争的结局又为立宪派的政治设想提供了铁的证据。一时间,批判专制、呼吁立宪的舆论纷起。《中外日报》声称:"我国十余年来,每言及专制、立宪之问题,辄曰:'专制不足以立国,何以俄国富强如此?'自有此战,而此疑释矣。"②《南方报》评论道:"大哉日俄之战,岂非天意所以示其趋向,而启中国宪政之萌芽者乎。彼俄之见衄于日也,非俄之战败于日也,乃专制国之败于立宪国也。"③一些朝廷重臣诸如清朝驻法公使孙宝琦、驻日公使杨枢以及两江总督周馥、湖广总督张之洞等也纷纷上书,奏请清政府实行君主立宪。清政府迫于各方面的压力,加之1901年实施"新政"以来所获成效甚微,于是在1905年7月16日下诏,决定派大臣分赴东西洋各国以考察宪政。清政府的态度进一步鼓舞了立宪派,可谓是举国上下群情高昂。1905年12月21日《东方杂志》第11期刊载了署名为"闵阁"的文章《中国未立宪以前当以法律遍教国民论》,文中这样描述当时立宪风潮:"今日立宪之声,洋洋遍全国矣,上自勋戚士臣,下逮校舍学子,靡不曰立宪立宪,一唱百和,异口同声。"1906年7月,被派出的五名考察大臣回国后,向清政府痛陈不立宪之害、全力建议实行立宪政体,国民已经高涨的立宪热情继续升温。1906年8月6日《时报》刊载的文章《论立宪急宜预备者二事》曰:"自五大臣归国后,立宪、立宪之声,腾跃于朝野上下,国民热度之高涨,殆达于最高之度。"面对朝野上下的立宪呼声,清政府权衡利弊后,于同年9月1日(即光绪三十二年七月十三日)宣布"仿行宪政"的上谕。立宪派大受鼓舞,学界、商界、报界纷纷集会庆祝立宪,《申报》对此情形记载说:"自七月十三日上谕宣示立宪,海内士大夫,凡知专制国之不足以立于二十世纪者,莫不奔走相告,额手相庆曰:中国立宪矣,立宪矣!转弱为强,萌芽于此。我国家之福,抑亦我人民之幸也。于是学界、商界相率举行立宪之祝典,喁喁向风,如响斯应。盖非徒上海一隅为然也,而上海实开其先也。顾非各报馆鼓吹之力亦未由至此,然则沪上各报馆而独不可祝乎哉。我同业《同文沪报》《中外日报》《时报》《南方报》有见于此,乃约同本馆,假张氏昧纯园于今日开庆祝立宪之会,并邀官沈商士届期

---

① 黄鸿寿:《立宪本末》,上海:上海文明书局1915年版,第7页。
② 《论日胜为宪政之兆》,《中外日报》1905年5月21日。
③ 《论立宪为万事根本》,《南方日报》1905年8月20日。

惠临。"①各地立宪团体也随之不断涌现,诸如上海的"宪政研究会"、湖南的"宪政公会"、北京的"京师宪政研究会"、贵阳的"宪政预备会"等,形成颇具规模和声势的立宪运动。

在举国上下浩大的立宪声浪中,1908年8月,清政府被迫颁布《钦定宪法大纲》。虽然这是中国历史上第一次以宪法的形式对君权作了一定的限制并宣布了臣民所享有的权利,但总共23条的宪法大纲,就有14条是关于"君上大权"的规定,而且正文第一条明确写着:"皇帝统治大清帝国,万世一系,永永尊戴。"其第二条便是:"君上神圣尊严,不可侵犯。"对此,立宪派大为不满,并先后发动四次较大规模的请愿运动以要求清政府速开国会、成立责任内阁,这也意味着立宪派与清政府从合作走向了对抗。1911年5月,清政府成立责任内阁,在13名阁员中,满洲贵族9名,而且皇族竟达7人,被称为"皇族内阁"。清政府立宪的骗局完全暴露,引发了立宪派的强烈不满,他们上书表示"君主不担负责任,皇族不组织内阁,为君主立宪国之唯一原则,世界各国苟号称立宪,即无一不求此与原则相吻合",并提出"今皇族内阁不合立宪公例请另组责任内阁"②。在清政府坚持"皇族内阁"的立场下,立宪派期待通过清政府实行温和的政治改革以建立君主立宪政体的目的遥而无期,他们彻底认识到依靠清政府实现宪政根本是不可能的。而此时,通过暴力革命推翻清政府的呼声也越来越高,许多对清政府绝望的立宪派转而投向革命的阵营。

晚清立宪思潮在小说中得到了很好的反映,梁启超的政治小说《新中国未来记》就是典型代表。如前所述,梁启超是20世纪初主张君主立宪的积极鼓吹者,他不仅撰写大量时文发表立宪政见,而且有意识地以小说作为立宪宣传的工具。如小说题目所示,梁启超畅想了中国未来的政治蓝图,即楔子所交代的:"话说孔子降生后二千五百一十三年,即西历二千零六十二年,岁次壬寅,正月初　日,正系我中国全国人民举行维新五十年大祝典之日。"而在"大祝典"期间,不仅诸友邦特派兵舰前来庆贺,而且正值"万国太平会议"成立,各国全权大臣齐集于南京,国民还在上海开设大博览会。一时间,演说、开讲不断,包括来自英、美、德等国家的听者云集,可谓热闹非凡。在第二回接着分析"我们今日得拥这般的国势,享这般的光荣",其中重要的原因之一是"前皇英明,能审时势,排群议,让权与民",进而强调新

---

① 《论报馆恭祝立宪》,《申报》1906年9月16日。
② 沈云龙:《清末筹备立宪档案史料》(上册),台北:文海出版社1981年版,第577页。

第四章 晚清新小说与君臣伦理

中国的基础最重要的就是以在中国实行立宪政体为目的的"立宪期成同盟党"即"宪政党"的成立。在第三回梁启超设计了一场"论时局两名士舌战"的大辩论,篇幅长达一万六千多字。宪政党的创始人黄克强代表立宪派,其好友李去病代表革命派,两人就中国是采取温和的改良以实行君主立宪,还是采用激烈的革命而实行民主共和,展开了拉锯式的辩驳,来回往复四十四次。毫无疑问,黄克强反对君主专制政体,但他"爱那平和的自由,爱那秩序的平等"。所以黄克强认为,虽然专制政治是"中国数千年来的积瘤",但"不能把这些怨毒尽归在一姓一人",而是由于没有干涉的缘故,毕竟君位是要一个人坐镇的,"但使能够有国会,有政党,有民权,和那英国日本一个样儿,那时这把交椅谁人坐他,不是一样呢"。两名士舌战的结果是李去病对黄克强的观点"点头道是",至此,梁启超借小说所阐发的君主立宪的政治主张和向往已非常明朗。

《新中国未来记》政论性的行文方式,大大挤压了故事叙述、人物性格塑造的空间,使小说艺术特性遭到忽视,梁启超自己也说:"兹编今初成两三回,一覆读之,似说部非说部,似稗史非稗史,似论著非论著,不知成何种文体,自顾良自失笑。虽然,既欲发表政见,商榷国计,则其体自不能不与寻常说部稍殊。编中往往多载法律、章程、演说、论文等,连篇累牍,毫无趣味,知无以餍读者之望矣,愿以报中他种之有滋味者偿之。"[1]但是,作为一种政治文本的小说,梁启超的《新中国未来记》反映了时代的政治要求,建构了小说与政治联姻的典范,深深影响了晚清新小说的政治化走向。

李伯元的长篇小说《文明小史》,从1903年5月至1905年9月连载于杂志《绣像小说》上。作为谴责小说的代表作品之一,《文明小史》暴露了清政府的无能、官场的黑幕和假维新派的种种丑态,但小说在完成暴露和嘲讽的同时,也以艺术的笔法描写和呈现了维新时代的社会形态和价值转变,如阿英所说:"就表现一个变革的动乱时代来说,李伯元的小说,如其举《官场现形记》,是不如举《文明小史》更恰当的。《官场现形记》虽然也反映了这个时代,是不如《文明小史》写得更广泛、更清晰。"[2]作为逐渐兴起的立宪运动,李伯元的《文明小史》自然无法忽略。小说从"楔子"开始,就交代故事发生的政治背景:"你看这几年新政新学,早已闹得沸反盈天,也有办得好的,也有办不好的,也有学得成的,也有学不成的。现在无论他好不好,到

---

[1] 梁启超:《〈新中国未来记〉绪言》,陈平原、夏晓虹编:《二十世纪中国小说理论资料》第1卷,北京:北京大学出版社1989年版,第38页。

[2] 阿英:《晚清小说史》,南京:江苏文艺出版社2009年版,第8页。

底先有人肯办,无论他成不成,到底先有人肯学。"在小说最后即第六十回,作者又描述道:"话说北京政府,近日百度维新,差不多的事都举办了。有些心地明白的督抚,一个个都上条陈,目下有桩至要至紧之事,是什么呢?就是'立宪'。'立宪'这两个字,要在十年前把他说出来,人家还当他是外国人的名字呢。于今却好了,士大夫也肯浏览新书,新书里面讲政治的,开宗明义,必说是某国是专制政体,某国是共和政体,某国是立宪政体。自从这'立宪'二字发现了,就有人从西书上译出一部《宪法新论》,讲得源源本本,有条有理,有些士大夫看了,尚还明白'立宪'二字的解说。"接着叙述了官吏上书吁请立宪和清政府钦派出洋考察政治大臣事件。可以说,自1901年至1905年晚清政治的宪政改革诉求和实践都在《文明小史》中得到了很好的展现。我们可以从小说的叙述中触摸到时代的脉动,清晰地体察到晚清立宪思潮的状况和文化心理。显然,李伯元是赞成晚清政体变革的,正是对立宪救国抱以热切的期待,才有难以抑制的对立宪迟迟未果的不满和焦虑,正如在六十回回评曰:"朝廷曰立宪立宪,士大夫说立宪立宪,立宪立宪之下,却没有文章了。此数语如养由基之射,言言中的。"李伯元身处充满变数和诸多可能性的晚清社会,西方现代文明的强势介入,使本土旧的价值体系开始松动,而新的价值观念尚未定型,正如梁启超所说是一个新旧交替的过渡时代。所以,阿英对李伯元的评价是非常中肯的:"对于这期间所发生的许多事是不满意的,但他相信这是过渡期的必然。他把这些事揭露出来,希望能为改进的一助。"①

随着1906年9月1日清政府宣布预备立宪后,与举国上下的立宪思潮构成一种自觉的互动,小说界也掀起了以立宪为创作题材的风潮,提出了有关立宪的诸多重大论题,畅想了实行立宪政体之后的民富国强,如吴趼人的系列短篇小说《庆祝立宪》(1906)、《预备立宪》(1906)、《立宪万岁》(1907)、《光绪万年》(1908),以及大陆的《新封神榜》(1906)、星的《恭祝立宪》(1907)、佚名的《立宪魂》(1907)、春驷的《未来世界》(1907)、碧荷馆主人的《新纪元》(1908)、佚名的《新列国志》(1908)、陆士谔的《新三国志》(1909)和《立宪四十年后之中国》(1910)等等。其中春驷的《未来世界》发表时就署名为"立宪小说",小说开头就呼告曰:"立宪!立宪!速立宪!这个立宪,是我们四万万同胞黄种的一个紧要的问题,一个存亡的关键。到了这个时候,还能像从前一样吞声忍气,糊糊涂涂的么?若不振作些自治

---

① 阿英:《晚清小说史》,南京:江苏文艺出版社2009年版,第10页。

的精神,激发些自强的思想,久而久之,日复一日,不到二十年,只怕这个中国的情形,也就不可问了。"(第一回)而且作者的观点非常明确:"中国目今的时势,既不是那革命民主的时代,也用不着这专制政府的威权。政党中人的资格,自然还没有组织完全,民族里头的精神,却也不见得十分发达。两两相较,轻重适均,除了立宪,更没有别的什么法儿。所以在下做书的,竟下一句断语道:'中国这个时候,是为立宪之时代。'"(第一回)但晚清小说家没有停留在对立宪的空想和清廷宣布立宪后的狂喜之中,而是立足于社会现状做出深刻的思考。如果说春驭理性地分析、探讨了立宪至关重要的问题,诸如国民资格、民权的问题,那么吴趼人则侧重以嘲讽的笔法对假立宪展开猛烈批判,如1908年2月8日刊在于《月月小说》上、标有"理想科学寓言讥讽诙谐小说"的《光绪万年》,一方面极力渲染实行立宪之后大地山河的美景和享有自由的国民精神焕发;另一方面又对当时的假立宪进行揭露,小说这样形象地描述道:

> 自从光绪三十二年七月十三日,诏天下臣民预备立宪,于是在朝者旅进旅退,揖让相语,曰:"立宪,立宪。"在野者昼眠夕寐、引颈以望,曰:"立宪,立宪。"在朝者对于在野者曰:"封、锁、拿、打、递、解、杀,立宪。立宪。"在野者对于在朝者曰:"跪、伏、怕、受压制、逃、避、入外籍、挂洋旗,立宪,立宪。"如是者,年复一年;以达于光绪万年。

显然,吴趼人是针对时事有感而发的。当时清政府虽然颁布了预备立宪的诏书,但却以"目前规制未备,民智未开"①为由,不确定"立宪实行期限"。于是,立宪派在对预备立宪充满期望的等待中,又对清政府的敷衍姿态致使真正立宪的遥而无期极为不满,1906年9月4日,《时报》就刊载《恭读十三日上谕赘言》曰:"恭读谕训,一则曰规制未备,民智未开;再则曰俟数年后,规模粗具,查看情形,返徊审顾,一若不得已而先慰民望,不许人以满足之观念者。……愿我朝廷握定方针,始终贯澈,既张立宪之虚名,必达立宪之实际,时局所扰,不为谗言所变,庶几践对国民而昭大信之言,而不至贻列邦之讪笑也。"1906年11月署理广西提学李翰芬针对因人民程度低而不能实行立宪的说法上奏曰:"论者谓国民程度尚低,资格尚浅,未可轻率从事。抑知程度以造就而益高,资格以历练而渐进。"②1907年3月《东方杂志》发表社论《人民程度之解释》,引用孟德斯鸠的话反驳清政府以国民资格为托词

---

① 沈云龙:《清末筹备立宪档案史料》(上册),台北:文海出版社1981年版,第44页。
② 沈云龙:《清末筹备立宪档案史料》(上册),台北:文海出版社1981年版,第300页。

推迟立宪的谬论:"一国之民固多庸众,然使畀以选举之权,其智尚足以任,……然则虑人民程度不及,而欲延迟立宪者,可以悟矣。况夫国民资格,乃由法律认许以生,若宪法不立,而以向日怙势借权之道陵之,国民何有,资格何有,民方惶惑于恐怖之中,必无程度可言矣。"①1907年林纾曾在其书评《〈爱国二童子传〉达旨》有感于现实而发:"嗟夫! 变法何年? 立宪何年?"②可以说,不少立宪派从预备立宪的上谕中察觉到立宪不过是清政府搪塞民众意愿的幌子,纷纷以各种方式的言说敦促清政府真正实行立宪,小说家吴趼人就是其中之一,对于清政府一再推延的立宪期限,他在《光绪万年》中说:"如是者,年复一年;以达于光绪万年。"君主立宪的意义已经众所周知,清政府预备立宪的姿态也使立宪派似乎看到了君主立宪体的希望,但何时真正实行君主立宪则成为讨论和关注的焦点问题。显然,清政府推延立宪期限的敷衍态度与立宪派实行立宪政体的迫切要求发生了不可调和的矛盾和极大的张力。

总之,晚清新小说与立宪思潮构成互文性关系,晚清立宪思潮深刻影响了小说的创作内容和价值判断、美学取向,而从小说的阅读中,我们可以感受到晚清风起云涌的立宪运动,仿佛倾听到并不太遥远的晚清志士变革政治秩序以救亡图强的呼声。然而,清政府依然漠视民众尽快实行立宪的呼声而顽固地坚持暂缓立宪、拒开国会,特别是1911年"皇族内阁"的成立,彻底暴露了清政府立宪的骗局,同时也击碎了大多数立宪派对清政府所报的最后幻想。不久爆发的辛亥革命,标志着晚清和平的"君主立宪"政体改革的破产,以革命流血的暴力方式建立民主共和政体成为晚清中国历史的最终选择。

三、由革命而共和

在晚清探讨、追寻中国出路的途径中,如果说立宪派是基于对清政府抱有政治变革可能的期待而提出实行君主立宪的政治秩序,那么,革命派则从一开始就主张种族革命、推翻清政府的专制统治以建立民主共和的现代国家形态。革命派注重发挥报刊书籍的舆论导向和小说的革命启蒙功能,晚清新式教育的推广和到海外的留学生急剧增多,为民主革命思想的传播准备了坚实的力量和实现的土壤,西方民主政治学说的译入也为民主革命提

---

① 蘱照:《人民程度之解释》,《东方杂志》临时增刊《宪政初纲》,1907年3月。
② 林纾:《〈爱国二童子传〉达旨》,陈平原、夏晓虹编:《二十世纪中国小说理论资料》第1卷,北京:北京大学出版社1989年版,第269页。

供了理论武器和思想资源,民主革命思潮迅猛发展并最终成为社会思潮的主流,结束了两千多年皇帝的历史,用激进的方式摧毁了传统政治伦理秩序。

早在1894年11月,革命派的代表人物孙中山就在檀香山成立了中国第一个民主革命团体——兴中会,在入会的誓词中明确提出了推翻清政府的爱国救亡主张:"驱除鞑虏,恢复中华,创立合众政府。"随后,孙中山策划、发动广州武装起义。早期由立宪派转变为革命派的另一重要人物章太炎于1901年春到1903年春修订了《訄书》,标志着章太炎告别了体制改良的幻想而走向了革命救国的道路。1903年5月章太炎公开发表《驳康有为论革命书》,批判了康有为的保皇思想,驳斥了"中国只可立宪不能革命"的荒谬言论,论证了只有流血革命才是中国的出路:"然自声势稍增而革命之念起,革命之念起而剿兵救民赈济济困之事兴。……公理之未明,即以革命明之;旧俗之俱在,即以革命去之。"①1903年7月4日《大陆报》刊载《革命前法兰西二世纪事》,文章用心良苦地写道:"昔法革命前二世纪时,政治社会黑暗腐败,其君臣利用专制而不肯革新,人民苦之,遂酿成破败之乱,扑政府,戮王族,奇惨殊祸,闻者股栗。今取支那现象而一一比较之,殆其返影。同人凤抱杞忧,不忍缄默,特译此书,以为前车之鉴。"1903年8月上海明权社出版了革命团体"青年会"编辑部编译的《法兰西革命史》,在向读者推荐宣传该译作时说"其中叙法国革命流血之事,慷慨激昂,奕奕欲生,正可为吾中国之前途龟鉴",其目的是"欲鼓吹革命主义以棒喝我国民"②。除此之外,报刊杂志也纷纷将美国的独立史、波兰亡国史等介绍给中国读者。同年,宣传革命思想而影响颇大的著作诸如邹容的《革命军》、陈天华的《猛回头》和《警世钟》相继面世,革命成星火燎原之势。邹容在《革命军》中以饱满的激情和极富煽动力的语言大声疾呼"巍巍哉!革命也。皇皇哉!革命也……呜呼!我中国今日不可不革命。我中国今日欲脱满洲人之羁缚,不可不革命。我中国欲独立,不可不革命。我中国欲与世界列强并雄,不可不革命。我中国欲长存于二十世纪新世界上,不可不革命。我中国欲为地球上名国,地球上主人翁,不可不革命"③,并提出仿照美国革命建立"中华共

---

① 章太炎:《驳康有为论革命书》,《章太炎政论选集》(上册),北京:中华书局1977年版,第204页。
② 《江苏》,1903年第3期,上海明权社出书广告。
③ 邹容:《革命军》,张枬、王忍之编:《辛亥革命前十年间时论选集》第1卷(下册),北京:三联书店1960年版,第651页。

和国"的主张。陈天华在其著作中指出昏庸的清政府已经沦为"洋人的朝廷",因此"我们要想拒洋人,只有讲革命独立,不能讲勤王"①。

1903年左右,革命风潮如狂飙巨澜席卷而至,革命在革命派言论里成为救亡图存的不二法门。在这场愈演愈烈的革命潮流中,小说也与革命紧紧捆绑在了一起,成为鼓吹革命的号角。"雨尘子"的历史小说《洪水祸》就是以法国大革命的历史来阐释革命的意义。虽然小说只刊出五回,还没有涉及革命史本身,但作者的用意非常明显,如第一回楔子中的四句俚言:"巴黎市中妖雾横,断头台上血痕腥。英雄驱策民权热,世界胚胎革命魂。"而回末,又以象征手法描写了独裁的路易十四关于铺天盖地而来的洪水淹没法兰西的梦境,昭示了革命浪潮推翻了压制民权的君主专制。署名为"岭南羽衣女士"的《东欧女豪杰》叙述了俄国虚无党人的革命活动,主张破坏、流血的变革方式:"若不用破坏手段,把从来旧制一切打破,断难造出世界真正的文明。……专望求得平等、自由之乐。最先则求之以泪,泪尽而仍不能得,则当求之以血。"而紧接着,小说中有批语夹注道:"今日人类,只怕非靠着几滴眼泪可以感动的。"因此,有论者称:"此书专叙俄罗斯民党之事实,以女豪杰威拉、莎菲亚、叶些三人为中心点,将一切运动的历史,皆纳入其中。盖爱国美人之多,未有及俄罗斯者也。其中事迹出没变化,悲壮淋漓,无一出人意想之外。以最爱自由之人,而生于专制最烈之国,流万数千志士之血,以求易将来之幸福,至今未成,而其志不衰,其势且日增月盛,有加无已。中国爱国之士,各宜奉此为枕中鸿秘者也。"②1903年,宣传革命、号召推翻清政府统治的小说雨后春笋般地出现,推动了革命形势的进一步发展,如蕊卿的《血痕花》、佚名的《痛定痛》、冷情女史的《洗耻记》、郑权("男儿轩辕正裔")的《瓜分惨祸预言记》、张肇桐的《自由结婚》等。以《自由结婚》为例,小说站在民主革命的立场,不仅猛烈抨击几千年来的君主专制只不过是盗主国体,还痛斥了在中国实行立宪政体的论调:

> 这立宪本是好事,现在世界上英、德、日本几个强国,那一个不是立宪。但是要拿他行到我们的国里来,断没有这个道理的。这个缘故,也是因为那政府是个异族,他不立宪,我们还可以报仇;他立了宪,恩赐了几十条狗彘不食的钦定宪法,再拿些小恩小惠,埋伏了人心,却暗中箝

---

① 陈天华:《警世钟》,《陈天华集》,长沙:湖南人民出版社1958年版,第76页。
② 新小说报社:《中国惟一之文学报〈新小说〉》,陈平原、夏晓虹编:《二十世纪中国小说理论资料》第1卷,北京:北京大学出版社1989年版,第43页。

制你,压服你,使你不知不觉伏伏贴贴做他的奴隶,就是你要有什么举动,也被他这条软麻绳捆住,一点儿都不能做。于是他依旧神器,依旧江山安然无恙。盗子贼孙,万世帝王;盗亲贼戚,万世官吏,我们顺民还要歌功颂德,说什么天皇圣明,天皇神圣不可侵犯的狗屁说话。(第四回)

近来几年,还有一班最可恨最可恨的人,偷了国家政法的皮毛,便诩诩自鸣得意,说要救我们的国,一定要立宪,不要革命才好。咳!要是政府是同种立宪也就罢了,现在的政府是异族,同他立什么宪呢?……我们同志的人,一定要结个大大的团体,把革命军兴起来。(第九回)

小说包含着丰富的时代内容,涉及立宪派对革命的非议、清政府对革命的镇压、民众对革命的态度等等,虽然存在着狭隘的种族情绪,但其洋洋洒洒的议论把民主革命的观念阐释、发挥得酣畅淋漓,极富感染力和鼓动力,尤其是随着书中主人公黄祸与关关的行踪,又描写了光复党人鼓吹革命、要求改变政体的活动,显示了革命派不屈的斗志和高昂的精神。小说思想的辨析,尤其是对清政府假立宪以缓和国内蓬勃发展的革命形式之真面目的揭示,已达到同时期小说政治认识的最高水平。这与作者的身份密不可分,据冯自由回忆,张肇桐本人在辛亥革命前就留学日本,并作为革命派重要宣传阵地——《江苏》杂志社的记者而积极从事革命的文化宣传工作。

署名为"海天独啸子"的小说《女娲石》(1904)虽然被论者称为女权主义文本①,但小说不仅仅囿于女性自身解放问题的探讨,还指向了民族危亡之际中国的出路——只有革命才能救中国,只不过是以往被忽视的女性群体成为晚清民族、民主政治革命的主体。小说第一回就呈现出故事发展的背景:"止见中国腐败危弱,好不担忧。旁边有些强国,今日唱着瓜分,明日唱着压服。虽有一般爱国志士,却毫没点实力。日日讲救国,时时倡革命,都是虚虚幌幌,造点风潮。"正是基于这样的感慨,才有了女子投身革命担负起救国的推论:"这样看来,什么革命军,自由血,除了女子,更有何人?况且,今日时代比十九世纪更不相同。君主的手段越辣,外面的风潮越紧,断非男子那副粗脑做得到的。从今以后,但愿我二万万女同胞,将这国家重

---

① 参见魏文哲:《〈女狱花〉与〈女娲石〉:晚清激进女权主义文本》,《明清小说研究》2003年第4期。另外,郭延礼主编的《中国文学精神》(近代卷)也把《女娲石》看作是宣传妇女解放运动的代表小说。

任一肩担起,不许半个男子前来问鼎。咳!我中国或者有救哩!"于是极力描写专门刺杀民贼的女子革命团体——花血党,不仅其秘密会员达百万,拥有两千多个分部,掌握现代科学,而且制定了系统的革命纲领——灭"四贼"。据花血党首领秦爱浓介绍,"四贼"即是内、外、上、下四种敌对力量:

> 我国伦理,最重家庭。有了一些三纲五常,便压制得妇女丝毫不能自由,所以我党中人要绝夫妇之爱,割儿女之情。这名叫灭内贼。……外字是对世界上国际种族讲的。我党第一要斩尽奴根,最忌的是媚外,最重的是自尊独立。这名叫灭外贼。……上字是指人类地位讲的。我国最尊敬的是君父,便是独夫民贼,专制暴虐,也要服服贴贴,做个死奴忠鬼,这是我党中最切齿的。所以我党中人,遇着民贼独夫,不共戴天,定要赢个他死我生方罢。……这下字是指人身部位讲的。人生有了个生殖器,便是胶胶黏黏,处处都现出个情字,容易把个爱国身体堕落情窟,冷却为国的念头。所以我党中人,务要绝情遏欲,不近浊秽雄物。这便名灭下贼。(第七回)

归纳起来,灭"四贼"即花血党所要实现的三个目标,也就是民族革命(灭外贼)、民主革命(灭上贼)与性别革命(灭内贼、灭下贼),尤其是铲除独夫民贼、推翻专制暴君的民主革命,是花血党人最急于完成的。至于选择女性领导、进行中国的革命,作者做了这样的解释:"我国山河秀丽,富于柔美之观,人们思想多以妇女为中心,故社会改革以男子难,而以妇女易。妇女一变,而全国皆变矣",而且"今世界之教育、经济,皆女子占其优势。各国妇女势力方膨胀于政治界,而我国之太太小姐,此时亦不可不出现于世。各国革命变法皆有妇女一席,我国今日亦不可不有阴性之干预"[①]。无论是从晚清女子现状,还是从历史发展事实来看,这种排斥男性并由女子来完成政治革命只是一个乌托邦的幻象。但是相对于一般为呼吁而呼吁的革命小说,《女娲石》不仅流露出革命的迫切性和焦灼感,又提出了一个需要怎样革命才能成功的思路:革命担当的行为主体不应放逐女性世界,最起码革命理应动员包括女性的最大多数人参与其中,而后来中国新民主主义革命的成功恰好证明了这个真理。

1905年至1907年,革命派与立宪派的大论战进一步扩大了民主革命思想的影响。革命派与立宪派虽然都是以救亡图存为目的反对君主专制,

---

[①] 卧虎浪士:《〈女娲石〉序》,陈平原、夏晓虹编:《二十世纪中国小说理论资料》第1卷,北京:北京大学出版社1989年版,第130、131页。

但对于中国政体又有着不同的设计方案,一直存在着分歧。1905年8月20日中国同盟会在东京成立,标志着以孙中山为代表的革命队伍力量的进一步壮大,大会还明确了同盟会的政治纲领:"驱除鞑虏,恢复中华,创立民国,平均地权。"同时,革命派与立宪派的论争也更趋激烈,彼此分别以《民报》《新民丛报》为主要阵地,双方主要就关于要不要进行革命、要不要建立共和政体、应该实行怎样的土地所有制展开了长达两年多的交锋。《民报》先后发表了《希望满洲立宪者盍听诸》《驳革命可以召瓜分说》《就论理学驳〈新民丛报〉论革命之谬》《再驳〈新民丛报〉论革命之谬》《驳革命可以生乱说》等,《新民丛报》先后发表了《答某报第四号对于本报之驳论》(是针对《民报》第四号发表的《驳新民丛报最近之非革命论》)、《暴动与外国干涉》、《杂答某报》(是答《民报》的系列驳论)、《中国不亡论》等,从这些文章的题目,我们可以感受到其紧张的对垒情形。在这场论战中,革命派取得了最后的胜利,就连立宪派的主将梁启超也不得不承认:"数年来,革命论盛行于国中,今则得法理论、政治论以为之羽翼,其旗帜益鲜明,其壁垒益森严,其势力益磅礴而郁积,下至贩夫走卒,莫不口谈革命,而身行破坏。"[1]针锋相对的论战,使民众对晚清社会状况的认识更为明晰,扫除了思想的一些障碍,为革命高潮的到来作了舆论的准备。在革命派与立宪派展开思想交锋的期间,革命派还非常注重实践活动,诸如革命党人吴樾刺杀出洋五大臣以破坏立宪的进行,革命党人徐锡麟暗杀安徽巡抚恩铭,同盟会积极联络会党,在江西萍乡、湖南的浏阳与醴陵、浙江的绍兴与金华、两广及云南等地策动武装起义。这些暗杀活动或武装起义虽然失败了,却为辛亥革命的胜利积累了丰富的经验。随着清政府立宪骗局的揭穿,越来越多的立宪派改变了曾经坚持的政治策略,投奔到革命的阵营。1911年四川的保路风潮直接推动了革命形势急转而上。同年10月10日,武昌起义爆发并取得了革命的胜利。随后,在革命党人的领导和号召下,各省纷纷起义宣布独立。1912年1月1日,孙中山在南京发表就职宣言,宣告中华民国成立,标志着中国历史上民主共和制度的开始。革命派最终通过流血暴力的方式,实现了民主共和的政治梦想。同年2月12日,清帝颁布诏书宣布退位,绵延两千多年的君主专制终于退出历史的政治舞台。

  在革命派与立宪派思想论战的同时,小说依然是革命派进行革命宣传的有力武器。如前所述,陈天华的长篇小说《狮子吼》创作于1904年,1906

---

[1]　梁启超:《论中国现在之党派及将来之政党》,《新民丛报》1906年11月30日。

初在《民报》第2至9号刊载。1904年陈天华与宋教仁等人在长沙成立革命团体华兴会，并参与策划武装起义。同盟会的机关刊物《民报》创刊后，陈天华任撰述员，发表了大量文章参与对立宪派的论战，如针对保皇派康有为、梁启超革命亡国的言论，陈天华愤然相击："革命者，救人世之圣药也。终古无革命，则终古成长夜矣。我因爱和平，而愈爱革命，何也？革命和平两相对待；无革命，则亦无和平，腐败而已，苦痛而已。"[1]为了唤醒世人、激励同胞，陈天华选择投海自杀的决绝方式。在晚清复杂的革命形势下，陈天华是一个用自己的生命血祭革命的壮士。陈天华以身殉国的悲壮行为激起了留日爱国学生的义愤，他的革命檄文《警世钟》《猛回头》再次被人广为传颂。一时间，陈天华成为革命青年崇拜、赞誉的楷模。小说《狮子吼》，本来是陈天华针对梁启超大肆宣扬君主立宪制的小说《新中国未来记》而创作的。由于陈天华的英年早逝，小说除楔子之外仅完成了八回。革命党人宋教仁在整理其遗文时，发现了这篇洋溢着革命激情的小说并在《民报》上发表出来，小说所产生的轰动效应对革命的宣传也起了重要作用。从楔子中可知，作者原计划分为前后两编，大约三十万字。"前编是言光复的事，后编是言收复国权完全独立的事。"纵观陈天华完成的八回小说，描写的内容非常深广，戊戌变法、庚子事变、列强瓜分中国、留日学生的拒俄大会、震惊中外的苏报案、卢梭的《民约论》等都成为陈天华创作反映的对象，尤其是第二、第三回，作者引用《扬州十日记》展示了满清入关时对汉人的大肆屠戮，又叙说了满洲人对汉族人的欺凌、清政府的丧权辱国，所以作者借文明种之口呐喊道："倘若做皇帝的，做官府的，实实于国家不利，做百姓的，即要行那国民的权利，把那皇帝、官府杀了，另建一个好好的政府。"（第三回）小说中出现的民权村，"有议事厅、有医院、有警察局、有邮政局、公园、图书馆、体育会，无不具备。蒙养学堂、中学堂、女学堂、工艺学堂，共十余所。此外有两三个工厂，一个轮船公司"（第三回），而且民权村人仇视满族和洋人。显然，这样一个所在，正是作者理想的共和政府的缩影。可以说，作为革命党人的陈天华，小说是其革命宣传活动的一个重要方式。

曾朴的《孽海花》是晚清影响极大的一部小说，"不到一两年，竟再版至十五次，销行至五万部之多"[2]，后来被鲁迅称为晚清四大谴责小说之一。其成书过程和版本虽然较为复杂，但其初版的前二十五回，主要是在

---

[1] 陈天华：《中国革命史论》，《陈天华集》，长沙：湖南人民出版社1982年版，第215页。
[2] 阿英：《晚清小说史》，南京：江苏文艺出版社2009年版，第22页。

1904—1907年完成的。据曾朴叙述:"这书造意的动机,并不是我,是爱自由者。他非别人,就是吾友金君松岑,名天翮。他发起运书,曾做过四五回。……这二十回里的前四回,杂糅着金君的原稿不少,即如第一回的引首词和一篇骈文,都是照着原稿,一字未改,其余部分,也是触处都有,连我自己也弄不清楚谁是谁的。就是现在已修改本里,也还存着一半金君原稿的成分。"①金天翮是晚清具有革命思想的代表人物之一,1903年参加兴中会,后来成为进步文学社团南社的著名诗人,出版过晚清中国第一部提倡女权运动的著作《女界钟》(赞同天赋人权论,号召推翻君权的政治革命与解放女性的女权革命同时进行),曾资助邹容《革命军》的出版。金天翮在编译的《自由血》中还提出:自由作为革命的急先锋是专制政体的大敌,而暴力是推翻清朝统治最有效的方法。金天翮的革命思想自然会在《孽海花》中流露出来,这从曾朴与金天翮共同拟定的六十回回目可以看出。其第一回"恶风潮陆沉奴隶国 真薄幸转劫离恨天",以奴乐岛上的陆沉象征了晚清中国即将覆亡的历史命运。第四回"领事馆铺张赛花会 青年党唤起亡国魂",显然作者是寄希望于革命党完成救国图强的时代使命的,第六十回即最后一回"专制国终撄专制祸 自由神还放自由花",以清王朝的专制统治终结作为故事的结局,与第一回首尾相应。实际上,作者不仅揭露了清王朝的昏庸腐败,在小说第四回,作者借革命党人的演说写道:"我热心共和投身革命的诸君听着:诸君晓得现在欧洲各国,是经着革命一次、国权发达一次的了!诸君亦晓得现在中国是少不得革命的了!但是不能用着从前野蛮的革命、无知识的革命。从前的革命,扑了专制政府,又添一个专制政府。现在的革命,要组织我黄帝子孙民族共和的政府。"这不仅说明了晚清革命的特征,又强调了革命的目的是颠覆专制政体以建立共和政府。前二十回的《孽海花》还在1905年由曾朴创办的上海小说林社发行,足见作者鲜明的革命立场,而清廷对革命派的高压政策又愈显作者超人的胆识。

辛亥革命发生后,陆士谔的长篇小说《血泪黄花》由上海新小说林社在1911年12月出版,被欧阳健评为:"晚清改革终结的历史见证。"②同样地,我们也可以把这篇小说作为这一节的结语。如论者所说:《血泪黄花》"显现出历史风潮与晚清小说的密切激荡"③,小说以一对革命青年黄一鸣与徐

---

① 曾朴:《修改后要说的几句话》,《孽海花序》,上海真美善书店1927年本。
② 欧阳健:《晚清小说史》,杭州:浙江古籍出版社1997年版,第358页。
③ 李剑国、陈洪等编:《中国小说通史》(清代卷),北京:高等教育出版社2007年版,第1565页。

振华的活动线索,生动叙述了武昌起义的经过。如果说之前的小说创作更多的是为了配合革命思想的传播,那么《血泪黄花》则是以成功者的姿态激情四射地回顾了革命的过程,或者说是对晚清推翻专制统治、建立共和的革命派所唱的赞美诗。辛亥革命的爆发,不是历史的偶然,正如费正清所言:"清王朝从1901年到1911年间的最终衰亡与其说是一个崩溃阶段,不如称之为一系列新开端的显现期。体制与社会的转变早已开始,政治危机只是最后才来到。"①

第二节　从忠君到爱国

与"君为臣纲"相应的伦理观念是臣民对君主的"忠",即忠君思想。文献典籍有诸多关于忠君伦理的阐释与论述。纵观忠君思想内涵的演变,我们可以发现君、臣之间由权利、义务的双向对等性向一方的倾斜并最终发生了由忠于君权到忠于国家的裂变和转向的历史过程。春秋战国,日渐衰微的周王室已难以掌控天下,诸侯间兼并争霸之战日趋频仍和激烈,社会动荡不安,陷入礼崩乐坏的无序、混乱局面。为了挽救已经下移的君权,忠君观念不断被强化并成为重要的社会价值观念。《左传·襄公九年》记载,秦国欲联合楚国攻打晋国,楚国子囊建议楚共王不要答应,并为之分析道:"晋君类能而使之,举不失选,官不易方。其卿让于善,其大夫不失守,其士竞于教,其庶人力于农穑,商工皂隶,不知迁业。……君明臣忠,上让下竞,当是时也,晋不可敌。"《国语·周语》曰:"为臣必臣,为君必君,宽肃宣惠,君也;敬恪恭俭,臣也。"《论语·八佾》也记录曰:"定公问:'君使臣,臣事君,如之何?'孔子对曰:'君使臣以礼,臣事君以忠。'"可见,先秦时期,既强调臣下对君主效忠,又重视君主的贤明,二者是一种双向的对等关系,都必须共同遵守政治道德规范,君明则臣忠。反之,君不明则臣也可不忠。秦汉时期,随着君主专制制度的形成和发展,为了巩固君主的地位和权威,不仅忠君观念非常盛行,而且忠君的内涵日趋排斥臣民应当享有的权利而侧重于臣民对君主单向的义务承担,使臣民沦落到一种绝对的卑下和服从的生存状态。西汉的董仲舒不仅根据所谓的阳尊阴卑,论述了君尊臣卑秩序的合理性,还在《春秋繁露·五行之义》中对臣民的忠君行为赋予了很高的道德评价:

---

① [美]费正清:《中国:传统与变迁》,吉林:吉林出版集团有限责任公司2008年版,第294页。

"是故圣人之行,莫贵于忠,士德之谓也。"《白虎通·三纲六纪》不仅提出了影响深远的三纲说,还指出忠君是臣民必须严格遵守的永恒自然法则即"天不变,道亦不变"。《忠经·天地神明》不仅高度肯定了忠君的地位"天之所覆,地之所载,人之所履,莫大乎忠",还阐述了忠君能维持社会秩序的政治意义:"忠能固君臣,安社稷。"宋代理学又进一步发展了前人的忠君思想,甚至提出"君要臣死臣不得不死"的愚忠观念。即便君主不贤,甚至发出错误的指令,作为臣民不仅不能心怀不满,还必须绝对服从,哪怕以人性的压抑、人格的扭曲、生命的付出为代价,而这只不过是臣民事君的本分,但君主是高高在上、享有权利而不承担任何责任的"天之子"。忠君观念经过历史的不断积淀而成为臣民自觉遵守的道德信仰和实现人生价值的不竭动力与政治追求。一直到明清,忠君、愚忠的观念和行为甚嚣尘上,但是,随着晚清对君主专制的批判,忠君思想开始有了理性的回归并得以重新建构。与此同时,随着国家思想的张扬,也发生了由忠君到爱国认识的现代转型。

一、对忠君观念的批判

"针对君主专制独裁发出的抵制和呐喊,表现在政治思想上对伦理信仰的最高原则——忠君信条——的怀疑、动摇和抨击,而且下延到广大民众,蔚为社会性的思潮,这是中国思想启蒙最重要的特色。"[1]如本章第一节所述,无论是立宪派还是革命派都对君主专制展开了猛烈的批判。举国上下的批判浪潮也逐渐剥蚀了君主神圣不可侵犯的光环,改变了往昔对君权神授的荒谬认知。君主既然不是上天旨意的代表,也不是沟通神、人世界的"天之子",其原本应是尽自己的义务为最大多数民众谋最大利益的代表,但是后世尤其是秦汉以后君主已经异化为占民众利益为己有的窃国欺世愚人的民贼独夫。虽然苟延残喘的清朝统治者一再坚守忠君的说教,但晚清对传统忠君观念特别是对愚忠的批判仍不绝于耳。

谭嗣同在批判君主专制的同时,主张以平等关系改变晚清现实中的君臣关系。为此,谭嗣同首先揭穿"忠臣"文化心理下自欺欺人的本相:"奈何四万万智勇才力之人,彼乃娼妓畜之,不第不敢微不平于心,益且诩诩然曰'忠臣忠臣'。"接着,谭嗣同还对"忠"的伦理观念做出了新的阐释:"古之所谓忠,中心之谓忠也。抚我则后,虐我则仇,应物平施,心无偏袒,可谓中矣,亦可谓忠。君为独夫民贼,而犹以忠事之,是辅桀也,是助纣也。其心中

---

[1] 刘志琴:《明清之际文化近代化的萌动与夭折》,《中国文化》2007年第2期。

乎不中乎？呜呼,三代以下之忠臣,其不为辅桀助纣者几希!"①显然,这种说法不仅赋予了君臣之间平等的现代内涵,而且一针见血地指出如果君主为"独夫民贼",那么忠君实质上就成为虎作伥的帮凶。在这种思维逻辑下,谭嗣同愤懑地指出以忠义相夸示的中国人"真不知世间有羞耻事矣"②。在传统君主专制社会,忠君之誉是对臣民政治行为最高的道德褒奖,叛逆罪名则是对臣民政治行为最严厉的道德惩罚。如果说盲目忠君是一种生命的悲剧和政治的闹剧,那么谭嗣同认为以叛逆的罪名来要挟、钳制臣民则是一种卑劣的政治手段与玩弄权术的阴谋:"叛逆者,君主创之以恫喝天下之名。不然,彼君主未有不自叛逆来者也。不为君主,即詈以叛逆;偶为君主,又谄以帝天。"③不仅如此,谭嗣同还认为如果君主残暴,人人都可得而杀之,无所谓叛逆。对于臣民为君死节之说,谭嗣同从民本君末的立场痛斥道:"夫死节之说,未有如是之大悖者矣。君亦一民也,且较之寻常之民而更为末也。民之于民,无相为死之理;本之与末,更无相为死之理。然则古之死节者,乃皆不然乎？请为一大言断之曰:'止有死事的道理,决无死君的道理。'"④20世纪初,谭嗣同以深刻的思想、犀利的笔锋和超人的胆识,颠覆了传统"忠君"的道德评判,抨击了臣民引以为豪并穷其一生追求的伦理信仰,把忠臣的道德实践都消解为毫无意义甚至是与民众利益相触逆的历史罪行,摧毁了历代供奉的忠臣形象,已经根深蒂固的忠君思想遭到了巨大的冲击。

对于忠君思想的批判,论者充分利用报刊杂志的时效性和传播的广泛性从诸多方面展开猛烈轰击。《湖北学生界》刊载的文章《学生之竞争》,论证了传统忠君观导致亡国灭种的危害,而担当救亡图存历史重任的学生要辨明忠孝之真义,文章曰,中国伦理有"历百千万亿年而不磨"的忠孝二大字,但"蒙小儒之晦蚀,霸者之割裂",到现在仍然是"晦冥霾痊"而真相未明。"今之学者",如果遵循这晦蚀、割裂的传统忠孝伦理观,"除事一人之外无所用其忠,故其痛亡国亡种之祸,不如其痛亡君之祸,宁杀身死节以报吾君,而国亡种亡之关系,俱置诸脑后",这就给"外人"的侵犯以可乘之机,以致外人"阳存吾君而阴灭吾国、奴吾种,而莫或知之也",所以作者大声疾呼:"嗟乎!忠孝二字之真理不明,则不知国与

---

① 谭嗣同:《仁学》,《谭嗣同全集》,北京:中华书局1998年版,第340页。
② 谭嗣同:《仁学》,《谭嗣同全集》,北京:中华书局1998年版,第334页。
③ 谭嗣同:《仁学》,《谭嗣同全集》,北京:中华书局1998年版,第334页。
④ 谭嗣同:《仁学》,《谭嗣同全集》,北京:中华书局1998年版,第339页。

种之关系重;不知国与种之关系重,则虽知有亡国亡种之祸,必不痛也。"那么"忠孝"二字的真理是什么,作者用否定句式给予了回答:"夫忠于一人不忠于一国,不得谓之忠;孝于父母不孝于祖宗,不得谓之孝。"①《直说》杂志刊载的文章《权利篇》痛斥忠君思想以礼压抑人性所造成的卑屈、顺从的奴隶性格:"重礼则养成卑屈之风,服从之性,仆仆而惟上命是听,任如何非礼,如何非法,而下不得不屈从之。君不可不敬,臣不可不忠;父不可不慈,子不可不孝,是重礼之代表也。卑屈顺从之奴性,呜呼极矣!"②国民奴隶性格的形成,也就意味着被剥夺了人之为人的权利,国家也就被削弱了在世界生存的竞争能力。

为了维护、巩固君主的权威和统治的长治久安,历代专制统治者及学者大力宣传以孔子为代表的先哲圣人的尊君学说。所以,20世纪初对忠君思想的批判大潮中,批判矛头自然就指向了以孔子为代表的先哲圣人之学说。《中国白话报》刊载的《国民意见书》冒天下之大不韪,斥责了孔子的尊君言论为大可不必相信的屁话:"中国人都是崇拜孔子的,孔子的说话都是教人尊君亲上,把君民官民的名分定得顶严,百姓有共皇帝或共官吏为难的,动不动就说他是乱臣贼子;……那叛逆、反乱、不道,各种放屁话,如今不必相信了。"③《复报》刊载的《中国尊君之谬想》则分析"圣人教忠之学说"是中国君权发达的重要原因:"忠者,君与臣对待之名词也,臣当忠君,君亦当忠臣。故曰:君使臣以礼,臣事君以忠。可知君而无道虐民,则臣不当效忠于君,乃圣人倡君尊臣卑之说。一人为刚,万人为柔,以孔子之圣,而曰民可使由之,不可使知之;曰事君尽礼,人以为谄。孔子以后,孟子较独开生面,曰君轻民贵,曰君之视臣如土芥,则臣视君如寇仇,以汤放桀为诛独夫,不谓弑君,则孟子明白公理多矣。但孟子固能打破此重难关乎?未也。……至唐之韩愈,言君者出令者也,臣者行君之令而致之民者也,民者出粟米麻丝贡货财以事其上者也。又拟文王拘幽,操曰臣罪当诛,天王圣明。后儒评其深得文王之心……呜呼,所谓圣人为君主教猱升木,而君主因而利用之,祭庙、拜圣像、用圣言,彼非真信圣人也,信圣人学说之足以驾驭国民也。庄生言

---

① 李书城:《学生之竞争》,张枏、王忍之编:《辛亥革命前十年间时论选集》第1卷(上册),北京:三联书店1960年版,第458页。
② 佚名:《权利篇》,张枏、王忍之编:《辛亥革命前十年间时论选集》第1卷(上册),北京:三联书店1960年版,第481页。
③ 白话道人(林獬):《国民意见书》,张枏、王忍之编:《辛亥革命前十年间时论选集》第1卷(下册),北京:三联书店1960年版,第913页。

圣人不死,大盗不止,其说真切中病根哉。"①

孔子的尊君学说是在特定历史条件下提出的,而且内容丰富,但经由后世的阐发演变为束缚人们的纲常名教。在君臣关系方面,孔子提出了"君使臣以礼,臣事君以忠"的道德观,而君明臣忠在先秦时期是并置出现的且要求君臣双方共同遵守的伦理规范,只是后世专制君主及其阿谀奉承者对先哲圣人之说断章取义而专责臣下之责。所以,20世纪初对忠君思想的批判,又追根溯源从先哲圣人之说找到批判忠君思想的有力武器。《童子世界》刊载的文章《法古》用客观、冷静的态度历史地分析了孔子的忠君思想,痛骂独夫民贼对孔子忠君思想的歪曲与利用:"孔子在周朝时候虽是很好,但是在如今看起来,也是很坏。'至圣'两个字,不过是历代的独夫民贼加给他的徽号。那些民贼为什么这样尊敬孔子呢?因为孔子专门教人忠君服从,这些话都很有益于君的。所以那些独夫民贼,喜欢他的了不得,叫百姓都尊敬他,称他做'至圣',使百姓不敢一点儿不尊敬他,又立了诽谤圣人的刑法,使百姓不敢说他不好。那百姓到了日久,自然变做习惯,都入了那些独夫民贼的圈套,一个个都拿'忠君'当自己的义务,拿'法古'当最大的事体。……列位不要说我骂孔子,孔子我并不骂他,我骂的是那些独夫民贼。孔子如今看他虽不好,但是在周朝时候他是很出色的。虽是他喜欢说忠君法古,他若是生在现在时候,必定又不像那样说法了。"既然像被历代尊奉为至圣的孔子,也会因时势的变化改变原先忠君的说法,那么教条地拘泥于古训则陷入了独夫民贼的圈套,于是作者号召同胞"做现在革命的'圣贤',不要做那忠君法古的'圣贤'"②。《新世纪》发表的《论习惯之碍进化》,则在复原了忠之本义的基础上揭示了后世专责臣下之忠的实质:"中心为忠,对于社会之言也。故曰忠恕,曰忠信,皆对于人人之言也,非对于一人之言也。自后世移而属诸臣仆,而忠之义失。于是以助强权为忠,以媚一人为忠。而希荣固宠者流为贼做子,得诩诩然自以为忠矣。稍有主持公理,不阿意旨者,彼强者遂得以不忠罪之,而世莫知其非,且视为当然之理。"③《越报》发表的《名说》对忠君思想的批判可谓酣畅淋漓,不但揭穿了忠义之说是君主专制为了满足私欲而巧立的名目,无耻贱儒的阿谀逢迎又起了推波助澜的作用:上古时代,民风淳朴,没有竞争与掠夺,但"后起之枭雄,知民情恬澹

---

① 吴魂:《中国尊君之谬想》,张枬、王忍之编:《辛亥革命前十年间时论选集》第2卷(上册),北京:三联书店1960年版,第544—545页。
② 君衍:《法古》,《童子世界》1903年5月27日。
③ 鞠普:《论习惯之碍进化》,《新世纪》1908年6月6日。

第四章 晚清新小说与君臣伦理

者,非但不足以供驱使而神主威,且不足以造专制而恣剥夺,于是创为君臣之伦,忠义之说,定之为人纪人纲,制之为大经大法,顺之者为纯正循良,背之者为悖乱恶逆。上以此教,下以此劝,于是乎伪道德之惑乱斯民者,遂深锢于人心而牢不可破。而无耻贱儒,献谄贡谀以求亲媚者,又从而铺张扬厉推波助澜以益之毒。由是名分所关,动则有咎",文章还指向了在这种伪道德的伦理价值驱使下臣民无我的忠君文化心理,为读者展示了深受忠义之毒的臣民为了所谓的名节赴汤蹈火而无怨无悔的可悲场面:"若夫无端而剥脂膏,无端而恣杀戮,一任昏暴者之蹂躏鱼肉,宰割烹醢,而蹈汤不怨,赴火不辞。鞭扑敲笞之余,血肉狼藉之后,呼吸弥留,犹守'臣罪当诛,大王圣明'之念,以留臣节于天壤,传青史于后人。"①所以,作者愤怒地指出,所谓的以忠义为代表的名教其实是杀人于无形的利器。

而晚清新小说对以忠君为核心的传统伦理道德的冲击也是以往小说中所没有的。如本章第一节所论述的,无论是主张君主立宪的小说,还是宣传革命共和的小说,批判、反对君主专制政体是它们共同的思想取向和伦理诉求,其中不乏作品无情撕扯下历代皇帝圣主皇恩的温情面纱,直接指斥为"民贼独夫"或"盗子盗孙"。诸如《女娲石》直接喊出了:"我国最尊敬的是君父,便是民贼独夫。"(第七回)《自由结婚》愤怒地斥骂:"几千年来的神皇圣帝,不是盗贼就是盗子盗孙,不是盗子盗孙就是盗亲盗戚。"(第二回)《惨世界》则影射清朝统治者是"抢夺了别人国家的独夫民贼",还厚颜无耻地"对着那主人翁,说什么'食毛践土'、'深仁厚泽'的话"(第七回)。《东欧女豪杰》戏谑地讥讽道:"野蛮专制国上头拥着一个沐猴而冠的,任他称皇称帝,说什么天下一人,又说什么神圣不可侵犯。"(第一回)毫无疑问,这种对君主皇帝公然亵渎、谩骂式的蔑称,是对君臣伦理的禁忌发起的猛烈攻击和宣战,不仅以审视的姿态消解了原本高居神坛的君主的权威,还大胆地颠覆了传统君尊臣卑的政治伦理秩序,而且其本身也是对传统忠君观念的叛逆行为。

宣传革命的代表性小说陈天华的《狮子吼》与张肇桐的《自由结婚》都把批判的矛头直接瞄向了忠君思想,发出了令世人震撼的言论。《狮子吼》楔子中说:"自古传下些什么忠君邪说,不问本族外族,只要屁股坐了金椅,遂尊他是皇帝。"眉批接着指出:"混沌种族之灭,端为忠君邪说所误。"陈天

---

① 铁匠(雷昭性):《名说》,张枬、王忍之编:《辛亥革命前十年间时论选集》第3卷,北京:三联书店1978年版,第494—495页。

华也曾在《警世钟》中说:"中国自古以来,被那君臣大义的邪说所误。"[①]可见,陈天华在小说中发表的忠君误国说,不仅是其政治伦理观在小说中的再现,还与晚清对忠君思想的批判相应和。《自由结婚》则通过启蒙者关关的乳母与狱中众人的对话,批判了"臣弑其君是极大的罪恶"的伦理意识:

> 众人都答道:"如此甚好,我们把这昏官杀去,也可以雪我的恨。"乳母道:"岂但这个官,官只要昏便杀就是了。"众人道:"不错,若是皇帝昏,我们可以杀他吗?我们国里常说臣弑其君是极大的罪恶,要千刀万剐的,不知对也不对?"乳母道:"有什么不可以呢!古时圣人说的,诛独夫,锄民贼,是国民的义务,应该如此。皇帝只要是独夫民贼,便杀就是了。况且如今在我们国里自称皇帝的野蛮,本是异族,他就不是独夫民贼,捉到也要杀的嘛!你们不必多疑,那臣弑其君这句话,都是历代独夫民贼要想永远保着自己权位的奸计,我们管他做什么呢!"众人大喜道:"原来如此,我们上他的当不少了,我们出了牢狱,就照你这段话办去。"(第九回)

臣子忠君的伦理规范,不仅要求臣子忠心不贰地侍奉君主,还要在关键时候为了君主安全或需要献出身家性命。否则,则为不忠罪臣。而臣子弑君不仅背离了臣子必须遵守的"忠君"之德,更是大不赦的恶行,被视为最严重的"犯上作乱",为世人所不齿。而主张以结团体、兴革命军的方式向洋人和满清政府实施复仇的关关的乳母,鞭辟入里地揭穿了独夫民贼制造弑君罪名的险恶用心,其实质是:"永远保着自己权位的奸计。"弑君成为铲除独夫民贼的正义行为,最大程度地解构了传统的伦理价值判断体系。

与晚清对忠君思想批判的社会舆论一样,晚清新小说也从先秦典籍挖掘思想资源,利用民众对先哲圣贤的崇拜心理而对忠君思想展开攻势。《瓜分惨祸预言记》借小说人物子兴之口曰:"你也是中国一个人,闻着朝廷政府以一二人之意,擅将我们所托命的国土让人,要我们无处容身,就该和着我们按理争执。纵不然,你守着旧学古义,不知国家是民众的产业,只知说要忠君,难道不读《左传》说那君也是要忠于民的么?而今为君的听着外人来取土地,他却压制我民,不许各出心力、才智,以保境土,这也算是忠么?"(第五回)无独有偶,《上海游骖录》借小说人物的对话作了这样的论述:

[①] 陈天华:《警世钟》,《陈天华集》,长沙:湖南人民出版社1958年版,第83页。

庸民又抢着说道:"罢了,罢了!中国人单知道忠君。"若愚道:"有话慢慢说,何必这等忙。前两年,《新民丛报》上梁卓如说了一句皇帝要尽忠的话,于是大众诧为新到极处的说话,以为发前人所未发,不知'主忠信'的忠字,何尝是对于人君而言!'教人以善谓之忠'这个人字,何尝是指人君而言。至于《左传·齐师伐我》一篇,曹刿问:'何以战?'公曰:'大小之狱,虽不能察;必以情。'刿曰:'忠之属也,可以一战。'可见,数千年前,早有了皇帝要尽忠的话。并且皇帝必要尽忠,方可叫百姓去出战,看得何等重要!后世之人,鼠目寸光,读书不求甚解,被中古时代那一孔之儒欺骗到底,到了死的那天,还堕在五里雾中,反要怪自己宗国的道德不完全,我看着实在可怜、可恨、可笑、可恼!"(第八回)

在新旧冲突、立宪与革命论战等思想纷扰的晚清,吴趼人期望以小说承担起拯救道德日下的世风。虽然他主张恢复旧道德,但并不是抱残守缺、顽固迂腐。面对甚嚣尘上的西学和不断入侵的西方文明,吴趼人并没完全否定本土文化,而是坚守着传统文化的精华,在中西文化冲突中找到对话的契合点。虽然对立宪与革命的优劣,吴趼人还存在诸多的困惑,如《上海游骖录》中描写辜望延听了若愚前后的议论感觉到:"革命又不好,立宪又不好,不觉把一片热心冷到冰点度上去。"(第十回)这实际上是吴趼人当时心态的真实写照。但吴趼人对于专制政体和不对等的君臣伦理的批判态度是鲜明的,他曾在《自由结婚·评语》中说:"中古贱儒,附会圣经,著书立说,偏重臣子之节,而专制之毒愈结而愈深。"小说《上海游骖录》以《左传》对"忠"的解释从根本上批判了后世忠君思想,不仅与晚清对忠君观的批判思潮构成互动,还再次彰显了吴趼人的文化立场。

1906年,虽然清政府学部颁布了"忠君、尊孔、尚公、尚武、尚实"的教育宗旨[①],但行将就木的清政府对于维护君主的至尊和强权之位已无回天之力,以忠君观为核心和基础的君主专制政体也随着晚清对忠君思想的清算和批判面临着大厦将倾的危机,这一时刻终于由于辛亥革命的发生而来临,忠君思想渐渐淡出民众的伦理价值体系而被深埋于历史的尘埃之中。

---

① 参阅毛礼锐、沈冠群主编:《中国教育通史》第4卷,济南:山东教育出版社1988年版,第253页。

二、国家思想的张扬

晚清与对忠君思想的批判同时存在和发展的,还有对国家思想的张扬。随着频仍的战乱所造成的内忧外患和西方政治学说的译介,大清王朝也被纳入了近代世界国家秩序之中。据王尔敏考证,"在秦汉统一以前,'中国'一词所共喻之定义已十分明确。"①姜义华也认为"秦汉统一以后,'中国'更进而具有了政治名词的意义",并由此推及,"至十七、十八世纪,历史的中国已经确定无疑地、巩固地自然形成。一八四〇年以后,当西方列强来到东方时,所面对的正是这确定无疑的中国"②。但是在"普天之下莫非王土"的传统文化中,国家观念严重匮乏是一个不争的事实,普通民众更是只知朝廷而不知有国家,这种状况一直存续于19世纪末20世纪初。梁启超在1899年完成的《爱国论》曾做了如下描述:

> 我支那人,非无爱国之性质也,其不知爱国者,由不自知其为国也。中国自古一统,环列皆小蛮夷,无有文物,无有政体,不成其为国,吾民亦不以平等之国视之。故吾国数千年来,常处于独立之势,吾民之称禹域也,谓之为天下,而不谓之为国。既无国矣,何爱之可云?今夫国也者,以平等而成;爱也者,以对待而起。……必对于他国,然后知爱吾国。③

梁启超的说法固然有偏颇之处,但至少说明晚清中国国家观念极为淡漠,即便是上层官僚也对国家知之甚少,如晚清尚书、大学士徐桐"虽然承认世界上有法兰西和英吉利这些国度,但西班牙和葡萄牙的存在,是决不相信的,他主张这是法国和英国常常来讨利益,连自己也不好意思了,所以随便胡诌出来的国名。"④由此可以想象晚清普通民众对国家的认知程度。为了唤醒民众救亡图存,重建国家观念、张扬国家思想以激发爱国意识,就成为20世纪初一个重要的时代话题。

何为国家?晚清知识分子严复、梁启超、章太炎等人,大量接触了西方文化中的"国家""民主""权利"等观念,在"自我"与"他者"的比照中,对国

---

① 王尔敏:《中国近代思想史论》,台北:华世出版社1977年版,第443页。
② 姜义华:《论近代以来中国的国家意识与中外关系意识》,《复旦学报》(社会科学版)1997年第3期。
③ 梁启超:《爱国论》,《饮冰室合集》文集之三,北京:中华书局1989年版,第66页。
④ 鲁迅:《在现代中国的孔夫子》,《鲁迅全集》第6卷,北京:人民文学出版社2005年版,第325—326页。

家概念做出了现代意义上的理论阐释。严复认为:"国者,斯民之公产也;王侯将相者,通国之公仆隶也。"①梁启超做出了更为详细的梳理和明确的界定:"夫国也者,何物也? 有土地,有人民,以居于其土地之人民,而治其所居之土地之事,自制法律而自守之;有主权,有服从,人人皆主权者,人人皆服从者。夫如是,斯所谓之完全成立之国。"②章太炎认为所谓的国家有三要义:"1. 国家之自性,是假有者,非实有者;2. 国家之作用,是势不得已而设之者,非理所当然而设之者;3. 国家之事业,是最鄙贱者,非最神圣者。"③根据章太炎后面的逐一解释,其所强调的国家是由人民结合而成的,相对于国家的个体——人民为"真",人民结合的团体——国家为"幻"。《国民报》发表的文章《原国》曰:"然则所谓国者将何如? 曰:自其外视之,则土地虽割而国不亡,朝代虽易而国不亡,政府虽复而国不亡,惟失其主权者则国亡。"④《民报》发表的文章《心理的国家主义》又说:"夫通常之言国家,恒有二义:一为法理上者,一为心理上者。前者则于法律上以定其人所属之国者也,故可称客观的观察之国家。后者则人之心中自定其所归向者也,故可称主观的观察之国家",接着又指出"以满洲之国家为国家者,实基于法理的而非基于心理的者也",所以要提倡心理的国家主义,号召国人坚守"心理的国家主义",即便国亡,也不要忘却故国和不要服从现在所隶属的国家,以建设独立的"新中华国"⑤。显然,国家指涉的对象是身处满清王朝奴役,又遭受列强侵略的大汉民族。

由上可知,晚清知识分子对国家内涵的阐释可谓包罗万千、众说纷纭,但不可否认的是,不管晚清知识分子对国家进行了怎样的言说,都包含一个基本的政治理念即国家这个政治共同体是由民组成的。而西方政治伦理诸如主权、平等的渗入使晚清对国家的建构超越了传统的国家观念,从而具有了现代意义上的国家意识。梁启超在《新中国未来记》中将未来新中国的国号设计为"大中华民主国",显然,这种构想也是晚清打破传统"天朝帝国",对新的国家的政治追求目标。按照恩格斯的理解,"国家是社会在一定发展阶段上的产物;国家是表示:这个社会陷入了不可解决的自我矛盾,

---

① 严复:《辟韩》,《严复集》第 1 册,北京:中华书局 1986 年版,第 36 页。
② 梁启超:《少年中国说》,《饮冰室合集》文集之五,北京:中华书局 1989 年版,第 9 页。
③ 章太炎:《国家论》,张枬、王忍之编:《辛亥革命前十年间时论选集》第 2 卷(下册),北京:三联书店 1960 年版,第 778 页。
④ 佚名:《原国》,《国民报》1901 年 5 月 10 日。
⑤ 县解(朱执信):《心理的国家主义》,张枬、王忍之编:《辛亥革命前十年间时论选集》第 3 卷,北京:三联书店 1960 年版,第 53—62 页。

分裂为不可调和的对立面而又无力摆脱这些对立面。为了使这些对立面、这些经济利益互相冲突的阶级,不致在无谓的斗争中把自己和社会毁灭,就需要有一种表面上凌驾于社会之上的力量,这种力量应该缓和冲突,把冲突保持在秩序的范围以内;这种从社会中产生但又自居于社会之上的并且日益同社会脱离的力量就是国家。"①虽然晚清知识分子对国家的认识还没有达到一个很高的理论水平,甚至还不太成熟,但是在生死存亡关头,他们的确"需要有一种表面上凌驾于社会之上的力量",使自己免遭毁灭的厄运。也许,历史上没有任何一个时代像晚清如此迫切地凸显国家观念、张扬国家思想。

什么是国家思想?梁启超作了这样的解释:"国家思想者何?一曰:对于一身而知有国家;二曰:对于朝廷而知有国家;三曰:对于外族而知有国家;四曰:对于世界而知有国家。"②简言之,国家思想是指每个人都要以国家作为其行为的先决条件,处处以国为念、时时以国为重,体现的是一种国家伦理。梁启超认为只有增强中国人的国家思想,才能塑造新的理想人格,从而克服利己主义和奴隶根性,这也是梁启超新民的重要前提。那么晚清中国人的国家思想是什么样的状态?梁启超在小说《新中国未来记》中借黄克强之口描述道:"我中国人向来除了纳钱粮、打官司两件事之外,是和国家没有一点交涉的。国家固然不理人民,人民亦照样的不理国家。所以国家兴旺,他也不管;国家危亡,他也不管;政府的人好,他也不管;政府的人坏,他也不管。……你看现在中国人的国家思想比那十八世纪末的法国人怎么啊?"(第三回)1902年12月,黄遵宪在给梁启超的信中愤然写到:"以如此无权思想、无政治思想、无国家思想之民,而率之以冒险进取,耸之以破坏主义,譬之八九岁幼童授以利刃,其不至于引刀自戕者几希!"③这段表述触及了国家思想对于晚清政治、社会变革的必要性问题,实际上20世纪以新民为主旨的思想启蒙运动也包含着国家主义的政治诉求。

国家的兴亡与生存于其中的每个人的权利息息相关,尤其是面临被列强瓜分豆剖的晚清中国,个人与国家就是共命运、不可分割的统一体,构成了一种权力与利益的共谋关系。而漠视国家的兴亡,无疑就是放弃个体自

---

① 《家庭、私有制和国家的起源》,《马克思恩格斯全集》第21卷,北京:人民出版社1957年版,第194页。
② 梁启超《论国家思想》,《饮冰室合集》专集之四,北京:中华书局1989年版,第16页。
③ 黄遵宪:《致新民师函丈书》,《梁启超年谱长编》,上海:上海人民出版社1983年版,第301—302页。

第四章 晚清新小说与君臣伦理

己生存与发展的权利:"国家与人民一体,……人民之盛衰,与国家之盛衰,如影随形"①;"然则所谓国者,果谁有之乎？曰:人人有之,即舆夫走卒亦得而有之;人人不能有之,即帝王君主亦不得而有之。人人有之者,谓人人对国有应尽之义务。既为一国之人,即无所逃于一国之中也;人人不能有之者,谓人人于国有应得之权利,苟以二人而用其专制之权,是一国之所不容也。故任一国之陆沉,而理乱不知,黜陟不闻,以为我终其身者,谓之忘国;抑人民之自由,抑人民之平等,而使之流离困苦,不得其所者,谓之贼国。忘国贼国厥罪惟均,皆国之蠹也"②。对国家与人民这种统一关系的最简洁概括莫过于梁启超提出的"国民"概念。梁启超认为:"国民者,以国为人民公产之称也。国者积民而成,舍民之外,则无有国。以一国之民,治一国之事,定一国之法,谋一国之利,捍一国之患。其民不可得而侮,其国不可得而亡,是之谓国民。"③即国由民而成,国为民所有,二者休戚与共,才能民不受辱、国不会亡。蔡元培则对国家与国民的关系作了进一步发挥:因为个人的生命、财产、名誉得以保全都是国家之赐,由此推出"无一故国家之急难,视一人之急难,不啻倍蓰而已。于是时也,吾即舍吾之生命财产,及其一切以殉之,苟利国家,非所惜也,是国民之义务也"④。这种国家至上的国家观,在面临亡国灭种危机的晚清是有着积极的现实意义的。

痛惜之深、呼吁之切。梁启超的小说《新中国未来记》悲叹中国国家与人民彼此分离、国家思想匮乏的状况的同时,还热切地憧憬了未来之新中国——"大中华民主国"。楔子中除了交代天下太平的国际环境,还详细描写了维新五十年大祝典的盛况:诸友邦纷纷前来祝贺、国民决议开设大博览会,而且"各国专门名家、大博士来集者,不下数千人。各国大学学生来集者,不下数万人",这种憧憬与列强瓜分、积贫积弱的晚清现状形成鲜明对比。在梁启超所构想的"大中华民主国"里,不仅国家独立、富强,令万国仰慕,而且国民热心国事,有着对国事的话语权和决议权。在第三回作者充分利用叙述和点评的语义功能共同指向了国家思想的启蒙意图:"一国人公共的国家,难道眼巴巴看着一群糊涂混帐东西把他送掉不成？不管他什么人,只是当着这个地位,就要尽这个责任。(听者)亏了责任,是要自行告退

---

① 梁启超:《国家思想变迁异同论》,张枬、王忍之编:《辛亥革命前十年间时论选集》第1卷上册,北京:三联书店1960年版,第28—29页。
② 佚名:《原国》,《国民报》1901年5月10日。
③ 梁启超:《论近世国民竞争之大势及中国前途》,《清议报》1899年10月15日。
④ 蔡元培:《中学修身教科书》,《蔡元培全集》第2卷,北京:中华书局1984年版,第89页。

的。(听者)不肯告退,只要劝他的,劝他不听,是要想个法儿叫他不能不听的。"(第三回)括号里的"听者"即为听着,是作者以点评家的身份作的眉批,其他是李去病与黄克强舌战时的观点。小说急欲发表政见,使小说不像小说,如文章中大篇演讲、论辩,人物形象塑造不太丰满,即便是单薄的小说人物也都是国家思想的积极鼓吹者和实践者,无论是主张温和改良的黄克强,还是主张革命流血的李去病,以及唱拜伦诗歌的少年陈君猛,他们都是拼着身子"出来做国事"、尽一份国民责任的时代英雄。《新中国未来记》借小说以表达国家思想的方式,开启了中国现代文学对民族国家想象与叙事的先河。

在梁启超《新中国未来记》发表后,晚清掀起了高扬国家思想的小说创作高潮。仅小说题目中出现"中国"二字的就有:小笨伯的《中国女儿英雄史》(1903)、陈景韩的《新中国之豪杰》(1906)、思绮斋藕隐的《中国新女豪》(1907)、苍园的《新中国之伟人》(1908)、陆士谔的《新中国》(1910)等,不一而足,显示了小说家鲜明的国家观念。如果翻阅晚清新小说,我们就会强烈感受到小说家探讨、表现国家思想的种种努力。张肇桐的《自由结婚》(1903)通过新寡之女如玉以夫妇关系的形象比拟论述了国对民的重要性:"可知道民之有国,同妇之有夫是一无二样的吗?非但一无二样,而且还要紧些吗?你看夫妇原来平等,妇虽死了夫,只要有才能,亦可以自己过活。但是民同国是断断不能离开的,民没有国,任凭你有天大的本领,只好辛辛苦苦,供给旁人使用,自己一点儿不能沾光。"(第十七回)旅生的《痴人说梦记》(1904)中专注铁血之说的严铁若认为国民不仅是国家的主人翁,而且还应当为国家、为公利公益牺牲:"凡一国必有国民,国民是一国的主人翁。没有国民便不算有国。共和立宪国,都有国民。他的义务,不惜牺牲一身,为国家尽命;总不肯叫自己的国家、自己的团体破坏。所以遇着公利公益,拼性命赶去。那公利公益,于自己有何好处?殊不知人人营干起来,便是个人的大利大益。"(第二十四回)陈天华的《狮子吼》(1904)民权村村立中学堂任总教习的文明种解释"国民教育"四字说:"换言之,即是国家主义。倘若做皇帝的,做官府的,实实于国家不利,做百姓的,即要行使国民的权利,把那皇帝、官府杀了,另建一个好好的政府,这才算行了国民的责任。"(第三回)吴蒙的《学究新谈》(1905)叙写了一批怀抱强国志向的朋友,要开办一个大大的学堂,相约在四海升平楼吃茶谈办学事宜,其中一个叫笑哥的慷慨激昂道:"我想做了一个人,不管皇帝和叫化子,都有国家的责任。要是没有热心,只图自己快活,就是皇帝也不能算没有错处。要是有了热心,做几桩有益于人的事,就是叫化子也不能不算他是个英雄。"(第十回)。西窗山民的《新乾坤》(1908)开篇就说:"现在国家正多事之秋,众民的智识,还不曾全全开通。通议院既未开成,国会又还待九年,要晓得国家富强,是要合全国上下的人一个心想,这才能成大大的功效。若仍就像往常各人自管自,只知有家,不知有国,须知道一个人作了无国的人民,还有什么家在那里?"(第一回)陆士谔的《血泪黄花》(1911)中吴淑卿不仅自谋营业养活自己,而且武汉起义后,到督抚投票自请从军,用禀里的话说:"能够保护国家,才可算是国民。国家如何保护?当兵就是保护的方法。无男无女,要做国民才先要尽国民的义务。"(第十回)春驷在小说《未来世界》(1907)中更为明确地宣称其创作动机为:"要把那两万万同胞的女子,一个个都变作完全资格的国民。这就是在下做下这几回小说的本意了。"(第二十三回)

  还需要提及的是,晚清小说家还常常演绎异域他国的故事,为晚清国家的建构提供了精神资源和行为典范。郑哲的《瑞士建国志》(1902),仅从小说的回目来看,第二回回目是"对妻儿同心谈国事 与朋友矢誓复民权",第九回回目是"成大事共和立国政 奠中兴上下得平权",显然,小说不仅将谈论国事的主体从朋友移至妻儿,大大拓展了关心国事的人群,而且从公共空间移至私密场所,表达了谈论国事已经成为瑞士民众的日常行为,国家真正成为无人、无处不谈议的话题。晚清小说家在创作异域题材的作品时,往往根据现实的需要有选择地进行。1900 年郑贯一的小说《摩西传》在《开智录》上发表,赞颂了摩西"恢复国家之独立,拯出斯民于水火,脱奴隶,得自由,维持一国之安宁"。同年,《开智录》上还发表了冯自由的小说《贞德传》,颂扬了 15 世纪中叶法国女英雄贞德,小说写她为了抗英救国曾说:"求国民可以保得安宁,我万死都不顾的。况且又非一家的事情,是国民公共的事情。"①晚清异域他国题材的小说,在对他者的叙述中反观本土现实,极大地激发了中国人民族意识的觉醒和爱国热情的高涨。

  随着现代意义上国家观念的积极建构与国家思想的大力张扬,清末国人亡国灭种的恐惧和焦虑与日俱增。严复曾指出在西强中弱的力量抗衡中,如果不维新变法寻求富强之路,"其祸可至于亡国灭种,四分五裂,而不可收拾"②。面对列强的瓜分,梁启超沉痛地指出:"敌无日不可以来,国无

---

① 有关《摩西传》和《贞德传》的介绍,参见宁树藩、陈匡时:《评〈开智录〉》,《复旦学报》(社会科学版),1984 年第 3 期。
② 严复:《论世变之亟》,《严复集》第 1 册,北京:中华书局 1986 年版,第 6 页。

日不可以亡。数年之后,乡井不知谁氏之藩,眷属不知谁氏之奴,血肉不知谁氏之俎,魂魄不知谁氏之鬼。"①1898年4月康有为在北京发起成立保国会,在其所拟的保国会章程里明确提出了保国、保种的宗旨。丧权辱国的《辛丑条约》签订,给晚清中国带来更加沉重的灾难,愈演愈烈的瓜分风潮也加剧了晚清民众亡国灭种的危机感。1903年创刊的《湖北学生界》在其第一期就刊载文章《叙论》,分析晚清中国现状、叙述国人普遍的危机心理:"自民族主义一变而为帝国主义,亚洲以外之天地一草一石无不有主人翁矣,鹰麟虎视者数强国,四顾皇皇无所用其武,于是风飙电激席卷而东,集矢于太平洋,亚洲识微之士莫不深胼蹙额,惊走相告曰:危哉中国!其为各国竞争之中心点也。"②许多报刊杂志纷纷发表文章,宣传亡国灭种的危机,诸如《国民报》发表的《中国灭亡论》和《亡国篇》、《浙江潮》发表的《民族主义论》和《客政论》、《童子世界》发表的《二十世纪中国》、《新民丛报》发表的《上振贝子书》等等。这种亡国灭种的恐惧和焦虑在曾朴的《孽海花》第一回"一霎狂潮陆沉奴乐岛 卅年影事托写自由花"中得以形象的展示:

  去今五十年前,约莫十九世纪中段,那奴乐岛忽然四周起了怪风大潮,那时这岛根岌岌摇动,要被海若卷去的样子。谁知那一般国民,还是醉生梦死,天天歌舞快乐,富贵风流,抚着自由之琴,喝着自由之酒,赏着自由之花,年复一年,禁不得月啃日蚀,到了一千九百零四年,平白地天崩地塌,一声响亮,那奴乐岛的地面,直沉向孽海中去。

根据此段前面作者所作的介绍,这个奴乐岛不与"别国交通",而且岛上的国民偷生苟活,"养成一种崇拜强权、献媚异族的性格"。显然,奴乐岛影射了闭关锁国的近代中国。毫无疑问,醉生梦死的国民遭遇奴乐岛沉海的厄运象征了中国面临的生存危机。类似的意象在其他小说中也多次出现,诸如《老残游记》中以梦境沉船的情景象征中国的沉没,《黄绣球》以将要倾倒的房屋比喻中国倾覆的危险等。

  亡国灭种的危机感催生了小说家悲痛的情感体验和救亡图存的内在动力。刘鹗为国家而悲哭:"吾人生今之时,有身世之感情,有家国之感情,有社会之感情,有种教之感情。其感情愈深者,其哭泣愈痛;此洪都百炼生所

---

① 梁启超:《南学会序》,《时务报》1898年2月11日。
② 张继:《叙论》,张枬、王忍之编:《辛亥革命前十年间时论选集》第1卷上册,北京:三联书店1960年版,第438页。

第四章　晚清新小说与君臣伦理

以有《老残游记》之作也。棋局以残,吾人将老,欲不哭泣也得乎？吾知海内千芳,人间万艳,必有与吾同哭同悲者焉！"①张肇桐为国家而悲愤:"一念及祖国沦亡,辄悲不自胜,……设吾言令欧美人闻之,适足以见笑而自玷耳。虽然,三折肱可为良医,在君等当以同病见怜也。倘一得之愚,赖君以传,使天下后世,知亡国之民,犹有救世之志。"②无论是使"海内千芳""人间万艳"同悲哭以醒世的刘鹗,还是为了唤醒亡国之民的"救世之志"的张肇桐,都足以代表晚清小说家普遍的创作动机,而且与晚清伦理的建构表现出了惊人的价值趋同性。

对于现实与想象之间的关系,梁启超曾做出这样的解释:"思想者,事实之母也。欲建成何等之事实,必先养成何等之思想。"③在晚清国家观念的建构和国家思想张扬的过程中,小说中的国家叙事与思想界的国家伦理诉求都是不可或缺的途径,或者说,小说中的国家想象与思想界的国家建构互文互动,共同推动了晚清国家思想的发展。1912年1月1日孙中山在南京就职,宣告中华民国临时政府成立,改纪年为民国元年。孙中山在《临时大总统就职宣言》中说:"临时政府成立以后,当尽文明国应尽之义务,以期享文明国应享之权利。"④1912年3月11日,孙中山公布了《中华民国临时约法》,其第一章总纲第一条、第二条就规定:"中华民国,由中华人民组织之";"中华民国之主权,属于国民全体"⑤。一个资产阶级共和国的诞生经历无数仁人志士多年的呼吁和奋斗终于成为事实,证明了晚清高扬的国家思想的正确性和可行性。从此,共和国的观念深入人心,成为不可逆转的历史潮流。

三、从忠君到爱国的伦理转向

忠君作为臣民必须遵守的伦理规范,又往往和爱国纠结在一起。在君主专制的传统社会里,由于"普天之下,莫非王土,率土之滨,莫非王臣",整个社稷都是属于君王的,拥有国家至上权力的君主又是国家、社稷利益的代

---

① 刘鹗:《〈老残游记〉自序》,陈平原、夏晓虹编:《二十世纪中国小说理论资料》第1卷,北京:北京大学出版社1989年版,第202页。
② 张肇桐:《自由结婚·弁言》,陈平原、夏晓虹编:《二十世纪中国小说理论资料》第1卷,北京:北京大学出版社1989年版,第92页。
③ 梁启超:《国家思想变迁异同论》,张枬、王忍之编:《辛亥革命前十年间时论选集》第1卷上册,北京:三联书店1960年版,第32页。
④ 《辛亥革命资料丛刊》第8卷,上海:上海人民出版社1957年版,第17页。
⑤ 《辛亥革命资料丛刊》第8卷,上海:上海人民出版社1957年版,第30页。

表,被当做国家的象征。君主、社稷与国家往往具有同一与同向性,这种关系的极端表述是"朕即国家"。因此,忠君不仅是专制主义宗法伦理的核心,而且忠君就是爱国,成为衡量、判断个体社会意义的最高伦理精神和道德生活境界。伴随着晚清对君主专制的批判和国家思想的高扬,君主的权威遭到动摇,"朕即国家"不再被广泛认可,最终导致了"忠"伦理的内在裂变。但这种裂变并不意味着"忠"的历史消失,而是从对君主的忠诚被导向了对国家的忠诚。

如本节第一部分所述,谭嗣同对忠君思想展开了猛烈批判,但他并不反对"忠"的伦理价值。他从君末民本的角度反对忠君思想,认为没必要为了表现对君主的忠诚而牺牲自己的生命,但是他"深念高望,私怀墨子摩顶放踵之志",认为"块然躯壳,除利人之外,复何足惜"①,这种为了天下国家之利而表现出来的忠诚和献身精神,也就是谭嗣同自己所说的"止有死事的道理,决无死君的道理"。百日维新失败后,康有为、梁启超出逃,谭嗣同本可以躲过此劫,但他坚信只有变法才可救国,决定以自己的鲜血来唤醒世人,他说:"各国变法无不从流血而成,今日中国未闻有因变法而流血者,此因之所以不昌也。有之,请自嗣同始。"1898年9月,谭嗣同惨遭清政府杀戮,他用自己的行为践行了"死事"的道理,谱写了一首爱国、殉国的悲壮之歌,激励了无数后人前仆后继投身于救国救亡的运动,晚清涌现出邹容、陈天华、吴樾、秋瑾等诸多死于国事而非"死君"的英雄。

《辛丑条约》的签订,使中国蒙受了史所未有的耻辱、陷入了更深的生死存亡之险境,也使清政府大大丧失了威望和民心。在清政府被指责已经沦为洋人朝廷的怒骂中,另一种呐喊也传入人们的耳膜:"嬴秦暴兴以降,独夫民贼无代不作,率皆敝屣公理,私土地、人民为己有,使天下之人只知有朝廷不知有国家"②;"如不忍中国之亡,必自辨朝廷与国家之区别始"③。朝廷与国家即君主与国家的区别是什么呢?梁启超认为国家是人民的公产,而朝廷只是一家的私产(《少年中国说》);沈翔云解释道:国家是"人民集合之区域,以达共同之志愿,居一定之疆土,组织一定之政治,而有独立无限之主权者也",而朝廷就"君主于国家中所占之地位而言,属于一姓者

---

① 谭嗣同:《仁学》,《谭嗣同全集》,北京:中华书局1998年版,第290页。
② 《二十世纪之中国》,《国民报》1901年5月10日。
③ 沈翔云:《复张之洞书》,张枬、王忍之编:《辛亥革命前十年间时论选集》第1卷(下册),北京:三联书店1960年版,第772页。

第四章 晚清新小说与君臣伦理

也",所以国家非"朝廷之私物"①。杨笃生认为朝廷与国家的最大区别在于,国家是代表了民众的意志、为民众谋幸福的:"惟国家以民约集合而成,故以集约诸人之希望为目的,而不得以一二人之希望为目的,以集约诸人之幸福为趋向,而不以一二人之幸福为趋向。"②既然朝廷只是君主一家一姓的私产,君主依仗强权强奸民意、损害民众利益而导致即将亡国的惨剧,那么忠君实则是助纣为虐、为虎作伥,即谭嗣同所说的:"君为独夫民贼,而犹以忠事之,是辅桀也,是助纣也。"③这种辨别和澄清,为晚清从忠君到忠于国家的伦理转向奠定了思想基础。

而伦理价值的这种转向,我们可以在晚清的报刊时文、小说以及书籍找到其清晰可辨的历史踪迹,在先人留存的文字符号中感受到时代的脉搏。《湖北学生界》刊载了文章《学生之竞争》,痛感于国势日危、种族将灭而感叹:"夫忠于异类,不得谓之忠;夫忠于一人,不忠于一国,也不得谓之忠。"④《新民丛报》刊载了文章《驳革命书》劝勉国人:"本爱国之心,绞爱国之脑,滴爱国之泪,洒爱国之血,掉爱国之舌,举西东文明大国国权民权之说,输入中国,以为新民倡,以为中国光,……四万万人之所托命也。"⑤邹容在《革命军》中批判了秦汉以后忠于君而不忠于国的陋习,号召国民应尽自己的义务为国尽忠:"数千年来,名公巨卿,老师大儒,所以垂教万世之二大义,曰忠,曰孝,更释之曰,忠于君,孝于亲。吾不解忠君之谓何?吾见夫法、美等国之无君可忠也,而斯民遂不得等伦于人类耶?吾见夫法、美等国之无君可忠,而其国人尽瘁国事之义务,殆一日不可缺焉。夫忠也,孝也,是固人生重大之美德也,以言夫忠于国也则可,以言夫忠于君也则不可。何也?人非父母无以自生,非国无以自存,故对于父母国家,自有应尽之义务焉,而非为一姓一家之家奴走狗者,所得冒其名以相传习也。"⑥陈天华不仅彻底否定了传统忠君思想,还提出作为国民理应杀掉暴君庸帝。陈天华在其著作《警

---

① 沈翔云:《复张之洞书》,张枬、王忍之编:《辛亥革命前十年间时论选集》第1卷(下册),北京:三联书店1960年版,第771—772页。
② 杨笃生:《新湖南》,张枬、王忍之编:《辛亥革命前十年间时论选集》第1卷(下册),北京:三联书店1960年版,第633页。
③ 谭嗣同:《仁学》,《谭嗣同全集》,北京:中华书局1998年版,第340页。
④ 李书城:《学生之竞争》,张枬、王忍之编:《辛亥革命前十年间时论选集》第1卷(上册),北京:三联书店1960年版,第458页。
⑤ 黄遵宪:《驳革命书》,《新民丛报》1903年1月13日。
⑥ 邹容:《革命军》,张枬、王忍之编:《辛亥革命前十年间时论选集》第1卷(下册),北京:三联书店1960年版,第672页。

世钟》中还批判道:"古来的陋儒,不说忠国,只说忠君,那做皇帝的,也就把国度据为他一人的私产,逼那人民忠他一人。倘若国家当真是他一家的,我自可不必管他,但是只因为这国家断断是公共的产业,断断不是他做皇帝的一家的产业。有人侵占我的国家,即是侵占我的产业,有人盗卖我的国家,即是盗卖我的产业。"①在小说《狮子吼》中,陈天华又借"文明种"之口表述道:"倘若做皇帝的,做官府的,实在于国家不利,做百姓的即要行那国民的权利,把那皇帝官府杀了,另建一个好好的政府,这才算尽了国民的责任。"(第三回)除此之外,小说还详细介绍了以"文明种"的学生狄必攘为首领的"强中会"会规:"会规中所谓国家,系指四万万汉人公共团体而言,非指现在之满洲政府";"本会之人,严禁保皇字目,有犯之者,处以极刑";"本会定名为强中会,以富强中国为宗旨"(第六回)等等,并提出"人人当以救国为心"。而小说中联合会党举事的情节既是小说人物狄必攘等人推翻君主专制、求新自强的爱国行为,也活跃着陈天华本人参与发起"华兴会"、策动地方武装起义的革命爱国活动的身影。忠于国家而尽心尽力报国的陈天华认为:救国"惟有两途,其一作书报以警世,其二则遇可死之机会而死之"②,他以自己短暂的一生实践着他的救国信条,不仅以血泪作成广为传播的《警世钟》《猛回头》《狮子吼》,还以蹈海殉国的方式以期警动国人:"去绝非行,共讲爱国。"③如陈天华生前所愿,留日学生被陈天华以身殉国的气节所感动,纷纷回国参加革命活动,湖南各界人士上万人为陈天华在岳麓山举行公葬仪式,爱国热情空前高涨。"爱国"成为频繁出现在小说中的词汇,梁启超的《新中国未来记》中就出现了以"爱国自治党"命名的政党,张肇桐的《自由结婚》中关关与黄祸所在的国家也以"爱国"名之。

借古鉴今是历史小说常用的表现方法。晚清小说家也往往在对历史的叙述和重构中呈现出很强的现实功利性,批判忠于君而不知爱国的思想以激发爱国救国的精神,成为晚清进行思想启蒙的一支强劲力量。吴趼人的历史小说《痛史》(1903)叙述了南宋亡国的历史。在元军兵临城下、南宋危在旦夕之际,一批爱国之士胡仇等英雄自发地起来抗击侵略。南宋灭亡后,他们又举行起义以图恢复,而他们的英雄行为,小说借胡仇之口解释道:"此时我们起义,只要代中国争社稷,并不是代赵氏争宗庙。若必要奉一赵氏为君,莫说此时没有,就有了,或者其德不足以为君,又将如何?总而言

---

① 陈天华:《警世钟》,《陈天华集》,长沙:湖南人民出版社1958年版,第83页。
② 陈天华:《陈天华绝命辞》,《陈天华集》,长沙:湖南人民出版社1958年版,第155页。
③ 陈天华:《陈天华绝命辞》,《陈天华集》,长沙:湖南人民出版社1982年版,第155页。

之,中国者,中国人之中国。只要逐去鞑子,是我们中国人有德者,皆可以为君。只问有德无德,不问姓赵不姓赵。"(第二十三回)小说人物胡仇不仅寓含了仇胡排满的政治态度,而且胡仇之言也表现了从忠君到爱国的价值转变。同时,摆脱狭隘的忠君观念而为国家而战,也是胡仇人物形象赋予这篇小说的积极意义,正如吴趼人在其小说《痛史》中所说:"所以我要将这些人的事迹,记些出来,也是借古鉴今的意思。"(第一回)陈墨涛的历史小说《海上魂》(又名为《文天祥传奇》,大约作于1907年之后)依然是把叙述的目光投向了宋元之际的史事①,小说开卷就议论道:

> "大凡我们中国的伦理,只有子死于父、臣死于君的义务,并没有民死于国的格言,所以弄得为民的视国之存亡毫不动心。无论奸臣篡位,异种窃居,他也俯首帖耳,做个顺天之民,随你朝秦暮楚,今日弑一王,明日立一君,我为民的总不失我为民的面目。……虽然黄帝有灵,终不使我们中国好男儿被他磨灭尽了,所以卖国求荣的只管卖国求荣,那舍死报国的却仍旧是舍死报国。"(第一回)

这段悲怆陈词,批判的矛头直接指向了只有"臣死于君"的传统伦理,把国家利益置于君父之上,提出"民死于国"的政治价值取向。小说洋溢着浓烈的爱国激情,不仅把文天祥推至国魂来塑造和歌颂,还提出"皇帝虽死,中国不死"以激励国人的爱国斗争。

在晚清批判忠君思想、宣传爱国精神的社会浪潮中,蔡元培无疑是其理论积极鼓吹者和行为积极实践者的典型代表之一。蔡元培是近代颇负盛名的教育家,他的教育指导思想与活动都始终以爱国、救国为宗旨。其学生黄炎培对蔡元培做了中肯的评价:"斯时吾师之教人,其主旨何在乎?盖在启发青年求知欲,使广其吸收,由小己观念进之于国家,而拓之为世界。又以邦本在民,而民犹蒙昧,使青年善自培其开发群众之才。一人自觉,而觉及人人。其所诏示,千言万法,一归之爱国,不惟课本训语有然。观出校后,手创学社,曰爱国学社;女学,曰爱国女学。吾师之深心,如山泉有源,随地涌

---

① 陈墨涛的弟弟陈墨峰,名伯平,即长篇历史小说《海外扶余》的作者,是辛亥革命时期的革命爱国志士。1907年7月6日,陈墨峰协助徐锡麟发动安庆起义,不幸战死于安庆军械局。小说《海上魂》大约是创作于陈墨峰殉难之后不久。参见江苏省社科院明清小说研究中心、江苏省社科院文学研究所:《中国通俗小说总目提要》,北京:中国文联出版公司1990年版,第993页。也有另一种观点认为,《海上魂》与《海上扶余》的行文语气相似,所以墨涛、墨峰可能是作者的化名,两篇小说系一人所作。见孙逊、孙菊园:《海外扶余·导论》,《海外扶余》,长沙:湖南人民出版社1985年版,第2页。本书采用第一种观点。

现矣。"①1901年蔡元培在上海南洋公学担任总教习时,就曾经以《试列举春秋战国时爱国事实而加以评论》为课题,对学生进行爱国思想的引导和教育,近现代著名的爱国主义者、民主主义教育家黄炎培就是其南洋公学学生之一。1902年春,蔡元培发起创立了中国教育会,被推选为会长,宣布教育会的目的是"我等所以设立此会者,实欲造成理想的国民,以建立理想的国家",又在章程里规定:"本会以教育中国男女青年,开发其智识而增进其国家观念,以为他日恢复国权二十世纪中国实最之基础为目的。"②同年11月,南洋公学发生了退学风潮。因为该校一部分教师宣扬君主专制、禁止学生阅读新书和谈议时政,对此极为不满的学生要求学校辞退这些教师。但学校当局不仅没有答应学生的要求,反而要严惩学生。于是,一百多名学生愤而集体退学。蔡元培出面调停,学校却把这次风潮归咎于他的影响,蔡元培怒而辞职。为了支持学生的斗争,蔡元培又发起创办了爱国学社,收容了南洋公学退学学生使其得以继续上学。

曾经身为南洋公学学生的张肇桐,在其1904年发表的小说《自由结婚》中,曾以饭店客人对学堂的议论反衬学堂学生的爱国热情:"那料他们这般少年,刚刚进了学堂,便变起相来,平日满口讲忠君爱国的,现在也说只爱国不忠君。"(第十六回)联系南洋公学退学风潮可以看出,小说中饭店客人所说并不是空穴来风。而且小说中叙写的学堂学生退学风潮、以爱国为宗旨而成立的自治学社都是有着很强的现实依据的,小说主人公黄转福(黄祸)率领"忠孝大学堂"学生退学、发起自治学社的活动,也明显有着蔡元培的身影。小说虽然不能作为史实来看待,但它也绝不是完全脱离大地而存在的空中楼阁,从另一侧面反映了教育宣传爱国思想策略的可行性和正确性。蔡元培经常率领爱国学社社员在张园进行演说,宣传爱国主张,1903年《字林西报》对其中一次活动做了如下报道:

> 日前张园连日开会讨论国事,颇足发人爱国之诚。上礼拜四所开者,乃得东京留学生电述广西警报而起,到者千二百人……先由蔡君某(即指蔡元培先生:笔者注)演说:上海应设国民公会以议论国事,如东三省、广西等之最要问题。继乃分派在座者章程各一纸,次由马君某请在座诸君同唱爱国歌……忽得东京来电云:俄祸日亟,留学生已电北洋主战,组义勇队,愿赴前敌……龙君某乃对众宣言曰:"吾辈非中国人

---

① 黄炎培:《吾师蔡子民先生哀悼辞》,《国讯》1904年4月5日。
② 《中国教育会第一次修订章程》,《选报》1902年7月5日。

耶？闻留学生如此举动而忍坐视以放弃天职耶？有表同情者,请从吾坐草地向东鞠躬,以致留学生之爱国心。"言毕,乃首出向东立,从之者几馨座,乃成列相行礼……议编义勇队,以应留学生。临时签名者甚众。乃复电东京,表爱国之忱,始散。夫中国立国以来二千余年,其人民有爱国心者,自此次会议始,尚愿具此心者好自为之,以成真国民。

这是 1903 年 5 月 8 日《苏报》译载《字林西报》的一则消息。当时为了响应留日学生的拒俄运动,蔡元培在张园主持了一千二百多人参加的演说大会,号召关心国事,激发爱国热情。

蔡元培在 1907—1911 年留德期间,还专门为中等学校学生编写《中学修身教科书》。这部教科书不仅因其普及而对后人产生了广泛影响,而且也体现了蔡元培辛亥革命前的伦理思想。蔡元培认为:"国家者,非一人之国家,全国人民所集合而成者也。国家有庆,全国之人共享之,则国家有急,全国之人亦必救之"①;救国行为自然是爱国思想的实践,而爱国更是一个国民应坚守的道德本务:"为社会之一人,则以信义为本务,为国家之一民,则以爱国为本务。能恪守种种之本务,而无或畔焉,是为全德。……道德之效,在本诸社会国家之兴隆,以增进各人之幸福"②;当个人所需与国家利益发生冲突,则应:"舍吾之生命财产,及其一切以殉之,苟利国家,非所惜也,是国民之义务也。"③可见,蔡元培的爱国观念是一种国家至上的爱国主义,不仅离析了传统国家观君国一体的建构,而且打破了君权至上的传统伦理。在这种新的价值体系中,忠君思想不攻自破,忠于国家成为合情合理的选择和必然。蔡元培反对忠君、主张爱国的伦理思想在 1912 年发表的《对于教育方针之意见》明确表述为:"满清时代,有所谓钦定教育宗旨者,曰忠君,曰尊孔,……忠君与共和政体不合,尊孔与信仰自由相违。"④可以说,辛亥革命前十年,蔡元培在忠君与爱国的问题上,一直是反对忠君思想而主张爱国的,而且随着形势的发展和认识的不断深入,其爱国的热情愈加炽烈。

《新年梦》是蔡元培发表在《俄事警闻》日报上的一篇小说,从 1904 年 2 月 17 日至 25 日连载完毕。这时期,蔡元培的爱国思想已经趋于成熟,并已

---

① 蔡元培:《中学修身教科书》,《蔡元培全集》第 2 卷,北京:中华书局 1984 年版,第 226 页。
② 蔡元培:《中学修身教科书》,《蔡元培全集》第 2 卷,北京:中华书局 1984 年版,第 192 页。
③ 蔡元培:《中学修身教科书》,《蔡元培全集》第 2 卷,北京:中华书局 1984 年版,第 89 页。
④ 蔡元培:《对于教育方针之意见》,《东方杂志》1912 年 2 月 10 日。

经彻底摒弃了忠君观而参加了反对清政府的政治实践。小说的寓意非常深刻,主人公自号"中国一民",象征着主人公摆脱了传统臣民的身份认知而自觉生发了对国民身份属性的认同。小说还写道:"如今竟依着一两个人的主意,算做我们多数人主意,这仿佛一个店铺,被一个冒充管账的人私造印章,把货物盗卖给别人,等到别人来取货了,众人都知道了,那里能答应呢?但是我们要不过打个电报、做篇文章,是不中用的。一定要有实力,把这冒充管账逐了,还要与取货的评理。评理不下来,就要开战。"文章批判的对象和所持的态度显而易见,对于清政府强夺民意、损害国家的罪行,应该采取暴力革命的手段推翻清政府的专制统治,同时团结起来反抗外敌的入侵。身处君主专制、列强瓜分之危境,作者呼吁:"我们在这里的人,都叫做中国人,……我们意中自然有个中国,但我们现在不切切实实造起一个国来,怕永远没有机会了!"这里的"意中"之中国已不是现实的大清国,而是作者理想的新国家。只有"中国的人,就把中国作为自己的灵魂",列强才会说"中国的国民爱国心这么纯粹,怕没有法子打他,不如大家罢手与他讲和,还可以沾点通商的利益",然后才与我们商议和约。可以说,《新年梦》是蔡元培以小说的形式回答了他在忠君与爱国之间所持的立场和所做的选择,与蔡元培以教育宣传爱国精神的主张互为表里,成为我们研究晚清从忠君到爱国伦理转向的一个重要文本。

1912年2月12日,宣统皇帝颁布诏书,宣布退位。至此,忠君伦理失去了现实的指向性,"忠之德"也转向了忠于国家、忠于人民的伦理建构。如孙中山在《三民主义·民族主义》中所说:"现在一般人民的思想,以为到了民国,便可以不讲忠字,以为从前讲忠字是对于君的,所谓忠君,现在民国没有君主,忠字便可以不用。……这种理论,实在是误解。因为在国家之内,君主可以不要,忠字是不能不要的。如果说忠字可以不要,试问我们有没有国呢?我们的忠字可不可以用之国呢?我们到现在说忠于君,固然是不可以,说忠于国是可不可呢?忠于事又是可不可呢?我们做一件事,总要始终不渝,做得成功,如果不成功,就是把性命去牺牲,亦所不惜,这便是忠。……我们在民国之内,照理上说,还是要尽忠,不忠于君,要忠于国,要忠于民,要为四万万人去效忠。"①

---

① 孙中山:《三民主义·民族主义》,《孙中山全集》第9卷,北京:中华书局1986年版,第244页。

第三节 从臣民到国民

历代君主为了维护和巩固君主专制制度,在大肆张扬君权的至上性和忠君思想合法性的同时,又极力贬低臣民的地位。中国君主专制制度之所以绵延两千多年,一个重要原因就是以奴化为特征的臣民文化使然。一部君主专制制度发展史,实则是君权不断强化而臣民不断被贱化的历史。东汉许慎在《说文解字》中说:"臣,牵也。事君也。象屈服之形。凡臣之属皆从臣。"经过考证,郭沫若在《甲骨文字研究·释臣宰》中指出:"臣,古之奴隶也。"许慎在《说文解字》又曰:"民,众萌也。"清代段玉裁在《说文解字注》为此解释道:"萌,犹懵无知貌也。"清代王筠在《说文句读》也持相同观点:"萌,冥昧也,言众庶无知也。"三国魏时张揖在《广雅》曰:"民,氓也。"段玉裁在《说文解字注》解释曰:"自他归往之民则谓之氓。"总之,不管对于"臣""民"作何种解释,相对于高高在上的君主而言,臣、民都是处于服从和隶属的地位,正如《诗经·小雅·北山》所描述的:"普天之下,莫非王土;率土之滨,莫非王臣。"文献典籍频繁出现的草莽之臣、卑臣、微臣、草民、贱民、小民等称呼,也无不显示了伦理文化中臣民的卑贱身份。为了使臣民自觉遵循严格的尊卑贵贱等级的行为规范,历代君主都采取种种策略加强舆论钳制、实施愚民政策,秦始皇焚书坑儒、西汉武帝采纳董仲舒的君权神授说、朱元璋大力推行八股取士的科举制度,政治的高压和思想的灌输,导致了臣民自我意识淡薄、权利观念缺失、自治能力低下。尤其是满清王朝,不仅承袭明朝科举制度,还大兴"文字狱"、推行三跪九叩制礼仪和奴才文化,皇帝与臣民不仅在形式上成为主子与奴才的主仆关系,而且作为一种集体无意识,被扭曲的顺从与依附的奴化性格已植根于臣民的灵魂深处。历史的积习造成中国人只有"臣民"意识而无"国民"观念。虽然孟子提出了民贵君轻的政治理念,也曾经得到了历史的回应,但其声音极其微弱,不足以与君尊民卑的主流政治话语相抗衡,更不能撼动现实中尊卑森严、贵贱有别的君臣关系,这种状况一直到晚清才发生改变。晚清随着西方自由、平等、权利、义务等现代概念和主权在民、天赋人权学说的输入,维新派和革命派都从救亡强国的高度,批判传统臣民文化,宣传"脱奴隶"而"为国民"价值取向,对尊卑贵贱有别的君臣伦理构成了巨大攻势。

一、对臣民奴性的批判

立宪派和革命派虽然对中国政体改革是采取平和的改良还是采取激烈的革命方式存在分歧,但他们一致认为:政体改革成功的关键在于国民,而专制政体下的伦理教化造成民众只有卑顺的奴隶道德和畏惧的奴隶心理,没有国家主人翁的权利意识和责任感,国民的这种思想状况不仅是变革君主专制制度的最大障碍,还会导致中国沦为列强的奴隶国。20世纪初,在"新民"之"新道德"过程中,对以奴化为特征的臣民文化的批判成为声势浩大的时代潮流,这不仅是对君为臣纲伦理批判的深化,还是完成救亡图存历史使命中的应有之义。

在对臣民文化奴隶根性的批判和声讨中,梁启超于横滨创办的《清议报》和留日学生于东京创办的《国民报》充当了20世纪初冲锋号的重要角色,诸如刊载的政论文章《说奴隶》《二十世纪之中国》《说国民》《中国灭亡论》等纷纷愤慨地指控:自秦汉以来,历代君主"取古先儒言论之最便于己者,作一姓机关之学术;利于民者,辟之为邪说;专以柔顺为教,养成奴隶之性质,以便供己轭束役使之用"[1]。在这种愚民的权术下,中国人屈从于专制,从士、官吏到农、工、商,"不论上下,不论贵贱,其不为奴隶者盖鲜"[2]。梁启超则以西方的民权思想和自由学说批判君主专制下的奴隶思想,其《卢梭学案》1901年11月21日至12月21日连载于《清议报》,文中指出,邦国本是民与君主共结契约而成,其目的是使人免于奴隶之境,无论是"有一人敢统御众人而役使之",还是"人人甘心崇奉一人,而自供其役使",都违背了契约的自由、平等目的。这种思想在《新民说》之《论进步》中进一步阐发为:人民"自居于奴隶盗贼,由霸者私天下为一姓之产而奴隶盗贼吾民使然也",而人民这种"自居于奴隶盗贼"的状态,导致"人民不顾公益"和"中国群治不进"的极大危害[3],这不仅是梁启超发出"新民"呼吁的理论基础和现实原因,还猛烈地冲击了尊君轻民的伦理思想。1903年《国民日日报》刊发《道统辨》《箴奴隶》,文章犀利地揭示专制君主铸造臣民奴隶意识的险恶用心:"夫专制君主之御民也,必托黜邪崇正之名,以束缚臣民之思想,使臣民柔顺屈从,而消磨其聪明才力。法儒孟德斯鸠之言曰:'半开专制君主之国,其教育之目的,惟在使人服从而已。'吾以是语观中国,彼数千

---

[1] 佚名:《二十世纪之中国》,《国民报》1901年5月10日。
[2] 佚名:《说国民》,《国民报》1901年6月10日。
[3] 梁启超:《论进步》,《饮冰室合集》专集之四,北京:中华书局1989年版,第58页。

年来之教育,孰有外此宗旨者乎？彼以尊君抑民为目的,见夫宋儒尊三纲、定名分之说,可以有利于专制也,遂从而表彰之,名为尊圣道,实则塞人民之心思耳目,使不敢研究公理而已。其有一二智能之士,则坐以非圣无法之名,而加以刑辟。"①尤为可悲的是,这种奴隶说教不仅熏染为一种风尚代代沿袭成为难以弭除的根性,而且遍及于家庭和私塾教育,造成国民精神的麻木不仁:"盖感受三千年奴隶之历史,熏染数千载奴隶之风俗,只领无数辈奴隶之教育,揣摩若干种奴隶之学派,子复生子,孙复生孙,缪种流传,演成根性。……儿童学语之初,即告以奴隶之口号；扶立之顷,即授以奴隶之拜跪……未儿而入塾矣,先受其冬烘之教科,次受其豚笠之桎梏,时而朴责,时而唾骂,务使无一毫之廉耻,无一毫之感情,无一毫之竞争心,而后合此麻木不仁天然奴隶之格。"②同年,《大陆报》刊载《广解老篇》,文章指出历代君主以圣人的仁义礼乐为幌子,使百姓服从于专制统治,并对其所造成的忠孝节之伦理价值畸变痛斥曰:"专制之国莫不以虚伪为元气,而我支那者尤专制中之专制者也。故保赤牧民以为仁,束缚驰骤以为礼,予知天纵以为圣,顺民奴隶以为忠,割股埋儿以为孝,焚身殉葬以为节。"③

　　君主专制下的奴隶教化不仅使臣民呈现出卑顺、屈从、自轻自贱、畏惧强权等劣根性,还会使臣民面临西方列强的铁蹄蹂躏和抢掠瓜分而缺乏抗争精神以致亡国灭种的命运。这种亡国灭种的忧虑与焦灼,是与对君主专制浸淫下的奴隶心态进行批判的同时流露出来的。除了以上提到的政论文章,许多报刊杂志纷纷发文揭示这种奴隶意识所造成的悲剧,诸如《湖北学生界》刊载的《论中国之前途及国民应尽之责任》、《直说》上刊载的《权利篇》、《民报》上刊载的《民族的国魂》、《复报》上刊载的《民权主义！民族主义！》等,不一而足。比较有代表性的是邹容撰写的《革命军》。邹容在文中不仅痛斥"中国之所谓二十四朝之史,实一部大奴隶史",谴责朝廷大臣曾国藩、左宗棠、李鸿章实则是"中国人为奴隶之代表也",还引用近人古乐府《奴才好》针砭时弊,极具煽动力,全诗主要内容摘录如下:

　　　　奴才好！奴才好！勿管内政与外交,大家鼓里且睡觉。古人有句

---

① 佚名:《道统辩》,张枏、王忍之编:《辛亥革命前十年间时论选集》第1卷(下册),北京:三联书店1960年版,第736页。
② 章士钊:《箴奴隶》,张枏、王忍之编:《辛亥革命前十年间时论选集》第1卷(下册),北京:三联书店1960年版,第702、706页。
③ 佚名:《广解老篇》,张枏、王忍之编:《辛亥革命前十年间时论选集》第1卷(下册),北京:三联书店1960年版,第430页。

常言道："臣当忠,子当孝。"大家切勿胡乱闹。满洲入关二百年,我的奴才做惯了,他的江山他的财,他要分人听他好。转瞬洋人来,依旧要奴才。他开矿产我做工,他开洋行我细息,他要招兵我去当,他要通事我也会。内地还有甲必丹,收赋治狱荣巍巍。满奴作了作洋奴,奴性相传入脑胚,父诏兄勉说忠孝,此是忠孝他莫为。什么流血与革命,什么自由与均财,狂悖都能害性命,倔强那肯就范围。我辈奴仆当戒之,福泽所关慎所归。大金、大元、大清朝,主人国号已屡改,何况大英、大法、大美国,换个国号任便戴(一作载)。奴才好!奴才乐!世有强者我便服。……奴才好!奴才好!奴才到处皆为家,何必保种与保国!①

据学者考证,《奴才好》是"因明子"即蒋智由(字观云)发表在《清议报》第86期的诗歌②。这首诗以简洁明了的语言,活化了"忠孝"伦理驯化下奴才任人宰割而自我满足的生存状态和文化心理,犀利地指出习惯安于屈辱与卑贱而麻木不觉的奴隶更没有"保种与保国"的意识。邹容援引蒋智由的《奴才好》时,作了个别字的更改,只是邹容的悲愤之情更为激越,开篇就以宣言式的语句呼吁:"扫除数千年种种之专制政体,脱去数千年种种之奴隶性质。"《奴才好》在《清议报》上刊载后影响颇大,随着《革命军》的流传更广为人知。

对奴隶意识批判的浪潮,依然激荡在晚清新小说的创作之中。梁启超的小说《新中国未来记》,其艺术性无疑是粗疏肤浅的,但却是晚清新小说与思潮互动的明证之一。小说借李去病之口批判中国官场:"把他那瓣香祖传来奴颜婢膝的面孔,吮痈噬痔的长技,向来在本国有权力的人里头用熟的,近来都用在外国人身上了。今日请公使吃酒,明日请公使夫人看戏,就算是外交上第一妙策,上行下效,捷于影响。现在不单不以做外人奴隶为耻辱,又以为分所当然了;不但以为分所当然,兼且以为荣,以为阔了。"(第三回)不仅如此,梁启超还将他非常欣赏的蒋智由的《奴才好》全文附上,并以史实加以佐证:"你看联军入京,家家插顺民旗,处处送德政伞,岂不都是这奴性的本相吗?"相对于梁启超的《新中国未来记》,李伯元的《官场现形记》(1903)则成功地运用小说的艺术手法对中国臣民的奴性本相进行了淋漓尽致的揭示。江南文制台是一个官僚洋奴的典型代表,对于官级比他低的,

---

① 邹容:《革命军》,张枬、王忍之编:《辛亥革命前十年间时论选集》第1卷(下册),北京:三联书店1960年版,第672—674页。
② 杨天石:《〈奴才好〉不是邹容的作品》,《近代史研究》1980年第1期。

"就拿钉子给人碰",对在他手下当差的更是骂来喝去,"轻则脚踢,重则马棒",但是在洋人面前却卑躬屈膝,极尽奴颜媚骨之能事。在第五十三回,小说写文制台刁难淮安府知府手折上的节略字小,气愤地将之掷于地上,但一听到节略内容关乎洋人,马上大惊失色道:"这两桩都是个关洋人的,你为什么不早说呢?快把节略拿来我看!"文制台还有一项规定,凡在吃饭时间无论什么客,都不准巡捕来回。一次,巡捕违反了此号令,即遭致文台的怒骂猛打。但颐指气使的制台一听来的客人是洋人,"顿时气焰矮了大半截,怔在那里半天",回过神以后,赶紧穿好衣帽站到滴水檐前迎接洋人。面对洋人在公馆旁边杀人的质问,丧失人格和国格的文制台竟厚颜无耻地回答,是"杀鸡骇猴",使"拳匪""将来自不敢与贵领事及贵国人为难了"。除此之外,小说还写了见了外国兵就浑身哆嗦而让人架着的海州州判、洋人不还礼却仍旧磕头请安而不觉难为情的总兵参将萧长贵等等。官僚洋奴是晚清一个特殊现象,却有着深刻的历史和现实原因。一方面是积习的卑怯、顺从的臣民文化心理,另一方面是满清政府对列强的屈从政策。在处理对外事务中,如果官员开罪于洋人,其结果轻则革职查办、重则丢掉性命。所以抱着升官发财愿望而挤入仕途的满清官员,便把中国官场惯用的柔媚手段去迎合洋人。讨得主子和洋人的高兴以飞黄腾达,是这些奴才式的官员为官之目的,而国家的兴亡与他们无关。即便是皇帝换了,也要安分守己,做新主子的顺民,如绅士劳主政说:"无论这江南地方属那一国,那一国的人做了皇帝,他百姓总要有的。咱们只要安分守己做咱们的百姓,还怕他们不要咱们吗?"六合县令梅飚仁也附和道:"莫说你们做百姓的用不着愁,就是我们做官的也无须虑得。将来外国人果然得了我们的地方,他百姓固然要,难道官就不要么?没有官,谁帮他治百姓呢?所以……他们要瓜分就让他们瓜分,与兄弟毫不相干。"(第五十四回)这诸多的奴才构成的群像,以漫画的笔法展示出来,简直是《奴才好》的生动描摹和阐释。言辞虽然夸张,但作者对臣民奴化的丑态及其危害的揭示可谓是笔锋犀利、入木三分。

曾朴的《孽海花》开篇就描写"奴乐岛"上的"奴隶国"国民偷生苟活的状态,直至奴隶国陆沉于恶风潮仍醉生梦死,其症结则是因为"养成了一种崇拜强权的、献媚异族的性格"。如果说奴隶国的陆沉还是作者以虚构的幻象来唤醒人们的觉悟,那么在第二回作者则转向了对现实中科举制度所造成的奴性意识的批判,进入了更深层次的思想文化启蒙。作者认为,科举制度是历代君主束缚、愚弄国民而巩固专制政体最阴毒的手段,随着科举制度的推行,君主专制政体逐渐走向完备,而国民"果然人人安分,个个循规"。制造科举制度的皇帝,本是要"国里百姓世世代代只崇奉他一姓,尊敬他一人",但由于百姓被蒙蔽了耳目、驯养成了顺服的性格,以致"有脑无魂,有血无气,看着茫茫禹甸,是君主的世产,赫赫轩孙,是君主的世仆,任他作威作福,总是不见不闻",这种对权利麻木、冷漠的奴才本相,在强权横行的晚清,无疑会使民众对国家的兴亡、列强的瓜分无动于衷。所以作者愤怒地指责:"如今五洲万国,那里有这种好说话的百姓!本国人不管,倒教外国人来耀武扬威;多数人退后,倒被少数人把持宰制,惹得如今被那些世界魔王英、俄、法、德的强国看得眼红了,都想鲸吞蚕食起来。"晚清列强入侵中国,史学界已进行了诸多因素的分析,比如欧美资本主义的快速发展迫切需扩大商品市场和掠夺原料;以"天朝帝国"自居的满清王朝实行闭关政策造成了中国的积弱积贫;在世界力量的抗衡和比较中,西方列强在寻求猎物的过程中自然把目标瞄向了经济落后但又地大物博的晚清中国。在西方列强侵略所造成的惨烈的国难中,中国百姓无疑是最大的受伤害者。作者把列强瓜分中国归因于百姓的奴性意识,从另一个视角切入了问题的症结。尤其是1903年科举制度仍是清政府实施专制统治的重要手段,作者以百姓的奴化精神状态抨击科举制度的危害,可见其超人的胆识。

  科举制度形成于隋朝,改变了魏晋以来门阀贵族把持仕途的局面,使更多的知识分子通过考试有资格参与国家事务。为了选拔人才,唐朝科举沿袭隋制,并在考试科目和内容上进一步完善。明朝推行八股取士的科举制度,即考试要从"四书""五经"中出题,应考文章不仅要依据程朱理学的讲义注解,不许自由发挥表达个人思想,而且在形式上必须严格遵循破题、承题、起讲、入手、起股、中股、后股、束股共八段的范式。在这种专制政策诱导下,读书人埋头于"四书""五经",只会奢谈纲常伦理而沦为"代圣人立言"的工具。"八股取士"的方式已经背离了科举制度初创时的意义,成为钳制读书人思想的有效统治手段。清朝统治者继续沿用明朝的八股取士科举制度,同时又大兴"文字狱",培养了统治需要的驯服顺民。如明末清初思想家顾炎武所说:"开科取士,则天下之人,日愚一日。"科举制度的弊端在晚清越来越凸显,已经失去了存在的合理性,废除科举、广开学堂的呼声越来越高。1905年9月2日,袁世凯、张之洞、周馥等人上书奏请立停科举,慈禧接纳了这一意见,并发布谕旨从1906年开始停止各级科举考试,责成各督抚赶紧促设学堂。中国历史上延续了1300多年的科举制度终于废除,有力地推动了学堂的发展。但传统的教化体系并没有随着科举制度的废除而解体,在1906年重新界定的教育宗旨中,"忠君""尊孔"仍是官办学堂教育的必要内容,意味着满清政府的愚民政策并没有根本性的改变,仍是培养忠于皇帝的奴才。对此,署名为"雁叟"的小说《学界镜》(1908),进行了一针见血的揭示:

> 至于我们中国,从前科举时代所谓教育,不过各府州县设几个校官。姑不论后来视为具文,一无用处,就真是历久不弊,也不过教育出几个士人供朝廷的用。朝廷所不要用的,就不去教育他了。前一二十年,官家也办些学堂,教育些人才。然也不过要用那一种人才,就立那一种学堂,颇觉可笑。其宗旨是专为朝廷养人才,并非为国民谋教育。及至于废了科举之后,才办些中小学堂。且不问教科如何,内容如何,就算是办得完全不缺,也无非教育几个少数的人供朝廷驱使,与科举时代用意,还是一样。所以弄得一般国民竟是毫无知识,这还是秦始皇愚黔首的流毒,因而朝廷看着这些百姓,只无非是供赋税役使的材料罢了。遇有水害、偏灾赈济,抚恤些孝弟廉洁,旌表嘉奖几个,在百姓已经觉得天恩高厚,快活非常的了。(第一回)

科举制度废除后,官办学堂依然换汤不换药实行愚忠教育,培养百姓甘愿受人役使、听人摆布的奴性性格。所以,晚清有识之士认为,要改变国民的奴化意识,就要兴办新式学堂,通过改革教育使国民摆脱积习的劣根性。对这种奴隶学堂,张肇桐在小说《自由结婚》中就已经进行了辛辣讽刺。小说以主人公黄祸的行踪为线索,为读者展现了奴隶学堂的愚民教育。在第十一回,小说交代"无鬼城"城里有个"忠孝大学堂",黄祸为了避身,而且曾"托人访问近地有无好学堂",也毫无头绪,无奈之下进入此学堂。这个学堂严禁一切宣传自由的言论和书籍,大肆推行愚忠愚孝的奴才主义。在开学第一天,黄祸因随身带着英国穆勒的《自由原理》而被学堂提调和总办教训了一通,于是感慨道:"就是十八层的地狱,也岂有这种奴隶学堂吗?"学堂在学科设置上虽然也有德育、体育的名目,但体育课极为荒唐:"磕头算体育课第一件事情,学生没有一个不学的。其余都依学年为次序,第一年学洒扫,第二年学请安、装烟,第三年以上学三跪九叩首的野蛮朝仪。"至于德育课,无非是讲圣谕内容和忠孝节义的话。小说还以黄祸作为亲历者详细叙述了"忠孝大学堂"德育课的授课内容:

> 学生听见铃声,坐在课堂静待。过了一刻,果然来了一个七十几岁的老教习,形状像鬼,声音像蚊。到了课堂,开口便说道:"你们新学生仔细听着,我现在先同你们约法三章:第一要忠君,如今风俗颓败,教化

陵夷,人心渐渐浇薄,几乎有江河日下之势,那些年轻的人更加荒谬,忘了朝廷几百年来的深仁厚泽,倒讲什么民族主义。咳!你们切不可学着这种学生,犯上作乱,本学堂是断然不能容的。第二要孝爷娘、顾妻子,切不可说大话,闯大祸。不能救国先破了家。第三要敬师长,本学堂的总办是当今第一个道学先生,他曾经做了一篇最新的学说,内中有一段道:'古人所说的三纲,义理无不周到。只可惜还不甚完备,一定要再加上师为弟纲一条,把三纲变成四纲才好。'这篇学说虽然还没有风行天下,本学堂却已经实行的了。所以教习要骂,你们只得认错;教习要打,你们只得伏罪。便是教习要你们死,你们也不得不死。若是违犯堂规,不受训斥,就同那大逆不道的罪人一样,照例重办。"(第十二回)

显然,这种教育仍以培养驯服的奴才为目的,无论是三纲也好,四纲也罢,生命个体在尊卑有别的伦理体系中,只能惟命是从,否则便是大逆不道。所谓"忠孝大学堂",实则是驯化奴隶的极好场所。更为可怕的是,奴隶教习的说教竟然发生了效应,其中一个学生恭恭敬敬地立起来回答道:"先生这话,字字珠玑,学生们当把他牢记。"其言语、神态,完全是一个活脱脱的奴才!最为令人痛心的是,这种学堂教育在科举制度废除后,仍顽固地存在着,而且有着清政府强大的政治力量支撑。雁叟《学界镜》虽然只有四回,内容比较单薄,人物塑造也比较类型化,但可与相对比较丰厚、艺术也较为成功的张肇桐的《自由结婚》形成互文,都具有针砭时弊的现实意义。

春驭的《未来世界》要早于雁叟的《学界镜》,刊载在《月月小说》上,两者都批判中国臣民的奴性人格,但展开的向度却有不同。《学界镜》揭示中国的奴隶式教育造就了百姓的奴隶意识,提出了变革国民教育的问题;而《未来世界》则从改良政体的角度抨击百姓的奴隶思想,提出变革专制、实施立宪政体,不仅仅是政府的几个大老、外省的几个重臣就可以完成的,关键是全国四万万同胞要有宪政意识,即晓得自由和权利,所以作者呼吁:

要晓得,君主所以有那可怕的权威,过人的势力,原是因为一班百姓大家都承认他是个总统臣民的大皇帝,方才有这样的势力威权。若是没有这些百姓依附着,凭你这个大皇帝再厉害些儿,却到什么地方去施展他的威权势力?无奈这些百姓想不出这个道理,都把那专制政府的举动,当作分该如此,理所当然。偏偏的当着这个列国争强的时代,中国的百姓具有这样的奴隶性质,那里还振作得出来?把一个好好的支那全国,弄得个主权削弱,种族沦亡,差不多竟成了那几个强国的领土;眼睁睁地看着那欧风美雨,横波中原,莽莽神州,不分南北,你道可伤不可伤?(第一回)

专制的君权既不是神授的,也不只在于他的政治权谋和高压政策,其重要原因是中国四万万同胞的奴隶性质,主动放弃了作为一国之民所应享有的自由和权利。这种剖析已不再停留在造成臣民奴才意识的外在原因,而转向了臣民自甘为奴却浑不自觉的内在深层痼疾,小说也具有了文化自我批判和反省的特定内涵。

晚清新小说与社会思潮对奴性的批判,成为通向自由、平等之路的强劲音符和有力呐喊,猛烈地冲击了君臣伦理尊卑贵贱的观念,极大地消解了君主专制政体和君为臣纲的合法性与合理性。但作为一种绵延数千年而根植于灵魂深处的意识和理念,欲"脱去数千年种种之奴隶性质",必将经历一个艰难而漫长的道德蜕变过程,梁启超曾形象地把"欲以一新道德易国民"比喻为"磨瓦为镜,炊沙求饭"①。但晚清对奴性的批判,却推动了"五四"新文学批判国民劣根性的纵深发展,鲁迅、周作人、林语堂等都以自己更为成熟的文学方式揭示国民的奴性并致力于国民劣根性的改造。

二、国民意识的树立

随着"民权"的提出和对臣民文化奴隶根性的批判,"国民"逐渐成为晚清使用频率较大的词汇而成为时代话语,取代了传统的"臣民"称谓。这种"国民"意识的觉醒,意味着近代中国开始挣脱传统臣民文化下的奴性思想束缚而走向独立、自由的新人格诉求和建构的历程,标志着晚清君臣伦理观念的巨大嬗变。

"国民"一词虽然在鸦片战争以前就出现在西方传教士在中国境地创办及编写的中文书刊中,1897年康有为撰写的《日本书目志》中也多次出现"国民"字眼,但其在晚清引起广泛注意并成为热点问题,则是1899年以后的事情。逃亡到日本的康有为、梁启超,1898年12月在横滨创办《清议报》。在《〈清议报〉叙例》中,梁启超极富有煽动力地提出:"今兹政变,下封禁报馆之令,揆其事实,殆与一千八百十五年至三十年间,欧洲各国之情形大略相类。呜呼,此正我国民竭忠尽虑,扶持国体之时也。是以联合同志,共兴《清议报》,为国民之耳目,作维新之喉舌。呜呼,我支那四万万同

---

① 梁启超:《论私德》,《饮冰室合集》专集之四,北京:中华书局1989年版,第132页。

胞之国民,当共鉴之,我黄色种人欲图二十世纪亚洲自治之业者,当共赞之。"①1899年至1900年《清议报》就先后刊发了以"国民"为论题的文章如《论近世国民竞争之大势及中国之前途》《国民十大元气论》《国民公义》《论今日中国存亡其责专在国民》《论中国国民创生于今日》等,而涉及"国民"问题的文章则更多,这些文章从国家与人民的关系、国民对国家的义务、国民的自治力、独立性、民权等方面阐释国民的内涵。《清议报》广受海内外人士的欢迎,每期销售量达三四千份,清政府虽多次查禁,仍没有阻止《清议报》在国内的传阅、传抄,甚至国内多家出版物还予以转载。1901年5月,秦力山、沈翔云、王宠惠等中国留日学生在东京成立"国民会",并创办《国民报》,以"唤起国民之精神"为宗旨②。此刊虽只出至四期,但"国民"一词却频繁出现,仅社说、时论栏目就有《原国》《二十世纪之中国》《说国民》《中国灭亡论》《亡国篇》《支那灭亡论》六篇。刊发后,每期输入上海,对留日学生界和东南沿海各省的青年产生了重大影响。梁启超1902—1904年连载于《新民丛报》的《新民说》,其新民的目的实际上是培养具有现代主体意识的新式国民。1903年2月,留日的浙江同乡会在东京创办杂志《浙江潮》,宣称"本志立言,务着眼国民全体之利益,于一人一事之是非,不暇详述"③。1903年5月,邹容撰写的《革命军》由上海大同书局出版,上海《苏报》主笔章士钊评价曰:"邹氏之'革命军'也,以国民主义为干,以仇满为用,抒奢往事,根极公理,驱以犀利之笔,达以浅直之词。虽顽懦之夫,目睹其事,耳闻其语,则罔不面赤耳热心跳肺张,作拔剑砍地奋身入海状。呜呼!此诚今日国民教育一教科书也。"④1903年5月,上海成立"国民公会",以"革除奴隶之积性,振起国民之精神"为宗旨,并表示"凡有益于中国国民之事,本会当以力行之;凡有害于中国国民之事,本会当以力去之。"⑤1903年8月《国民日日报》在上海创刊,在其发刊辞中宣称:"以此报出世之期,为国民重生之日。"⑥以上迹象足以表明,至少到1903年,"国民"已成为社会舆论的重要议题,操纵"国民"话语批判君权至上的君主专制制度,是爱国志士诸多救亡图存方案、策略中的重要一维。

---

① 梁启超:《〈清议报〉叙例》,《清议报》1898年12月23日。
② 《国民报·叙例》,《国民报》1901年5月10日。
③ 《浙江潮发刊辞》,《浙江潮》1903年2月17日。
④ 章士钊:《读〈革命军〉》,《苏报》1903年6月9日。
⑤ 王进、杨江华:《中国党派社会辞典》,北京:中共党史资料出版社1989年版,第180页。
⑥ 《国民日日报发刊辞》,1903年8月7日。

第四章　晚清新小说与君臣伦理

何谓国民？晚清大量报刊时论、书籍也对"国民"的概念作出了很多阐释。如本章第二节所言，梁启超曾经从国与民的关系进行建构："国民者，以国为人民公产之称也。国者积民而成，舍民之外，则无有国。以一国之民，治一国之事，定一国之法，谋一国之利，捍一国之患。其民不可得而侮，其国不可得而亡，是之谓国民。"①梁启超关于"国民"的认识，虽然体现了"民为国之本""国为民所有"的思想，颠覆了"朕即国家"的传统伦理观念，但"国民"现代意义上的内涵并没有彰显。但在《新民说》中，梁启超又从"权利""自由""公德"等16个要素，系统地论述了国民须备的要素。康有为的弟子麦孟华曾先后对"国民"做出这样的阐释："而凡衣食生殖于其国土之中者，即无不有国民之公权，即无不有国家之义务，总而名之曰国民。"②梁启超后来又补充道："国民者，有自治之才力，有独立之性质，有参政之公权，有自由之幸福，无论所执何业，而皆得为完全无欠缺之人。"③邹容在《革命军》中则直接引述了麦孟华关于国民自治、独立、参政权等内涵的界定。可以说，晚清诸多对"国民"概念的界定，虽然有所差异，但其基本内涵都涉及与奴隶相对的现代意义上的自由、平等、独立等要素。或者说，晚清对国民奴隶根性的批判，就是要树立新的国民意识，即要具备自由、平等、独立、权利等现代品格。而且，晚清在对国民话语的建构和国民意识的张扬中，国民与奴隶往往是作为对立的概念而出现的，从上面的叙述可知，梁启超、麦孟华对"国民"的系统论述中，显然是将之与臣民的奴性意识相对比而进行的。不仅如此，如时论《说国民》认为："同是一民也，而有国民、奴隶之分。何谓国民？曰：天使吾为民而吾能尽其为民者也。何谓奴隶？曰：天使吾为民而卒不成其为民者也。故奴隶无权利，而国民有权利；奴隶无责任，而国民有责任；奴隶甘压制，而国民喜自由；奴隶尚尊卑，而国民言平等；奴隶好依傍，而国民尚独立。此奴隶与国民之别也。"④邹容在《革命军》中也说："奴隶者，与国民相对待而不耻于人类之贱称也"，并指出"国民强，奴隶亡，国民独立，奴隶服从"，由此号召四万万同胞"万众一心，支体努力，以砥以砺，拔去奴隶之根性，以进为中国国民"⑤。章士钊在《箴奴隶》

---

① 梁启超：《论近世国民竞争之大势及中国前途》，《清议报》1899年10月15日。
② 麦孟华：《论中国国民创生于今日》，《清议报》1900年12月22日。
③ 麦孟华：《说奴隶》，《清议报》1901年1月11日。
④ 佚名：《说国民》，《国民报》1901年6月10日。
⑤ 邹容：《革命军》，张枬、王忍之编：《辛亥革命前十年间时论选集》第1卷（下册），北京：三联书店1960年版，第671、673页。

一文中则用非此即彼的二元对立思维模式将一国之民分为奴隶与国民两种:"奴隶者,国民之对点也。民族之实验,只有两途,不为国民,即为奴隶,断不容于两者之间,产出若国民非国民,若奴隶非奴隶,一种东倾西倒不可思议之怪物。"①在晚清国民思潮中普遍重视和一致强调的是,只有铲除顺从、卑怯、麻木的奴隶根性,才能树立现代意义上的国民意识和激发国民的爱国精神,从而使中国真正地走向救亡强国之路:"以国民而伐奴隶之兵,奴隶安有所不败;以国民而握奴隶之利,奴隶安有所不穷。此固优胜劣败之理,无可逃于天地者也。……中国而有国民也,则二十世纪之中国,将气凌欧美,雄长地球,固可翘足可待也。中国而无国民也,则二十世纪之中国,将为牛为马为奴为隶,所谓万劫不复者也。"②

国民意识的倡导在小说领域的进行,自然归功于梁启超"欲新一国之民"必"先新一国之小说"和以"新小说"之"新民"的号召,同时也由于"国民"意识本身在晚清的思想张力。小说家以主动的参与姿态,不仅响应、实践着"小说界革命"新小说的理论主张,而且汇入时代大潮积极探讨国民问题、塑造新国民形象。梁启超在小说《新中国未来记》中,立足于1902年,憧憬、构想了六十年后一个新的现代民族国家,其权利行为主体已不再是皇帝,而是具有参政意识、关心国事的"国民"。上海大博览会就是在国民的决议下开设的,全国教育会会长孔觉民,"胸前悬挂着国民所赐的勋章",以启蒙者的角色"为国民演说国事",而且听者云集。在孔觉民讲述中国近世六十年国史的过程中,首先向听众重点介绍了"新中国"之基础——宪政党章程,诸如"本党以拥护全国国民应享之权利,求得全国平和完全之宪法为目的。其宪法不论为君主的,为民主的,为联邦的,但求出于国民公意,成于国民公议,本会便认为完全宪法";"凡中国国民,有表同情于本党宗旨者,无论何人,皆可入会"。其实早在1989年梁启超就提出了"小说为国民之魂"的主张③,联系梁启超写作这篇小说的时代背景,我们有足够的理由断定,无论是作者对未来国家主体的想象,还是以孔觉民的身份对宪政党的回顾,都源于并指向了对国民意识树立和倡导的思想启蒙现实。

晚清新小说创作在对奴性思想批判的同时,也主动承担了国民人格的建构。《东欧女豪杰》(1902)虽然叙述的是俄国女杰苏菲亚的故事,却用意

---

① 章士钊:《箴奴隶》,张枬、王忍之编:《辛亥革命前十年间时论选集》第1卷(下册),北京:三联书店1960年版,第702页。
② 佚名:《说国民》,《国民报》1901年6月10日。
③ 梁启超:《译印政治小说序》,《清议报》1898年12月23日。

明确,小说借人物之口曰:"可恨我国二百兆同胞姊妹,无一人有此学识,有此心事,有此魄力。又不但女子为然,那号称男子的,也是卑湿重迟,文弱不振,甘做外人的奴隶,忍受异族的凭陵,视国耻如鸿毛,弃人权若敝屣,屈首民贼,摇尾势家,重受压抑而不辞,不知自由为何物。倘使若辈得闻俄国女子任侠之风,能不愧死么?"接着眉批曰:"此是著书本意。"(第一回)小说《孽海花》对奴性臣民文化的批判,其本质是对国民因袭的奴隶文化心理的批判。难怪1906年林纾读《孽海花》时感叹曰:"《孽海花》非小说也,鼓荡国民英气之书也。"①《多少头颅》(1904)的作者在小说中自称"以小说之笔,写亡国之史",目的是:"吾四万万同胞国民读是书,而能奋袂以兴乎!庶不负天之相我国民。"另外如《洪水祸》(1902)、《瑞士建国志》(1902)、《洗耻记》(1903)、《自由结婚》(1903)、《痴人说梦记》(1904)等诸多小说都大力宣传自由、权利,号召国民反抗专制君权的压迫和外来强权的侵略。对此,《女娲石》(1904)的作者海天独啸子描述道:"故近日所出小说颇多,皆传以伟大国民之新思想。"②尤其是旅生的《痴人说梦记》(1904),借小说人物严铁若之口畅谈关于国民话题的言论:

> 凡一国必有国民,国民是一国的主人翁。没有国民便不算有国。共和立宪国,都有国民。他的义务,不惜牺牲一身,为国家尽命;总不肯叫自己的国家、自己的团体破坏。所以遇着公利公益,拼性命赶去。那公利公益,于自己有何好处?殊不知人人营干起来,便是个人的大利大益。破除人己之见,才能合群,才能强国。至于打仗,乃是天然应尽的义务,必须人人有军国民的资格。为什么呢?大害大损,是公利公益的反对。国中没有军国民,伤于文弱,一切交涉上竞争不过人,必至大害大损,公利公益何在?共和立宪国的军国民,无非并存一保护公利公益的主见。打起仗来不顾血飞肉薄,也是看得个人轻、公家重的原故。专制国不然。大家觉得这个国家是皇帝有的,就如他的私产一般。我们不过借住他的土地,吃他的饭,用了他的钱,不能不替他出点力。打仗也犯不着致死,做官也犯不着清廉。人都如此存心,分明是个散局。还指望存什么种?保什么国?你要不信,请看万国历史,那个专制国能久

---

① 林纾:《红礁画桨录·译余剩语》,陈平原、夏晓虹编:《二十世纪中国小说理论资料》第1卷,北京:北京大学出版社1989年版,第166页。
② 海天独啸子:《〈女娲石〉凡例》,陈平原、夏晓虹编:《二十世纪中国小说理论资料》第1卷,北京:北京大学出版社1989年版,第131页。

>立于地球？即使一二国仅存，也如一丝游魂，随风飘荡而已。所以小弟的意思，先要造就国民，再议立宪。不要怕民造反。到那程度，要强他做乱民，害公众的安宁，他也不肯的了。（第二十四回）

在作者看来，国家不是皇帝所有，国民才是国家的主人翁。只有这样，身为国民，才能而且应当为国家、为公利公益而尽自己天然的义务。基于此，要"先造就国民，再议立宪"，有力地抨击了清政府以国民程度不高而延迟立宪的谬论，回答了时下社会舆论关于立宪与国民问题的争议。与《痴人说梦记》不同的是，后来的陈天华小说《狮子吼》对国民的义务与权利作了辩证的统一："倘若做皇帝的，做官府的，实实于国家不利，做百姓的，即要行使国民的权利，把那皇帝、官府杀了，另建一个好好的政府，这才算行了国民的责任。"（第三回）

在晚清张扬国民意识、塑造新的国民形象小说创作中，颐琐的《黄绣球》无疑是不可忽略的代表作品。小说开篇用象征手法，描写了亚细亚洲东半部一个自由村的现状：由于黄氏子孙的村民"极怕多事，一向与外村人不通往来"，而外村人晓得自由村村民的脾气，"渐渐拿起手段来欺侮"，结果"弄得自由村全无一点自由乐趣"。显然，"自由村"与《孽海花》中的"奴乐岛"一样寓指了渐失各种权利的晚清中国。小说中黄通理则是作者虚构的一个为自由而运动的、较为丰满的新式国民形象。黄通理认为"若是各人肯以国民自任，结成团体，晓得地方自治主义"，就能改变腐败的风气。所以，黄通理不仅开办家塾、学堂进行思想启蒙，而且敢于与官府据理力争。当昏庸的新任官府"猪大肠"只准乡约讲《圣谕广训》、采取裁教习及并学堂等卑劣手段破坏地方自立之权时，黄通理愤懑地指责："这猪大肠，不但不肯帮助我们做事，还把我们的事，别人没有侵害，他倒死命的要害我们。这是我们地方上的公仇公敌，却可容不得他。"同时，黄通理还慷慨悲壮地主动承担起一个国民争夺权利的责任："如今这猪大肠既经把我们闹的禀了上去，我一个人抵桩承当罪名，跟那查办的委员到省里去，指定要攻掉了他，上头就把我办了罪，也不能不叫他撤任，这就叫'牺牲一身，以为国民'，死而无悔的。除了这个仇人对头，换个别人，叫他晓得我们地方民心固结，不是轻惹的。这才能让我们再布置起来，我不犯他的法，他也不能阻我的权，稳然立一个市民参预政府的规模。"猪大肠被赶跑后，黄通理还把自由村村民、学生编成义勇队，预备自由村的独立自治。《黄绣球》1905年4月至11月连载于《新小说》，其发表的时间正值"国民"思潮已经进行得如火如荼，谭嗣同英勇就义、章太炎深陷囹圄、邹容不幸遇难、吴樾悲壮行刺等，都是爱国志士为争得独立、自由权利所做的抗争。所以,《黄绣球》塑造的人物形象黄通理,并不是一个乌托邦存在,而是有着一定现实基础的。虽然黄通理式的国民,相对于四万万中国同胞,其数量还不容乐观,更多的百姓还处于自甘为奴或虽知国民义务和权利却不敢行动的状况,但其意义不在于这少量的觉醒者烛照了晚清多大的历史天空,而在于最终引发了自由、独立等现代意识的燎原之势。如梁启超所言:"盖今日提倡小说之目的,务以振国民精神,开国民智识,非前此诲盗诲淫诸作可比。务具一副热肠,一副净眼,然后其言有裨于用。"①

《黄绣球》通过小说人物黄通理争取自由、独立的言行展现晚清涌动的国民思潮,而黄小配的《宦海升沉录》(1909)则从外交大臣的顾忌与无奈来展现晚清已经觉醒的国民意识。小说第二十、二十一回叙写了苏杭甬铁路修筑事件,英国人虽然已经签立了兴筑苏杭铁路的草合同,由于逾期不办,草合同本该废除,但英国人不允废除,甚至要中国外部将草合同修改成正约。苏浙人坚决反对把铁路让外国人修筑,主张自办,并为了争回路权而成立团体进行抗争。为了既不让英国人动气,也让国民满意,时任军机大臣兼外务部尚书的袁世凯与外务部侍郎的汪大燮商议两面俱圆之策,密谋把英国人筑路的合同改为向英人借款自办。对此,小说以官场内部对话的形式形象地予以揭示:

> (袁世凯)与汪大燮商议道:"现在外交,种种棘手,国民总不体谅我们艰难。只望外人不再索权利就罢,哪里能够把已让的权利收回? 今足下所议,改为借款一法,自是善法。因前者督办大臣盛宣怀,办事不大妥当,以至于此,今除了改为借款一法,再没善法了。但怕苏浙人仍有后言,总要想个法子,令苏浙两省人依从了之后,不能反悔才好。"汪大燮道:"大人之言,所见极是。惟是国民之心,不审交涉的艰难,只称力争权利,坚持到底。怕借款一法,国民依然不允,又将奈何。还不如先与英人商妥借款,然后告知苏浙两省。如再有反抗风潮,只说已经商妥,不能再议便是。"袁世凯道:"这恐怕不能,怕那时国民又说我们掩住国民耳目,暗地把国权断送了。今不如仍告知苏浙人,以借款一法为转圜办法,叫苏浙人磋议如何? 且现在苏浙人大股未集,借款两字,或可从允。"汪大燮仍不以为然,踌躇道:"若叫苏浙人磋议,怕国民只把争回权利四字当做口头禅。一经会议,人多口杂,又易反抗。以小弟

---

① 梁启超:《绍介新著〈新小说〉第一号》,《新小说》1902年11月14日。

愚见,今苏浙人为'争回路权'四字,已立了团体,不如电致他们,叫他们选举代表来京,与我们同见英使会商。待他们到京时,然后晓以利害,说称借款一法,为不得已之办法,再不能更改的,较易妥当。"袁世凯即点头说了两声"是"。(第二十一回)

显然,国民觉醒的权利意识已经产生了社会效应,外交不再仅仅是官僚的外交,而成为国民参与、维护权利的涉外事务。汪大燮与来京的苏浙代表相见,虽然汪大燮以战事相恐吓,但代表们认为向英人借款流弊甚多,即便不以路权作抵押,也会失去诸多权利比如选购材料、聘用工程师的自由和权利,并以粤汉铁路争回自办为据坚持集股自办。国民争夺路权抗争的结果,迫使英人放下了此件交涉,汪大燮因"为国民仇视"而离开外务部。19世纪末,西方列强侵略中国的过程中,大肆掠夺中国铁路的修筑权和借款权。从1903年开始,中国各地爆发了夺回路权的斗争。1905年,广东、湖北终于把粤汉铁路赎回自办。其后至1907年,江浙、广东、山东、直隶等地先后兴起苏杭甬、广九、津浦保路废约运动。晚清保路运动实质是保护国家主权的爱国运动,标志着晚清国民权利意识的觉醒。而黄小配的《宦海升沉录》以小说的形式形象地展示了苏杭甬废约收回路权的斗争,为我们留下了珍贵的历史记忆。更为重要的是,这种已经勃发的国民思想,为1911年更大风潮的四川保路运动酝酿了浓重的时代氛围,成为根本上变革政治秩序的辛亥革命的前奏。

王国维于1905年曾说:"近年文学上有一最著之现象,则新学语之输入是已。夫言语者,代表国民之思想者也。思想之精粗广狭,视言语之精粗广狭以为准。观其言语,而其国民之思想可知矣。"①王国维的这番文学评价,同样可以适用于晚清新小说。晚清新小说以自由、平等、权利等现代话语参与晚清国民意识的培养,这是以往小说所不曾出现的。同时,晚清新小说的国民诉求又为我们捕捉彼时的国民之思想状况提供了具有史料价值的信息。清末小说与国民思潮的互动同构,使国民观念渐次传播并最终取代臣民称谓而成为社会价值取向。辛亥革命是一场以国民为主体的革命运动,被孙中山称为"国民革命"。孙中山在《临时大总统宣言》中表示:"尽扫专制之流毒,确定共和,以达革命之宗旨,完国民之志愿。"②《中华民国临时约

---

① 王国维:《论新学语之输入》,《静庵文集》,北京:商务印书馆1940年版,第97页。
② 孙中山:《临时大总统宣言》,《孙中山选集》上卷,北京:人民出版社1956年版,第82页。

法》中"中华民国之主权,属于国民全体"的明确规定①,颠覆了"朕即国家"的伦理观念,从法律上第一次认可了国民的国家主人翁地位和身份。其后,国民党、国民政府的成立,说明晚清"国民"观念已经深深影响了近代中国的社会变迁。但这不意味着奴隶根性随着"臣民"称谓的消失而得以铲除,任何一种思想文化或心理的清算并不是一蹴而就的,也决不可能在短短十年积贫积弱的晚清而彻底转向,所以"五四"小说在此基础上进行了更为深刻的奴性批判的国民思想改造运动。

---

① 中国史学会:《辛亥革命》第8册,上海:上海人民出版社1954年版,第36页。

第五章　晚清新小说与兄弟、朋友伦理

如第一章所述，在中国伦理思想发展历程中，中国传统社会将人与人之间的关系主要分为夫妇、父子、君臣、兄弟、朋友五种，即常说的五伦。在第二、三、四章已经分别从夫妇、父子、君臣三伦论述了晚清新小说伦理叙事的内容和特征，本章则从兄弟伦理和朋友伦理的角度分析晚清新小说伦理叙事的内容和特征。

冯友兰在《中国哲学简史》中说："传统的五种社会关系：君臣、父子、兄弟、夫妇、朋友，其中有三种是家庭关系。其余二种，虽然不是家庭关系，也可以按家族来理解。君臣关系可以按照父子关系来理解，朋友关系可以按照兄弟关系来理解。在通常人们也真的是这样来理解的。"①冯友兰在分析中国传统社会制度家族化特点的同时，也指出了兄弟和朋友伦理既相互独立又有着密切的关系。家族或家庭内部的兄弟之间不仅血脉相连，而且在共同的成长过程中往往形成深厚的手足之情。同时，兄弟之间的和睦相处对家庭稳定和家族发展起着重要的作用。因此，传统宗法社会非常重视兄弟友爱的伦理建构。《尔雅·释训》中："善兄弟为友。"《论语·为政》曰："友于兄弟。"在西周铭文中，"友"不仅是兄弟之间的伦理规范，还常常用以代指兄弟。钱宗范认为："我们今日所用'朋友'一词的原始意义，在古代是指同族内的兄弟。"②具体地说，西周时期兄弟和朋友在指称的对象和使用上具有交互渗透的复杂关系。《论语·学而》曰："有朋自远方来，不亦乐乎。"显然，朋友已经不是西周时期宗亲之间的兄弟关系。《礼记·中庸》记载孔子以"五达道"划分包含兄弟和朋友在内的人伦关系："天下之达道五：君臣也，父子也，夫妇也，昆弟也，朋友也。"《孟子·滕文公上》进一步提出了兄弟长幼有序、朋友诚信无欺的伦理规

---

① 冯友兰：《中国哲学简史》，北京：北京大学出版社1996年版，第19页。
② 钱宗范：《"朋友"考（上）》，朱东润主编：《中华文史论丛》第八辑，上海：上海古籍出版社1978年版，第272页。

范。可见,孔孟之世兄弟和朋友伦理逐渐剥离,成为伦理学上两个独立的概念,朋友由宗族内同辈之间的血缘关系发生了向"同门""同志"的非血缘性的人伦关系的转变。需要注意的是,朋友伦理内涵发生转变和价值建构的过程,保留了兄弟之间的互相敬爱、互相关照的亲密关系和同辈之间的平等关系,是一种不是血缘兄弟但亲如血缘兄弟的关系,即冯友兰所言可以按照兄弟关系理解朋友关系。一定意义上说,兄弟人伦是朋友规范的基础,朋友伦理是兄弟关系由家庭向社会的延伸,甚至指向政治层面的友邦关系。

晚清道德革命是一场思想文化层面的除旧布新,声势浩大、影响深远。在对中国传统伦理文化进行反思和努力建构现代伦理的晚清历史语境中,兄弟伦理和朋友伦理也进入了晚清思想家和小说家言说的视野。如第一章所述,晚清道德革命又称"三纲"革命,主要指针对中国传统伦理思想中夫妇、父子、君臣之间不对等关系、单向度义务的价值体系进行声讨和解构。基于此,兄弟伦理和朋友伦理遭受批判的声音相对比较微弱。尽管如此,在晚清针砭时弊、维新变革和救亡图存的时代大潮中,兄弟伦理和朋友伦理也在晚清知识分子的阐释和建构中被赋予了鲜明的时代特色,呈现出手足之情、长幼有序、同胞想象、朋友情义、利群爱国等言说话语和伦理表达。

第一节　晚清新小说与兄弟伦理

传统伦理对兄弟之间的相处规范进行了多维度的建构,不仅书写兄弟之间要互爱互助,还提出长幼有别的伦理观点。《论语·子路》曰:"兄弟怡怡。"即兄弟之间要和悦融洽。《颜氏家训·兄弟》曰:"兄弟者,分形连气之人也。方其幼也,父母左提右挈,前襟后裾,食则同案,衣则传服,学则连业,游则共方,虽有悖乱之人,不能不相爱也。"可见,兄弟之间手足亲爱、和睦相处的规范和训诫已经家庭化、日常化。但是在"亲亲""尊尊"的传统人伦等级秩序下,兄弟之间不仅相亲相爱、和睦相处,还要做到"长幼有序"(《孟子·滕文公上》)。《孟子·尽心上》则进一步把敬爱兄长推演为人的自然天性和上升到"义"的伦理高度:"孩提之童,无不知爱其亲者;及其长也,无不知敬其兄也。亲亲,仁也。敬长,义也。"《白虎通·三纲六纪》则强调了兄长如父的权威和弟弟的顺从:"谓之兄弟何?兄者,况也。况父法也。弟者,悌也。心顺行笃也。"汉代还确立了对累世同财共居的家族进行褒奖的制度,后世还出现了"友于三世,同居三五世以上,号称义门"的道德荣誉称号①。事实上,"兄弟怡怡"和兄弟"义居"是传统伦理的理想范式,虽然传统大家庭中也有兄弟和睦相处、共财同居的情况,但是兄弟阋墙的事件也时有发生,同居家族内部兄弟之间的裂缝也是不容忽视的客观存在。晚清自由、平等诉求和家庭革命的呼声不仅撕开了传统伦理"兄弟怡怡"的虚伪面纱,还抨击"长幼有序"的伦理等级秩序,同时又借助于传统兄弟伦理中的"同胞"话语导向了现代民族同仇敌忾、救亡图存的政治伦理建构,晚清小说兄弟伦理叙事表现出积极介入时代的写作姿态。

一、兄弟手足之情和"长幼有序"

晚清家庭多子的社会现实决定着兄弟血缘关系存在的必然性,兄弟天然的手足亲情也是传统"兄弟怡怡"伦理得以延续的情感基础。虽然在晚清变革者的言说中,手足血缘亲情面临财产和情欲诱惑时往往是脆弱得不堪一击,"兄弟怡怡"表面下往往是兄弟争夺财产而同室操戈的事实,甚至兄弟之间大打出手,连表面的和睦也不屑维持和顾及,但其言说的目的不是批判"兄弟怡怡"伦理价值本身,而恰恰流露出来的是"兄弟怡怡"道德沦丧的悲叹或者是通过兄弟同居共财弊端的揭示号召进行家庭革命。事实上,晚清变革者猛烈抨击的是传统兄弟人伦中"长幼有序"和长兄如父的伦理秩序。丁初我在《女子家庭革命说》中痛斥兄长对弟弟的专制和揭示大家庭内兄弟之间财产的争斗以及由此而导致的怨愤:"无父母之恩,而有父母之虐。出入必禁限,言论必防闲,结婚必得全权之承诺。平日置妆析产,亦往往有一二同气之忿争,独至于名义关头,则且俯首屈膝而俱唯命者,此家庭第二重之压制。"②何启、胡礼垣指出长幼等级思想不仅会造成"兄可以动辄杀弟,长可以无端杀幼",还会积习成"勇威怯、众暴寡、贵凌贱、富欺贫"的世风③。章士钊认为兄长专制如同父亲专制一样,只会造成奴性的人格:"夫奴性由来既数千年也,则凡为人之父兄者,必皆秉有奴性之人也。父兄之奴性,或不得所以支配之好处所不获为完全无缺之奴隶,则所以勉其子弟者当何如,或得所支配,享高等奴隶之幸福,则

---

① 赵尔巽:《清史稿卷四百九十七·列传二百八十四》。
② 丁初我:《女子家庭革命说》,张枏、王忍之编:《辛亥革命前十年间时论选集》第 1 卷(下册),北京:三联书店 1960 年版,第 928 页。
③ 何启、胡礼垣:《明纲篇辩》,郑大华编:《新政真诠——何启 胡礼垣集》,沈阳:辽宁人民出版社 1994 年版,第 705 页。

第五章　晚清新小说与兄弟、朋友伦理

所以勉其子弟者又当何如。"①联系晚清社会思潮对国民性中奴性的批判，奴性不仅意味着个体人格矮化和尊严、权力丧失，还会导致亡国灭种的悲剧。

吴趼人是主张以小说为思想文化启蒙的工具进而对民众进行德育的作家，其小说不仅体现在关于君臣、父子、夫妇伦理的思考，也表现出了对家庭关系中兄弟人伦的关注。吴趼人的小说《新石头记》1905年在《南方报》刊行后被评价为教育小说、科学小说、社会小说，足见其文本的丰富性和多义性。诚然，小说以曹雪芹《红楼梦》中的贾宝玉演绎故事，但《新石头记》中穿越时空的贾宝玉已经不是昔日超然物外的情种，而是一个感时忧国、有志于"补天"宏愿的维新人士，小说以贾宝玉在上海、北京、湖北的见闻和经历揭示晚清的"野蛮社会"，也以贾宝玉在"文明境界"所目睹的种种发达的科技创造想象了现代国家的繁荣富强，与晚清变革社会、科学救国的呼声相呼应。需要注意的是，"文明境界"不仅科学发达，而且还是一个充满乌托邦色彩的道德理想国："无论贵贱老少，没有一个不是循理的人。那孝悌忠信、礼义廉耻，人人烂熟胸中。"可见，文明境界的伦理规则是"孝悌忠信"和"礼义廉耻"的道德操守，但其"孝悌忠信、礼义廉耻"又不等同于传统意义上的伦理原则，而是剔除了传统人伦之间的不平等质素，个体彼此各自都具有自由、平等思想和独立精神以及个体之间各守其分、各尽其责，而且通力合作。小说叙述贾宝玉在"老少年"的带领下参观自由村，虽然小说重点是以自由村来具体呈现"文明境界"的科技发达昌明、人人文明循理的和乐与富庶，但是通过"老少年"关于"自由村"的缔造者东方文明先生的简短介绍——自由村的太平繁盛归功于具有"经天纬地之才"和"定国安邦之志"的东方文明先生和三个儿子、女儿、女婿，这种他者的评述使读者依然感受到东方文明家庭的凝聚力、亲情和大爱。如果说"老少年"的介绍是一种带有强烈价值倾向的观点呈现，那么定省之日东方文明先生家庭聚会场景的描绘则是论证观点的具体案例。可以说，"老少年"的介绍是贾宝玉耳闻东方文明家事，聚会场景描绘是贾宝玉亲见其实。东方文明虽然孙曾绕膝，但是没有丝毫家长的专制和暴虐，更重要的是家庭聚会上兄弟们各抒己见、平等交流、和乐融融。虽然小说借"老少年"之口批判家庭革命"首先把伦常捐弃个干净，更把先贤先哲的遗训叱为野蛮"，但吴

---

① 章士钊：《箴奴隶》，张枬、王忍之编：《辛亥革命前十年间时论选集》第1卷（下册），北京：三联书店1960年版，第705页。

趼人对传统道德融入时代性元素的伦理建构显示了其现代性眼光。一定意义上说，吴趼人对东方氏家庭兄弟怡怡的想象也是对晚清家庭革命中破家激进言论的纠偏。

如果说《新石头记》表现了吴趼人兄弟怡怡的伦理理想，那么《二十年目睹之怪现状》则通过家庭中兄弟之间种种"怪现状"的描写抒发了吴趼人对道德沦丧的无奈、焦虑和世风日下的哀叹。所谓兄弟之间的"怪现状"就是为了满足自己私欲而不顾惜手足之情的欺瞒蒙骗，比如"九死一生"的父亲去世后，其伯父不仅没有丧弟的悲伤，反而趁机侵占弟弟留给孤儿寡母的家产，即便自己嫖赌挥霍也毫不顾及弟弟骨肉的生计，甚至对远道而来的侄儿刻意回避。当"九死一生"给伯父发电商议怎么安排身染疠疫去世的叔父留下的两个遗孤，过了二十天左右伯父才迟迟回复："自从汝祖父过后，我兄弟三人，久已分炊，东西南北，各自投奔，祸福自当，隆替无涉。汝叔父逝世，我不暇过问，汝欲如何便如何。据我之见，以不必多事为妙。"可见伯父薄情寡义之极，不仅没有兄弟血缘情分，也不承担兄长的责任和义务，传统兄弟伦理对自私、贪婪、刻薄的伯父不具有任何约束作用。再比如小说中的莫可基在弟弟死后，花言巧语骗取了弟妇的信任，不仅冒名顶替了弟弟的官职，还将弟媳占为己有，为了谋取差事前途甚至不惜把弟媳"公诸同好"。与莫可基相比，无耻卑劣有过之而无不及的是丧尽天良的黎景翼。为了争夺家产，黎景翼与兄长闹得不可开交，甚至逼迫兄长吞食鸦片自尽。为了最大限度地攫取钱财，黎景翼竟然不择手段将弟妇卖到妓院为娼。除此之外，小说还以"九死一生"听闻的方式叙述了泼皮无赖弟弟以兄弟之名要挟时任上海招商局总办的哥哥以勒索钱财的故事。兄弟之名成为满足私欲得以利用的工具和肆无忌惮的法宝，揭示出传统人伦已经走向僵化。令人警醒的是，这些因资财发生的兄弟人伦丑闻，不是因为生存难以为继不得已而为之的结果，而是物欲和情欲驱使下的亲情毁灭。当一个社会疯狂到无底线地践踏血缘亲情、以手足之名行自私和贪欲之实，这已经不仅仅是道德崩溃、价值失范的伦理问题，其背后潜伏着巨大的社会灾难和国家危机。吴趼人用夸张的艺术手法描写荒谬、怪异、非常态的兄弟关系，流露出来深深的社会忧患意识和以小说进行移风易俗的使命担当。诚如吴趼人所言，《二十年目睹之怪现状》"盖低徊身世之作，根据昭然，读者滋感喟，描画情伪，犹鉴之于物，所过着景"①。根据吴趼人的相关材料得知，小说中"九死一

---

① 魏绍昌：《吴趼人研究资料》，上海：上海古籍出版社1980年版，第13页。

第五章　晚清新小说与兄弟、朋友伦理

生"伯父的人物原型就是吴趼人的叔叔①。自然,对兄弟人伦"怪现状"的暴露和谴责,与吴趼人的身世经历密切相关,同时也折射了晚清日益败坏的社会风气。

现实乱象丛生才忧之重和痛之切。晚清社会黑暗腐败、民族危机不断加深、西方现代思潮影响以及利益原则甚嚣尘上,小说积极介入现实进行针砭时弊、痛陈亡国之危、呼吁维新变革,于是谴责小说逐渐兴盛起来。除了吴趼人的《二十年目睹之怪现状》,李伯元的《官场现形记》也是晚清重要的谴责小说之一。晚清谴责小说重要特点是站在伦理道德角度暴露官场、商场、洋场、家庭、学堂、妓院等不同场域中社会的荒唐怪诞,比如李伯元的《官场现形记》虽然写的是官场腐败,但与吴趼人的《二十年目睹之怪现状》相似点之一是通过兄弟亲情的背弃揭示了唯利是图和见利忘义的无耻德性。小说《官场现形记》第四和第五回详细叙写了盐法道署的何藩台和弟弟三荷包因钱财纠纷失和的经过。何藩台"生平顶爱的是钱",弟弟三荷包也贪财之徒。兄弟俩看藩台不能久任就公然出卖官场差缺,按照缺分高低收取不同的价位。一次权钱交易中,何藩台不满意弟弟的差缺卖价就大加埋怨,引发了弟弟"算账"风波和撒泼揭短。兄弟之间公然大吵大闹甚至大打出手全是因为钱财占有多寡而发生的争执,兄弟俩不仅没有因为损公肥私而感到羞耻,也没有因为兄弟失和而感到愧疚。由何藩台兄弟从合谋卖官发财到为利益之争的过程可以看出,晚清官场不仅礼义廉耻丧失殆尽,而且人格异化、情感冷漠和价值观扭曲。或者说,何藩台为了利益放逐手足亲情的贪婪和无耻,足见他在官场中的昏庸腐败和歹毒刻薄。"茂苑惜秋生"在《〈官场现形记〉叙》中无不愤慨进行斥责:"国衰而官强,国贫而官富。孝锑忠信之旧,败于官之身;礼义廉耻之遗,坏于官之手。"②当物质贪欲祛除了良知,道德上的约束和内省就会苍白无力。当利益至上原则代替了亲情人伦,人趋乐避苦的本性就会冲垮滑向罪恶的最后一道防线。当羞耻之心泯灭,人性中的恶魔就会失去禁忌。"忧患余生"在《〈官场现形记〉叙》中说道:"廉耻之亡于中国官场者,不知几何岁月。而一举一动,皆丧其羞恶

---

① 关于吴趼人的季父,《我佛山人传》中有详细介绍。吴趼人的季父虽然身居官场肥差,不仅薄情于丧父的吴趼人一家,还对弟弟之死不闻不问。文中写道:"闻仲父客死于燕,电告季父取进止,三请不报。逾月得书曰:'所居穷官,兄弟既析爨,虽死何与我?'"详见魏绍昌:《吴趼人研究资料》,上海:上海古籍出版社1980年版,第11页。

② 茂苑惜秋生:《〈官场现形记〉叙》,陈平原、夏晓虹编:《二十世纪中国小说理论资料》第1卷,北京:北京大学出版社1989年版,第54页。

之心,几视天下卑污苟贱之事,为分所应为。"①官场应当是一个社会运行和稳固的强大支撑,也是社会现实和人性人情的镜像,何藩台式的无耻官员只能加剧社会混乱、人人自危和国家不攻自亡,因此欲救亡图存必须进行社会改革和公序良俗的道德教育。

如果说吴趼人的《二十年之目睹之怪现状》和李伯元的《官场现形记》充分体现了谴责小说在嬉笑怒骂中完成了手足亲情被金钱遮蔽的伦理批判,那么署名为"仙源苍园"的小说《家庭现形记》则在道德批判中完成了兄弟怡怡的建构。《家庭现形记》1907年由上海集成图书公司刊行,小说突破传统惯用的章节回目结构方式,以与时俱进的现代小说行文方式讲述了卜家兄弟四人由大打出手到友爱和睦转变的家庭故事。小说开篇就将家庭分为父母、兄弟、儿媳和子侄四层内容,认为家庭成员之间"忍耐些、退让些、吃点亏、上点当"就会和睦相处,但是现实生活中兄弟性格差异、不肯吃亏退让,往往造成兄弟生隙,为下文故事情节的铺展定下叙事方向。卜仁兄弟四人有的老实,有的聪明,有的处事平和,有的行为暴躁。一日卜仁外出,兄弟们因为日常琐事闹得不可开交。卜仁回家后以兄长的身份进行规劝引导,三兄弟感慨道:"哥哥这番话把我们都说慈了。"最终,兄弟们抛弃前嫌、友好相处,生活蒸蒸日上。于是,四邻和睦、国泰民安。显然,小说通过一个家庭内部兄弟之间的道德完善隐喻了国家的安定富强,正如小说卷首《弁言》所说:"立宪何在?在地方自治。地方自治何在?在改良家庭。今日家庭之状况何如乎?仆不敏,莫知其详。以仆之眼光,观于今日之家庭,诚岌岌可危。"可见,家庭改良事关国家立宪政体之大事。重要的是,小说通过卜仁兄弟四人的故事不仅指出晚清社会家庭改良的必要性,还建设性地提出了家庭改良的措施和途径。

象征和隐喻是晚清新小说常用的方法,"微言大义"也是晚清小说的突出叙事特征。具体而言,晚清小说家在表现兄弟关系时,不仅是指向具体而微的家庭手足亲情,还具有更广泛的社会价值导向和更丰富的国家天下伦理内涵。1905年陈景韩翻译的小说《兄弟》刊载于《新新小说》第1年第4号,是陈景韩《侠客谈》四部小说之一②。作品中的兄弟俩彼此非常友爱,都具有悲悯的人文情怀和救世的宏大志向,但是两个人的性格和处事方式有

---

① 忧患余生:《〈官场现形记〉叙》,陈平原、夏晓虹编:《二十世纪中国小说理论资料》第1卷,北京:北京大学出版社1989年版,第55页。
② 陈景韩小说《侠客谈》包括《刀余生传》《路毙》《刀余生传二》和《兄弟》四部,分别刊载于《新新小说》的第一、二、三、四号上。

第五章 晚清新小说与兄弟、朋友伦理

很大差别。哥哥古道热肠,主张博爱、人道;弟弟携剑攻杀、以勇力救人于危难之中。哥哥无论恩怨皆以仁爱待之、感化之,以使"天下人类尽归于善";弟弟则恩怨分明,主张并践行有仇必报、以暴制暴的复仇主义。两个人虽有冲突,但不是为了个人私利而争夺财产的冲突,也不是长幼有序中的权力抗衡,而是对于弱者、危难和暴力采取不同态度的思想冲突。一定意义上说,兄弟两个人的主义论争和价值选择,本质上是晚清两种不同的救亡图存声音。大仁和大义不仅是兄弟俩的个人名字,还是博爱、向善道德救亡和尚武的侠客精神救亡主张的符码和图解。小说故事情节简单,内容也大都是对比性的描述和观点阐释性的议论。陈景韩借弟弟之口表达了对仁爱道德、向善伦理救亡主张的否定:

> 人之性虽善,然至今日,已为物欲所蒙蔽,苟不与以人道之正则,其是非反致颠倒。汝以为爱,彼反谓汝惧,汝以为慈,彼反以汝为可欺侮,故由兄之道行兄之志,是使强暴者得益长其志,欺侮人者益以售其术,其有不胥天下人,而尽驱于为强暴以欺人侮人几希,以之对外,可灭国,以之对内,可绝种。

显然,对强暴邪恶之人施予仁爱不仅不能进行感化,反而长恶人志气,让自己沦为可欺侮的对象,还会导致亡国灭种的悲剧。小说结尾哥哥倾尽所有助人,最终被众人"视丐犹苦"。而弟弟结交豪杰、除暴安良,江湖奉若神明。两种不同的救世方式产生截然不同的结果,昭示着作者旗帜鲜明的价值取向。如第三章所述,《新新小说》在《新小说》的影响下,规定了明确的办刊宗旨:"纯用小说家言,演任侠好义、忠群爱国之旨,意在浸润兼及,以一变旧社会腐败堕落之风俗习惯。"[①]陈景韩作为《新新小说》的重要编辑,积极参与办刊宗旨的宣传并以创作实践身体力行,翻译小说《兄弟》就是很好的明证。需要注意的是,晚清以来尚武精神和豪侠人格备受推崇。梁启超曾从正反两面对比提倡尚武精神:"尚武者,国民之元气,国家所恃以成立,而文明所赖以维持者也。……立国者苟无尚武之国民、铁血之主义,则虽有文明,虽有智识,虽有众民,虽有广土,必无以自立于竞争剧烈之舞台"。[②]梁启超的号召得到积极响应,引发了尚武的侠义小说创作热潮,《新

[①] 侠民:《〈新新小说〉叙例》,陈平原、夏晓虹编:《二十世纪中国小说理论资料》第1卷,北京:北京大学出版社1989年版,第125页。

[②] 梁启超:《新民说·论尚武》,《饮冰室合集》专集之四,北京:中华书局1989年版,第108页。

新小说》不仅上开设"侠客谈"专栏大力倡导尚武的侠客主义,还刊载了一系列表现侠义精神的小说,诸如《旅顺落难记》《中国兴亡梦》《虚无党奇话》《菲猎滨外史》《女侠客》等,小说中塑造了诸多具有铮铮铁骨、赤胆豪情的侠士人物形象。毋庸置疑,晚清推崇尚武的侠客精神有利于激发民众共同抵抗外辱的慷慨之气,从这个意义上说,陈景韩小说《兄弟》中的侠客主义主旨与晚清尚武时代思潮有着内在的一致性。

晚清中国探索救亡图存的声音,可以说是众声喧哗,有道德救亡、实业强国、科学兴邦、教育救国、尚武强兵、思想启蒙等等,如果说陈景韩在小说《兄弟》中以兄弟两个人的不同选择表现了明显的扬弃立场,那么在林纾翻译的小说《爱国二童子传》(1907)中则通过恩忒、舒利亚兄弟二人奋力务农的选择表达了实业救国思想。小说故事展开的背景是普法战争中法国失败,恩忒、舒利亚兄弟俩失去父母后,在法国游走,从而学到了冶铁、纺丝、畜牧等很多实用知识。于是,兄弟二人决定放弃宦达之志,留在老舵手家里奋力务农。兄弟俩用新技术进行农业生产,使农庄面貌得到很大改善。如林纾所言:"兄弟二人,沿路见法民人人皆治实业,遂亦不务宦达,一力归农。较诸吾国小说中人物,始由患难,终以得官为止境,乐一人之私利,无益于国家。若是书者,盖全副精神不悖于爱国之宗旨矣。"①小说通过兄弟二人奋力务农的故事表现了林纾实业救国的爱国思想,在当时也产生了重大影响,胡适曾说:"现在上海出了一部极好、极有益处的小说,叫作《爱国二童子传》。那书真好,真可以激发国民的自治思想、实业思想、爱国思想、崇拜英雄的思想。这一部书很可以算得一部有用的书了。兄弟看那书里面,有许多极好的话,遂和那些格言相仿佛,便抄了一些来给大家看看。"②

总之,晚清新小说伦理叙事对兄弟手足之情的表现既是对天然血缘关系的一种思考,也传达出世风浇漓的道德焦虑。长幼有序的兄弟传统虽然在晚清伦理变革思潮中成为专制的符码和批判的对象,但在晚清新小说叙事中表现得比较隐晦。需要注意的是,兄弟人伦叙事往往是小说揭示社会的一种视角和传达某种理念的一种载体,其背后包含着深层的政治、文化、社会等丰富的意蕴。

---

① 林纾:《〈爱国二童子传〉达旨》,陈平原、夏晓虹编:《二十世纪中国小说理论资料》第1卷,北京:北京大学出版社1989年版,第269页。
② 胡适:《读〈爱国二童子传〉》,《胡适全集》第19卷,安徽教育出版社2003年版,第609页。

二、同胞想象：兄弟之情的政治化

同胞观念在中国有着悠久的历史渊源。《汉书·东方朔传》云："同胞之徒，无所容居。"颜师古注引苏林曰："胞音胞胎之胞也，言亲兄弟。"即指相同父母所生的兄弟关系，这是生物学意义上的具有同一血缘关系的手足兄弟。北宋理学家张载在《正蒙·乾称》曰："乾称父，坤称母；予兹藐焉，乃混然中处；故天地之塞吾其体，天地之坤吾其性。民，吾同胞也；物，吾与也。……凡天下疲癃残疾、茕独鳏寡，皆吾兄弟之颠连而无告者也。"张载关于天父地母的譬喻不仅体现了天人合一的伦理思想，还赋予同处天地之间人与人的关系一种兄弟伦理情感。显然，张载的同胞观念是以家庭结构模式为比附，但又超越了狭隘家族血缘观念而建立起来的伦理命题，将家庭手足同胞情谊扩大到普泛的人和人之间的关系。在中国社会发展过程中，同胞内涵也不断得以丰富和演变，不仅指向生物学意义上的同一血缘关系，也被赋予文化意义上的特定共同体之中休戚相关的伦理情感。在晚清救亡图存的历史语境中，同胞的呼告成为建构国家民族意识、团结起来共同抵御外侮的重要内容。

同胞是晚清报刊论说、小说叙事中出现频率较高的词汇之一。如前所述，新小说的重要目的是重塑"新民"以"维新吾国"。晚清志士普遍认为，重塑"新民"的重要方法之一就是创办报刊以对民众进行思想启蒙。梁启超早在1901年12月21日在《清议报》第一百期的祝辞中就表达了鲜明的报馆立场："报馆之天职，则取万国之新思想以贡于其同胞者也。"在此文中，梁启超还高度评价了《清议报》具有唤醒同胞知悉国耻之心的特色："务使吾国民知我国在世界上之位置，知东西列强待我国之政策，鉴观既往，熟察现在，以图将来，内其国而外诸邦，一以天演学、物竞天择、优胜劣败之公例，疾呼而棒喝之，以冀同胞之一悟。"[①]这种办报理念不仅是梁启超个人追求的社会价值，也是对同行发出的职业道德自律的号召书，充分发挥了报刊公共媒介对同胞进行新民重塑的教化功能。《清议报》遭遇火灾停刊月余，1902年2月8号梁启超就创办了影响巨大的《新民丛报》。可以说，《新民丛报》继续实践着梁启超"取万国之新思想以贡于其同胞者"的办报理想。众所周知，梁启超把《新民丛报》作为宣传新民思想的重要工具。事实上，

[①] 梁启超：《清议报一百册祝辞并论报馆之责任及本馆之经历》，《饮冰室合集》文集之六，北京：中华书局1989年版，第51、54页。

《新民丛报》也是梁启超进行新民、进而影响和推动晚清变革的重要平台。梁启超以"中国之新民"的署名在《新民丛报》发表了影响深远的《新民说》,从创刊号开始一直连载三十四期,行文中多次使用同胞词汇,诸如:"我同胞能数千年立国于亚洲大陆""相视如同胞""吾非敢望我同胞将所怀抱之利己主义铲除净尽""同胞乎!同胞乎""我四百余兆之同胞""同胞半在酣梦之中""则压同胞媚仇雠以自固也""我同胞其耻之乎"等等不一而足。虽然不是言必称同胞,但行文中使用次数之多,足见梁启超的同胞意识非常明晰而强烈。梁启超不仅在《新民说》中凸显了强烈的同胞意识,还在其他文章中频繁使用同胞概念。梁启超在《新民丛报》第 1 号还发表文章《论学术之势力左右世界》,文中不仅详细介绍了西方学术改变世界的巨大力量,还特别推崇法国福楼拜、俄国托尔斯泰等著名小说家,其原因则是"能运他国文明新思想,移植于本国,以造福于其同胞"[①]。文章言辞急切,情感饱满,以榜样的力量呼吁中国学界、文界用现代新思想启蒙同胞、为同胞谋幸福。1903 年《新民丛报》分别刊载了梁启超的《政治学大家伯伦知理之学说》和《论中国学术思想变迁之大势》两篇重要论文,文中依然用同胞代指"新民"的对象,感慨"共和国民应有之资格,我同胞虽一不具"[②];同时号召具有爱国思想的志士"欲唤起同胞之爱国心也,于此事必非可等闲视矣"[③]。即便是在没有公开发表的论说文章中,梁启超依然使用同胞的说法,比如梁启超 1902 年下半年完成的《拟讨专制政体檄》,用并列的短句表达了强烈的呼告,营造了铿锵的气势:"起起起,我同胞诸君!起起起,我新中国之青年!我辈实不可复生息于专制政体之下,我辈实不复生息于专制政体之下!"[④]如果说人的潜意识更接近人内心最真实的想法,那么相对于公共场合下的言说,梁启超生前未刊发的这篇文章犹如其潜意识中的私语,更能看出梁启超根深蒂固的同胞观念。《新小说》是梁启超以小说的形式去实现新民理想的小说杂志专刊。梁启超在《新小说》发表的政治小说《新中国未来记》中,借李去病之口抨击同胞的奴性:"我们同胞国民住在那一

[①] 梁启超:《论学术之势力左右世界》,《饮冰室合集》文集之六,北京:中华书局 1989 年版,第 115 页。
[②] 梁启超:《政治学大家伯伦知理之学说》,《饮冰室合集》文集之六,北京:中华书局 1989 年版,第 85 页。
[③] 梁启超:《论中国学术思想变迁之大势》,《饮冰室合集》文集之七,北京:中华书局 1989 年版,第 85 页。
[④] 梁启超:《拟讨专制政体檄》,李华兴、吴嘉勋编:《梁启超选集》,上海:上海人民出版社 1984 年版,第 380 页。

第五章 晚清新小说与兄弟、朋友伦理

国的势力圈内的,便认定那国是他将来的主人,那些当道诸公,更不用讲,对着外国人便下气柔色怡声,好像孝子事父母一般。"同胞观念经由梁启超的言说和充满激情的宣传,对晚清有志之士产生了极大思想撼动和精神感召力。

晚清各大报刊中频繁使用同胞词汇,与梁启超的同胞观念相呼应,共同形成了强大的社会舆情。仅仅就报刊宣布的办刊宗旨来看,同胞词汇的使用已经蔚为壮观。1902年,《大公报》阐明办报宗旨是"开风气,牖民智,挹彼欧西学术,启我同胞聪明"[1]。1904年《申报》刊载"上海商务印书馆征文"启事,明确表述:"本馆创办教科书、《绣像小说》、《东方杂志》,以饷我同胞,幸蒙海内不弃。惟同人智识有限,深恐不克负荷,无以副四方之期望。兹拟广征艺文,以收集思广益之用。"[2]1905年《唯一趣报有所谓》在创刊号阐述该报宗旨时,也使用同胞说法:"异族狮睡于上,汉奸虎伏于中,同胞牛马于下,罗此来制之网罗,凡有血气,莫不怦怦焉,……以寓言讽时,讴歌变俗,因势利导,化无用为有用,此有所谓之所由命名。"[3]1907年,主张科学教育救国的《科学一斑》杂志在其创刊词中宣布其创刊目的:"为同胞改革事业之预备而作也……或译述名人之著作,或抒写个人之心得,拉杂成之,以为异日研究此学之息壤,以为同胞研究此学之嚆矢,如是焉已耳。"[4]1908年,《四川》杂志在创刊号上呼吁各界爱国人士:"就其身所见闻,各挥如椽巨笔,将政界、学界、军界、商界及同胞一切颠连困苦情形和盘托出,公诸本志,庶可使此黑暗世界放大光明。"[5]1909年,《杭州白话新报》宣称其办报宗旨是"唤起我同胞爱国之思想,振发起独立之精神"[6]。至于这些报刊刊发的关于同胞之声的文章和其他报刊关于同胞的言论更是不胜枚举。可见,从内地到沿海,从大陆到香港,从中国到日本,无论是晚清影响非常广泛的报刊,还是当时鲜为人知的小报,无论是综合性报刊,还是文学或科学专门杂志,其办刊目的都不约而同指向了一个共同群体:同胞。由此可见,同胞词汇使用频率之高、范围之广,同胞观念已经深入人心。这些报刊对同胞从多个维度、以不同方式进行启蒙,使之明智和觉醒,激发其爱国思想、独立

---

[1] 《〈大公报〉序》,《大公报》1902年6月17日。
[2] 《上海商务印书馆启事》,《申报》1904年12月6日。
[3] 郑贯公:《开智社有所谓出世之声》,《唯一趣报有所谓》1905年6月4日。
[4] 卫石:《发刊词》,《科学一斑》1907年4月7日。
[5] 《本社广告》,《四川》1908年1月5日。
[6] 《杭州白话新报》1909年11月7日。

精神、平等意识,一定意义上说,其所言"同胞"与晚清常用的"国民"词汇具有同质性,甚至可以互相代替使用。但是相比较而言,"同胞"这一富有伦理情感的词汇的运用更能拉近言说者和听者之间的心理距离,使言说更容易产生良好的启蒙效果,无疑是一种理想的叙述策略。

值得一提的是,邹容在《革命军》和陈天华在《警世钟》中以激昂恳切的情感、鞭辟入里的分析、荡气回肠的气势和极富煽动性的陈词号召同胞起来进行革命,并以自己悲壮的革命行为为同胞树立了前行的榜样,在推动中国革命发展方面做出了巨大的历史贡献。革命者孙中山虽然反对梁启超主张的君主立宪说,但在为同胞谋求出路的目的上二者有着根本的一致性:"鄙人愿诸君于是等谬想,淘汰洁净,从最高之改革着手,则同胞幸甚。"①可以说,同胞不仅为个体在共同体认同中找到了精神支撑和力量鼓舞,还为不同派别找到了推行主张的合法性和正当性。

晚清小说家也纷纷在小说文本中讲述国家面临沦亡之际和同胞所处被奴役、侮辱、屠杀之惨境进行警醒,或者讲述同胞奋起抗争的英雄故事进行激励,或者在讲述故事过程中穿插议论进行呼告,甚至有的小说在例言或开头或结尾直接表明启蒙同胞的良苦用心,从而影响读者对小说的主题理解和思想接受,比如陆士谔《新三国》开端就点明其创作目的之一就是"破除同胞的迷信",梁启超在《十五小豪杰》第一回就明确小说所叙述十五个少年豪杰的故事是为了"劝少年同胞,听鸡起舞,休把此生误",陈墨峰在《海外扶余》中的序言中就阐释所写英雄人物郑成功是"吾愿吾同胞皆效之"以强种兴国,黄世仲在《洪秀全演义》例言中赞赏洪朝人物为真豪杰的重要原因是"君臣以兄弟相称,则举国皆同胞",吴趼人在翻译小说《弱女救兄记》的篇末感叹道:"呜呼!惠仙诚英杰矣哉!故急译之,以告同胞。"这种翻译和创作有明确而具体的主旨,不仅为小说行文定下基调,还决定着小说故事情节的发展脉络。曾朴的《孽海花》开篇第一回以奴乐岛的陆沉意象隐喻了国家危机,接着在此回末尾通过诗文形式感叹:"三十年旧事,写来都是血痕;四百兆同胞,愿尔早登觉岸!"这既是对第一回所隐喻的国家危机局势的悲叹,也是为了强调下文所讲述故事的目的性,是整篇小说的点题之笔。小说从第二回开始讲述从同治初年到光绪大约三十年的历史,内容涉及中法战争、中日甲午战争、戊戌变法等重大历史事件,既有对同胞奴性愚昧、苟且偷生的批判,还揭示科举制度对同胞的奴化是"历代专制君王束缚

---

① 中国史学会主编:《辛亥革命》(一),上海:上海人民出版社 2000 年版,第 5 页。

我同胞最毒的手段"。为了唤醒同胞，小说不仅盛赞以孙中山为代表的革命英雄豪杰，还把俄国虚无党夏雅丽塑造成捐身取义的巾帼英雄，甚至把名妓傅彩云演绎为一个挑战传统礼法、有着觉醒的自我意识和强烈的自由平等诉求的思想前驱，超越了传统伦理对女性贞洁的道德规约而意在凸显人物政治榜样的召唤作用和引导力量。

"中国男儿轩辕正裔"的小说《瓜分惨祸预言记》创作于庚子国难后不久，在卷首《例言》中就以译者之名表达警惧同胞的创作宗旨："只忘普中国同胞，知所警惧，先事预防，勿贻噬脐之悔，不敢有丝毫私意存乎其间，阅者鉴之。"《瓜分惨祸预言记》出版于1903年，小说内容设想的是中国光绪甲辰（1904年）以后遭遇列强瓜分而面临亡国灭种的惨祸，并讲述了中国同胞团结起来为挽救国家危亡而奋力抗战的英雄故事，其中不仅有曾子兴、华永年、夏震欧、闵仁等爱国志士为唤醒同胞抵御外侮而奔走呼号，还有史有名、方是仁、章千载、万国闻等英雄奋勇杀敌、以身殉国的义举。商州曾子兴的爱国行为不仅体现在变卖家业创办自立学校公然对抗教人学做奴隶的官办学堂，而且还体现在他大开演说之场痛陈国家遭遇瓜分后民众的惨状，并以不辩自明的质问方式进行启蒙："兄弟如今敬问诸君同胞，却是待外人来杀，待土匪来杀呢？还是做个有气义、有英风的男儿而死呢？"曾子兴的呼号得到了听众齐声响应，"发誓同死国难"。发州公立中学教习华永年也四处奔走，进行慷慨激昂的演说：

> "我所最亲爱的同胞兄弟呵！成日家我们关心着东三省之事，恐怕因此瓜分。如今接到警信，却真是实行了。我的好同胞弟兄呵！如今我们所最宝贵最爱惜的国家，将被人来封死了。如今不出三月，我国的命便休了。"

华永年亡国之忧的演说产生了良好的启蒙效应，"学生哭的不能仰视，有的已放声哭了"，后来这些学生中就有章千载、万国闻、雷轰、秦大勇、马起等人为了救亡而以身殉国，女学生王爱中加入赤十字会也是为了尽"爱恋同胞的义务"。小说为了进一步达到"警惧同胞"的目的，还在故事结局上进行正反对比：兴华府、璇潭乡和商州县三地团结御敌免于祸端，王本心向洋人投降却遭受斩首。这种面对瓜分国难反抗则存、顺从则亡的不同命运，更能昭示晚清小说读者应该去做的时代选择和承担的历史使命。如果说英雄豪杰的救亡行为是一种情感感召，那么结局的悲喜则是理性上的认知引导，小说就在这种动之以情、晓之以理的叙述中起到梁启超所说的"新民"作用,也更容易实现小说卷首《例言》中所期望达到的创作宗旨。

1906年署名为"中国凉血人"的《拒约奇谈》由智书书局出版,小说叙述了美国华工对美国发展所做出的贡献以及不公正待遇,并呼吁海内外同胞共同抵制美国各种欺凌华工的霸王条约。19世纪后期,已经有为数不少的华人陆续到古巴、秘鲁、美国做苦工。海外华工不仅地位低于黑奴,而且惨遭盘剥、蹂躏,1905年发生了声势浩大的反美华工禁约运动,这一历史事实在晚清很多小说中得到文学呈现,阿英1960年曾经编选过《反美华工禁约文学集》,收录的作品真实地反映了国事衰弱下海外华工屈辱的遭遇和奋起反抗的斗争,小说《拒约奇谈》就是其中被收录的作品。《拒约奇谈》总计八章,没有采用传统小说回目的结构。小说在叙述反美华工禁约运动的过程中,虽然写了运动遭遇奸商猾贾破坏而瓦解的情形,但是文中海内外华人在共同反对美禁约运动斗争中所表现出来的同仇敌忾精神具有强大的艺术感染力,小说还大量采用晚清新小说常用的演说论政方式进行启蒙,诸如开篇第一章没有情节和故事,只有花神楼演坛福建人为了"寓美同胞"呼告坛下千余听众"发扬我同胞爱国爱种之特质",进行"抵制美约"的言说,在第二章、第四章仍然采用第一章组织小说的方法,通章都是"病夫"发动同胞声援华侨"抵制美约"的演说,只是"病夫"两次演说的场景地点从河阳花神楼到辛氏山庄凌云阁发生了变化。就其演说内容而言,"病夫"不仅主张振兴国内工商业以根本"抵制美约",体现了晚清社会以西方现代制度为目标的强国理想,还由家庭血缘兄弟推衍及"一国皆兄弟",提出"兄弟阋墙,外御其侮"的观点,在这个逻辑基础上,号召国人应当为"旅美之同胞"所遭遇的虐害"奋然以为己事,必谋报复而后已",小说这样写道:

  人生而有父母,一父母所生谓之兄弟,相合而成一家;由家而推之族,则一族皆兄弟;由族而推之乡,则一乡皆兄弟;由乡而推之邑,则一邑皆兄弟;由邑而推之郡,则一郡皆兄弟;由郡而推之省,则一省皆兄弟;合家、族、乡、邑、省、郡而成国,则一国皆兄弟。兄弟阋墙,外御其侮,是犹有相无相好之兄弟,外侮既亟,尚知捐弃夙嫌,并心一致,尔扶我助,以急其家之难。则凡平日相亲相爱,相敬相贵者,无端而辱及之,无端而侮慢及之,为之兄弟者,不见则已,不闻则已,苟有见闻,真如棰楚之及其身,刀锯之及其颈,奋然以为己事,必谋报复而后已。俗谚有谓打虎要亲兄弟,上阵要父子兵。大灾大患之当前,他人可避,兄弟不可避,他人可走,兄弟不可走。诸君之亟亟于抵制,正视旅美之同胞,无一非我同父共母之兄弟,而后有此一举。

第五章 晚清新小说与兄弟、朋友伦理

这是"病夫"在凌云阁演说的部分内容,进一步继承和发展了中国传统"民吾同胞"的伦理内涵,典型地代表了晚清仁人志士群体中盛行的同胞观念,也是对晚清书报时论和其他小说中同胞观念的积极呼应,在时代洪流中参与了晚清国族意识的伦理建构,成为弱肉强食法则下弱者携手反抗强大对手压迫的重要策略,有利于晚清中国民族凝聚力、向心力的形成。在"一国皆兄弟"的伦理认同中,福建人和"病夫"都将旅美华工视为同胞兄弟。如果说福建人成功地将同胞兄弟之情政治化为爱国爱种的历史担当,那么"病夫"关于家国兄弟的譬喻则为前者找到了强有力的伦理依据和情感支撑。

晚清书报时论和晚清小说译作所形成的社会同胞舆论也影响了小说批评,其相互作用共同推动了晚清同胞意识的不断强化。1904年《觉民》杂志刊发了署名为灵石的评论文章《读〈黑奴吁天录〉》,文中非常感慨地写道:"我读《吁天录》,以我同胞之未至黑人之地位,我为同胞喜。我读《吁天录》,以我同胞国家思想淡薄,故恐终不免黑人之地位,我愈为同胞危。我读《吁天录》,证之以檀香山烧埠记,证之以美洲、澳洲禁止华人之新例证之以东三省,证之以联军入京,证之以旅顺、大连、威海、胶州、广湾、九龙之旧状,我愈信同胞蒙昧涣散,不能团结之,终为黑人续,我不觉为同胞心碎。"[①]众所周知,林纾和魏易1901年合作翻译出版的小说《黑奴吁天录》反映了美国黑奴的悲惨处境及其反抗,是有感于晚清中国外患严重、国民面临被奴役的现实危机而作,其目的是为了有助于晚清中国"振作志气,爱国保重"[②]。毫无疑问,灵石这种感时伤怀、为同胞命运担忧的焦虑情绪,正是《黑奴吁天录》在读者中产生良好启蒙效果的反映,同时也证明了晚清小说批评的同胞伦理价值的时代导向。《旅顺落难记批评》也写道:"旅顺落难记记何事?记我国甲午之战,日人占据旅顺,残杀我同胞之事。"[③]这种对小说自叙自评的方式,不仅便于叙述日本屠杀旅顺居民的暴行,而且将受害者视为同胞观点的适时植入,容易拉近读者与受害者的情感距离,从而激发读者对日本暴行的愤慨和反抗。有意味的是,新书广告词也以同胞的表达词汇吸引读者的兴趣,1905年《二十世纪之支那》第1期的广告中有这样的新

---

① 灵石:《读〈黑奴吁天录〉》,陈平原、夏晓虹编:《二十世纪中国小说理论资料》第1卷,北京:北京大学出版社1989年版,第117页。
② 林纾:《〈黑奴吁天录〉跋》,陈平原、夏晓虹编:《二十世纪中国小说理论资料》第1卷,北京:北京大学出版社1989年版,第28页。
③ 阿伦、兰言:《旅顺落难记》,《新新小说》1905年第7号。

书宣传:"维新小说《神州幻梦记》出版,定价大洋三角。神州陆沉已三百年矣,凡我有心同胞,无日不痛神州而思有以共挽已覆之神州。"①从广告学来讲,广告的话语模式代表时代的风向标和认知空间,反映了时下社会流行的价值观念。可见,《神州幻梦记》这则新书广告传达了同胞意识已经成为晚清中国普遍的文化心态。

值得注意的是,虽然晚清社会普遍认同国人应当改变"一盘散沙"状态,同胞要团结起来共同抵御外侮和救亡图存,但是关于同胞概念的说法比较混杂。这种混杂不仅体现革命派"排满""光复汉族"和立宪派"满汉一体"之见的争议中,还体现在同一个文本中多重话语的并置而造成的语意偏离。《瓜分惨祸预言记》中不断出现"四万万同胞兄弟"的说法,根据晚清人口数量判断,"四万万同胞兄弟"的说法实际上是包括满、汉族在内所有的中国人,不分性别、长幼、老少,但小说中又反复出现反满、仇满和排满言论,甚至用扬州屠城的历史煽动排满复仇情绪和用想象奸淫虐杀满妇的场景获得复仇的快感。陈天华曾说:"俗话说得好,人不亲外姓。两姓相争,一定是帮同姓,断没有帮外姓的。但是平常的姓,都是从一姓分出来的,汉种是一个大姓,黄帝是一个大始祖,凡不同汉种,不是黄帝的子孙的,统统都是外姓,断不可帮他的。若帮了他,是不要祖宗了。你不要祖宗的人,就是畜生。"②显然,陈天华的黄帝始祖说是仅仅指汉族而言的,按照同祖同族的同胞观,满祖则不属于汉族同胞。陈天华的同胞观念本质上是大汉族主义,与晚清"驱除鞑虏,光复汉族"的主张有着思想上的高度契合,这种排满思想在邹容的《革命军》、陈天华的《狮子吼》、中国凉血人的《拒约奇谈》、黄世仲的《洪秀全演义》、怀仁的《卢梭魂》、陈墨峰的《海外扶余》等作品中都有体现。对于满汉之界,梁启超1901年从种族主义的视角将满族和国内其他民族都纳入一个"四万万同胞"的共同体:"对于白棕红黑诸种,吾辈划然黄种也;对于苗、图伯特、蒙古、匈奴、满洲诸种,吾辈庞然汉种也;号称四万万同胞,谁曰不宜?"并提出了"合汉、合满、合回、合苗、合藏,组成一大民族"的主张③,1902年梁启超还在《中国学术思想之变迁之大势》中直接使用"中华民族"词汇。同年,梁启超在《新中国未来记》中"四万万同胞"和"四万万国民"的表述,可见其所言同胞与国民是指向同一个群体对象,并且想象了"大中华民主国"的理想国号,打破了同祖同宗血缘意义上的同胞

---

① 广告,《二十世纪之支那》1905年6月3日。
② 陈天华:《警世钟》,《陈天华文集》,长沙:湖南人民出版社1982年版,第82页。
③ 梁启超:《中国史叙论》,《饮冰室合集》文集之六,北京:中华书局1989年版,第7页。

观念,凸显同胞之间文化意义上的同质性和关联性。春颿在小说《未来世界》中所表达的同胞观念与梁启超满汉一体的观念极为相似,认为满洲人是"我们中国的同胞黄种",呼吁"把满汉结成团体,同力合作的去抵制外人",而不要"互相疑忌、戕害同胞"。这种满汉融合观念的提倡,推动了"五族共和"民族关系体认的发展,既是抵御西方列强侵略的现实需要,也是建构现代国族意识的有效途径,对中国政治走向产生了重要的影响。

总之,虽然晚清中国同胞概念的内涵和外延存在分歧,但其同胞想象将家庭中兄弟之情提升到社会公共层面上的爱国保种伦理要义,是将兄弟之间的情谊、道德责任与休戚与共的利益有机结合起来的共同体。在共同体内,"每个成员都把共同的目标当作自己的目标"①。因此,同胞意识有利于晚清中国在共同抵御外侮的斗争中充分激发每个成员同舟共济、同心同德的伦理精神。

第二节 晚清新小说与朋友伦理

朋友在传统五伦中处于最后一个位次,主要是指非血缘关系之间兄弟般的亲密关系。在中国传统文化价值体系中,有诸多典籍对朋友关系进行了伦理建构。《论语·子路》中有"朋友切切偲偲"言说,指向朋友之间互相责善勉励的相处之道。《孟子·滕文公上》中有"朋友有信"言说,将信用、信义视为朋友之间的伦理规范。《白虎通义·论纲纪所法》对朋友之间休戚与共的关系做了具体阐释:"朋友之交,近则谤其言,远则不相讪。一人有善,其心好之;一人有恶,其心痛之。货则通而不计,共忧患而相救,生不属,死不托。"相对于兄弟人伦,朋友关系虽然缺乏血缘纽带的支撑,但是朋友之间选择的自主性、追求的共同性、相处的平等性等,使朋友关系成为人们社会生活中的重要内容,甚至促生了各种名目繁多的帮会、结社、派别等。事实上,朋友不仅意味着男性之间责善辅仁、忧患相救的情义,还往往形成利益休戚相关的经济共同体或志同道合的政治共同体。如前所述,谭嗣同对传统"三纲"提出猛烈批判,而独尊朋友之伦:"五伦中于人生最无弊而有益,无纤毫之苦,有淡水之乐,其惟朋友乎! 顾择交何如耳。所以者何? 一曰平等,二曰自由,三曰节宣惟意。总括其义,曰不失自主之权而已矣。"②

---

① 俞可平:《从权利政治学到公益政治学》,刘军宁等编:《自由与社群》,北京:三联书店1998年版,第75页。
② 谭嗣同:《仁学》,《谭嗣同全集》,北京:中华书局1998年版,第349—350页。

谭嗣同认为朋友之道是"四伦之圭臬",应当用其原则去改造传统四伦。谭嗣同的朋友观不仅概括了朋友伦理自由、自主、平等的特点,也代表了晚清现代伦理思想建构从礼性人向自由人转变的价值取向。在晚清中国伦理变革的思潮中,朋友伦理的表述与其他四伦有着很大差别,不是基于不平等伦理批判的对象,而是针对晚清重利轻义现象而公德心缺乏的批判,是信义道德沦落的焦虑传达和合群爱国救亡现实需要的政治呼吁。

一、朋友之间的私人情义

如前所述,吴趼人在小说《恨海》(1906)第一回对人之"情"作了具体阐释:"于国君施展起来便是忠,对于父母施展起来便是孝,对于子女施展起来便是慈,对于朋友施展起来便是义。可见忠孝大节无不是从情字出来的。"吴趼人的人"情"观不仅赋予传统五伦规范以情感的温度,还表现了晚清知识分子对朋友情义的道德眷恋。事实上,晚清社会内忧外患,民族危机不断加深,清政府昏庸无能,官场腐败黑暗,世风民德日下,传统道义受到很大冲击。在19世纪末,严复就无比痛心地指出:"今夫中国人与人相与之际,至难言矣。知损彼之为己利,而不知彼此之两无损而共利焉,然后为大利也。故其弊也,至于上下举不能自由,皆无以自利;而富强之政,亦无以行其中。"[①]严复不仅批判国人重视个人利益的自私德性,还认为这种不顾及他人利益的自私德性还会导致国势衰微。谭嗣同对时人的自私曾做过这样的描述:虽"家累巨万",但"坐视赢脊盈沟壑,饿殍蔽道路,一无所动于中",甚至"宁使粟红贯朽,珍异腐败,终不以分于人"[②]。谭嗣同的描述虽然不能适用于晚清所有国民,但至少说明人的自私自利和缺少相互帮扶是一种普遍的社会现象。1902年,梁启超在《新民说》中提出了影响巨大的"私德""公德"之说,对私德和公德进行了界定和辨析:"人人独善其身者谓之私德,人人相善其群者谓之公德,二者皆人生所不可缺之具也。"[③]梁启超虽然认同了私德存在的合理性和必要性,但也批判了国民私德"发挥几无余蕴"而"我国民所最缺者,公德其一端也"的状况[④]。1903年,章太炎在《驳康有为论革命书》中发表了与梁启超类似的民德观点:"今之汉人,判涣无群,人

[①] 严复《原强》,《严复全集》(上册),中华书局1986年版,第14页。
[②] 谭嗣同《仁学》,《谭嗣同全集》,北京:中华书局1998年版,第322页。
[③] 梁启超《新民说·论公德》,《新民丛报》1902年3月12日。
[④] 梁启超《新民说·论公德》,《新民丛报》1902年3月12日。

第五章 晚清新小说与兄弟、朋友伦理

自为私,独甚于汉、唐、宋、明之季,是则然矣。"①同年,陈天华在《猛回头》中也对国民自私利己、缺乏诚信的弊端进行揭示:

> 列位,你看我们中国到这个地步,岂不是大家都不讲公德,只图自利吗?你不管别人,别人也就不管你,你一个人怎么做得去呢?若是大家都讲公德,凡公共的事件,尽心去做,别人固然有益,你也是有益。比如当他人穷困的时候,我救了他,我到了穷困的时候,他又来救我,岂不是自救吗?有一个物件,因不是我的,不甚爱惜,顺便破坏,到了我要用那物件的时候,又没有了,岂不是自害吗?我看外国的人,没有一个不讲公德的,所以强盛得很。即如商业项,诚实无欺,人人信得他过,不比中国人做生意,奸盗诈伪齐生,没有人敢照顾。这商务难道不让他占先吗?列位!为人即是为己,为己断不能有益于己的。若还不讲公德,只讲自私,不要他人来灭,恐怕自己也是要灭的。②

陈天华文章言辞通俗,情真意切,但观点鲜明,首先将亡国灭种的危机归因于国人自私自利、不讲公德的结果。在陈天华行文的思维逻辑里,自私自利害人害己,只有相互帮助、诚信做人才能利己和强国,反之则"不要他人来灭,恐怕自己也是要灭的"。也就是说,重利轻义的自私德性不仅害人害己,是一种个人伤害,还会导致亡国灭种,更具有社会危害性。毫无疑问,陈天华的文章论断是对人与人之间、人与群体之间的利益相生、休戚与共关系的客观表述,也是个体在处理自己与他者关系应当遵守的行为规范和道德准则,同时也体现了晚清中国建构国民之"公德"以救亡图存的政治诉求。

晚清中国"私德"的发达,必然会造成社会上人与人之间的诚信危机,没有血缘纽带为支撑的朋友道义也必然深受其害,或者说朋友道义危机的显现从一个侧面折射了晚清中国的纲纪败坏和道德沦丧。吴趼人主张道德救国,而且希望"恢复我固有之道德"来改变日下的世风和拯救岌岌可危的晚清社会。虽然吴趼人所言"固有之道德"的内涵比较驳杂,既有对忠孝节义的宣扬,也有对"饿死事小,失节事大"妇道的批判,但始终维护朋友相互扶助、患难与共的道义。吴趼人在小说《二十年目睹之怪现状》中通过"九死一生"和吴继之、蔡侣笙、王端甫等人肝胆相照情义的礼赞,表达了朋友

---

① 章太炎:《驳康有为论革命书》,《章太炎政论选集》,北京:中华书局1977年版,第206页。
② 陈天华:《警世钟》,《陈天华集》,长沙:湖南人民出版社1958年版,第45—46页。

之间互助相帮的伦理诉求。换句话说,《二十年目睹之怪现状》中"九死一生"不仅是朋友道义的伦理践行者,还是诸多背弃朋友道义行为的见证者,以愤激的批判色彩历数朋友道义沦丧之"怪现状",比如第二回中写了尤云岫侵吞朋友遗产。尤云岫是"九死一生"的父亲生前最知己的朋友,曾经得到"九死一生"父亲的很大帮助。但"九死一生"父亲去世后,尤云岫不仅不知恩图报、体恤朋友的骨肉,反而利用"九死一生"的年幼和信任侵吞朋友遗留下来的家产。再比如第二十三回讲述了南京盐巡道富贵之后抛弃贫贱之交的故事。盐巡道发迹之前身处困境之时,曾多次得到朋友的资助,两人换帖盟誓:"贫贱相为命,富贵勿相忘。"结果盐巡道发达之后,违背誓约拒绝昔日朋友的求助。再比如第五十四回回目是"靠冒饷把弟卖把兄",讲述了为了升官发财出卖朋友的故事。姓朱的和姓赵的两个人都是县丞班子办粮台差事的,平日非常要好,成为拜把子兄弟,后来姓朱的到山东做了候补。有一天,姓赵的去找姓朱的,酒醉之后姓赵的就吐露了之前山东潘库银子冒领事件是自己所为,为了升官发财姓朱的就进行密告致使把兄弟被抓砍头。以上三个故事虽然主人公不同,但是都指向了朋友道义伦理秩序的溃败,即便是拜把子兄弟这种有过誓言盟约的朋友关系也在利益驱使面前不堪一击。拜把子也称结义或者换帖,结拜之风在中国传统社会由来已久,是感情深厚的朋友结拜为异姓兄弟的一种方式和见证,也是结拜双方对彼此互相帮助、休戚与共的一种承诺,甚至有"不求同年同月同日生,但求同年同月同日死"的极端伦理表述,桃园三结义的故事广为流传也说明结拜之交有着广泛的社会基础。但在盐巡道和赵氏那里,拜把子只是可以为己所用的关系,体现了吴趼人对浇漓世道的焦虑之情。

  拜把子兄弟的朋友关系在李伯元的小说《官场现形记》中也有精彩的艺术呈现,刁迈蓬从安徽候补知府到奉使外洋的仕途升迁过程就是见利忘义、卖友求荣的过程。刁迈蓬不仅深谙晚清官场阿谀奉承、投机钻营之道,还为了升官发财而肆意践踏朋友道义。刁迈蓬出任安徽候补知府时,在对付钦差查办蒋中丞"误剿良民,滥保匪人"之案中,为了讨好巡抚蒋中丞,先是单方面从情感和心理上将与把兄弟黄保信的交情一笔勾销,然后不惜使用哄和骗的伎俩迁过于黄保信,致使黄保信和另外两人"充发军台,效力赎罪"。当刁迈蓬升任芜湖关道时,又与做过高官、敛取巨大财产的张守财拜了把子,俩人以老把哥和老把弟相称。刁迈蓬在经营官场之路时使用的疏通经费,绝大部分是张守财拿出来的。但是在张守财去世后,刁迈蓬却用尽心机侵吞了张守财的家产,张家则在刁迈蓬的暗算中家破人亡。李伯元

第五章　晚清新小说与兄弟、朋友伦理

《官场现形记》序言中说道："且夫训教者,父兄之任也;规箴者,朋友之道也;讽谏者,臣子之义也;献进者,蒙瞽之分也。我之于官,既无统属,亦鲜关系,惟有以含蓄蕴藉存其忠厚,以酣畅淋漓阐其隐微,则庶几近矣。"①显然,李伯元演绎官场丑态和揭示官场腐败是为了达到以"父兄之任"训诫、以"朋友之道"规箴、以"臣子之义"讽谏的目的。众所周知,晚清捐官制度的推行,使卖官鬻爵风气盛行,加剧了官场的腐败堕落。为官普遍不是为国分忧和为民解难,而是为了大发横财,官场异化为没有底线地追逐利益的蝇营狗苟之地。官场作为国家发展的重要支撑,当治国平天下的信念丧失和公德心匮乏,甚至朋友之间的私人情义也荡然无存,那么在列强环伺的情况下国家和民族的前景如何,如陈天华在《猛回头》所言:"只讲自私,不要他人来灭,恐怕自己也是要灭的。"可见,李伯元在《官场现形记》中对官场闹剧、丑剧的描写,不仅仅是批判官场的腐败和黑暗,背后流露出来的更是亡国灭种的危机意识。需要注意的是,《官场现形记》对官场腐败黑暗的揭示重点不是描写官员的吏治无能,而是着眼于表现官员道德上的寡廉鲜耻,展示了一幅豺狼虎豹的非人世界,其中对朋友道义的践踏进一步折射了晚清官场仁、义、礼、智、信道德的全线崩塌。

如果说李伯元的《官场现形记》以朋友之伦为视角揭示了晚清中国官场的卑污苟贱图景,那么陆士谔的小说《新水浒》则借朋友之伦表现了晚清中国社会普遍的唯利是图乱象。陆士谔的小说《新水浒》1909年由改良小说社刊行,文本虽然是对传统小说《水浒传》的续写,采用了源小说的人物名号和人物关系,但却以"游戏笔墨"大大改变了小说人物英雄好汉的面貌和除暴安良、扶弱助困的主题,梁山泊众结拜兄弟为朋友两肋插刀的道义也被弱化或消解,凸显的是对利益的疯狂追逐和礼义廉耻的败坏。中国传统伦理文化虽然认同个体的物质和情欲需要,但重义轻利始终是在中国传统价值观念中处于主导性地位。晚清中国富国强民的现实需要和西方价值观念的影响,中国传统经济运行方式和重义轻利的道德观受到很大冲击。工商业的迅猛发展不仅改变了中国传统商业伦理原则,其利益至上原则还影响着人们的日常生活和人际交往。陆士谔曾在《商界现形记》前言中写道:"吾海上之种种人物思想不古,趋于下流,寡廉鲜耻,义薄少信,习哄骗作生涯,奸诈为事业。若官绅类之贵者也,屏夫吾笔舌之外;若屠沽类之贱者也,

---

① 茂苑惜秋生(李伯元):《〈官场现形记〉叙》,陈平原、夏晓虹编:《二十世纪中国小说理论资料》(第1卷),北京:北京大学出版社1989年版,第54页。

屏夫吾笔舌之外,足以佐吾笔舌之兴,而驱遣睡魔,排遣永昼,其惟商人乎?"可见,"义薄少信"不仅仅存在于商场,还是一个普遍的社会现象。小说《新水浒》就是从卢俊义梦醒之后的新世界写起,先是通过林冲、鲁智深、戴宗到东京的所见所闻呈现出"文明面目,强盗心肠"的新世界,然后在吴用"人情莫不好利"的分析和"我们提创的就是金钱主义"的建议下,梁山泊进行变法,众英雄纷纷下山投"新世界",或创办学堂、妓院、报馆,或开设银行、药房、女总会,或经营铁路、渔业公司、矿务公司等等,即便是进入军界或者警察局,皆是商业化利益原则的思维方式,都以赚钱为目的,甚至采用坑蒙拐骗、投机倒把之手段,商业诚信危机,人心乖戾自私,朋友情谊淡薄。在第九回,当神算子蒋敬想创办银行,鼓上蚤时迁得知此事后想做帮手,蒋敬以银行"全仗信用"为由拒绝,在郑天寿的撮合下,蒋敬和时迁才立下契约。在第十三回,当玉臂匠金大坚开办书坊生意红火之际,初下山的铁叫子乐和前来投奔以谋个差事,虽然金大坚编辑所正好缺人也不录用乐和;当乐和所著的书销路很好,金大坚想买乐和的书稿,乐和就以书稿未编全进行拒绝。在第二十回,当黑旋风李逵被关进监牢两个月,及时雨宋江以"磨折"李逵不好的性气为由不去营救。在第二十回,当官府派小李广花荣与智多星吴用谈判关于《呼天日报》收归官办事宜,双方关于利益之争各不相让甚至不惜揭穿对手以达到目的。陆士谔《新水浒》将施耐庵的《水浒传》中宋代一百单八将众英雄好汉放置在变法维新、开埠通商、洋行买办、学堂报馆、暗杀风潮等具有晚清社会特点的时局里,虽然充满了荒诞感,但其将源小说朋友之间仗义疏财的书写置换为对个人利益维护的表达,包含着作者对唯利是图、见利忘义世情人心的审视和思考,具有针砭晚清中国时弊的社会批判意义。

结拜兄弟的伦理精神是模拟家庭结构中的兄弟情义来建构没有血缘纽带的朋友关系,从而将人与人之间原本陌生的关系变得熟悉和亲近,比一般朋友情义更坚固。事实上,结拜兄弟情义在利益驱使、情欲诱惑下非常脆弱,但是民间传说和文学作品中的侠客形象却是结拜兄弟情义的忠诚捍卫者,成为荣辱与共、重义轻死的朋友伦理的理想文化符码。晚清社会动荡不安,世风人心浇漓,传统侠客精神中荣辱与共、重义轻死的朋友伦理的阐释和提倡则成为批判私德的有力武器和伦理想象图景的重要内容。柳亚子在1904年曾著文对侠客精神高度评价:"吾二千年前之中国,侠国也;吾二千年前中国之民,侠民也。侠者,圣之亚也,儒之反也,王公卿相之敌也。重然诺,轻生死,挥金结客,履汤蹈火,慨然以身许知己,而一往不返,一瞑不视,卒至演出轰霆掣电、惊天动地之大活剧,皆侠之效也。"①同年,梁启超对侠客精神进行总结说:"要而论之,则国家重于生命,朋友重于生命,然诺重于生命,恩仇重于生命,名誉重于生命,道义重于生命,是即我先民脑识中最高尚纯粹之理想。"②梁启超和柳亚子所提倡的侠客精神与晚清新小说侠义叙事相互应和,20世纪初标有"义侠小说"或者"侠情小说""豪侠小说""侠烈小说"的作品或者是以"侠"命名的小说大量涌现,诸如《侠客传奇》(1904)、《侠女权》(1904)、《女侠客》(1905)、《侠奴血》(1905)、《侠黑奴》(1906)、《仇人头》(1906)、《柳非烟》(1907)、《岳群》(1907)、《侠女奇男》(1907)、《国侠魂》(1909)、《剑绮缘》(1910)、《劫花血传》(1911)等,甚至有的作品直接署名为"侠少年"或者"侠民"。在体现男性之间情义的侠义小说中,比较有代表性的是君朔(伍光剑)的翻译小说《侠隐记》和宣樊的小说《剑绮缘》。大仲马的《三个火枪手》1907年由商务印书馆出版时,君朔(伍光剑)将其翻译为《侠隐记》。显然,从题目可以看出小说翻译是按照中国读者的阅读习惯来进行的,内容叙述了达特安和三个火枪手结为好友,在数次波折中生死与共,最终完成使命。《剑绮缘》由《小说月报》1910年刊发,小说采用第一人称"我"叙写方法,塑造了一个为朋友两肋插刀不为所图的义士形象。小说中的主人公"余"在"赴美淘金潮"中远赴异国他乡,帮助已经在美国多年的朋友周生打理生意。后来周生遭遇不测被刺死,"余"利用智勇不仅为周生报仇,还将周生家人带回祖国。周母为了感恩,想将周生的妹妹许配给"余",遭遇到了"余"的谢绝,因为"余"遵循的信条是:"为人排忧解难,而无所取也。"显然,小说主人公"余"虽然不拥有传统侠义小说中侠客的高超武功,也没有仗剑走天涯的英雄传奇故事,但却表现出了重义轻财、一诺千金的侠义精神,折射了晚清中国朋友伦理建构的理想。

有的新小说虽然在刊行时类别标示中没有"侠"字,但是章回题目或者叙事内容依然具有侠客精神指向,比如小说《洗耻记》(1903)第三回回目就是"村学究有缘逢侠客 乡下老无意遇情人",小说内容叙述明仇牧与好友铁血大哥、狄梅之间志向相投、同仇敌忾的故事。小说《热血痕》(1907)刊行时标示的是历史小说,但其叙事手法则是"将卧薪尝胆故事武侠化"③,不仅讲述了侠客晏冲和主人公陈音行侠仗义的英雄故事,还写了晏冲与陈音

---

① 张明观:《柳亚子史料札记》(二集),上海:上海人民出版社2014年版,第10页。
② 梁启超:《中国之武道士·自叙》,《饮冰室合集》专集之二十四,北京:中华书局1989年版,第20页。
③ 袁良骏:《武侠小说指掌图》,北京:新华出版社2003年版,第112页。

惺惺相惜的友谊以及陈音与蒙杰、司马彪、卫英等人结为兄弟、团结一致手刃仇敌的义举。小说中塑造的人物形象陈音虽然没有以侠客直接称呼,但是其武艺高超,而且扶弱救危、义结豪杰,具有侠客之风。陈音曾施恩于蒙杰、司马彪、卫英等人,但是从不居功自傲,反而和蒙杰等人以兄弟相称,比如第十六回,当蒙杰以大恩人称呼陈音,陈音回应说:"快休如此称呼,反为不便。"并建议道:"不如以弟兄相称,方觉亲热。"于是两人就以兄弟相互称呼、共图复仇大事。第二十九回,当卫英从师傅晏冲的留言中得知真相后,嚎啕大哭并跪在陈音面前口称恩公,陈音将卫英扶起后说道:"休得这样称呼。"在以后的情节中,陈音是以贤弟称呼卫英。这种异姓兄弟结盟、快意恩仇的故事,显然具有传统武侠小说的核心要素。小说《海外扶余》(1905)也是一部历史小说,主要讲述民族英雄郑成功抗击清兵、收复台湾的传奇故事。在第一回讲述郑成功家世时,叙写其父郑芝龙结盟荡寇的故事。一次,芝龙和海客郑老拼股去日本做贸易,不料途中遭遇海盗颜振泉,芝龙侥幸逃脱,郑老却被海盗夺去下落不明。郑老的两个儿子郑虎、郑豹得知消息后发誓要为父亲报仇,芝龙极力支持,并提议"三人设盟立约,结为兄弟","从此以后,不称名字而称兄弟"。于是,武侠小说中常见的兄弟合力共戮仇敌的故事开始了。吊诡的是,小说写至此处,并没有交代郑老被严振泉害死,但是结盟后的芝龙和郑虎、郑豹三人则各带人闯到海盗栖身之处的村落进行复仇,屠杀相当惨烈。直到找到严振泉,也得知郑老遇害的消息,于是施于具体复仇对象的手段之残忍令人毛骨悚然,小说流露出来的是复仇欲望满足的愉悦和暴力施虐的快感。怒杀多人,国法不容,芝龙和郑虎、郑豹带着众人一起在沙港落草。显然,小说刻意表现的是结盟兄弟信守朋友道义的价值取向,情节发展的内在逻辑性和复仇的合理性、正当性已经显得无足轻重。

众所周知,侠义精神践行着朋友之间的"重然诺,轻生死,挥金结客,履汤蹈火,慨然以身许知己"的结拜兄弟情谊,也看重救助世人的抱负和天下公义的担当。前者是"一私人与他私人交涉之道义"[1],属于私德;后者是"一私人对于一团体之事"[2],属于公德。事实上,晚清中国朋友道义沦丧也意味着私德中人与人之间的道义危机。需要注意的是,当这种生死与共、同仇敌忾的朋友道义一致对外时,往往产生巨大的冲击力,所以晚清新小说叙

---

[1] 梁启超《新民说·论公德》,《饮冰室合集》专集之四,北京:中华书局1989年版,第12页。
[2] 梁启超《新民说·论公德》,《饮冰室合集》专集之四,北京:中华书局1989年版,第12页。

事的重要内容就是在针砭世风道义沦丧、建构人与人之间友爱、互助、诚信伦理秩序的同时,也积极提倡利群爱国的伦理思想,将朋友之间私人性的情义转化为爱国保种的价值选择,将公义担当的侠义精神导向救亡图存的时代使命。

二、合群和爱国

结拜兄弟作为朋友牢固其亲密关系的一种表现形式,既可以是两个人自主选择而形成的一种结盟,也可以是两人以上或者更多人自发结成的一种团体。晚清中国,结拜兄弟不仅广泛存在于民众的日常生活中,成为一种重要的社会习俗,也是很多民间秘密会党团体的重要组织结构形态,尤其是一些帮会组织具有强烈的江湖义气,诸如三合会、哥老会、天地会、义和团等就是晚期具有很大影响的帮会组织。无论何种形式的结盟团体,都表现出互助团结的伦理精神,当其结盟团体利益遇到外来危害和侵犯时,同仇敌忾的团结精神所凝聚起来的反抗力量是非常强大的,"中国历史过程的每个阶段都有当时社会的决定性矛盾。如果这个矛盾与秘密团体的重要宗旨一致,秘密团体就会利用这个矛盾而发动广大群众进行反抗斗争"①。面对清政府腐败、外敌入侵,很多秘密团体也注入了灭洋排外的时代内容。民间秘密团体的这些特点也与晚清合群爱国思潮是共通的。

晚清爱国志士就是认识到民间秘密组织的这些特点,与之联合共同抵御外辱、救亡图存。孙中山和三合会党的领导人郑世良关系密切,1899年兴中会、三合会、哥老会首领在香港集会,推举孙中山为兴汉会总会长。1900年孙中山联合郑世良发动广东惠州起义。"孙中山从1985到1906年间一直与会党联络发动起义,直到1911年辛亥革命前夕,都没有放弃联络会党。"②事实上,在革命派的积极宣传下,不少会党成员由原来的传统江湖义气转变为具有爱国救亡意识的现代国民,在救亡图存、实现民主共和政体的斗争发挥了重要作用。有些民间秘密社团出现在小说叙事的内容中,比如小说《孽海花》(1905)第二十九回不仅讲述郑成功建立秘密会社的目的,还长篇累牍地详细介绍了天地会、三合会、哥老会的关系,现抄录部分如下:

成功立的秘密会社,起先叫做"天地会",后来分做两派:一派叫做

---

① [苏联]科斯加耶娃、苏位智:《义和团与晚清会党》,《山东社会科学》1990年第6期。
② 彭亭亭:《辛亥革命时期资产阶级革命党与秘密会党之间关系的转变》,《陕西社会科学论丛》2012年第2期。

"三合会",起点于福建,盛行于广东,而膨胀于暹罗、新加坡、新旧金山檀岛;一派叫做"哥老会",起点于湖南,而蔓延于长江上下游。两派总叫做"洪帮",取太祖洪武的意思,那三合亦取着洪字偏旁三点的意思。却好那时北部,同时起了八卦教、在理会、大刀小刀会等名目,只是各派内力不足,不敢轻动。直到西历一千七百六十七年间,川楚一面,蠢动了数十年,就叫"川楚教匪"。教匪平而三合会始出现于世界。膨胀到一千八百五十年间金田革命,而洪秀全、杨秀清遂起立了太平天国,占了十二行省。那时政府就利用着同类相残的政策,就引起哥老会党,去扑灭那三合会。这也是成功当时万万料不到此的。哥老会既扑灭了三合会,顿时安富尊荣,不知出了多少公侯将相……然而因此以后,三合会与哥老会结成个不世之仇,他们会党之人出来也不立标帜,医卜星相江湖卖技之流,赶车行船驿夫走卒之辈,烟灯饭馆药堂质铺等地,挂单云游衲僧贫道之亚,无一不是。劈面相逢,也有些子仪式、几句口号,肉眼看来毫不觉得。他们甘心做叛徒逆党,情愿去破家毁产。名在哪里?利在哪里?奔波往来,为着何事?不过老祖传下这一点民族主义,各处运动,不肯叫他埋没永不发现罢了!……于是三合会残党内跳出了多少少年英雄,立时组成一个支那青年会,发表宗旨,就是民族共和主义。虽然实力未充,比不得玛志尼的少年意大利,济格士奇的俄罗斯革命团,却是比着前朝的几社、复社,现在上海的教育会,实在强多!该党会员,时时在各处侦察动静调查实情,即如此时赤云在山口县裁判所内看见的陈千秋,此人就是青年会会员。(第二十九回)

关于天地会的发展源头,众说纷纭。小说中叙述是郑成功创立天地会,这只是众多说法中的一种,但晚清中国确实有民间秘密会党天地会、哥老会、三合会的存在。小说中不仅很多人物有生活原型,比如青年会会员陈千秋指的就是革命党人陈少白,在广州将青年党改为兴中会的孙汶指的是革命党人孙中山,而且也展现了中法战争、甲午中日战争、洋务运动等重大的历史事件,具有很强的现实主义色彩。小说虽然不等于历史,但是《孽海花》关于民间秘密社团的叙述,却真实地反映了晚清民众结拜兄弟的社会习气,太平天国时期哥老会对三合会的过往扑杀场景叙述,无疑是对列强进犯下兄弟阋于墙行为的现实批判。在下面接着的叙述中,小说随着叙述者时间的转换,哥老会的态度发生了逆转,认为"黄族濒危,外忧内患,岂可同室操戈,自相残杀",提出和三合会、青年会联盟共除忧患。显然,小说叙事与清末兴中会、哥老会、三合会的关系走向基本一致,体现了作者曾朴"实录"的

第五章 晚清新小说与兄弟、朋友伦理

艺术表现方法。曾朴虽然是主张改良的维新派,但也同情革命党的起义失败,赞赏革命党的爱国救民的壮举。虽然曾朴倾向于君主立宪政体,但其关于革命党的团体兴中会、维新派的团体自强学会的描写都表现了晚清合群救国的社会现实和伦理诉求。

晚清中国积贫积弱,清政府腐败无能,列强觊觎环伺,亡国灭种危机日益严峻,但国民犹如一盘散沙各恤其私,对国家前途和民族命运漠不关心。晚清知识分子提出合群思想,号召国民团结起来共同抵御外辱。早在19世纪末,梁启超在分析国家形势的基础上呼吁合群自保:"中国之积弱日益甚,而外国之逼迫日益急,非合群力,不能自保。"[①]章太炎也通过对比的方法指出合群的重要性:"合群明分,则足以御他族之侮。涣志离德,则帅天下而路。"[②]20世纪初,合群保种救国的呼声越来越高。梁启超从进化论角度再次强调合群的必要性:"合群云者,合多数之独而成群也。以物竞天择之公理衡之,则其合群之力愈坚而大者,愈能占优胜权于世界上,此稍学哲理者所能知也。"[③]张继煦大声疾呼:"同胞乎!今日之败征,非一二人之所酿,则转旋补救之方,亦岂一手一足之烈?若士、若农、若工、若商,同处复巢之中,即同有保亡之责。知吾身与国有直接之关系也,则不得不爱国以爱吾身;知外人之协以谋我也,则不得不合群以图抵制。"[④]胡伟希还针对国人自私冷漠德性特点指出:"吾国之人无合群自治之习惯,自私自利,喜独恶群,胜不相让,败不相救,虽有公利而不能举也,虽有公害而不能除也。夫是以四万万人成为四万万国,国为无民之国,民为无国之民,大敌来侵,束手无策。"[⑤]郑观应还则从政体的角度分析,以议院为首将四万万人团结起来:"中国户口不下四万万,果能设立一议院,联络众情,如身使臂,如臂使指,合四万万之众如一人,虽以并吞四海,无难也。"[⑥]晚清中国关于"群"的具体所指比较复杂,小则指向一个团体,诸如学会、行会、结社、会党等,大到指代民族、国家、社会、天下。尽管"群"的种类和层次繁多,但其合群的最终价

---

① 梁启超《商会议》,《饮冰室合集》专集之四,北京:中华书局1989年版,第2页。
② 章太炎:《菌说》,《章太炎政论选集》(上册),北京:中华书局1977年版,第137页。
③ 梁启超:《十种德性相反相成义》,《饮冰室合集》专集之五,北京:中华书局1989年版,第44页。
④ 张继煦:《叙论》,张枏、王忍之编:《辛亥革命前十年间时论选集》第1卷,北京:三联书店1960年版,第439页。
⑤ 胡伟希:《民声》,张枏、王忍之编:《辛亥革命前十年间时论选集》第1卷,北京:三联书店1960年版,第398页。
⑥ 郑观应:《议院》,郑振铎:《晚清文选》,北京:中国社会科学出版社2002年版,第236页。

值指向是维护民族国家的共同利益,提倡利群爱国伦理思想。

晚清合群思想逐渐蔓延并形成很大社会声势,除了民间秘密社团大量涌现外,公开结社集会也风行一时。1908年,宪政编查馆在上呈给皇帝的奏折中描述道:"近来京外庶僚从政之余,多有合群讲习之事。"同时,宪政编查馆还提出给予支持的观点:"臣等窃维结社、集会,种类甚伙,除秘密结社、潜谋不法者应行严禁外,其讨论政学、研究事理、联合群策以成一体者,虽用意不同,所务各异,而但令宗旨无悖于治安,即法令可不加以禁遏。"① 从宣统二年(1908)三月到宣统三年(1909)十一月的短短时间内,奏请官方批准的就有尚志学会、江汉大学期成会、政治研究社、法政研究会、女子戒食纸烟社、八旗期成公民会、天津体育社、万国改良会、讲武社、各省甃业公会、南洋公学旅京同学会、京师化学会、中国报界俱进会、蒙古同乡联合会等将近二十个学会群体,涉及领域很广,每个学会群体都有自己的章程,章程下分条目呈现宗旨、会员的权利、义务、奖惩等,其宗旨不外乎痛陈积弊、为社会、国家谋取利益。值得特别提及的是,1905年成立的重要团体同盟会,对中国发展走向产生了巨大影响。同盟会实际上是兴中会和华兴会两个团体的联合,其成立的誓词为:"驱除鞑虏,恢复中华,创立民国,平均地权,矢信矢忠,有始有卒,如或渝此,任众处罚。"② 如前所述,以孙中山为代表的同盟会组织和联络其他团体发动了几次反清武装起义,在推翻君主专制、建立共和政体的过程中做出了伟大贡献。在晚清危机时局下,合群无疑是整合社会力量实现救亡图存的有效途径,各种以排外爱国为旨意的社团的成立就是晚期合群思想的具体实践。

针对国人私德发达,如何最大限度地发挥个体在群体中的主动性和能动性,梁启超还提出了利群思想和公德心的培养:"道德之立,所以利群也","德之精神,未有不自一群之利益而生者,苟反于此精神,虽至善者,时或变为至恶矣。是故公德者,诸国之源也,有益于群者为善,无益于群者为恶"③。在梁启超国民旧道德的表述和新道德的建构中,私德和公德是相对使用的术语,私人和群体、利私和利群也是相对使用的术语,那么在这种逻辑下公德和利群就具有相同的指向性,即"公德之大目的,既在利群,而万

---

① 李守郡:《清末结社集会档案》,《历史档案》2012年第1期。
② 李楠主编:《中国通史》第十七卷,郑州:河南大学出版社2006年版,第3791页。
③ 梁启超《新民说·论公德》,《饮冰室合集》专集之四,北京:中华书局1989年版,第14—15页。

第五章 晚清新小说与兄弟、朋友伦理

千条理即由是生焉"①,所谓利群和公德心的提倡看重的是个体对群体所尽的义务和承担的责任。

尽管晚清"群"的具体所指不尽相同,但都要求群内成员休戚与共,精诚团结,以增强凝聚力抗击外来侵犯,从而达到救亡图存之目的,这与传统侠客救世安民精神有着价值选择的趋同性。这种救世行为在晚清新小说叙事中,往往不是个人英雄主义的表现,一般是英雄豪杰设会联盟通力合作,共同完成复仇御侮之大任,演绎的是忠群爱国的英雄群像。《新新小说》阐述其办刊宗旨是:"纯用小说家言,演任侠好义、忠群爱国之旨,意在浸润兼及,以一变旧社会腐败堕落之风俗习惯。"②以小说"任侠好义、忠群爱国"的故事演绎针砭时弊,感动人心,以革除社会恶风,重建公序良俗,《新新小说》的办刊目的也反映了晚清小说家的普遍心声。比如小说《海外扶余》(1905)塑造了郑成功的民族英雄形象,在小说序言中作者就点明写作目的:"吾愿同胞皆效之,以强我种族,以兴我祖国。"但是完成郑成功人物形象塑造的过程中,郑成功已经不是凭借个人力量去杀敌报国的传统意义上侠客,其身后有数千的兵勇奋力作战,也有在演武厅上与文武百官的设盟立誓。演武厅上的两面大旗分别写着"与敌致死"和"杀父报仇"几个大字,在郑成功"君父乃一人私恩,社会系天下公义"伦理认知下,以"与敌致死"和"杀父报仇"为目的的行为就成功地导向了救国爱民之大义,如同盟书所写:"拼把头颅争社稷,六将颈血换苍生。"有意思的是,郑成功作为将领与众文武百官表达为社稷而死的英雄理想时,采用的武侠小说或者是民间社团中设盟立誓的方式。如果说设盟是发挥团体作战的凝聚力和向心力,那么这种为社稷和苍生而捐躯的豪情则是梁启超所提倡的公德心的具体体现。小说在最后一回叙述为了传播民族种子,建立天地会。小说中的天地会规定:入会的人"皆以兄弟相称,平等看待","会中人无事时便互相保护","如有事时,无论何地,都以各式小旗来往",这种以异姓结拜方式建构模拟家庭结构的兄弟关系,具有鲜明的帮会色彩和江湖特点。如前所述,天地会在晚清中国确实存在,是一个民间秘密结社组织。《海外扶余》将其移植到小说叙事之中,与《孽海花》中天地会的叙述相互补充,体现了晚清新小说关注现实的叙事特点,折射了晚清中国合群爱国的社会诉求。

小说《热血痕》(1907)开篇就阐释创作目的:"受辱不报,身不能立,有

---

① 梁启超:《新民说·论公德》,《饮冰室合集》专集之四,北京:中华书局1989年版,第15页。
② 三楚侠民:《新新小说叙例》,《大陆报》1904年6月3日。

身者耻;家不能立,有家者耻;国不能立,有国者耻。此《热血痕》一书所由作也!"家仇国耻使主人公陈音走上复仇之路,正如义士宁毅所言:"只要把这国耻两字,镌在心里,联络众心,筹画远计,大家在富国强兵上用一番精力,心坚气奋,艰险不辞,那有做不到的事?"这既是宁毅对血刃杀父之仇后的陈音的指点,也是陈音接下来复仇的行动纲领。可以说,从陈音离开太清宫到为雪国耻而捐躯也是其不断联络各地义士的过程,才有了后来的群英大聚会,直至合力击败吴国。

小说《洗耻记》(1903)中狄梅深感亡国之痛,"联各村农民年少力壮者约五千人"聚集在襄南起义村,并"皆誓同生死"。起义村的起义救亡故事没有写及,但是小说却将"起义村居民章程"详细地罗列出来,现抄录如下:

第一条　目的
一、……以破坏不平等之社会,建造一新共和国为目的。

第二条　义务
一、……人人有爱国之义务;
一、……人人有誓同生死之义务;
一、……人人有夺回自由之义务。

第三条　权利
一、……人人有天赋自由之权利;
一、……人人有选举参言之权利;
一、……人人有杀奸除暴之权利。

第四条　精神
一、……人人应具不得自由毋宁死之精神;
一、……人人应具生为豪杰,死为鬼雄之精神;
一、……人人应具鼎护不挫,刀锯不屈之精神。

第五条　赏罚
一、……有功众人者赏;
一、……损害公德者罚;
一、……冒死前进者赏;
一、……遇敌后退者罚。(第四回)

《洗耻记》总计六回,故事内容比较简单,而且人物形象也比较单薄,情节也枝蔓缺乏逻辑,比如明仇牧得知父亲战死的消息后只是晕厥、痛哭、吐血,然后就跟铁血出去玩了,不仅转变之快不符合人之常情,而且下文也没有交代明仇牧为父亲报仇相关情况。但是小说行文却用条目分明、重点突出的方式详细呈现章程内容。就章程内容来说,既有明确的建造"共和国"的政治目的,也有起义村居民为国家应尽的义务和享受的权利,以及居民为自由而战的大无畏精神和敢于牺牲的气魄,至于赏罚的判断则以是否利群和公德心为标准,简直是对梁启超合群思想的纲目式提炼,也与晚清学会结社团体的章程从形式到内容都有很大的相似性。自然,这个悬挂的章程是起义村居民的行为纲领,也是明仇牧、铁血、狄梅等英雄豪杰结集此地的目的,将朋友之间的团结互助上升到爱国的伦理高度。

合群结社思想和利群爱国精神在晚清新小说叙事中以各种形式得到充分呈现。署名为"守白"的小说《冷国复仇记》(1907)讲述的是亡国之后,冷野国民众团结一致光复故国的故事。冷野国被乌士利国殖民后,富翁惠远明仗义疏财,联络各地英豪诸如伍廷秀、梅希庵、张壮飞等人共谋国家大计。英豪们带领义民经过起义反抗最终获得胜利,冷野国恢复独立自由。陆士谔的《新野叟曝言》(1909)讲述成立"拯庶会"利民富国的故事。为了解决中国人多地少的问题,文祈和袁绪、申接、洪维等十人组建"拯庶会",发挥每个人的才智共同商讨解决办法,经过开设工业专业厂、兴办农业试验场、建造公宅和一系列科学发明等措施,终于民富国强。陆士谔小说中建构的救国救民团体在侠民的《中国兴亡梦》(1904)则变成东北义军,署名为"中国凉血人"的《拒约奇谈》(1906)则在小说中呈现出上海商界、学界集会演说号召听众以"同胞的联合力"抗议美国欺凌华工的不平等条约。陈天华的《狮子吼》(1905)的一个重要内容就是狄必攘联合会党精忠报国的故事,在第六回中,四川康镜世成立岳王会,宣传爱国精神。也是在第六回,狄必攘被推举为汉口强中会的总头领。这两个社团中,岳王会在历史记载上是1905年2月陈独秀等人在安徽建立的秘密革命组织,却出现在同是革命党人陈天华的小说叙事中,只是创建人物和地点发生了变化。相对于岳王会,强中会描述得相对细致。强中会的宗旨是"富强中国""使入会兄弟患难相救",其会规特意强调"规中所谓国家,系指四万万汉人之公共团体而言",表达了革命排满的民族主义思想。狄必攘做了强中会总头领之后,就去拜访康镜世商量强中会和岳王会合并事宜。在狄必攘的奔走下,开办工厂、体育会、学堂、报馆等,不仅安置了好几万结拜兄弟,还普及文明,"真替梁山上的朋友开了新局面了"。《狮子吼》虽然表现出来的民族主义思想是狭隘的,但是其合群爱国的观点是非常鲜明的。

可以说,晚清新小说叙事中关于合群立社的具体表现形态不同,既有对民间秘密社团的表现，或者采用民间秘密社团的组织方式结成盟约，也有对官方集会立社情况的艺术表现，或者在集会言说中直接呼吁合群的必要性和重要性。虽然表现样态各异，但都指向了利群爱国的伦理精神，与伦理变革的价值取向有很大的趋同性，二者互动同构共同推动了晚清中国救亡图存运动的发展。同时，合群思潮不是为了建构朋友伦理而出现的，但是在其号召和发动过程却充分利用了朋友伦理的话语资源，甚至有的社团在组织形态和结构模式上借鉴或者直接采用了结拜兄弟的方式，建立起以爱国保种为目的的深厚情谊，符合人的生存需要和情感需要，得到社会广泛的响应。

结　语

　　晚清新小说伦理叙事不仅提高了小说的地位,还以"新民"历史使命积极参与到同时代伦理变革的时代大潮中,共同推动了中国伦理变革的发展。但在中国从传统向现代的转型中,晚清新小说无论叙事内容还是表现形式都表现出亦新亦旧、新旧杂糅的特点。比如林纾的翻译小说对西方现代观念的译介和中国现代伦理观念的建构发挥了重要作用,但是其译文非常强调传统道德的忠、孝和礼等内容,有时为了表达自己的伦理立场,不惜改变原作的内容,正如杨联芬所说,"林纾充满传统中国道德意味的误读,不啻为一道过渡的桥梁,悄然将中国读者引领到传统道德规范的边缘。"[①]晚清重要小说家吴趼人在小说《恨海》中一边建构慈父形象批判传统父为子纲的伦理思想,一边又宣扬女性的贞洁观念。1906 年刊载的小说《侠黑奴》既张扬了反抗压迫的斗争精神,也带有传统小说因果报应的道德教化的痕迹。一些科幻小说可以说是现代武器装备的丰富想象和传统迷信妖术的并置文本,一些侠情小说既有传统才子佳人小说的两性缠绵,也有英雄豪杰爱国爱种的荡气回肠。在小说功能上,既继承了传统文学"文以载道"的观念,又使载道的内容注入了救亡图存的时代内容。在小说形式上,既沿用了传统章回小说的结构形式,也出现了现代小说的单元标题。有的小说采用了夹评、按语等传统小说的行文方式发表议论,有的小说直接以小说人物长篇累牍的演说阐宗明义。晚清新小说伦理叙事,其价值观念虽然深受西方现代话语影响,但思想资源毕竟植根于中国本土伦理文化的土壤,在两种异质文化发生碰撞、冲突之时,在对旧的人伦秩序变革和新的伦理规范建构的过程中,心态的矛盾性、言辞的激进性、行为的犹豫性交相共呈、或隐或显,这也是文化转型时期不可避免的现象。

---

① 杨联芬:《晚清至五四:中国文学现代性的发生》,北京:北京大学出版社 2003 年版,第 103 页。

在晚清救亡图存以"变"来求得民族、国家新生的时代背景下,传统伦理文化的等级差序格局已不能激发国人的救国强国热情,也有悖于现代文明的自由、平等观念和权利与义务的双向性。严格遵循尊卑、主从关系的夫为妇纲、父为子纲、君为臣纲,首当其冲地成为晚清变革思潮中批判的对象。20世纪初的"道德革命"不仅仅是一个呼之而出的口号,也是传统伦理深层次变革的标识和重建新价值体系迫切、焦灼心理的流露,批判的矛头已经指向了传统伦理文化的核心与基础——三纲。小说支配人道的"熏""浸""刺""提"的四大作用力被空前挖掘和发挥,印刷、报纸、杂志等现代传媒的技术发展又为小说的快速传播和普及提供了良好的物质保证。晚清新小说叙事与社会变革在伦理思想上的高度契合、道德判断的极大趋同,既是晚清新小说叙事的突出特点,也是晚清思想启蒙运动所选择的宣传工具或武器的结果,二者构成互动同构,极大地冲击了传统社会数千年来苦心搭建的伦理大厦。

晚清小说观念的变革和晚清新小说创作的繁荣,无疑为"五四"新文学的发生作了重要的思想与理论的准备,在两者之间的承转过渡中,梁启超扮演了桥梁搭建者的角色,"五四"新文学的杰出代表鲁迅、周作人、胡适无不深受其影响。周作人曾回忆说:"癸卯年三月,鲁迅寄给我一包书,内中便有'清议报汇编'八大册,'新民丛报'及'新小说'各三册""梁任公所编刊的《新小说》《清议报》与《新民丛报》的确都读过,也很受影响,但是《新小说》的影响总是只有更大不会更小。梁任公的《论小说与群治之关系》当初读了的确很有影响。虽然对于小说的性质与种类后来意见稍稍改变,大抵由科学或政治的小说渐转到更纯粹的文艺作品上去了。不过这只是不看重文学之直接的教训作用,本意还没有什么变更,即仍主张以文学来感化社会,振兴民族精神,用后来的熟语来说,可以说是属于为人生的艺术这一派的"①。1904年,胡适在上海读书时,思想上就经历了激烈变动,以"新人物"自命,其原因是:"二哥给了我一大篮子的'新书',其中很多是梁启超先生一派人的著述;这时代是梁先生的文章最有势力的时代,他虽不曾明白提倡种族革命,却在一班少年人的脑海里种下了不少革命的种子。"虽然后来梁启超的态度发生了变化,由激进渐趋保守,但"许多少年人冲上前去,可不肯缩回来了"②。1930年,钱基博在《现代中国文学史》还这样评价梁

---

① 知堂:《关于鲁迅之二》,《鲁迅纪念集》,上海:北新书局1936年版,第28页。
② 胡适:《四十自述·在上海》,《胡适自传》,合肥:黄山书社1986年版,第44、48页。

启超:"迄今六十岁以下三十岁以上之士夫,论诗持学,殆无不为之默化潜移者!"①晚年的梁启超回忆起这一段历史,还引以为豪地说:"《新民丛报》《新小说》等诸杂志,畅其旨义,国内竞喜读之,清廷虽严禁,不能遏,每一册出,内地翻刻本辄十数。20年来学子之思想,颇蒙其影响。"②梁启超既是一个觉世的开路先锋,把晚清伦理和小说变革纳入到济世匡时的大潮中,为救亡图存而摇旗呐喊;又是一个传世的现代楷模,其深邃的思想不仅影响了"五四"新文学的精神脉络,而且至今仍有着可资借鉴的话语资源。可以说,没有晚清自由、平等、民主、独立等现代观念的酝酿,就不会有"五四""人"的文学的确立和发展;没有晚清女学堂的兴办和留洋女学生的出现,就不会有"五四"女性作家群体的崛起;没有晚清"小说界革命"下对新小说创作的尝试,就不会有以《狂人日记》为标志的中国现代小说在主题、文体、叙事方式等对传统小说的全面突破而走向成熟;没有晚清对父为子纲的批判和清算,就不会有吴虞因为与父亲官司问题不被社会所容而被"五四"誉之"只手打倒孔家店的英雄"极为悬殊的价值判断。陈独秀、鲁迅、胡适、周作人等"五四"新文化运动的旗手,都曾参与了晚清的伦理文化变革,他们亲身感受了晚清社会氛围,是带着未完成的历史使命而步入"五四"历史场域的。正如尉天骢所言:"晚清文学、特别是晚清小说是五四新文学的先行,认识到这一层,我们才不会说五四运动是几个留学生推展开来的。当我们把晚清文学与它以前的中国文学联系起来,再把它与五四新文学联系起来,我们才能对中国人的奋斗有整体的认识,而不至于有'断层'的现象和误解。"③晚清新小说伦理叙事的思想文化意义和文学地位价值即在于此。

但一种文化的根本性变革不是一蹴而就的,古老中国根深蒂固的文化心理需要一个较长时间的艰难调整。这一点,梁启超在20世纪初已经意识到,他在《新民说·论私德》中说:"吾畴昔以为中国之旧道德,恐不足以范围今后之人心而渴望发明一新道德以补助之。由今以思,此直理想之言,而绝非今日可以见诸实际者也。夫言群治者,必曰德曰智曰力,然智与力之成就甚易,惟德最难。"④事实上,清末民初婚姻自由、贞洁观念和忠孝观念虽然都发生了很大变化,但就伦理道德总体来说,呈现出地域、阶层的不均衡

---

① 钱基博:《现代中国文学史》,上海:上海书店出版社2004年版,第289页。
② 梁启超:《清代学术概论》,北京:东方出版社1996年版,第77页。
③ 尉天骢:《晚清社会与晚清小说》,《汉学论文集·晚清小说讨论会专号》(第3集),台北:文史哲出版社1984年版,第109—110页。
④ 梁启超:《论私德》,《饮冰室合集》专集之四,北京:中华书局1989年版,第131、132页。

性以及"过渡时代"新旧并存的状况。尤其是作为大都会的上海,自然引领社会风尚之先,天足妇女非常普遍,她们不仅走出闺阁读书、郊游、看戏,行走谈笑于大庭广众之下,在家庭角色中也打破了传统"男外女内"的结构模式,出现了男女并立的平等关系。但在广大的农村,特别是内地和偏远地区,割股以疗亲疾的愚孝行为、"仰药殉节"的愚节行为时有发生,而且还受到表彰。从鲁迅笔下的祥林嫂、闰土、鲁四老爷等人物身上,我们依然能够感受到老中国国民内心难以摆脱的传统文化阴影,纲常伦理仍像巨大的蟒蛇盘亘于他们还未觉醒的灵魂深处。这些迹象表明,晚清伦理道德变革虽然取得一定的成效,但还任重而道远,留下许多悬而未决的问题。然而,正是这些问题的存在,"五四"启蒙主义者首先着力抨击的是传统纲常伦理,对传统人伦秩序展开了更为深入的整体质疑和重估评定。陈独秀指出:"君为臣纲,则民于君为附属品,而无独立自主之人格矣;父为子纲,则子于父为附属品,而无独立自主之人格矣;夫为妻纲,则妻于夫为附属品,而无独立自主之人格矣。率天下之男女,为臣,为子,为妻,而不见有一独立自主之人者,三纲之说为之也。缘此而生金科玉律之道德名词,——曰忠,曰孝,曰节,皆非推己及人之主人道德,而为以己属人之奴隶道德也。"①鲁迅在小说《狂人日记》中写道:"我翻开历史一查,这历史没有年代,歪歪斜斜的每页上都写着'仁义道德'几个字。我横竖睡不着,仔细看了半夜,才从字缝里看出字来,满本都写着两个字是'吃人'。"并借助狂人的情感焦虑——"合伙吃我的人,便是我的哥哥",向传统文化发起猛烈攻击,揭穿了兄弟怡怡伦理的虚伪性。冯沅君《隔绝》中的主人公则宣称:"身命可以牺牲,意志自由不可以牺牲,不得自由我宁死。"可以说,"五四"思想启蒙者把伦理问题作为启蒙的最根本的问题,正如陈独秀所说:"继今以往,国人所怀疑莫决者,当为伦理问题。此而不能觉悟,则前之所谓觉悟者,非彻底之觉悟……吾敢断言曰:伦理的觉悟,为吾人最后觉悟之最后觉悟。"②郁达夫曾对"五四"启蒙把人从伦理纲常解放出来的功绩做过中肯的评价:"从前的人,是为君而存在,为道而存在,为父母而存在的,现在的人才晓得为自我而存在了。"③总之,晚清伦理变革的问题在"五四"得到进一步的澄清,"伦理之觉悟"最终以狂飙突进的包括小说在内的"五四"新文化运动面目出现在历史

---

① 陈独秀:《一九一六年》,《青年杂志》1916年1月15日。
② 陈独秀:《吾人最后之觉悟》,《青年杂志》1916年2月15日。
③ 郁达夫:《〈中国新文学大系·散文二集〉导言》(1917—1927),上海:良友图书公司1935年版,第5页。

舞台上并取得了良好成效。

"由涕泪飘零到嬉笑怒骂,小说的流变与'中国之命运'看似无甚攸关,却每有若合符节之处。在泪与笑之间,小说曾负载着革命与建国等使命,也绝不轻忽风花雪月、饮食男女的重要。小说的天地兼容并蓄,众声喧哗。比起历史政治论述中的中国,小说所反映的中国或许更真切实在些。"[1]晚清新小说以参与社会的激情想象着"新民"与"新中国"的形象、表述着救亡图存的社会理念,虽然过于重视教化功能而忽略了小说的美学价值,有些文章甚至仓促而成,或只有开头而无善终,呈现出整体艺术价值不高而粗疏稚拙的弊端,但其对问题的探讨、剖析和思考,其对时事的关注、反映和描绘,都为我们研究晚清提供了珍贵而丰厚的史料。本书试图以伦理视角切入晚清新小说世界,一方面认识伦理变迁对小说产生的影响,另一方面了解小说家怎样借助小说表达伦理诉求,以及小说怎样通过阅读效应转化为伦理变革的推动力量。这种阅读姿态,也许更能认识晚清新小说所具有的史料价值。正如胡适在《文学改良刍议》中所说:"文学者,随时代而变迁者也。一时代有一时代之文学。"[2]小说亦如此。在民族、个人生存都面临危机更谈不上权利与自由的时代,晚清新小说伦理叙事的入世关怀正表现了一个时代的昂扬精神。

晚清新小说伦理叙事的价值不仅仅在于它给我们提供了多少艺术上的经典,更为重要的是,由于它的历史存在使我们感受到了晚清爱国人士救亡图存之路上不屈的英魂!理解了那个时代,我们就会尊重晚清小说家伦理叙事的价值选择。没有一个人能拒斥世俗力量的介入而置身于纯粹的私人空间,晚清小说家如此,我们亦如此。蔡元培曾在 1904 年发表小说《新年梦》,文中畅想了人类的"大同世界":"没有什么姓名,都用号数编的。没有什么君臣的名目,办事倒很有条理,没有推诿的、模糊的。没有父子的名目,小的倒统统有人教他;老的统统有人养他;病的统统有人医他。没有夫妇的名目,两个人合意了,光明正大的在公园里订定,应着时候到配偶室去,并没有男子狎娼、妇人偷汉这种暧昧事情。"从人性之恶来看,蔡元培所憧憬的"大同世界"只是一个乌托邦。但无论是当时的无政府主义,还是蔡元培深受这种思潮影响而以小说形式进行的情景展望,其最根本的心理动因都是对人与人之间平等秩序的渴求。只要有梦想,人类就不会停下追问、探索的

---

[1] 王德威:《想象中国的方法·序:小说中国》,北京:三联书店 1998 年版,第 1 页。
[2] 胡适:《文学改良刍议》,《新青年》1917 年 1 月 1 日。

脚步。伦理变革仍处于进行时,所以当下小说的伦理叙事和批评依然方兴未艾。研究晚清新小说伦理叙事,也许能对当下的小说创作与批评提供有益的启示。

参考文献

一、原始报刊类

1.《申报》(1872年4月—1912年3月)
2.《瀛寰琐记》(1872年11月—1875年1月)
3.《新民丛报》(1902年2月—1907年11月)
4.《新小说》(1902年11月—1906年1月)
5.《绣像小说》(1902年11月—1906年1月)
6.《浙江潮》(1903年2月—1903年12月)
7.《中国白话报》(1903年12月—1904年10月)
8.《东方杂志》(1904年3月—1911年1月)
9.《新新小说》(1904年9月—1907年5月)
10.《月月小说》(1906年11月—1909年1月)
11.《小说林》(1907年2月—1908年10月)
12.《中国新女界》(1907年2月—1907年7月)
13.《中外小说林》(1907年6月—1908年5月)
14.《小说时报》(1909年10月—1911年10月)

二、作品、文集类

1. 阿英编:《晚清文学丛钞·小说卷》,北京:中华书局,1960年版。
2. 王孝廉等编:《晚清小说大系》,台北:广雅出版社,1984年版。
3. 董文成等编:《中国近代珍稀本小说》,沈阳:春风文艺出版社,1997年版。
4. 章培恒等编:《中国近代小说大系》,南昌:百花洲文艺出版社,1988

年版。

5. 钱仲联等编:《中国近代文学大系》,上海:上海书店,1991年版。

6. 周欣平编:《清末时新小说集》,上海:上海古籍出版社,2011年版。

7. 吴趼人:《吴趼人全集》,哈尔滨:北方文艺出版社,1998年版。

8. 李伯元:《李伯元全集》,南京:江苏古籍出版社,1997年版。

9. 秋瑾:《秋瑾集》,上海:上海古籍出版社,1960年版。

10. 张枏、王忍之编:《辛亥革命前十年间时论选集》,北京:三联书店,1960年版。

11. 陈平原、夏晓虹编:《二十世纪中国小说理论资料》第1卷(1897—1916),北京:北京大学出版社,1989年版。

12. 黄霖、韩同文选注:《中国历代小说论著选》(修订本),南昌:江西人民出版社,2000年版。

13. 孔令境编:《中国小说史料》,上海:上海古籍出版社,1982年版。

14. 王清泉等编:《小说书坊录》,北京:北京图书出版社,2002年版。

15. 魏绍昌等编:《中国近代文学大系·史料索引集》上海:上海书店,1996年版。

16. 丁锡根编:《中国历代小说序跋集》,北京:人民文学出版社,1996年版。

17. 魏绍昌编:《吴趼人研究资料》,上海:上海古籍出版社,1980年版。

18. 刘德隆等编:《刘鹗及老残游记资料》,成都:四川人民出版社,1985年版。

19. 中华全国妇女联合会妇女运动史研究室主编:《中国妇女运动历史资料》(1840—1918),北京:人民出版社,1986年版。

20. 故宫博物院明清档案部编:《清末筹备立宪档案史料》,北京:中华书局,1979年版。

21. 中国史学会主编:《辛亥革命资料丛刊》,上海:上海人民出版社,1957年版。

22. 黄宗羲:《黄宗羲全集》,杭州:浙江古籍出版社,1985年版。

23. 严复:《严复集》,北京:中华书局,1986年版。

24. 康有为:《康有为全集》,上海:上海古籍出版社,1987年版。

25. 梁启超:《饮冰室合集》,北京:中华书局,1989年版。

26. 孙中山:《孙中山全集》,北京:中华书局,1986年版。

27. 蔡元培:《蔡元培全集》,北京:中华书局,1984年版。

28. 章太炎：《章太炎政论选集》，北京：中华书局，1977年版。
29. 陈天华：《陈天华集》，长沙：湖南人民出版社，1982年版。
30. 谭嗣同：《谭嗣同全集》（增订本），北京：中华书局，1998年版。

三、论著类

1. 阿英：《晚清小说史》，南京：江苏文艺出版社，2009年版。
2. 欧阳健：《晚清小说史》，杭州：浙江古籍出版社，1997年版。
3. 陈平原：《二十世纪中国小说史》第1卷（1897—1916），北京：北京大学出版社，1989年版。
4. 李剑国、陈洪等编：《中国小说通史》（清代卷），北京：高等教育出版社，2007年版。
5. 杨义：《中国古典小说史论》，北京：人民出版社，1998年版。
6. 颜廷亮：《晚清小说理论》，北京：中华书局，1996年版。
7. 郭延礼：《中国近代文学发展史》，北京：高等教育出版社，2001年版。
8. 郭延礼：《中西文化碰撞与近代文学》，济南：山东教育出版社，2000年版。
9. 袁进：《中国小说的近代变革》，北京：中国社会科学院出版社，1992年版。
10. 陈子展：《中国近代文学之变迁》，上海：上海古籍出版社，2000年版。
11. 吴士余：《中国文化与小说思维》，上海：三联书店，2000年版。
12. 杨联芬：《晚清至五四：中国文学现代性的发生》，北京：北京大学出版社，2003年版。
13. 刘小枫：《沉重的肉身：现代性伦理的叙事纬语》，北京：华夏出版社，2007年版。
14. 张文红：《伦理叙事与叙事伦理》，北京：社会科学文献出版社，2006年版。
15. 张锡勤、柴文华：《中国伦理道德变迁史稿》（下卷），北京：人民出版社，2008年版。
16. 张岂之、陈国庆：《近代伦理思想的变迁》，北京：中华书局，1993年版。
17. 李长莉：《晚清上海社会的变迁：生活与伦理的近代化》，天津：天津人民出版社,2002年版。

18. 李长莉、刘志琴:《近代中国文化变迁录》,杭州:浙江人民出版社,1998年版。

19. 蔡元培:《中国伦理学史》,北京:商务印书馆,2004年版。

20. 王尔敏:《中国近代思想史论》,台北:华世出版社,1977年版。

21. 李泽厚:《中国思想史》,合肥:安徽文艺出版社,1999年版。

22. 吕美颐:《中国妇女运动》(1840—1920),郑州:河南人民出版社,1993年版。

23. 王绯:《空前之迹(1851—1930):中国妇女思想与文学发展史论》,北京:商务印书馆,2004年版。

24. 陈东原:《中国妇女生活史》,北京:商务印书馆,1998年版。

25. 陈平原:《中国现代小说的起点——清末民初小说研究》,北京:北京大学出版社,2005年版。

26. 陈平原:《中国小说叙事模式的转变》,上海:上海人民出版社,2010年版。

27. 路文彬:《视觉时代的听觉细语——20世纪中国文学伦理问题研究》,合肥:安徽教育出版社,2007年版。

28. 杨国明:《晚清小说与社会经济转型》,上海:东方出版中心,2005年版。

29. 栾梅健:《前工业文明与中国文学》,上海:复旦大学出版社,2008年版。

30. 单正平:《晚清民族主义与文学转型》,北京:人民出版社,2006年版。

31. 赖芳伶:《清末小说与社会政治变迁:1895—1911》,台北:大安出版社,1994年版。

32. 刘纳:《嬗变:辛亥革命至五四时期的文学》,北京:中国人民大学出版社,2010年版。

34. 夏晓虹:《晚清女性与近代中国》,北京:北京大学出版社,2004年版。

35. 夏晓虹:《传世与觉世——梁启超的文学道路》,上海:上海人民出版社,1991年版。

36. 夏晓虹:《晚清社会与文化》,武汉:湖北教育出版社,2001年版。

37. 郑逸梅:《清末民初文坛轶事》,上海:学林出版社,1987年版。

38. 包天笑:《钏影楼回忆录》,台北:大华出版社,1971年版。
39. 冯自由:《革命逸史》,北京:中华书局,1981年版。
40. 金天翮:《女界钟》,上海:上海古籍出版社,2003年版。
41. 柳亚子:《苏曼殊研究》,上海:上海人民出版社,1987年版。
42. 戈公振:《中国报学史》,上海:上海古籍出版社,2003年版。
43. 费孝通:《乡土中国 生育制度》,北京:北京大学出版社,1998年版。
44. 朱汉民:《忠孝道德与臣民精神——中国臣民文化论析》,郑州:河南人民出版社,1994年版。
45. 樊浩:《中国伦理精神的历史建构》,南京:江苏人民出版社,1992年版。
46. [美]夏志清:《中国古典小说史论》,南昌:江西人民出版社,2001年版。
46. [美]王德威:《想象中国的方法》,北京:三联书店,1998年版。
47. [美]韩南:《中国近代小说的兴起》,上海:上海教育出版社,2004年版。
48. [美]王德威:《被压抑的现代性——晚清小说新论》,北京:北京大学出版社,2005年版。
49. [美]詹姆斯·费伦:《作为修辞的叙事》,北京:北京大学出版社,2002年版。
50. [美]W.C.布斯:《小说修辞学》,北京:北京大学出版社,1987年版。
51. [美]费正清:《中国:传统与变迁》,吉林:吉林出版集团有限责任公司,2008年版。
52. [美]费正清:《剑桥中国晚清史》,北京:中国社会科学出版社,2006年版。
53. [日]清宫刚:《中国古代文化研究——君臣观、道家思想与文学》,北京:九州出版社,1997年版。
54. [捷]米列娜:《从传统到现代——19至20世纪转折时期的中国小说》,北京:北京大学出版社,1991年版。

四、论文类

1. 姜义华:《论近代以来中国的国家意识与中外关系意识》,《复旦学报》(社会科学版)1997年第3期。

2. 刘志琴:《明清之际文化近代化的萌动与夭折》,《中国文化》2007年第2期。

3. 杨天石:《〈奴才好〉不是邹容的作品》,《近代史研究》1980年第1期。

4. 魏文哲:《〈女狱花〉与〈女娲石〉:晚清激进女权主义文本》,《明清小说研究》2003年第4期。

5. 叶舒宪:《孝与中国文化的精神分析》,《文艺研究》1996年第1期。

6. 李奇志:《论清末民初小说中的"英雌"想象》,《中南民族大学学报》2007年第4期。

7. 杨铮铮:《传统"五伦"的现代建构》,《湖南师范大学学报》(社会科学版)2009年第3期。

8. 周保欣:《伦理文化与文学"中国性"的生成》,《人文杂志》2009年第4期。

9. 黄永林:《"小说界革命"与启蒙大众》,《华中师范大学学报》(人文社会科学版)2000年第2期。

10. 陈健:《改良群治说与写出沉默的国民的灵魂》,《鲁迅研究月刊》1995年第4期。

11. 袁进:《试论晚清小说读者的变化》,《明清小说研究》2001年第1期。

12. 倪婷婷:《"非孝"与"五四"作家道德情感的困境》,《文学评论》2004年第5期。

13. 梁景和、黄东:《20世纪初年的文艺与国民思潮》,《首都师范大学学报》(社会科学版)2002年第5期。

14. 姚达兑:《论〈二十年目睹之怪现状〉的道德批判》,《太原理工大学学报》(社会科学版)2010年第2期。

15. 林吉玲:《中国贤妻良母内涵的历史变迁》,《社会科学辑刊》2001年第4期。

16. 王志清:《中国文学批评的德本精神及本体意义》,《东北师大学报》(哲学社会科学版)2002年第5期。

17. 刘郁琪:《"叙事学新发展"还是"伦理批评新道路"》,《江汉论坛》2009第7期。

18. 王鸿生:《文化批评:政治和伦理》,《当代作家评论》2002年第6期。

19. 邹建军:《文学伦理学批评的三维指向》,《外国文学研究》2005 年第 1 期。

20. 沈文慧:《论"五四"新文学的现代伦理精神》,《理论月刊》2007 年第 10 期。

21. 旷新年:《民族国家想象与中国现代文学》,《文学评论》2003 年第 1 期。

22. 谢飘云、陈鹏飞:《伦理判断与政治判断的融合和倾斜——试论曾朴小说〈孽海花〉的审美方式》,《华东师范大学学报》(哲学社会科学版) 1997 年第 2 期。

23. 黄兴涛、曾建立:《清末新式学堂的伦理教育与伦理教科书探论》,《清史研究》2008 年第 1 期。

24. 赵炎才:《清末民初道德救世思潮的历史考察》,《长江论坛》2006 年第 1 期。

25. 叶诚生:《"越轨"的现代性:民初小说与叙事新伦理》,《文学评论》2008 年第 4 期。